그리스 **신화,**
그 영원한 **드라마**

The Eternal Drama
by Edward F. Edinger

그리스 신화, 그 영원한 드라마

Edward F. Edinger 지음

이영순 옮김

도서출판 동인

저자 서문

　　거칠고 정리되지 못한 초고를 유려하고 통일된 문체로 가다듬어 하나의 책으로 완성시켜 주신 편집장 데보라 웨슬리의 노고에 진심으로 감사의 말을 전하고 싶다. 융은 "아무리 새로운 것이라 할지라도 훌륭한 영적 전통들에 뿌리를 두고 있지 않다면 그것은 덧없는 것에 불과하다"고 하였다. 그리스 신화야말로 우리가 가진 가장 훌륭한 "영적 전통"들 중의 하나이다. 융은 그리스 신화에 뿌리를 둔 원형 이미지라는 풍성한 보배를 오늘날의 우리가 마음으로 받아들일 수 있는 길을 제시해 주었다. 이 책 역시 그러한 목표에 기여할 수 있기를 바란다.

편집자 서문

　　이 책은 그리스의 신화와 서사시, 드라마, 종교제의 등에서 발견할 수 있는 심리학적 의미에 대한 에딘거(Edward F. Edinger)의 논의를 기술해놓은 그의 최초의 저서이다. 1970년대 이 책의 저자인 에딘거가 뉴욕과 캘리포니아에서 두 차례 강연했던 내용들을 토대로 발간된 이 책은 그리스 문화라는 광맥에서 채굴한 심리학적 통찰이라는 금광이 현대인들에게도 유용한 것임을 밝혀준다.

　　그 후 20년 가까운 세월 동안 저자는 저명한 심리학자이자 융 분석가로서 중세 연금술, 구약 및 신약, 멜빌의 『모비 딕』, 괴테의 『파우스트』 등을 심리학적 차원에서 접근한 저서들을 꾸준히 발표해 왔으며, 여러 연설이나 글들을 통해 융의 후기 저서들에 대한 해박한 지식을 개진해 왔다. 이 책은 일차적으로 저자의 강의들을 재정리한 것이다. 자신의 강의에서 여러 차례 밝힌 바 있듯이, 에딘거 박사는 인간의 근원에 대한 융의 시각에 지대한 영향을 받아 그것을 새로운 응용 분야나 현실에 적용시키고자 노력해 왔다.

융과 에딘거는 모두 문화적 컨텍스트를 폭 넓게 파 들어감으로써 인간 심리의 심층부에 대한 새로운 이해를 얻으려 했던 사람들이다. 어떤 구체적 분야의 문화를 학문적으로 이해하기보다는 심리학적으로 통찰하려는 동기에서 시작한 이러한 탐색 작업을 에딘거는 "밀렵"으로 표현하였다. 즉 "우리는 지속적으로 학문의 영역으로 분류되는 역사와 인류학, 신화, 그리고 모든 예술 분야 속으로 우리의 먹잇감인. . .심리를 쫓아 돌진하고 있는 중이다." 관례적으로 고전으로 분류되는 이러한 분야들이 심리분석가라는 전문적 추적자들의 손에 닿으면 심리분석을 위한 풍부한 자료들이 된다.

이 책을 읽는 동안 독자들은 광범위한 분야를 탐색했던 에딘거의 안내로 많은 자료들을 접하면서 자신을 온전한 존재로 발달시키고 싶은 생각이 들거나 신화라는 기본 텍스트를 좀 더 깊게 공부하고 싶은 소망을 품기도 할 것이다. 다양한 계층의 독자들을 상대로 광범위한 분야를 논하면서 에딘거가 궁극적으로 목적한 바는, 독자들을 자신에 대한 탐색으로 인도하는 것이었다. 나 또한 이 책을 통해 많은 사람들이 옛 이야기에 내포된 의미들을 숙고해 보고, 상상력을 동원하여 신화의 내적 의미와 자신을 연결시켜 볼 수 있기를 바라마지 않는다.

이 책은 에딘거 박사의 여러 강의들과 『포물선』(Parabola)에 게재되었던 「비극적 영웅: 개체화의 심상」("The Tragic Hero: An Image of Individuation")이라는 에세이를 토대로 하였다. 그리스 신화는 오늘날의 우리들에게 다양하고 폭 넓은 형태로 전해져 왔다. 이 책에서 사용된 신화적 이야기들은 대부분 그레이브스(Robert Graves)의 『그리스 신화들』(The Greek Myths)에 나오는 버전을 차용하였음을 밝힌다.

라드(Thornton Ladd)에게 감사의 말을 하고 싶다. 이 책의 계획을 실행에 옮길 수 있었던 것은 그의 아이디어 덕분이었고, 처음부터 끝까지 그는 나의 창조적인 협력자였으므로 이 책은 진실로 그와의 합작품에 다름 아니다. 이 책을 내기까지 많은 부분이 편집 작업에 자상한 도움을 아끼지 않았던 남편 데이비드 웨슬리(David Wesley)의 조언에 힘입은 바 크다. 뉴욕에서의 강의자료들을 집중력을 가지고 세밀하게 살필 수 있게 도와주었고 지속적으로 격려와 편집에 관한 유용한 조언을 해주었던 조지 엘더(George Elder)에게도 감사의 말을 전한다. 캘리포니아 주립 대학의 도밍고 포라스테(Douglas Domingo-Foraste) 교수와 적지 않은 학문적 아이디어들을 주었던 롱 비치(Long Beach) 출판사의 데이비드 오닐(David O'Neal)에게도 고마움을 표하고 싶다. 끝으로 린 라 카바(Lyn La Cava)에게도 감사의 말을 전한다. 샌프란시스코에 있는 융 연구소의 지원을 받은 그녀의 강의 사본에는 수년에 걸친 많은 자료들이 보관돼 있었고 그 자료들이 이 책을 내는데 많은 기초가 되었다.

데보라 웨슬리(Deborah A. Wesley)

차 례

● 저자 서문 —— 5
● 편집자 서문 —— 6

제1장 신화란 무엇인가? • 11

제2장 태초에: 우주론 • 23

제3장 올림포스 남신들 • 35

　　　제우스, 포세이돈, 하데스 —— 39

　　　아폴로 —— 47

　　　헤르메스 —— 50

　　　아레스 —— 53

　　　헤파이스토스 —— 58

제4장 올림포스 여신들 • 63

　　　헤라 —— 63

　　　헤스티아 —— 65

　　　데메테르 —— 67

　　　아르테미스 —— 69

　　　아프로디테 —— 71

　　　아테나 —— 77

제5장 영웅들 • 81

        헤라클레스 —— 81

        이아손과 메디아 —— 99

        테세우스와 아리아드네 —— 109

        페르세우스 —— 123

제6장 트로이 전쟁 • 135

제7장 오디세우스 • 153

제8장 비극적 드라마, 오이디푸스 • 185

제9장 성전과 신탁들 • 201

제10장 디오니소스 • 213

제11장 오르피즘 • 233

제12장 엘레우시스 비교들 • 259

● 용어사전 —— 275

● 인용문헌 —— 281

● 찾아보기 —— 289

● 역자 후기 —— 301

제1장
신화란 무엇인가?

신화란 무엇인가? 사람들의 입장이 제각각 다르듯이 이 질문에 대한 대답 또한 각양각색일 것이다. 가장 넓은 의미에서의 신화는 동일한 하나의 종교적 믿음을 가진 국민은 하나의 공통 신화를 가지고 있다고 말할 수 있다. 이런 의미의 신화는 인생의 근원적 의문들에 대한 해답을 제공하는, 즉 신화를 형이상학적 진실의 표현으로 간주한다. 오늘날 우리가 흔히 보는 신화의 개념들은 신화론과 연관되어 있는 바, 그 각각의 개념은 그것이 파생되어 나온 분야에 따라 의미가 달라진다. 예컨대 과학자들에게 신화는 자연현상을 설명하기 위한 원시적인 시도, 즉 저급한 과학 정도로 간주된다. 철학자나 신학자들은 신화를 원시 철학이나 원시 종교로 취급하는 경향이 있다. 모든 생각을 역사적인 방향으로 하

는 사람들은 신화적 이야기들을 종족의 정신에 남아 있는 반쯤 잊혀진 역사적 사건의 흔적으로 풀이한다. 인류학자들과 사회학자들은 신화가 사회의 구조적 변화를 설명해 준다고 생각한다. 한편 예술가들과 시인들에게 신화는 이미지의 보고(寶庫)로서 그들 각자의 기교에 따라 언제든 새로운 형태로 다시 만들어 쓸 수 있는 상상(想像)의 공통 주화(鑄貨)와 같다.

그렇지만 이러한 개념의 신화들은 모두 한 가지 경우에만 합당한 개념들이다. 제각각 부분적으로만 적합한 이 모든 개념을 다 아우르면서도 현대인의 심성에도 보다 쉽게 이해할 수 있는 신화적 접근방식이 있다. 신화를 원형 심리의 자기실현(self-realization)으로 요약하여 설명한 구스타브 융(C. G. Jung)의 심리학적 관점이 그것이다. 융은 인간 심리를 개인적 차원과 원형적(혹은 초월적) 차원이라는 상호침투적인 두 개의 영역으로 이루어진 것으로 보았다. 개인적 차원은 우리들 삶의 직접적인 체험으로부터 나온다. 반면에 심리의 심층적이고 원형적인 차원은 개인적인 경험에 근원을 두는 대신에, 우리의 신체 구조처럼 태생적으로 존재하는 혹은 인간이라면 누구나 가지고 있는 생래적인 심리의 공통구조이다. 심리의 이러한 내적 구조는 원형(archetype)들로 이루어져 있는데, 이는 인간 종족의 전형적인 경험을 대변하는 심리의 보편적 패턴을 일컫는다. 원형적 차원은 인간 창조력의 결과물인 예술이나 종교 혹은 꿈이나 비전들을 통해 그 모습을 드러낸다. 신화는 인간 정신의 이러한 비개인적 차원으로부터 파생된다는 것이 융의 주장이다. 우리는 신화에서 만나는 여러 구체적인 형태들과 이미지들을 통해 심리의 보편적 경험의 근원인 동시에 그 경험을 결정짓는 원형적 리얼리티를 감지할 수 있다. 이러한 의미에서 신화적 차원에 대한 지식은 곧 심리의 심층적 차원을 통찰할 수 있는 유용한 도구가 될 수 있다.

융의 주장에 따르면 우리는 심리의 원형적 차원을 이해할 수 있는 방법들을 신화적 이미지들을 통해 찾아낼 수 있다. 만일 정신의 의식적 차원에 종교나 신화적 개념들이 포함돼있지 않다면, 정신의 보다 깊은 심층부에 닿을 수 있는 길은 존재하지 않을 것이다. 그러한 경우에 우리의 의식은 심리의 심층부로부터 완전히 소외되거나 아니면 그것과 완전히 동일화되어 버릴 것이다. 이를테면 우리의 의식에 신(神)에 대한 개념이 들어 있지 않다면 우리는 마치 스스로가 신인 것처럼 행동하기가 쉽다. 물론 자아(ego) 자체를 의식적인 사고 자체로 규정할 수는 없을 테지만, 자아의 행동과 반응에 있어서 그것은 개념을 파악할 방법이 없는 바로 그것, −이번 경우에는 신성성−자체와 스스로를 동일시하기가 쉽기 때문이다. 그런데 그 신성성이라는 범주, 즉 신들은 신화가 우리에게 말해주는 바로 그것이다.

우리는 왜 신화를 공부하지 않으면 안 되는가? 신화적 이미지들을 심사숙고하는 동안에 우리는 심리의 여러 사실들을 깨달을 수 있고, 그러면 그 사실들을 해석해 보려고 나름대로의 노력을 기울이게 된다. 물론 그러한 해석들의 일부가 잘못된 것일 수도 있겠지만, 신화적 이미지들 그 자체는 잘못된 것이 아니다. 신화적 이미지들 자체는 해석을 초월한 리얼리티를 지닌다. 그리스 신화의 근원적 이미지들을 고찰하는 동안에 우리는 그 구체적 이미지들 하나 하나가 우리들 개개인의 삶에서 어떤 의미를 지닐 수 있는지를 자문해 볼 줄 알아야 한다. 신화를 그저 먼 추상적 개념이 되지 않게 하려면 신화를 심리학적으로 해독해서 그것들을 살아 있는 경험들에 연결시켜 보는 것이 중요하기 때문이다.

이렇게 하기 위해서는 한 가지 특별한 테크닉이 도움이 될 수 있다. 마치 꿈을 다룰 때처럼 모든 신화를 대함에 있어서 우리는 각각의 신화적 존재들과 이미지들에 개인적 연상을 끌어들이는 것이다. 이를테면 헤라클레스에게 에우뤼스테우스나 옴팔레에게 봉사하라는 지주가 내려 그가 어쩔 수 없이 영원한 봉사의 삶 속으로 들어가게 되었을 때, 우리는 이런 식의 질문을 던져볼 수 있어야만 한다. "나는 지금까지 이와 흡사한 경험을 한 적이 있었던가, 나에게 이런 임무들이 부과되었던 것은 언제쯤이었지, 내게 부과되었던 그 임무들이 이 신화와 일치하는 것일까?" 등. 스스로 이런 식의 질문들을 해 보는 것은 무의식에 먹이를 주는 것이고, 그렇게 함으로써 우리는 생각이 됐든 기억이 됐든 모종의 연상을 끌어들이기가 쉬워진다. 이런 식의 연상에 주의를 기울임으로써 신화와의 개인적인 연결망이 구축되기 시작할 것이고, 그러고 나면 적어도 몇몇 특정 신화들은 우리들 자신의 삶 속에서 나름대로의 생명력을 갖게 될 것이다. 늘 이런 식의 질문들을 제기하다 보면 "이건 나의 신화야. 이 모습이 바로 내가 지금 마주하고 있는 나 자신이야"라고 외칠 수 있는 인식의 충격을 대가로 얻게 될 것이다.

히브리 종교의 성서나 신약만큼은 아니겠지만 그리스 신화 역시 성스러운 경전이다. 그리스 신화와 그 신화 위에 구축된 과학과 철학과 문학이 서구적 무의식을 형성하는 근본의 하나임은 분명하다. 신화는 단순히 먼 과거에 일어났던 일들에 관한 이야기만이 아니라 우리들 개개인의 삶과 우리들 주변에서 일어나는 것들 속에서 스스로 반복적으로 살아 움직이는 영원한 드라마이다. 이 영원한 드라마를 인식하는 것이야말로 우리의 존재성을 한 차원 높이는 일임에도 불구하고 우리는 지금까지 그것을 단순히 시인들의 몫으로 떠넘겨 왔었다. 이러한 초개인적 차원에 대한 깨달음을 개발하면 할수록 우리의 삶은 확장되고 넓어진다. 모세는 영원히 십계명을 하사하고 예수 그리스도는 영원토록 십자가에 못 박혀 부활하고 있듯이, 헤라클레스는 영원히 자신의 과업들을 수행하고 있는 중이며 페르세우스는 변함없이 메두사를 대면하고, 테세우스는 영원토록 미노타우로스를 쫓아다니는 중이다. 이 모든 드라마들은 우리 안에서, 그리고 우리의 주변에서 지속적으로 진행 중에 있다. 이들 신화적 존재들은 이면에서 진행되는 영원한 삶의 패턴들이다. 우리가 그것을 꿰뚫어 볼 수 있기만 하다면 말이다.

신화가 우리의 존재성을 좀 더 넓은 차원에서 이해할 수 있게 해 줄 수 있다면, 우리는 신화적 이해를 통해 우리들 자신이 아닌 모습까지를 인지할 수 있을 것이다. 융은 우리에게 이렇게 말한다.

> 적절한 순간에 삶 속으로 흘러 들어오지 않은 리비도는 신화의 원형적 세계로 퇴행해 들어간다. 그곳에서 인간이 아닌 존재들 즉 하늘 신이나 지하의 신과 같은 이미지로 표현된 리비도는 먼 태고 적부터의 삶을 활성화시킨다. 만일 이런 식의 퇴행이 젊은 청년에게 발생하게 되면, 그 젊은이의 사생활은 신들의 원형적 드라마로 대체될 것이고, 이는 훨씬 더 파괴적인 결과를 초래할 수도 있다. 왜냐하면 젊은 사람일수록 그 의식의 단련 정도로 봐서 현재 자신에게 벌어지고 있는 바를 있는 그대로 받아들일 수 있는 가능성은 그리 많지 않다. 때문에 젊은이 스스로 그 매력으로부터 스스로 빠져나올 수 있는 가능성 또한 희박해진다. 신화가 정말 중요한 이유가 여기에 있다. 신화는 당혹스러워 하는 인간 존재들에게 그의 무의식 속에서 부단히 벌어지고 있는 일이 무엇인지, 그리고 그가 왜 그토록 재빨리 사로잡힐 수 있었는지를 설명해 줄 수 있다. 신화는 그에게 이렇게 말한다, "이것은 네가 아니라 신들이야. 너는 결코 그 신들에게 가까이 갈 수 없어. 그러니 인간으로서의 너의 본분으로 돌아가. 신들에 대한 두려움과 경외감은 유지하면서 말이야."[1]

여기서 융은 원형적 이미지들과 지나치게 동일시하게 될 경우의 위험성에 대해 언급하고 있는 것인 바, 그것의 극단적 형태가 정신병이다. 신들이 존재하고 있음을 알게 되면 스스로를 신으로 착각하는 일이 적어진다. 신화는 이런 식으로 자아에게 그것의 실제 모습과는 다른 모습을 말해 주는데 도움을 준다. 앞으로 페르

---

[1] C. G. Jung, *Symbols of Transformation*, vol. 5 of *The Collected Works* [CW] of *C. G. Jung* (Princeton, N.J.: Princeton Univ. Press, 1950, 1984), par. 466.

세우스 신화에서 다시 한번 논의할 때 알게 될 테지만, 신화는 그 자체가 영웅 페르세우스로 하여금 메두사를 퇴치할 수 있게 해 주었던 아테나 여신의 거울 방패의 한 예이다. 신화를 곰곰이 반추해 봄으로써 우리는 초개인적 차원에 대한 약간의 이해를 얻을 수 있는데, 그러한 방법이 아니라면 초개인적 차원은 그 본래의 다듬어지지 않은 원초적 힘으로 인해서 전복되어버릴 것이다.

신화는 과연 어디서 나온 것인가? 심리학적 견해로 보면 신화는 집단무의식에서 점진적으로 조금씩 출현하여 그것이 속한 종족의 집단적인 노력에 의해 반복적으로 작업이 진행되다가 변치 않는 형태로 구체화된 것이라고 말할 수 있다. 그러나 거의 초창기부터 "신화는 오히려 역사적 진실의 잔재를 표현한 것이 아닐까?"라는 질문이 제기되어 왔었다. 고고학계의 연구 결과들은 몇 백 년 전만 해도 알려져 있지 않았었던 트로이 전쟁이 실재 존재했었을 수도 있다는 가설이 속속 입증되고 있는 중이다. 또 크레테 섬에서 테세우스 신화에 나오는 라비린토스와 황소 싸움에 일치하는 유물들이 발견된 적도 있다. 신화의 역사적 측면들은 상당한 주의를 요하는 부분이다. 기원전 3세기 혹은 4세기로 거슬러 올라가면 에우헤메로스라는 이름을 가진 어떤 사람이 모든 신화는 역사적 사건들에서 나온 것이라는 아이디어를 제기한 바 있다. 이를테면 모든 영웅들은 옛날에 실존했던 왕이거나 역사적인 실존 인물이었다는 것이다. 후일 이 아이디어는 신화로부터 모든 후광을 걷어내 버린 축소 이론으로 발전하였다. 에우헤메로스의 아이디어는 지금도 죽지 않고 살아있다. 그 이론은 매번 다시 등장하곤 하는데, 예를 들어 그레브스 (Robert Graves)의 신화에 관한 논평들이 그것이다.[2]

어떤 신화들, 아니 우리가 아는 바로는 어쩌면 모든 신화들이 역사에 그 근

---

2) E.g., *The Greek Myths* (Baltimore: Penguin, 1955).

원이나 뿌리를 두고 있다는 사실은 부인할 수 없다. 기독교 신화 역시 역사적인 실존 인물로부터 파생되었다는 설이 널리 퍼져 있음도 사실이다. 역사상의 어떤 경험이 인간 심리의 기본적이고 보편적인 특징을 보여주게 될 경우, 그것이 신화로 전환된다고 주장하는 사람도 있다. 여기에 역사와 원형이 상호 교차하는 지점이 생겨난다. 이를테면 현재 우리가 가지고 있는 모든 기록들에서 수백 년에 걸친 부분이 빠지게 된다면, 그리하여 나중에 서기 2500년쯤에 역사가들이 아브라함 링컨이 성(聖) 금요일에 암살 당한 사실에 주목하게 된다면 과연 어떤 일이 생길 수 있을 것인가를 추측해 보면 되겠다. 미래의 사람들이 그것을 단순한 사실로만 믿을 것인가 아니면 "글쎄, 재미있지 않은가. 우리가 아는 이 역사적인 인물이 여기 있단 말이지, 그런데 그 사람이 이렇게도 금방 기독교 신화에 맞추어져 있는 것을 보면 당대 사람들이 링컨이 누구이고 그리스도가 누구였는지를 구별할 수 없었던 것 아냐?"라는 의문을 품을 수도 있을 것 아닌가. 물론 우리들 자신은 그가 실제로 성 금요일에 총을 맞았었다는 사실을 알고 있다. 그렇지만 만일 (중간에) 기록들이 소실되어 버린다면 미래의 역사가가 그것을 그렇게 받아들일까? 아마도 아닐 것이다.

개별적 자아들이 구현하는 역사적 과정과 원형적 차원 사이의 교차가 어떻게 이루어지고 상호교환은 또 어떻게 이루어지는지는 진짜 미스터리이다. 때로는 원형적 차원이 개별적 자아의 드라마를 결정하는 것처럼 보이다가도 또 어떤 때는 원형적 차원의 모습이 개별적 자아의 삶의 방식으로부터 영향을 받는 것처럼 보이기도 한다. 『일리어드』(*The Illiad*)에서 헬레네는 헥토르에게 "인간들을 위한 미래의 노래"[3)]의 대상으로 만들려고 제우스가 자신들에게 힘든 운명을 내려준 것이라는 요지의 말을 하고 있다. 헬레네가 말하고 있는 바는, 우리가 지금의 힘든 운명

---

3) Homer, *The Illiard of Homer*, trans. Alexander Pope (New York: Macmillan, 1965), VI, line 6.

을 살아가게 되는 이유는 어떤 의미에서 미래의 사람들을 위한 원형적 이미지의 실례를 보여주어야 할 운명이 우리에게 지워져 있기 때문이라는 뜻일 것이다.

　　동일한 이슈의 또 다른 부분은 원형적 세계의 개진과 발달 및 확장에 자아가 어떻게 기여할 수 있는가에 대한 문제이다. 위인들의 명성과 불멸성에 대한 갈증은 종종 원형적 이미지들의 논의를 확대시키려는 갈망으로 표현되곤 하는데 그들은 그러한 논의를 자신의 운명으로 간주하고 수행하곤 한다. 밀튼(John Milton)은 「리시다스」("Licydas")에서 이러한 열망을 아주 명쾌하고도 아름다운 언어로 표현하고 있다. 그에 의하면 그러한 열망은 자아에 의해서가 아니라 초개인적 힘들에 의해 결정된다.

　　　　명성이야말로 청명한 영혼을 분기시켜
　　　　(고결한 정신의 최후의 약점인)
　　　　환락을 조롱하고, 고단한 나날을 영위케 하는 박차,
　　　　그러나 정당한 보상을 우리가 찾고자 희망하고,
　　　　돌연한 섬광으로 터지리라 생각할 찰나,
　　　　무시무시한 가위를 든 눈 먼 분노의 여신이 다가와,
　　　　자르노라, 그 부박한 생명줄을. "그러니 칭찬은 금물"
　　　　포이보스가 답하였고, 내 떨리는 두 귀를 감동시켰노라.

여기서 밀튼은 명성과 칭송, 그러니까 하찮은 자아의 야망에 대해 유추적으로 말하고 있다. 그렇지만 밀튼은 자신의 요점을 이렇게 말한다.

　　　　명성이란 인간의 토양 위에서 자라는 식물도 아니고,
　　　　번쩍거리는 금박 속에서 자라는 것도 아니며
　　　　세상으로 퍼져나가는 것도, 드넓은 소문 속에 자라는 것도 아닌,

만사를 판단하시는 쥬피터의 저 순수한 눈과
완벽한 증언에 의해 살며, 높이 퍼지노니,
그가 각자의 행위에 최후의 선고를 내리게 될 때,
천국에서의 그 만큼의 명성을 그대의 보상으로 기대하라.[4]

위 시를 개인적인 틀 안에서 파악해 보면, 소위 권력동기라는 것을 인생이라는 보다 큰 작품(*opus*) 안에 놓고 볼 때 어떻게 완전히 다른 것으로 전환될 수 있는가를 보여주는 실례이다.

    신화를 공부해야 하는 또 다른 이유는 키츠(Keats)에 의해 표현된다. 모든 사람이 「앤디미온」("Endymion")의 첫 몇 행은 알고 있다. 「앤디미온」은 신화적인 시로서 이 시의 익히 잘 알려진 오프닝 몇 구절은 실제로 신화에 대한 키츠 자신의 느낌을 표현한 것이다.

아름다운 것은 영원한 즐거움.
그 사랑스러움은 배가되어지고, 그것은 결코
무로 스러지지 않으리, 언제나 우리를 위해
고요한 나무 그늘과 달콤한 꿈과,
건강과 고요한 숨결로 가득 찬 잠을 간직하리라.
그러므로 매 아침마다 우리는
절망과, 귀족들의 비인간적인 결핍,
음울한 날들, 우리가 헤쳐 나가야만 할
온갖 불건강하고 컴컴한 미로에도 불구하고,
우리를 지상에 묶어 놓을 꽃다발을
짜고 있도다. 그렇다, 이 모든 것을 무릅쓰고,

---

4) John Milton, "Lycidas," lines 70-84.

어떤 미의 형상이 우리의 어두운 영혼으로부터
관의 검은 장막을 걷어내는 도다. 그러한 것으로는 태양과 달,
순박한 양 떼를 위해 그늘의 은혜를 싹트게 하는
늙고 젊은 나무들, 초록의 세계에 살고 있는
수선화들, 뜨거운 계절에 대비하여 스스로
서늘한 은신처를 만드는 맑은 실개천, 드문드문 있는
아름다운 사향 장미꽃으로 화사한
숲 한가운데의 덤불이 그러하고,

신화에 대해 키츠가 묘사한 대목은 이렇다.

또 우리가 위대한 죽음의 사자에 대해 상상해 왔던
심판의 장엄함 또한 그러하리니, 우리가 들었거나 읽었던
모든 아름다운 이야기들,
하늘의 가장자리에서 우리에게 쏟아져 내리는
영원불멸의 숲 속의 무한한 샘 역시 그러하다.5)

물론 시인들은 모두가 신화론자들이기 때문에 신화라는 영혼의 자양분에 대해 잘
알고 있다. 시인들은 신화적 이미지들을 가시적인 것으로 만들어 준다. 시인들은
원형의 힘들을 지속적으로 자각하면서 살아가는 사람들이다. 시인 같은 자질을 내
면에 간직하고 있었던 문인 드라이저(Theodore Dreiser)도 복수의 정령들 퓨어리
들의 날개 퍼덕이는 소리를 들은 적이 있기 때문에 자신은 복수의 정령인 퓨어리
들이 존재하고 있음을 알고 있었다고 말한 적이 있다. 드라이저의 이 말은 신화적
이미지의 섬세한 리얼리티를 심리적으로 묘사한 것이다.

---

5) John Keats, "Endymion," lines 1-24.

신화를 공부해야 하는 마지막 이유는 바우키스와 필레몬 신화에 잘 드러나 있다. 이 신화는 신 제우스와 헤르메스가 신심(信心)이 깊은 사람을 찾아 지상으로 내려왔던 이야기이다. 제우스 신과 헤르메스 신이 경건한 노부부인 바우키스와 필레몬의 누추한 오두막집에 이를 때까지 그 어느 누구도 이 두 신들을 집 안으로 들여놓지 않았다. 노부부인 바우키스와 필레몬은 자신들이 가진 모든 것을 다 해서 제우스 신과 헤르메스 신에게 정성껏 식사 대접을 하고 그들을 보살펴 주었다. 그 후에 홍수가 들이닥쳤고 오직 바우키스와 필레몬만이 구원을 받는다. 신들의 사원을 지키는 사람이 되고 싶다는 그 노부부의 소망이 받아들여진다. 이 이야기를 다룬 오비디우스에 따르면, 이 이야기의 모럴은 "신들은 여전히 착한 사람을 돌보신다. 그러므로 신앙심이 깊은 사람은 보살핌을 받는다"[6]는 점이다. 그것은 심층 심리학이 발견한 바와 일치한다. 우리가 무의식에 주의를 기울일 때 무의식은 그렇게 하는 자아에게 친절을 베풀어 줄 수가 있다. 신앙심이 깊은 자가 보살핌을 받는 것처럼. 바우키스와 필레몬 신화는 신화를 공부해야 하는 좋은 이유를 묘사하고 있다. 신화 공부는 제우스와 헤르메스 신을 집안으로 들여서 그들에게 자신들이 가지고 있는 모든 것을 아낌없이 대접한 환대와 같다. 환대는 영혼을 위해서도 좋은 일이다.

---

6) Ovid, *Metamorphoses*, trans. Rolfe Humphries (Bloomington: Indiana Univ. Press, 1955), p. 204.

제2장

태초에: 우주론

그리스 신화에 대한 고찰은 적어도 창조신화 또는

우주론을 한번쯤이라도 살펴보는 것으로 시작해야 한다. 우주가 어떻게 존재하게

되었는가에 대해서는 몇 가지 버전이 존재한다. 가장 간단한 것으로는 태초에 카

오스가 있었고 그 카오스로부터 대지 혹은 가이아가 출현했다는 버전이다. 가이아

는 하늘 또는 우라노스를 낳았고 이어서 가이아와 우라노스가 몸집이 거대한 후손

들을 낳았다. 그러니까 카오스로부터 한 쌍의 우주 부모가 출현하여 분리되었고,

그 부모가 지금 존재하는 모든 것들을 창조했다는 것이다.

    그렇다면 심리학적으로 그 이야기가 의미하는 바는 무엇인가? 일차적으로

그 이야기는 인성 혹은 자아의 전신(아직은 자아라고 말할 단계가 아니다)이 처음

어떤 모습으로 시작되는가를 묘사한 이미지이다. 우리는 그것을 심리의 각각의 새로운 부분이 어떻게 만들어지는가를 대변하는 것으로도 생각할 수 있다. 어찌 됐든 그것은 창조신화이고, 창조에 관한 이야기는 창조라는 행위와 연관될 수밖에 없는 카오스에 대한 우리의 심리적 경험에 적합하도록 묘사되기 마련이다. 창조란 이전에는 존재하지 않았던 새로운 어떤 것이 세상 속으로 들어오는 것을 뜻한다. 그렇다면 창조는 어디에서 나오는 것인가? 창조가 출현할 수 있는 유일한 장소를 신화는 카오스로 특징지어지는 비존재(非存在)의 텅 빈 영역으로 표현한다. 그것은 일종의 자궁, 앞으로 존재하게 될 모든 것들을 잉태하게 될 자궁이며, 그래서 창조라는 경험은 공통적으로 카오스를 앞세워 혹은 그것과 더불어서 경험하게 된다. 기꺼이 카오스의 심층부로 내려갔다가 빠져나오지 않는 한 새로운 것은 아무것도 출현할 수가 없다.

일단 새로운 것이 출현하게 되면 그것은 즉시 둘로 나뉘게 되는데 신화적 측면에서 그것은 대지와 하늘의 분리로 표현된다. 그것은 우리들 각자의 속으로 무엇인가 들어올 때 경험하게 되는 것, 즉 의식을 성취하는 과정에서 끼어 들기 마련인 대립물들의 분열을 대변한다. 사물은 그것이 무의식적인 동안만큼은 일체성(一體性)의 상태를 유지할 수 있다. 그러나 그것이 의식에 닿게 되면 대립물로 나뉠 수밖에 없고 그로 인해 우리는 갈등을 겪게 된다. 꿈속에 어떤 사물들이 둘로 보인다면 그것은 그 사물들이 처음으로 의식의 상태에 도달할 것이라는 암시이다.

여러 신화들이 신들의 왕국의 최초의 왕과 왕비를 우라노스와 가이아였다고 기술하고 있다. 왕권을 차지하기 위한 몇 차례의 전쟁이 벌어진다. 신화의 초창기부터 일련의 권력 찬탈이 행해진 것이다. 왕은 자신에게 위협이 되는 것은 무엇이든 내버려두지 않으려 했고 그래서 일종의 억압적인 방법을 취했던 것인데 그 억압적 방법이 역공을 불러 일으켰다. 이러한 일련의 권력찬탈 신화들을 심리학적으로 고찰해 볼 수 있을 것이다. 이 단계에서 인류는 아직 등장하지 않는데, 만일 인간이라는 존재를 자아의 대변으로 인정한다면 아직은 자아가 실질적으로 존재하지 않았다는 말이 된다. 고대의 신들은 자아의 전신 혹은 자아라는 씨앗에 연결된 원초적 자기(self)로 간주될 수 있으며, 그들이 벌이는 신화 초창기의 권력찬탈은 진화를 향한 일련의 변화들을 대변한다.

우라노스가 곤경에 빠지는 것은 자식들을 가두었기 때문이다. 우라노스의 후손들은 두 분파로 나뉘는데 한편에 거신족이 있다면 또 다른 한편에는 퀴클롭스가 있다. 말 그대로 "바퀴 눈"이라는 의미의 단어에서 유래된 퀴클롭스는 이마 한 가운데에 둥그런 하나의 눈을 가진 거신족으로 우라노스에 의해 대지 안에 감금된다. 부모 둘 가운데서 항상 자비롭기 마련인 어머니가 퀴클롭스를 감금한 우라노스에 대해 분노를 품게 되었고, 그래서 그 어머니는 자신의 아들 크로노스를 부추겨 우라노스에게 반격을 가하도록 만든다. 크로노스는 아버지 우라노스가 (대지 가까이) 다가올 때까지 잠복해 있다가 우라노스를 거세시켜 버린다. 대지에 떨어진 우라노스의 핏방울에서 에리뉘에스, 즉 (복수의 정령인) 퓨어리들이 태어났고 바다에 떨어진 우라노스의 생식기는 아프로디테를 출현시켰다고 전해진다. 여기서 퀴클롭스는 일차적으로 아직 둘로 분화되지 않은 심리적 측면을 대변한다. 이는 퀴클롭스가 하나의 둥그런 눈을 가진 존재라는 특성에서 비롯된다. 동그란 원의 형상은 우라노스에 의해 억압된 원초적 전체성을 암시한다. 우라노스의 거세로 인해 초래된 결과는 욕망(아프로디테)과 처벌(에리뉘에스)의 탄생으로 볼 수 있을 것이다.

우라노스의 거세를 프로이트는 거세 콤플렉스에 대한 신화적 사례로 받아들였다. 요컨대 아버지를 대신하기 위해 아버지를 거세시키지만 그 결과 아버지로부터 보복을 받을까 두려워하는 아들의 이야기로 간주했던 것이다. 이 에피소드를 좀 더 일반적인 의미로 고려해 볼 수도 있겠다. 즉 우라노스와 크로노스 이야기를 권력을 장악한 모든 것은 끊임없이 그 힘을 영속화시키기 위해 권위에 도전하는 위협적 요소들을 제거하려 한다는 원리를 내포한 것으로 간주될 수 있는 것이다. 이것은 또 심리 내부에서 발생할 수 있는 상황에 대한 이미지이기도 하다. 지속적으로 발달을 도모하고자 하면 오래된 원리는 죽어야 하며 새로운 원리가 나타나 그 옛 원리를 넘어서야만 한다. 그것이 바로 우라노스의 사건이며 우라노스의 뒤를 계승한 크로노스도 별로 개선된 행동을 취하지 않자 그에게도 똑같이 발생했던 사건이다. 크로노스의 후손들 중의 하나가 크로노스를 퇴치할 것이라는 예언이 내린다. 그러자 크로노스는 자식들을 모두 집어삼키는 것으로 대응하는데, 이는 자식을 집어삼키는 부모에 대한 원초적 버전으로 우리가 보편적으로 만날 수 있는 여러 이미지들 중의 하나이다. 결국 크로노스는 신들과 거신족들 사이의 전쟁에서 퇴위 당하고 그 뒤를 신들의 종족에 속한 제우스가 대체한다. 이전 왕조가 전복되고 새로운 왕조로 대체된 것인 바, 이는 심리적 권위의 전복을 나타낸다. 고대 신들의 세계에서 '신들의 멸망'(*Gotterdammerung*) 사태가 벌어진 것이다.

추방당한 거신족들은 전적으로 실용적인 목적들을 맡게 된다. 그들 중 가장 눈에 띄는 두 거신은 아틀라스와 프로메테우스였다. 전쟁에 패배한 대가로 아틀라스에게는 대지를 떠받치고 있으라는 저주가 내려졌고 그 형벌은 지금까지도 계속되고 있다. 어떤 의미에서 거신족들은 인류의 참살이를 위한 제물이 되었지만, 심리학적으로 거신족들은 자아를 위해 봉사하는 원형적 내용물들을 대변하는 존재들이다.

이것에 대한 일차적 사례가 프로메테우스의 이야기이다. 거신족들이 전쟁에서 패하긴 했어도 프로메테우스는 여전히 남아서 신들과 대립하였는데, 그 무렵에 신들과 대적한다는 것은 곧 인간의 편에 선다는 의미였다. 프로메테우스 이야기는 제물로 바친 고기를 나누어 어느 부위를 신들에게 바치고 어느 부위를 인간의 몫으로 할 것인가를 결정하는 과정을 감독하라는 임무가 프로메테우스에게 맡겨지면서 시작된다. 그 전에는 신들과 인간들이 함께 식사를 하였는데 지금은 신들과 인간들이 따로 식사를 하게 된 것이고, 이는 원형적 근원으로부터 자아가 떨어져 나오게 되었음을 암시한다. 프로메테우스는 고기의 뼈와 껍질들을 먹음직스럽게 포장하게 함으로써 고기의 영양가 있는 부위를 인류의 몫으로 남겨 놓아 신들을 속였다. 이런 행위에 대한 처벌로서 제우스는 인간에게서 불을 빼앗아버렸다. 그러자 곧 프로메테우스는 불을 훔쳐다가 인간에게 줌으로써 은혜를 베풀었고 그로 인해 그는 코카서스 산정에 사슬로 묶이게 된다. 그 곳에서 프로메테우스는 매일 독수리에게 간을 파 먹히는 형벌을 받게 되는데 그의 상처는 밤이 되면 다시 치유되곤 하였다. 이렇게 해서 독수리에게 간을 파 먹히는 프로메테우스의 형벌은 영원히 반복되었다.

프로메테우스의 이야기가 우리에게 제시해 주는 심오한 이미지는 새로 출현하는 의식의 본질에 대한 이미지이다. 첫째는 어느 부분이 신들 몫으로 가고 어느 부분이 인류의 몫으로 돌아가는지를 결정짓는 구별의 과정인데, 여기서 인류는 스스로 고기 혹은 에너지의 증식을 획득해 가는 자아를 대변한다. 인류에게 불이 제공된다 함은 우리가 빛과 에너지를 가지게 됨을 의미할 수 있다. 바꾸어 말해서 의식과 그 의식의 의도를 수행할 수 있는 의지라는 효율적 에너지가 새롭게 창조된 것이다. 그렇지만 그 때문에 무서운 대가가 치러진다. 왜냐하면 신화가 묘사하고 있는 것처럼 의식의 획득은 일종의 범죄이며 그 결과가 치유되지 않은 상처를 프로메테우스에게 만들어낸 것이었고 그 상처는 낮 동안에, 즉 빛과 의식의 시간에 독수리에게 괴롭힘을 당해야 하는 형벌이었다. 이러한 세부적 이야기들이 암시하는 바는 의식은 그 자체로서 상처를 만들어내는 독수리라는 점이다. 프로메테우스

[사진 1] 신들과 거신족들의 전쟁

정 중앙에는 제우스가 마차에 올라 앉아 있고, 가이아가 거신족 자식들의 생명을 구해 달라고 애원하고 있는 동안 헤라클레스는 활을 당긴 자세로 서 있다.

는 스스로 고통을 겪음으로써 인간의 의식에 대한 대가를 치르는데 이러한 점에서 그는 그리스도와 흡사하다. 거신족인 프로메테우스는 신의 영역에 속한다. 그는 인간이 아니라 원형적 혹은 비-자아(non-ego)적 측면이면서 인류를 너무나 사랑한 나머지 스스로 인간의 편을 든, 다시 말해서 자아의 발달을 꾀하기 위해 자발적으로 자아의 편에 선 원형적 측면이다.

프로메테우스의 이런 이미지는 시인들을 매혹시켰고 그리하여 시인들은 스스로를 프로메테우스와 동일시하곤 하였는데, 이는 어찌 보면 위험한 동일시이다. 그 중의 하나가 괴테였다. 괴테는 "프로메테우스 우화가 내 안에 살고 있다. 나는 그 옛날의 거신족의 밧줄을 나 자신의 사이즈에 맞추어 잘랐노라"고 선언하였다. 셸리와 바이런도 모두 프로메테우스의 이미지에 사로잡혀 있었다. 롱펠로우는 자신의 시 「프로메테우스」("Prometheus")에 창조적 예술가 안에 내재된 프로메테우스적 자질을 상당히 보편적인 것으로 표현하고 있다.

그 뒤편에서는 고르곤 방패를 든 헤르메스가 거신족들과 싸우고 있는데 사자와 팬더, 뱀들을 동반한 디오니소스가 그를 거들고 있다.

—무어가 재건한 기원전 560년경의 아티카 건축물로 휠락의 복제품

먼저 고귀한 용기에 찬 그 행위가,
하늘 향한 열망에서 태어나,
인류와 불을 나누어 갖게 하였고,
그러자 그 독수리가 다가와—
험준한 코카서스 산에서 고통스러운 절규를 했나니.

이 모든 것은 오로지 시인과 예언자와 예지자의
윤색된 상징에 불과하나니
왕관을 쓰고 성인이 될 수 있는 자들은
깊은 절망감을 익히 알고 있어야 하나니
그런 자들만이 온 국민을 고귀하고, 자유롭게 할 수 있느니.

그들의 열에 들뜬 환희 속에,
그들의 승리와 열망 속에,
그들의 격정적인 맥박 속에,

국민들 사이의 말들 속에,
프로메테우스의 불은 타오르나니...

그럼에도 불구하고 그들 모두에게도 주어지지 않나니
그토록 숭고한 시도를 할 만한 힘이,
하늘의 성벽을 갈라버릴 힘이,
그리고 불같은 기운을 발효시킬 힘이,
모든 사람의 가슴마다에 영원토록 가해질.

그렇지만 모든 음유시인들, 가슴으로부터 명예를 북돋우고
전조를 믿는 그대들이여,
환하게 불 밝힌 횃불을 높이 들라,
캄캄한 지대 구석구석에 환하게 빛을 밝히라,
그들이 메시지를 들고 앞을 향해 진군하는 동안 내내![1]

　　프로메테우스의 행위에서 비롯된 또 하나의 결과는 프로메테우스의 동생인 에피메테우스에게 내려진 처벌이다. 에피메데우스를 프로메테우스에 대한 일종의 변주로 간주해 볼 수 있다. 에피메데우스가 판도라라는 선물을 받는다. 어떤 의미에서 판도라는 불의 등가물로 정의될 수 있다. 불은 에너지이며 에너지의 여러 양상들 중의 하나가 욕망이다. 아름다운 여성 판도라는 욕망의 대상이다. 자아에게 욕망과 의지와 갈망이라는 에너지가 부여되면 자아는 판도라 상자의 내용물 즉 삶의 고통들도 아울러 부여받는다. 이와 아주 근접하게 일치되는 이야기가 아담과 이브의 신화이다. 이 두 신화는 둘 다 자아가 탄생되기까지의 존재론적 고통을 묘사하고 있다. 이 두 신화가 묘사하고 있듯이, 무의식 상태는 낙원이며 자아의 탄생

---

1) Henry Wadsworth Longfellow, "Prometheus," lines 11-25, 56-65.

[사진 2] 아틀라스와 프로메테우스
하늘을 짊어지고 있는 아틀라스의 모습이 보인다. 그의 형제인 프로메테우스는
인류를 도운 것에 대한 형벌로 사지가 결박당한 채 독수리의 공격을 받고 있다.
―기원전 560년경의 라코니언 컵의 세부도. 로마의 바티칸 박물관 소장

에 대해서는 고통이 그 대가로 주어진다.

에스킬러스의 『사슬에 묶인 프로메테우스』(*Prometheus Bound*)는 기원전 5세기의 그리스 사람들에게 프로메테우스가 어떻게 인식되고 있었는지를 알려준다. 이 작품에서 프로메테우스는 일종의 문화 영웅으로서 의식을 이끌어내는 원칙 그 자체를 구현한다. 에스킬러스의 극에서 프로메테우스는 다음과 같이 말한다.

인류의 슬픈 이야기를 들어보시오. 내가 인류에게 이해력과 이성의 일부
를 가져다 줄 때까지 그들은 아이들처럼 살았다오. 내가 이런 말을 하는
것은 인류를 비방하려는 것이 아니라 나의 자비가 얼마나 큰 지를 이야기

하려는 것이오. 그들은 보지 못하는 것을 보고, 이해하지 못하는 것을, 그러나 꿈 속의 형상 같지는 않은 것을 들으면서 혼돈 속에서 매일의 삶을 살았소. 벽돌로 지은 어떤 집도 그들이 가진 태양의 온기 속에 서 있지 않았고 목재 건물도 그러했소. 마치 작은 개미들처럼 그들은 햇빛이 없는 동굴 속 깊은 지하에서 살았소. 겨울이 다가온다는 어떤 징후도 알지 못했고 꽃피는 봄이나 결실이 풍부한 여름의 전조도 알지 못했소. 내가 그들에게 별들이 뜨고 어둡게 지는 것으로 계절을 분별하는 법을 가르쳐 줄 때까지 그들은 마구잡이로 일했소. 내가 그들을 위해 발명한 것은 모든 발명품 중에서 가장 최고의 것이었소. 나는 인간에게 글자를 배합하는 법을 가르쳐 과거의 기억과 기록, 예술의 명인, 뮤즈의 어머니가 되게 하였소. 처음에 나는 멍에를 맨 짐 나르는 짐승들을 데려왔소. 그들은 수레를 끌고 운반하면서 가장 어려운 노동으로부터 인간을 구제해 주었소. 나는 거만한 말에게 전차를 매게 하고 고삐에 순종하는 법을 가르쳐 주어 부와 사치의 장식품이 되게 했소. 나는 또한 항해자들을 위해 담황색 날개가 달린 운임 받는 배를 고안했소. . . 그들이 병에 걸렸을 때 치료제도, 연고도, 진정제도 없이 쇠약해졌고 이런 상황에서 나는 가장 큰 은혜를 베풀었소. 내가 그들에게 모든 병들을 떨구어내는 맛 좋은 약제의 혼합물을 주었기 때문이오. 많은 예언의 양식들도 정해주었다오. 나는 우선 그들이 꿈을 통해 국가에 무슨 일이 일어날 것인지를 판단하는 법을 가르쳐 주었소. 나는 반쯤 혹은 우연히 들은 말과 여럿이 모인 가운데 들었던 말에 대한 미묘한 해석을 찾아내었소. 그리고 발톱 가진 새들이 행운과 실패의 약속을 품고 날아가는 것, 그들의 다양한 생활양식, 상호간의 불화, 우정과 교제. . . 그리고 숨겨진 지구의 비밀, 인간에게 주어진 모든 혜택, 구리, 철, 은, 금―내가 아닌 누가 그들의 발명을 자랑할 수 있겠소? . . . 아니, 이 모든 것을 한마디로 들어 보시오―모든 인간의 예술은 프로메테우스로부터 왔던 것이오.[2]

프로메테우스는 의식을 가져오는 자이다. 그 외의 많은 존재들도 이런 자질을 가지고 있긴 하지만 그리스의 주요 극작가가 이런 식으로 묘사한 것으로 보아 옛날 그리스인들에게 프로메테우스는 각별한 의미를 지닌 존재였음에 분명하다.

프로메테우스가 예수 그리스도와 병치될 수 있음은 확실하다. 저항자라는 점만을 제외하면 프로메테우스는 성서의 「이사야 서」에 나오는 ("고통 받는 종")의 구절과도 유사하다. 그렇지만 성서의 고통 받는 종은 (저항자 프로메테우스와는 달리) 온유한 자로 묘사된다. 「이사야 서」에서 신의 고통 받는 종을 묘사하는 아래와 같은 구절들을 읽어보면 이를 쉽게 이해할 수 있다.

> 그는 주님 앞에서 마치 연한 순과 같이 자랐느니,
> 그는 마른 땅에 뿌리내리고,
> 그에게는 고운 모양도 없고, 우리의 눈을 끌만한 훌륭한 풍채도 없으니,
> 우리를 들뜨게 할 우아함도 그에게는 없도다.
> 　　그는 사람들에게 멸시를 받고, 버림을 받고, 고통을 많이 겪었다.
> 그는 언제나 병을 앓고 있었다. 사람들이 그에게서 얼굴을 돌렸고,
> 그가 멸시를 받으니, 우리도 덩달아 그를 귀하게 여기지 않았다.
>
> 그는 실로 우리가 받아야 할 고통을 대신 받고, 우리가 겪어야 할 슬픔을
> 대신 겪었다. 그러나 우리는, 그가 징벌을 받아서 하나님에게 맞으며,
> 고난을 받는다고 생각하였다.
>
> 그러나 그가 찔린 것은 우리의 허물 때문이고, 그가 상처를 받은 것은
> 우리의 악함 때문이다. 그가 징계를 받음으로써 우리가 평화를 누리고,

2) Aeschylus, *Prometheus Bound*, trans. E. D. A. Morshead, in *The Complete Greek Drama I*, ed. W. J. Oates and Eugene O'Neill (New York: Random House, 1950), lines 437-504.

그가 매를 맞음으로써 우리의 병이 나았다.

우리는 모두 양처럼 길을 잃고, 각기 제 갈 길로 흩어졌으나,
주님께서 우리 모두의 죄악을 그에게 지우셨다.[3]

성서의 위 구절은 분명 프로메테우스의 이야기를 반향하고 있다. 우리가 보유하고
있는 가장 중요한 세 가지 성전인 그리스와 히브리, 기독교의 성전 모두에 근본적
으로 유사한 인물이 등장한다는 것은 분명 의미심장한 일이다. 이 모두를 심리학
적 의미로 아우른다는 것은 어려운 일이지만 두 가지 측면은 분명한 것 같다. 하나
는 의식에는 고통이 뒤따른다는 것이고 다른 하나는 자아가 그 모든 고통을 전부
다 해결할 필요는 없다는 점이다. 심리 내부에는 자아를 지지하고 돕는 원형적 조
력자 혹은 후원자가 존재하기 마련이다. 그러한 존재가 이사야의 고난 받는 종이
건 프로메테우스이건 아니면 그리스도이건, 원형적 영역에 자아의 조력자가 있다
는 점이 중요하다. 이런 원형적 사실을 표현하는 여러 존재들 중에서도 어쩌면 프
로메테우스가 첫째 가는 그리고 가장 훌륭한 존재일 것이다.

---

3) Isa. 53: 2-6 (NEB).

제3장
올림포스의 남신들

문명 초창기 사람들이 영원한 신들이라는 존재를 의심할 바 없는 사실로 받아들였다는 것은 놀라운 일이다. 현대인들의 마음에는 영원불멸한 존재가 그리 명확하게 와 닿지 않기 때문이다. 오늘날의 우리들은 옛 조상들이 명백한 사실로 받아들였던 그것을 재발견하기 위해 심리적 경험의 심층부 아래까지 파내려 갈 수밖에는 없을 것 같다. 그리스의 판테온을 전체로 받아들일 경우, 그들 영원불멸의 존재들이 우리에게 의미하는 바는 근원적 리얼리티이다. 심리학적 관점에서 이 불멸의 존재들은 집단무의식의 거주민들이라고 말할 수 있을 것이다. 개별적 사아들이 시시각각으로 변화하는 심리적 측면이라면 이 불멸의 존재들은 원형들이라고 하는 지속적이고 변함 없는 심리적 총체들을 대변한다.

『일리어드』의 놀라운 특징들 중의 하나는 신들과 인간들이 같은 무대에서 활동한다는 점이다. 전투가 벌어지는 동안에 그리고 우승자들과 전사들 혹은 군사들이 밀고 밀리는 싸움의 현장에서 인간 전사는 말할 것도 없고 신들까지도 인간과 더불어서 싸운다. 이따금 신들 중에서 어떤 신은 한 명의 전사를 골라서 그에게 특별한 힘을 불어넣기도 하고 혹은 자신이 총애하는 자가 어려움에 빠지면 그의 몸을 구름으로 가려서 번쩍 들어다가 안전한 곳에 옮겨 놓기도 한다. 이런 장면들을 심리적 영역을 묘사한 것들로 간주해 보면, 자아의 경험과 신들로 대변된 원형적 요소들 사이에 이루어지는 자유롭고 유동적인 상호침투를 상징적으로 표현한 것임을 알 수 있다. 심리적 경험은 본질적으로, 우리의 의식이 제 아무리 소란을 피운다 한들 잘 감지해 낼 수 없는 어떤 힘들이 우리가 행동하는 것과 경험하는 것들 사이에 지속적으로 흘러들어 온다.

신들의 명단이 절대적으로 정해져 있는 것은 아니지만 올림포스 신들이 열두 신이라는 사실은 분명 중요한 의미가 있다. 나중에 수정된 사항이 일부 있긴 하다. 이를테면 디오니소스는 나중에 첨가된 신이며 데메테르는 올림포스 신들 속에 반드시 포함되는 신은 아니다. 그렇다 하더라도 보편적으로 인정되는 12 신이라는 성스러운 숫자의 상징성에 주목해 보는 일이 중요할 것 같다. 하루가 12 시간, 이스라엘의 12 부족, 그리스도의 12 제자, 황도대*의 12 궁, 헤라클레스의 12 가지 과업 등에 대해 생각해 볼 필요가 있다. 12라는 숫자는 전체성의 상징과 연결되어 있으며 만다라나 사위 일체와도 관련된다. 이렇듯 12라는 숫자는 신앙심이 깊은 사람들에게 특별한 의미를 가진다. 심리의 초개인적 중심인 자기를 향해 나아갈

---

* 황도대(zodiac): 태양의 궤도인 황도를 중심으로 남북으로 각각 8도의 폭을 가진 상상적인 구대(球帶)로 이 구대 안쪽을 태양, 달, 주요 행성들이 운행한다. 예로부터 이 구대를 12등분하고, 거기에 별자리를 하나씩 배치하여 이것을 황도 십이궁(signs of the zodiac)이라고 불렀다.

때 자아는 자기를 하나의 통일체로서가 아니라 (적어도 처음에는 아니지만) 다양한 원형적 요소들로 경험하기가 쉽다. 이 책에서 우리는 그러한 원형적 요소들을 그리스 신들로 간주하게 될 것이다.

신들 하나하나를 개별적으로 논하기에 앞서서 하나의 전체로서의 신들을 고려해 보기로 하자. 심층 심리학의 관점에서 볼 때 신들은 원형들을 대변한다. 원형이라 함은 개인의 경험들과는 관계없이 심리내부에 들어 있는 근본 패턴으로서 그것을 토대로 개인의 삶이 형성되는 일종의 원판과 같다. 이처럼 영원한 심리적 근본 패턴들이 신화에서는 보통 인간들의 영역과 떨어진 특별한 영역에 거주하는 신들로 표현된다. 그리스 사람들이 올림포스라고 불렀던 그 특별한 영역은 처음에는 산꼭대기로 간주되었으나 좀 더 나중에는 하늘 전체로 간주되었다. 『오디세이』(The Odyssey)에서 호메로스는 올림포스를 아래와 같이 묘사한다.

> 그들이 말하는 올림포스는 영원히 서 있는 신들의 거주지입니다.
> 그곳은 바람에 흔들리거나 비에 젖은 적이 없고, 눈도 내리지 않으며,
> 공기가 깨끗하게 퍼지고 구름 한 점 없으며, 그 위로 빛나는 순백이 떠돕니다.
> 그 속에서 축복 받은 신들은 그들의 매일 매일을 항상 기뻐하며 지냅니다.[1]

물론 이것은 그저 개인을 넘은 영역, 초월적 영역으로서의 하늘에 대한 여러 버전들 중의 하나에 불과하다. 이것과 병치될 수 있는 개념으로는 히브리 신화의 야훼의 이미지가 있다. 야훼 역시 하늘 남신이었으며 올림포스 산의 등가물이자 기독교의 천국과 유사한 시나이 산정에 거주하였다. 실제로 거의 모든 원시 신화에는 이처럼 완벽하고 영원하며 오염되지 않은 신들의 거주지로서의 하늘에 대한 개념

---

[1] Homer, *The Odyssey*, trans. A. T. Murray (Cambridge, Mass.: Harvard Univ. Press/Loeb Classical Library, 1984), VI, 41-46.

이 포함되어 있다.

심리적 관점에서 올림포스 영역이라는 개념은 내면의 상태를 외적 세계(이 경우에는 하늘)에 투사시킨 것으로 볼 수 있다. 심리의 내면은 영원하고 변함 없는 상태일 것이며 물질계와는 반대되는 영적인 세계일 것이다. 간혹 영원 세계에 대한 이런 이미지들은 우리의 염원 성취를 반영한 이미지일 뿐이라는 주장들을 만나게 된다. 그렇지만 그리스 본래의 올림포스 개념에서 염원은 성취되지 않는다. 신화와 그리스 초기 문학들에서 알 수 있듯이 하늘이라는 저 위 영역의 올림포스 신들이라는 상상적 존재들을 묘사하면서도 그들에게는 그 어떤 특권도 부여되지 않는다. 오히려 올림포스 존재들을 통해 필멸적 존재의 불행이 강조될 뿐이다. 우리는 자아보다 훨씬 더 긴 지속기간을 가진 영원 심리 혹은 영원 심리로 상징되는 어떤 것이 존재한다는 결론을 얻게 된다. 이런 개념이 원형들의 거주지인 융의 집단무의식의 개념으로 발전하였다. 순전히 심리학적인 융의 관점에서 보면 그리스 신들의 영역인 하늘은 시간과 공간을 넘은, 그러니까 인성 중에서 의식적 통제 너머에 존재하는 심리적 측면의 일부로 간주할 수 있다. 즉 올림포스와 같은 신화적 이미지는 심리적 리얼리티를 외부적 영역으로 바꾸어 표현한 것으로 이해될 수 있는 것이다.

그리스 신들을 개별적으로 차례차례 고찰하다 보면 심리의 영원한 혹은 탈개인적 영역에 대한 완벽한 목록을 얻게 될 것이다. 신들의 집단은 우리에게 일련의 원형적 원리들을 제공해 줄 것이다. 니체가 『비극의 탄생』(*The Birth of Tragedy*)이라는 자신의 저서에서 디오니소스적 원리와 아폴로적 원리를 설명하면서 세부적으로 사용했던 구절들에서 그 원리의 일부를 발견할 수 있다. 그리스 신들 각자에게도 니체의 것과 동일한 묘사가 적용될 수 있다. 이를테면 앞으로 우리가 다루게 될 제우스 원리, 아레스 원리, 아프로디테 원리, 아테나 원리 등의 표현이 그것이다.

이러한 원리들을 우리는 다른 방식으로도 경험할 수 있다. 이를테면 다른 사람들의 인성과 행동에 그런 원리들이 구현되는 경우를 관찰하는 경우이다. 우리의 친구들과 아는 사람들을 자세히 관찰해 보면 그리스 신들이 체현하는 각각의 원형적 원리들의 사례들을-물론 순수한 문화로서가 아닌 근접한 사례들로서-끄집어 낼 수가 있다. 마찬가지로 우리들 자신을 점검함으로써 우리의 심리내부에서도 안내 역할을 하는 한두 가지 이상의 주도적 원리를 찾아낼 수가 있다. 우리의 꿈 속에서도 그러한 원리들에 대한 여러 가지 표현들을 접할 수 있는데, 대체로 그러한 원리들은 어떤 종류의 도움을 주거나 길을 안내하는 능력을 가지고 있으므로 성스러운 존재들로 나타나곤 한다. 전체성의 상태에 가까이 접근하면 할수록 우리는 이러한 신성한 원리들의 대다수, 전부는 아니라 할지라도 그것들의 대부분과 최소한 잠깐이라도 마주치게 되어 있다. 말하자면 우리 모두는 각자 우리의 내부에 올림포스 판테온 전부를 가진 존재라 할 것이다.

제우스, 포세이돈, 하데스

제우스부터 시작해보자. 제우스는 최상의 권위를 대변하는 동시에 포세이돈, 하데스와 더불어 부권원리의 삼위일체 중의 하나이다. 이들 올림포스의 삼 형제는 하나의 기본원리의 각기 다른 측면을 구현한다. 그 중에서도 제우스는 최고의 신이며, 비록 남성적 측면만을 대변하지만 판테온의 모든 구성원들 중에서 온전한 자기를 가장 근접하게 구현하는 신이다. 제우스는 하늘 신으로 바람과 비, 천둥, 번개와 연관되어 있으면서도 정신적 현상을 주관한다. 하늘과 날씨의 모습들을 통해 암시되는 것이 정신적 영역이기 때문이다. 제우스는 정의와 심판의 수행 신이자 법의 구현 신이며 천둥을 내려쳐 법을 어긴 자들을 벌하는 징벌의 신이다. 제우스는 지속적으로 흘러나와서 무엇인가를 부단히 잉태하려는 충동을 가진 창조적 에너지를 의인화한 신이기도 하다. 제우스가 끊임없이 연애사건들을 일으키는 것은 이 때문이다.

제우스는 끊임없이 새로운 의식을 실현시키기 위해 혹은 자신의 새로운 결실을 맺기 위해 고군분투하는 에너지를 의인화하고 있다. 제우스의 연인들을 열거하자면 그 목록이 한참 되는데, 그의 연인들은 대부분 불행한 연애 과정을 보낸다. 그러한 시련은 자기의 여성적 모습을 의인화한 헤라가 제우스의 연애 행각에 보인 격렬한 반응에서 비롯되는데 헤라는 주로 제우스가 아닌 그의 연인들에게 형벌을 가하곤 했다. 일례로 아름다운 이오를 사랑한 제우스는 헤라의 추적을 피하려고 이오를 하얀 암소로 바꾼다. 그러나 제우스의 이 계획은 실패로 돌아갔고 헤라는 쇠파리를 보내 이오의 뒤를 쫓게 한다. 이로 인해 이오는 쇠파리에 찔리면서 세계 곳곳을 떠돌게 된다. 헤라의 질투를 보여주는 전형적 예가 되는 이 사건의 이미지를 통해 우리는 신성한 창조적 에너지가 인간적 차원으로 흘러들어 가게 되면 마치 인간에게로 넘어가 버린 것들에 대해 신들이 질투라도 하듯이 반격을 가하게 된다는 것을 알게 된다. 자아를 획득한다 함은 신성한 에너지를 횡령하는 것이기 때문에 반드시 그 대가를 치러야 하는 것 같다. 이러한 심리적 사실을 엿볼 수 있게 해 주는 것이 여러 인간 여성들과 제우스의 빈번한 연애 사건들이다. 제우스의 연애 사건들과 그에 대해 발작 증세를 보이는 헤라의 질투심은 자주 신들의 민담에서 '희극적 해소'(comic relief) 거리로 취급된다. 그렇지만 그러한 원형들의 움직임이 인간 개개인의 운명이 된다는 것, 따라서 그것은 희극적이기보다는 비극적 사건이 될 수 있다는 점을 염두에 두어야 한다.

제우스와 그의 연인들의 이미지에서 우리는 후일 기독교의 처녀 수태에 등장하는 것과 동일한 원형적 현상 즉 신성성과 인간성의 결합을 나타내는 초기 형태를 발견하게 된다. 마리아와 성령의 만남인 처녀 수태는 순탄한 결합으로 표현되지만, 그 결합의 결실인 그리스도의 최후 운명은 그리 순탄한 것이 아니다.

이러한 일련의 신화들에서 우리는 제우스와 헤라가 노골적으로 상반된 목적을 가지고 활동하는 기이한 현상을 접하게 된다. 제우스는 각기 다른 어머니들을 통해 곳곳에 최대한 많은 자손들을 생산하려는, 요컨대 창조의 충동을 드러내는 반면에 헤라의 역할은 제우스의 욕망에 굴복한 상대자들을 향해 분노를 터뜨림으로써 그들을 좌절시키려 하거나 갖은 방법을 다해서 응징하려고 애를 쓴다. 이러한 관계는 우리가 「욥기」에서 보는 바와 약간 비슷하다. 「욥기」에서 야훼는 스스로를 분리시키는데 분리된 야훼의 또 다른 부분이 사탄으로 나타난다. 여기서 우리는 원형적 세계가 항상 자아의 안위와 복지를 위해 관심을 쏟는 것은 아니라는 원형들 세계의 모호함을 발견하게 된다. 오히려 원형들은 가치판단이나 이해가 가능한 자아의 능력 너머의 그 무엇인가에 훨씬 더 관심이 있다.

제우스의 이미저리는 "창조"로 불리는 『주역』(The I Ching)의 첫 번째 육각형 이미지와 거의 일치한다고 볼 수 있다. 고대 중국의 신탁서인 『주역』은 이 육각형에 대해서 아래와 같이 적고 있다.

여섯 개의 틈새 없이 이어진 선들. 이렇게 틈새 없이 이어진 선들은 빛을 제공하는 영혼의 활동적이며 강한 선으로 태초의 힘을 대변하는데. . . 그것의 진수는 힘 또는 에너지이며, 그것의 이미지는 하늘이다.[2]

---

2) Richard Wilhelm, trans. *The I Ching* or *Book of Changes*, trans. from the German by Cary F. Baynes (New York: Pantheon, 1950), p. 1.

방금 우리가 언급한 것은 그 근본 에너지는 동일하지만 각기 다른 문화권에서 각양 각색의 모습으로 등장하는 혹은 각기 다른 옷을 입고 등장하는 원형에 관한 이미지들이다.

그렇다면 이런 요소가 심리학에서는 어떻게 나타날 것인가? 소위 제우스 기질이라고 부를 수 있는 특징을 구별해내기는 그리 어렵지 않다. 능률적이고 독선적인 남자들, 도덕적 권위의 표상과 같은 남자들, 그리고 위법을 저지르는 주위사람들에게 천둥번개를 내리칠 수 있는 남자들, 요컨대 흔히 남자다운 모습으로 간주되는 그런 상향을 가진 남자들이 있다. 이런 사람들을 야훼 기질의 사람으로도 부를 수 있다. 왜냐하면 야훼와 제우스는 본질적으로 얼마든지 상호교환이 가능한 신들이기 때문이다. 이런 제우스(혹은 야훼) 원리는 내면적으로 경험되기도 한다. 어떤 사람이 제우스 (혹은 야훼) 원리와 무의식적으로 일체감을 느끼는 경우, 그는 마치 자신이 국법 그 자체 혹은 최후의 권위체인 양 행동하고 반응할 것이다. 제우스 원리와 일체감을 갖는 대신에 제우스 이미지를 자신과 객관적으로 연결시킬 수 있다면, 그것은 객관적인 판단력과 판단을 내릴 수 있는 능력을 창출하게 된다.

제우스 현상을 보여주는 한 가지 예를 돈 많은 어떤 젊은 여자에 대한 열정에 사로잡혀 자신의 아내와 자식들을 떠날 것을 생각하고 있는 어느 젊은 남자의 꿈에서 찾아볼 수 있다. 그 젊은 여자가 가진 부(富)는 그에게는 그녀의 아름다움만큼이나 유혹적인 것이었다. 그 점에 대해 그는 다음과 같은 꿈을 꾼다.

저는 잿빛의, 재빠르게 움직이는 하늘을 바라보면서 길 한 가운데 서 있었어요. 저는 폭풍이 불어오는 정면 뒤로 순간적으로 햇빛이 비치는, 맑은 날씨를 언뜻 보았죠. 확실한 것은 제가 어떤 여행에 관해 결정을 내리는 중이었고, 그 결정에 날씨는 중요한 요소였지요. 내 오른쪽으로 한 무리의 노인들이 모여서 토론을 하고 있네요. 제가 그들에게 물었어요. "당신들은 제가 떠나야 한다고 생각하나요? 제가 보기엔 하늘은 맑은 것 같은데요." 그런데 그들은 다 함께 머리를 가로 젓는 거예요. 저는 그들의 충고를 저버리고 어두운 구름을 향해 곧장 걸어가기 시작해요. 제가 한 두 걸음 정도를 옮겼을 때 하늘이 갈라져 열리더니 거대한 갈색 손 하나가 아래로 뻗어 내려와서 저를 들어 올리면서 저에게 반대편 방향을 가리키지 뭡니까.

이 꿈에는 초개인적인 권위자가 날씨와 하늘이라는 흔치 않은 요소와 결합되어 나타난다. 천신(天神)이라는 존재가 정확히 본래의 모습 그대로 나타난 것이다. 천신은 원래 날씨 속에 그 모습을 나타내며, 비록 여기서는 꿈을 통해서 천신이 내면의 날씨로 간주되어 있지만 오늘날에도 그것은 변함 없는 사실이다.

　　법과 재판의 의인화이기도 한 제우스는 실제로 존재할 수도 있고 존재하지 않을 수도 있는 법과 재판 모두를 대변한다. 법과 재판은 아무렇게나 정해지는 것이 아니라 심리 속에 그 객관적 토대를 가지고 있어야 하는 것들이다. 플라톤의 『공화국』(The Republic)에서 반동인물에 의해 제기되었던 것처럼[3] 보다 힘 센 자들의 의지 너머에는 법이나 재판이 존재하지 않는다고 자아는 자칫 오해를 할 수도 있다. 그렇지만 도덕적 권위를 대변하는 이런 신화적 이미지들은 법과 정의 같은 인간적 원칙들이 심리 내부의 심층부에서부터 나오는 것임을 암시한다.

　　제우스의 형제인 **포세이돈**은 제우스와 비슷한 자질의 권위를 가지고 있지만 그의 권위는 위가 아닌 아래에서부터 우러나오는 권위이다. 바다의 신인 포세이돈이 지진을 일으키고 밀물과 썰물을 만들어내며 대지를 흔드는 신이라는 점에서는

---

3) Plato, *The Republic*, in *The Dialogues of Plato*, trans. Benjamin Jowett (New York: Random House, 1937), Book 3.

[사진 3] 천둥과 제유의 잔을 들고 있는 제우스
－기원전 520년경, 타르퀴니아 국립 박물관

대지 역시 포세이돈의 영역에 속한다. 포세이돈은 지상의 제우스 또는 심리의 심층부나 혹은 외부의 상황으로부터 모습을 드러내곤 하는 지상의 신이다. 포세이돈은 우리의 통제 너머에 존재하는 인생의 충격적인 사건들로부터 감지되곤 한다.

『주역』에서 "분기"(The Arousing=Shock, Thunder)라고 불리는 육각형의 숫자 51은 포세이돈 원리에 대한 언급에 다름 아니다.

> 하나의 양(陽)의 선이 두 개의 음(陰)의 선 아래로 뻗어나가면서 강력하게
> 위를 향해 밀고 뻗어나간다. 이런 움직임은 너무나 격렬해서 공포심을 불
> 러일으킨다. 그것은 폭풍으로 상징되는데 폭풍은 대지로부터 터져 나오며
> 그것의 충격은 공포심과 전율을 만들어낸다.

우리는 대부분 폭풍이 위에서 온다고 생각하지만, 심리학적으로 볼 때 폭풍은 아

[사진 4] 삼지창을 들고 해마를 탄 포세이돈
－기원전 490년경. 옥스퍼드의 에쉬몰리언 박물관

래에서부터 나온다는 중국의 이런 이미지가 전적으로 옳다. 우리가 내면의 지진을 경험할 때 그것은 아래에서 터져 나오는 폭풍과 아주 흡사하다. 이어서 『주역』은 아래와 같이 말한다.

> 대지의 심층부에 있는 신의 출현이 몰고 오는 충격은 인간을 두렵게 만들
> 지만 신에 대한 이러한 두려움은 좋은 것이다. 왜냐하면 그러한 두려움
> 뒤에는 기쁨과 즐거움이 수반될 수 있기 때문에. . . 뛰어난 인간은 항상
> 신의 출현에 대한 경외감에 차 있다. 그렇게 함으로써 그는 자신의 삶을
> 질서 있게 정돈할 수 있고 아무도 모르게 신의 뜻을 거스르지 않으려고
> 자신의 마음을 유심히 살피게 된다.[4]

---

4) Wilhelm, *The I Ching*, p. 210.

[사진 5] 하데스
흘러 넘치는 풍요의 뿔을 들고 있는데, 이는 대지로부터
나오는 부(富)를 암시한다.
─아티카 시대의 물병 세부도, 런던의 대영박물관

포세이돈은 아래로부터 출현하는 제우스에 다름 아닐 것이다. 해일과 지진에 대한
꿈들은 포세이돈 원리의 활성화를 지칭하지만 우리의 근본을 뒤흔들어버릴 구체
적인 사건들을 가리키는 것일 수도 있다. 포세이돈 인성은 제우스 인성과 약간 비
슷한 점들이 있긴 하지만 포세이돈의 권위와 효율성은 지적인 힘이나 영적인 힘과
는 대조를 이루는 보다 구체적인 힘들, 이를테면 정치력이나 경제력으로 그 모습
을 드러내기가 훨씬 쉽다.

　이상의 삼위일체 신들 가운데서 세 번째 신인 **하데스**에 대해서는 이야기 거
리가 별로 없다. 하데스와 관련된 거의 유일한 신화는 데메테르/페르세포네 이야

기이다. 페르세포네 이야기로 인해서 하데스는 망자(亡者)들의 나라로 납치해 가는 신이라는 자리를 확고부동하게 차지한다. 동시에 하데스는 무의식의 영역인 지하세계로의 안내자라는 지위를 헤르메스와 공유한다. 나중에 나온 심상들에 따르면 하데스는 실제로 자신의 희생자들을 소환하러 오는 죽음을 의인화한 신이 된다. 후일 하데스에게 풍요로움과 연관된 플류토라는 또 하나의 이름이 붙여짐으로써 하데스 역시 모호한 자질의 신이 된다. 하데스 인성을 정의하기는 어렵지만 아버지가 장의사였던 어떤 환자가 하데스에 대한 생생한 이미지를 묘사해 준 적이 있다. 그 환자는 어린 소년 시절에 아버지의 영안실로 죽은 시신들이 들어오는 것을 볼 때면 자신의 아버지가 그들을 죽인 것으로 믿었었다고 말했다. 이것은 하데스라는 존재를 자신의 아버지에게 투사시켜 묘사한 하나의 생생한 실례이다. 때때로 하데스는 디오니소스와 동일시되기도 했는데 확실한 것은 하데스가 내적인 측면에서 네키아(*nekyia*) 즉 지하세계로의 여행을 주관하는 신으로 간주되었다는 점이다. 때문에 하데스는 죽음과 부활이라는 현상의 통치 신으로 받아들여졌고, 이는 정확히 데메테르/페르세포네 이야기에서 하데스가 맡았던 기능이다.

아폴로

아폴로의 속성은 태양, 빛, 명료성, 진실 등이다. 아폴로는 합리적 의식의 원리를 대변하는데, 그토록 긍정적이고 영웅적인 존재들에게서조차 출현하기가 쉽지 않은 원리가 바로 이 아폴로 원리이다. 질투심에 사로잡힌 헤라가 아폴로의 어머니 레토를 쫓아다니는 바람에 대지의 그 어떤 곳도 레토에게 아폴로를 출산할 장소를 제공하지 못한다. 그러다 아폴로는 델로스라는 물 위에 떠 있는 섬에서 간신히 태어나는데, 이 이야기가 우리에게 암시해주는 것은 의식이라는 빛이 처음 이 세상에 나올 때는 얼마나 볼품 없는 모습으로 출현하게 되는가 하는 점이다. 아폴로가 태어나자마자 그 섬은 뿌리가 내려 견고한 섬이 된다. 이는 신성성이 어떻게 인간적 영역에 자리잡게 되는가를 말하고 있음이 분명하다. 견고하게 자리잡지 못한 자아는 피신처를 허락 받지 못한 자아, 그래서 물에 둥둥 떠 있는 존재 즉 지극히 부박한 의식으로 존재하다가 뿌리를 내린 후에야 영원히 자리잡을 수 있는 심리요소이다. 그 사례로 예술적 인성의 소유자들을 생각해볼 수 있을 것이다.

아폴로는 델피의 퓌톤을 죽이고 신탁소를 넘겨받는다. 그리하여 아폴로는 무의식에 대한 두려움을 추방한 신이 된다. 아폴로는 태양과 같은 금발의 소유자이며 통찰력의 화살 그리고/혹은 죽음의 화살을 쏘는 궁수이자 음악과 칠현금의 신이다. 질병의 치유도 그의 영역에 속한다. 그가 의술의 신 아스클레피오스의 아버지이기 때문이다. 뮤즈 여신들이 아폴로의 휘하에 속하므로 음악과 역사, 드라마, 시, 무용은 모두 그에게 속한다. 우리가 필요한 이미지들을 얻기 위해 창조적인 상상력을 불러들일 때 소환하곤 하는 여신들이 뮤즈 여신들이다.

아폴로 신은 무시무시한 측면도 가지고 있다. 대담하게도 아폴로 신에게 음악실력을 겨뤄보자고 도전했던 마르쉬아스는 내기에서 실패한 후에 살가죽이 벗겨져 나갔는데, 이는 빛의 힘이 벗겨져 나감을 상징한다. 아폴로의 화살은 빛과 통찰력을 가져다주는 태양 광선을 상징할 수도 있지만 그것들은 또한 죽음을 가져올 수도 있다. 『일리어드』에서 아폴로 신은 그리스 병사들이 자신의 사제를 모욕했다는 이유로 그리스 진영에 끔찍한 역병을 내리는 것으로 시작된다. 아폴로의 죽음의 화살은 니오베 여왕에게도 내리쳐진 바 있다. 니오베는 자신이 일곱 명의 아들과 일곱 명의 딸들을 두고 있음을 자랑하면서 단지 두 명의 자식만 두었던 아폴로의 어머니 레토를 능멸하였다. 니오베의 성급한 자랑이 아폴로와 그의 누이 아르

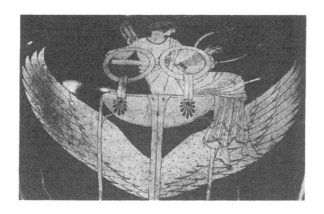

[사진 6] 아폴로
날개 달린 삼각대 위에 앉아 있는 아폴로가 바다를 건너 여행하고 있다.
—기원전 480년경. 로마의 바티칸 박물관

테미스의 분노를 자극했다. 니오베의 아들과 딸이 달랑 한 명씩 남을 때까지 아폴로와 아르테미스는 차례차례 화살을 쏘아 니오베의 자식들을 죽여 버린다. 아폴로의 강한 빛은 그 자체로써 위협적일 수 있다. 아폴로는 요정 다프네를 사랑하게 되었다. 아폴로가 다프네의 뒤를 쫓자 그녀는 공포에 질려 도망치다가 아폴로의 포옹을 피하려고 월계수 나무로 변해버린다. 셸리의「아폴로 송가」("Hymm of Apollo")에 이런 아폴로의 원리가 잘 표현되어 있다.

광선은 나의 화살이다. 그것으로 나는 살해하노니
밤을 사랑하고 낮을 두려워하는 기만을.
사악한 일을 도모하거나 상상만이라도 하는 자들은 모두
나에게 날아 오라, 그러면 내 빛의 광영으로부터
선한 마음과 관대한 행동은 새로운 힘을 받으리니.
밤의 장악으로 인해 사그라질 질 때까지. . . .

나는 눈이로다. 그 눈으로써 우주는
스스로 바라보고 스스로 신성한 존재임을 아나니,
악기와 시 구절의 모든 하모니,
모든 예언, 모든 약제는 다 나의 것이니,
예술과 자연의 모든 빛이, 그리고
승리와 찬사는 본래가 나의 노래에 속하노라.[5]

셸리의 송가가 찬양하고 있는 대상은 의식 자체의 힘과 미덕, 진실을 추구하는 힘
이다. 아폴로적 인성의 소유자는 이러한 의식적 자질을 부각시키기 위해 많든 적
든 어두운 디오니소스적 측면들을 희생시키는 사람일 것이다. 내적인 경험으로 빛
과 광명을 강조한다거나, 밝은 색깔의 머리카락을 가진 젊은이들이 부각되는 꿈들
도 아폴로 원리를 나타낼 수 있다.

헤르메스

일반적으로 **헤르메스**는 머리에 날개를 달고 있거나 날개 달린 신발을 신고
'케리케이온'(kerykeion)이라 불리는(나중에 카두케우스로 발전되었다) 지팡이를
가진 신으로 묘사된다. 헤르메스는 신의 전령이며 따라서 천사가 상징하는 것과
비슷한 것을 암시한다. 바람의 신인 그는 바람과 함께 움직인다. 그는 또 계시의
신이며 꿈을 가져다주는 신이고 어두운 길을 안내하는 신인 동시에 저승사자
(*psychopomp*)이다. 에우리뒤케를 찾아 하데스의 세계까지 갔던 오르페우스 이야기
에 포함되어 있는 것처럼 영혼을 지하세계로 인도하는 신이 헤르메스인 것이다.

---

5) Percy Bysshe Shelley, "Hymn of Apollo," lines 13-18, 31-36.

헤르메스는 양떼를 돌보는 선한 양치기로 묘사되기도 하는데 여기서 양떼라 함은 인간의 영혼을 의미한다. 훗날 선한 양치기라는 그리스도의 이미지는 본래 이런 헤르메스의 이미지에서 나온 것이다. 아리스토파네스에 따르면 모든 신들 가운데서 인간에게 가장 우호적인 신이 헤르메스였다.

고대 그리스에서 헤르메스는 경계선의 신이었다. 헤르메스란 일반적으로 경계를 표시하는 돌무더기를 지칭하는 '헤름'(herm)이라는 단어에서 파생되었다고 알려져 있다. 무엇인가를 나타내는 신이 그것보다 더 위대한, 다시 말해서 신이 대변하는 그것을 훨씬 뛰어넘는 경우는 흔히 있는 일이다. 인간의 영역에서 경계선을 수호하는 신이 헤르메스 신이지만, 한편 그는 그러한 경계를 뛰어넘는 신이다. 그는 위대한 침입자, 경계선을 넘나드는 자, 여행객들의 수호 성자이자 역사 초기에 여행자들의 주된 그룹을 형성했던 상인들의 수호신이다. 어두운 측면에서 헤르메스는 도둑들의 수호신이기도 하다. 이는 헤르메스가 태어난 바로 그 첫날에 아폴로 신의 소 떼를 훔쳤던 일화에서 비롯된다. 헤르메스는 말하자면 나의 것과 타인의 것 사이를 구분하는 경계선을 넘나드는 신이다. 헤르메스 원리는 아폴로 원리를 기만한다. 헤르메스는 반드시 진실할 필요가 없다. 그는 모호하며 거짓되기도 하고 교활하기도 하다. 이러한 특성으로 인해 헤르메스는 절대적인 빛과 진실, 명료함이 결코 끼어 들 수 없는 영역을 넘나들 수 있다.

헤르메스는 마술 지팡이를 든 마법사이며 경계선을 넘나드는 능력을 가짐으로써 인간적 영역과 신성한 영역 사이의 중재자가 된다. 그래서 심리학적 입장에서 헤르메스는 개인 심리와 무의식 사이의 중재자가 된다. 헤르메스는 또 영웅들의 조력자이며 비밀스러운 영역으로의 안내자이다. 헤르메스의 여러 기능들 중 어떤 기능은 그의 이름이 암시하는, 예컨대 성서의 숨겨진 의미를 찾아내어 그 의미를 풀어내는 해석학(hermeneutics)이라는 학문 분야와 연결되기도 한다. 우리는 또 헤르메스를 심층 심리학의 후원 신으로도 생각할 수 있다. 왜냐하면 심층 심리학은 의식과 무의식의 심층부를 연결시켜 반복적으로 그 둘 사이의 경계선을 넘나드는데, 그러한 특징은 헤르메스의 기능으로 추정할 수 있기 때문이다.

헤르메스 주변에는 항상 으스스한 특질이 존재한다. 고대 그리스인들은 사람들이 모여 있는 사이로 갑자기 침묵이 흐르게 되면 마치 또 다른 영역의 문이 열리기라도 한 것처럼 헤르메스 신이 들어왔다고 말하곤 했다. 현대적인 관점에서 헤르메스는 공감대의 형성자, 예기치 않은 우연의 일치를 가져오는 신, 합리적으로 설명할 수 없는 뜻밖의 이득을 가져오는 신으로도 간주할 수 있다.

헤르메스 인성을 가진 사람들이 있다. 그런 인성을 소유한 사람들의 주도적 성향은 숨겨져 있는 것에 관심을 가진 듯 보이는 사람들, 이를테면 표면에 드러나지 않는 비밀스러운 지식을 전수해 주는 부류의 사람들이다. 이런 인성의 소유자들은 상징적이거나 어두운 것의 해설자가 되기 쉬운, 말하자면 평범한 이해력의 경계선을 뛰어넘는 성향을 가진 사람들이다. 만일 어떤 사람이 헤르메스 원리와 동일시 상태에 빠지게 되면, 일을 추진하는 과정에서 숨겨진 어떤 의미들을 전달하거나 찾아내는 일에 강박적으로 매달림으로써 스스로를 성가신 존재로 만들어 버릴 수 있다. 이러한 상태는 헤르메스 원리와의 부정적인 동일시이다. 내면적으로 헤르메스 원리를 접하게 되면 그것은 우리를 무의식으로 이끌어줄 객관적인 내적 안내자로 기여할 수 있다. 그 좋은 예가 『신곡』(The Divine Comedy)에서의 베르길리우스의 기능이다. 베르길리우스는 단테의 헤르메스 즉 지하세계로 단테를 안내해 줄 저승사자였다. 꿈속에서 헤르메스 원리를 암시하는 존재들을 만나기도 한다. 대체로 바람과 연결되며 타협적인 영혼을 가진 사람들, 다시 말해서 각각의 세계에 한 발씩을 딛고 있는, 그럼으로써 두 영역 사이의 안내자로 기여할 수 있는 날개 달린 존재들이 그러한 사람들이다.

[사진 7] 날개 달린 부츠를 신고 전령의 지팡이를 들고 달리고 있는 헤르메스
－기원전 520-510년. 개인 소장품. 런던의 크리스티 소장의 그림

아레스

아레스는 전쟁과 분쟁, 다툼의 남신이다. 그의 누이 에리스는 불화의 여신으로 그녀가 등장하는 곳마다 불화가 생기며 트로이 전쟁을 초래한 불화의 황금사과를 던졌던 여신이기도 하다. 아레스는 공격 에너지의 원리이다. 신화에서 아레스는 일차적으로 아프로디테의 연인으로 나오는데 이는 아프로디테 원리와 아레스 원리 사이에 어떤 연관성이 있음을 시사한다. 아프로디테의 오쟁이 진 남편 헤파이스토스는 아프로디테와 아레스 사이에 모종의 사건이 벌어지고 있다는 말을 듣고 그물을 만들어 두 연인을 현장에서 붙잡는다. 이런 상황이 암시하는 바는 심리

의 어떤 측면을 단련시키려면 다듬어지지 않은 공격성과 갈망의 에너지를 정확히 간파하여 그것을 의식의 빛 속으로 끌어내 올 수 있어야 한다는 점이다.

아레스 원리의 심리적 형태는 공격성과 분쟁, 그리고 싸움 자체를 위한 싸움을 즐기는 호전성일 것이다. 그것은 또 논쟁의 내용보다 논쟁 그 자체에 훨씬 더 흥미를 갖는 논객의 태도나 프로복서의 태도에 해당된다. 아레스 원리는 또 공격적으로 자기주장을 할 수 있는 용기와 능력을 구현한다. 직업 운동선수들이나 재판 변호사, 직업 군인들이 이 범주에 속할 것이다. 이에 대한 탁월한 예가 패튼 (George C. Patton) 장군이다. 패튼 장군의 인생을 그린 <패튼>("Patton")이라는 영화에서 패튼은 거의 종교적인 태도로 전술을 숭배하는 인물로 그려진다. 패튼의 이런 태도는 아레스 신전의 진정한 경배자의 태도에 다름 아니다.

내적 경험으로서의 아레스 원리는 공격 에너지가 요구되는 상황에서 그 모습을 드러낸다. 헤라클리토스는 전쟁이야말로 만물의 아버지라고 말했던 바6), 어떤 의미에서 집단에 한정되어 있던 애초의 근원적 아이덴티로부터 떨어져 나와 자신만의 길을 쟁취하고자 하는 의지야말로 심리발달을 위한 필수요건일 것이다. 이것을 보여주는 한 예로서 인생의 어려운 문제를 어떻게 헤쳐나갈 수 있을 것인가를 고심하는 어떤 남자의 꿈을 들 수 있다. 꿈속에서 그에게 어떤 목소리가 "그것은 마르스의 들판에서 해결될 것"이라고 말한다. 그 꿈은 그에게 싸우지 않으면 아니 된다는 점을 일깨우고 있다. 그 꿈이 "마르스의 들판"이라는 고대의 포맷을 빌어 조언을 하고 있다는 점이 흥미롭다. 그것은 그가 처한 갈등이 원형적 차원에 개재된 갈등임을 지적하고 있기 때문이다. 존엄성이란 싸워서 쟁취해야 한다는 것, 그렇지 않으면 얻어내지 못한다는 점을 그 꿈은 충고하고 있다.

---

6) Heraclitus, fragment 53, in Kathleen Freeman, *Ancilla to the Pre-Socratic Philosophers* (Cambridge, Mass.: Harvard Univ. Press, 1962), p. 28.

호메로스의 「아레스 송가」("Hymn to Ares")는 대개 기원전 8세기경에 쓰인 것으로 짐작되는데, 특이하게도 여기서의 아레스는 그 신 본래의 반대적 측면을 위해 소환된다. 아래가 송가의 전문이다.

아레스, 우세한 힘을 가지신 분,
아레스, 전차를 타신 분,
아레스는 황금 헬멧을 쓰고 계시며,
아레스, 그 분은 방패지기,
아레스, 그 분은 도시의 수호자,
아레스는 청동 갑옷을 입으시며,
아레스는 강한 두 팔을 가지시며,
아레스는 결코 피곤함을 모르시며,
아레스, 창을 가지신 든든한 분,
아레스, 올림포스의 방어자,
아레스, 승리의 여신의 아버지,
전쟁에서 스스로 기쁨을 느끼는,
아레스, 정의의 조력자,
아레스는 다른 편을 패배시키신다,
아레스, 가장 정의로운 인간들의 지도자,
아레스, 남성다움의 지휘봉을 가지신 분,
아레스, 불길 솟는 빛나는 원판을 돌리시는 분,
7이 표시된 아에테르의 궤적 사이로
거기서 불길이 타오르는 큰 접시가
그를 영원히 데려 간다
세 번째 궤도 너머로 !
내 말을 들어 보시오.

인류의 조력자이신 분,
젊은이의 달콤한 용기의 제조자,
저기 위에서 내려 온 광선
당신의 부드러운 불빛
우리의 삶을 비추는,
그리고 당신의 전사다운 힘,
나로 하여금 쫓아버릴 수 있도록 해 주는,
그 잔인하기 그지없는 비겁함을
나의 머리로부터,
그리고 내 영혼의 거짓된 충동을
없애버릴 수 있도록 해 주는, 그리고 억제할 수 있으리라
내 마음속의 그 날카로운 목소리를,
나를 자극하여
전쟁의 그 몸서리쳐지는 아우성 속으로 끌어들이려는.

여기서의 아레스는 무작정 전투지로 달려나가고 싶지 않은 탄원자에 의해 소환된다. 탄원자는 자신이 아레스 신과 동일시하는 일이 없게 해달라고 이 전쟁의 신의 이름을 빌어 탄원하고 있다. 그는 계속해서 이렇게 말한다.

당신은 행복한 신,
나에게 용기를 주시고,
나를 머물게 하시니
평화의 안전한 법률 속에,
그리고는 벗어나게 하시니
적들과의 전투로부터
그리고 격렬한 죽음의 운명으로부터.7)

[사진 8] 전사의 창과 헬멧을 들고 있는 아레스가 비둘기를 들고 있는 연인 아프로디
테와 앉아 있다.

－기원전 520년경. 타르퀴니아 국립 박물관

기원전 8세기경에 아레스 신이 평화를 가져다주는 신으로 탄원의 대상이 되고 있음이 놀랍긴 하지만 그것은 원형적 의미로 들린다. 우리가 아레스 원리와 어떤 형태로든 연결되지 않는다면 도리어 아레스 원리에 부정적 형태로 희생되고 말 것이다. 투쟁을 요구받을 때 싸우지 않으려 한다면 혹은 공격 에너지를 필요로 할 때 그러한 에너지를 소환할 수 없다면, 우리는 다른 방식으로 그것에 굴복하고 말 것이다. 다른 사람의 공격성의 희생자가 돼 버리거나 아니면 부적절한 순간에 공격 에너지를 분출시킴으로써 파괴적인 결과를 낳게 됨으로써 독선적 에너지의 희생자로 전락하고 말 것이다. 예를 들면 아레스 기질을 소유한 어떤 환자는 그 기질을 잘만 활용하면 스스로를 보다 효율적인 인간으로 만들 수 있었을 것임에도 불구하고, 그것을 자신의 수동성을 다루기 위해 사용하는 대신에 반복적으로 경찰들과의

---

7) Hesiod, "Hymn to Ares," in *The Homeric Hymns*, trans. Charles Boer (Irving, Tex.: Spring Publications, 1979), lines 1-43.

언쟁을 일삼는데 활용하였다. 그 환자야말로 아레스 신에게 자신을 해방시켜 달라고 기도했어야 했다. 그래야만 그는 "영혼의 거짓된 충동"을 사그라지게 할 수 있었을 것이며, "나를 자극하여 몸서리쳐지는 전쟁의 아우성 속으로 끌어들이려는/ 내 마음속의 그 날카로운 목소리를 억제"할 수도 있었을 것이다.

헤파이스토스

신들의 대장장이인 **헤파이스토스**는 불의 장인이자 불을 작동시키는 사람들 즉 야금사들이나 기능공들의 수호신이다. 헤파이스토스는 아테나처럼 어머니라는 한쪽의 부모만 가진 아들이지만, 그 어머니로부터도 버림받은 아들이었다. 못생긴 데다가 절름발이라는 이유로 태어나자마자 어머니 헤라가 아들을 하늘에서 대지 아래로 내던져버렸던 것이다. 헤파이스토스의 운명과 루시퍼의 운명 사이에는 약간의 유사점이 있는데 이것을 우리는 밀튼의 『실낙원』(*Paradise Lost*)에서 찾아볼 수 있다.

대지로 내던져짐으로써 대지는 헤파이스토스의 관할이 되었다. 대지와 주요한 관계를 가진 유일한 신인 헤파이스토스는 대지 아래의 세속적 리얼리티와 연결된 신성한 힘을 대변하게 되었다. 헤파이스토스에게서 우리는 성육신의 이미지 즉 인간이 된 신의 이미지의 전조를 발견하게 된다. 헤파이스토스는 구체적 리얼리티의 직공이다. 왜냐하면 그는 대지에 묶인 현실의 신으로서 개별적이면서도 구체적인 것들 안에서 작동하는 원형적 요소를 대변하기 때문이다. 그는 유용하고 재간이 있으며 아름다운 장비들의 발명가이자 창조적 예술가이다.

헤파이스토스의 동료 중에는 창조성과 기형 모두와 연결된 신비로운 어둠의 난쟁이 신들인 카비리(Cabiri)가 있다. 모두가 완벽한 존재들로 구성된 올림포스 영역에서 유일하게 불완전한 모습을 가진 헤파이스토스는 결함을 장점으로 발전시킨, 혹은 궁핍으로부터 생성, 발달된 창조성을 대변한다. 적어도 인간들에게는 헤파이스토스의 그러한 면이 그를 각별히 소중한 존재로 여기도록 만든다. 왜냐하면 헤파이스토스의 그런 특성 때문에 불완전한 인간이 신성한 영역의 동반자, 즉 창조성과 연결된 동반자를 가질 수 있기 때문이다. 심리학적으로 이러한 관계는 원형적 힘이 개인의 리얼리티로 진입해 들어오는 것, 그리하여 창조적 원리가 세속의 영역으로 들어오는 관계를 나타낸다. 그것은 또 창조성이란 결과적으로 엄청난 노력을 필요로 하는 결핍감이나 부족한 느낌으로부터 생성되는 것임을 암시한다. "궁핍이야말로 창조의 어머니"라는 것이 헤파이스토스 원리이다. 헤파이스토스는 아프로디테와 결혼하였지만 그녀는 아레스와 연애 행각을 벌였고, 때문에 헤파이스토스는 오쟁이 진 남편의 원형이다. 이런 점에서 헤파이스토스는 어쩌면 발기불능자의 창조적 측면을 대변하는 존재로 간주될 수도 있을 것이다.

헤파이스토스 원리는 두 개의 흐름으로 나뉘어져 진행된다. 하나는 아름다움을 강조하는 예술 원리인 예술가와 장인의 길이며, 또 다른 하나는 실용성을 강조하는 기술자와 기사의 길이다. 적어도 잠시 동안이긴 하지만 연금술사들이 헤르메스 원리와 헤파이스토스 원리를 결합시켰던 적이 있었다. 왜냐하면 연금술사들은 구체적 물질들을 가지고 불 위에서 작업을 하는 헤파이스토스적 측면을 실행하는 동시에 상징적이고 철학적인 문제들을 다루는 사람들이었고, 이것 또한 헤르메스적 측면이기 때문이다. 그렇지만 7세기 무렵에 이것은 깨어졌고 헤파이스토스 측면은 과학과 기술이라는 그 나름의 독자적인 길로 나아가게 되었다. 현대에 이르러 겨우 헤르메스 측면은 심층심리학에 다시 등장하기 시작했는데 그렇다고 해도 심층심리학은 헤르메스 원리에만 국한되지 않은, 그 둘의 새로운 결합물이다. 심

[사진 9] 장인인 헤파이스토스가 테티스의 아들 아킬레스를 위해 자
신이 만든 갑옷을 테티스 여신에게 선사하고 있다.
　　　　　　　　　　－기원전 480년경. 베를린의 국립 박물관

층심리학은 그냥 추상적인 이론적 원리에만 국한되지 않고 심리치유의 과정에 헤
파이스토스적 내용을 포함하는 임상 실험이기 때문이다.

　헤파이스토스 기질은 특히 아름다움과 실용성에 기대어 사는 예술가들과 장
인들, 즉 모든 종류의 장인들과 제조업자들에게서 찾아볼 수 있다. 이런 기질을 가
진 사람들은 손으로 하는 작업에 몰두하거나 혹은 세속적이고 구체적인 모양을 만
드는 일에 몰입한다. 직업 물리치료사들이나 임상실험의 기능 및 모든 종류의 기
술들이 여기에 해당한다.

　제우스와 그의 형제들에 관한 세부적 내용은 잠시 뒤로 미루고 올림포스 판
테온 중 남성 신들을 대충 훑어본 결과, 아폴로와 헤르메스, 아레스, 헤파이스토스
를 남성적 심리기능의 네 가지 원리들로 살펴볼 수 있었다. 우리는 1960년대 인간

을 달로 보내려 했던 원대한 프로젝트에서 그 네 가지 원리들이 다함께 작동했었음을 상상해 볼 수 있다. 달 착륙이라는 도전을 가능하게 했던 과학자들과 기획자들, 그리고 그러한 아이디어들을 냈던 사람들은 아폴로적 인간을 대변한다. 반면에 기술자들과 공장 노동자들로 대변되는 헤파이스토스적 인간들은 그 프로젝트의 성공을 가능케 했던 여러 장비들과 하드웨어들을 만들어낸 사람들이다. 우주비행사들로 대변되는 아레스적 인간은 그 프로젝트에 참여할 수 있는 용기와 공격적 에너지를 가진 사람들이다. 헤르메스적 인간들이 인간의 달 착륙에 내포된 보다 더 큰, 숨겨진 어떤 상징적 의미를 찾아내 줄 것인데 이러한 헤르메스적 인간들은 지금도 계속 출현 중에 있다.

제4장

올림포스의 여신들

헤라

올림포스의 여신들 중 최고의 여신은 하늘의 여왕이자 제우스의 정처(正妻)이며 동반자인 **헤라** 여신이다. 헤라 여신은 아내이자 어머니 여신이며 여성적 권위와 힘의 구현체로서 심리적 총체인 자기의 여성적 측면을 구현한다.

지금까지 전해져 온 헤라 여신에 관한 신화들은 일차적으로 분노하는 배우자로서의 모습에 초점이 맞추어져 있다. 추측컨대 이는 그리스 신화가 남성 심리의 산물이며 따라서 모든 여신은 남성 심리의 렌즈를 통해 그려진 모습이라는 사실을 반영하는 듯하다. 그러나 이러한 가부장적 왜곡에도 불구하고 기본적으로 여성원리에도 남성원리 못지 않은 힘과 효용성이 부여되어 있다는 것만은 분명하다. 제

[사진 10] 프로메테우스와 함께 한 헤라
―기원전 450년경의 원형쟁반의 세부도.
파리의 비블리오떼끄 국립 박물관

우스는 헤라를 중요한 존재로 생각한다. 여신 헤라는 제우스의 끊임없는 연애행각
에 분노를 표출할 뿐만 아니라 일부 인간 영웅들을 향해 장기간에 걸친 적개심을
드러내곤 했는데, 헤라클레스와 아이네이아스에 대한 분풀이도 그 중 하나이다. 그
렇지만 그녀의 학대와 괴롭힘은 결과적으로 영웅들을 자극하여 보다 더 큰 업적을
이룩하도록 하는 계기가 된다. 그러한 주제들은 신화에서 대부분 부정적으로 묘사
되어 있지만, 결국 그것의 궁극적 결과는 영웅의 성장이다.

　　제우스와 헤라가 벌이는 부부 싸움은 세련된 그리스 사람들에게는 그저 부끄
러운 추문으로 보였겠지만 상징적 의미에서 보면 이 두 신들의 다툼은 남성원리와
여성원리 사이의 갈등을 묘사한 것이다. 그들의 다툼은 남성원리가 결코 전능한

원리만은 아니라는 점을 분명히 보여준다. 남성원리도 적대자로부터 도전을 받을 수 있음을 보여주기 때문인데, 여러 신화에서 제우스에 대한 실질적인 도전자는 여왕다운 당당한 풍모를 지닌 여신 헤라로 제시되어 있다.

유형으로서의 헤라 여성은 당당하고 권위적이며 천성적으로 근엄함을 지닌 여성이다. 관대한 후견인이 될 수 있는 여성이자 언제나 전권을 장악할 수 있는 여성, 말하자면 타고난 여장부가 헤라 여성이다. 내면적으로 헤라 원리를 받아들인다 함은 자신의 여성성을 당연히 대접받아야 할 권위로 간주하고 있다는 의미이다. 여성에게 이러한 심리적 태도야말로 가장 핵심이 되는 경험일 것이다. 남성 심리에서 헤라는 모성 콤플렉스라는 심리의 권위적 측면을 대변한다. 남성적 자아가 스스로를 확립하려면 끊임없이 그러한 모성 콤플렉스에 저항하여 이겨낼 수 있어야 한다. 성숙한 남성들에게 헤라 원리와의 만남은 여성 원리를 대접해 주어야 할 어떤 것, 그렇지만 남성적인 로고스 원리와는 차별하여 대접해야 할 요소로 경험하게 됨을 의미한다. 헤라 원리는 우리의 존경심을 요하는, 심지어 어떤 상황에서는 숭배까지를 요구하는 여성적 힘과 권위를 구현하는 개념이다.

헤스티아

헤스티아는 가정과 국가의 신성한 화로의 여신이다. 헤스티아는 그리스보다 로마 문화권에서 더 주목을 받는 여신으로 로마 사람들은 그녀를 베스타라는 이름으로 불렀다. 집안의 화로에서 환하게 타오르는 불을 의인화한 여신 헤스티아는 가성의 중심이자 가족 모임이니 씨족 모임의 중심을 나타낸다. 집안의 화로는 성스러운 제단이 되기도 하는데, 때문에 여신 헤스티아의 이름은 모든 제의에서 맨

[사진 11] 헤스티아
-기원전 520년경. 타르퀴니아 국립 박물관

처음과 끝에 소환된다. 헤스티아는 중심을 이루거나 뿌리를 내리는 것, 그리고 어떤 집단에 속하거나 특정지역 즉 일정지역에 포함되는 것 자체의 신성함을 상징한다. 로마에는 베스타의 처녀들이 주관하는 규모가 꽤 큰 종교 제의가 있었는데 여기서 이 베스타의 처녀들은 가족, 부족, 도시, 그리고 국가에 대한 경건한 충성심을 고양시키는 영원의 불을 지폈다.

인간 생활에서 개인들을 길러낸 지리적 장소, 특히 그들이 첫 해를 보낸 곳에 대해서는 살아가는 동안 줄곧 신성한 느낌이 유지되는 경향이 있다. 이것은 애국심이라든가 국기에 대한 숭배 그리고 항상 자신이 태어난 장소, 즉 "고향"에 연연하는 향수의 원천으로 간주될 수 있다. 그것이 바로 헤스티아가 대변하는 것이다. 모든 것을 다각적으로 파헤치는 여러 분석 자료들을 보면 자신이 태어난 출신 지역에 따른 심리적 측면, 요컨대 "지역 정서"라고 일컬어지는 것에 의해 형성되는 정황 증거들이 발견되곤 한다. 그것은 이 나라에서(여기서는 미국) 한두 세대 거주했을 뿐인 이민자의 후예들에게서 자주 발생되는 일인데, 그러한 지역 정서는 그들의 부모와 조부모들이 오래 전 떠나 왔던 나라에서도 똑같이 발견된다. 그런데 비단 이민자들에게서 만이 아니라 미국 안에서도 꽤 분명하게 알아볼 수 있는 다양한 지역 정서들이 존재한다. 이를테면 남부 정서라든가 중서부 정서 혹은 뉴잉글랜드 정서 같은 것들이다. 그러한 정서들은 출생지역에 의해 지속적으로 결정되는 정서들이다. 지역 정서와 관련된 이 모든 것들은 헤스티아의 영역에 속한다. 먼저 자신이 속한 구체적 지역의 화로에 경배를 드린 다음에, 그러한 경배를 꾸준히 유지할 수 있을 때 우리는 비로소 인간이라는 종족의 집, 다시 말해서 범세계적인 인류 전체의 화로에 대해 경배를 드릴 수 있을 것이다. 보다 넓고 포괄적인 것들에 대한 이해가 가능하려면 자신의 구체적 태생에 대한 견고한 관계가 먼저 형성되어야 한다. 그렇지 않을 경우에 범 세계주의란 고립주의보다 별로 나을 것이 없는, 아무것도 아닌 것이 돼버릴 수 있다.

코네디커트 주의 뉴 헤이븐 시에 있는 어떤 건물에 "신과 국가와 예일을 위하여"라고 적힌 푯말이 걸려 있음을 발견할 수 있다. 그것은 헤스티아에게 바치는 비명(碑銘)을 여러 다른 모습들, 즉 우리가 섬겨야 할 여러 가지 화로들의 각기 다른 표현들로 볼 수 있다.

데메테르

데메테르는 대지의 어머니로서 농경문화의 구현체이며 특히 곡물의 구현체이다. 데메테르와 연관된 신화와 종교는 모두 엘레우시스 비교들로 모아지는데, 그 종교에 관한 자세한 것은 나중에 논의될 것이다. 데메테르는 양육하는 어머니의 구현체로서 심리치료사들에게는 익히 잘 알려져 있는 원형 이미지이다. 임상

[사진 12] 횃불과 보리 이삭을 들고 있는 데메테르가 인류에게 농경문화를 전파
하라고 트립톨레무스를 날개 달린 뱀들이 끄는 마차에 태워 떠나보내
고 있다.
—기원전 480년경의 아티카 도기의 세부도. 런던의 대영박물관의 복제품

실험에서 양육하는 어머니는 이중적 이미지로 묘사된다. 양육하는 어머니는 자양
분을 주는 어머니와 그 양분을 받는 어린애 둘을 암시하는데, 그 둘 사이의 역학
관계는 아주 쉽게 뒤바뀔 수가 있으므로 양육하는 어머니는 곧 집어삼키는 어머니
가 되기도 한다. 즉 먹이의 주체가 어린애로부터 어머니에게로 역전되는 과정이
발생하는 것이다. 데메테르와 강하게 일체감을 느끼는 여성이 양육에 대한 강박적
욕구를 갖게 될 경우, 집어삼키는 어머니로 변할 수 있다. 만일 어떤 여자가 자식
에게 필요한 것인지 아닌지도 개의치 않고 계속해서 아이를 먹이고 돌볼 것을 고
집한다면, 그 아이의 성장에 대한 잠재성은 훼손되어 결국 그 자식은 계속 어린애
로 남아 있게 될 것이다. 아이로 하여금 어머니에게 의존하게 함으로써 자신의 허

기를 채워야 하는 어머니는 자식을 집어삼키는 어머니이다. 이러한 부정적 어머니의 모습은 흔히 집어삼키는 아가리의 이미지로 표현된다.

아르테미스

로마 사람들에게 디아나로 알려진 **아르테미스**는 달과 연관되어 있으며 태양신인 아폴로의 누이이다. 그녀는 숲과 사냥의 여신이자 은색 화살을 가지고 다니는 여자 궁수이다. 아르테미스는 처녀 여신으로 사춘기 소녀들에게 건강과 복지를 가져다주며 출산을 관장하는 여신이다. 동시에 아르테미스는 냉정하고 정숙한 여신으로 남자들에 대해 재빨리 반감을 느끼는 타입이다. 그녀는 또 동물들의 수호여신으로 인간적인 감정이나 인간들과의 관계보다는 야생적 본성에 더 가치를 둔다. 옛날부터 내려온 아르테미스와 관련된 이야기들 중의 하나로 숲 속에서 아르테미스 여신을 만났던 악타이온의 이야기가 있다. 목욕을 하고 있던 아르테미스 여신을 우연히 발견한 악타이온은 그 여신의 모습을 몰래 훔쳐보았다. 진노한 아르테미스는 악타이온을 수사슴으로 바꾸어버렸고, 그 결과 악타이온은 자신이 데리고 다니던 사냥개들에게 사지가 갈기갈기 찢겨져 나간다. 여기서 사지 절단의 이미지는 아직은 신성함을 받아들일 단계에 이르지 못한 자아가 자신의 본능들과 옥신각신 갈등하고 있음을 대변한다. 미처 준비되지 않은 자아가 예상치 못한 탈개인적 에너지들로 인해 갈팡질팡한다는 것은 항상 위험스러운 일이다.

아르테미스 본성의 또 다른 측면은 그녀와 오리온의 관계에서도 드러난다. 아르테미스의 남동생인 아폴로는 누이가 위대한 사냥꾼인 오리온을 사랑하는 것에 질투심을 느낀다. 하루는 오리온이 바다 저 멀리서 수영을 하고 있었는데 그것

[사진 13] 아르테미스는 화살로 악타이온을 위협하고 있고, 악타이온의 사냥개들이
그를 공격한다.
─기원전 460년경의 아티카 도기. 보스톤의 커티지 미술 박물관

을 본 아폴로가 누이 아르테미스의 경쟁심을 자극하기 위해 "누나의 활과 화살로
바다 저쪽 멀리에 있는 점을 맞힐 수 있어?"라고 묻는다. 그러자 아르테미스는 자
신의 화살을 목표물에 조심스럽게 겨냥하더니 정확하게 그 점에 화살을 맞춘다.
그녀가 맞춘 점은 다름 아닌 오리온이었다. 이 이야기는 아르테미스 유형의 여성
들이 어떤 식으로 인간관계를 파괴할 수 있는가를 설명해 주는 바, 여기서 그 원인
으로 지목된 것은 아폴로로 상징되는 영적 아니무스의 질투심이다. 이 이야기는
마치 아르테미스 여성은 자신의 내부에 파트너를 가지고 있어서 인간적 차원의 경
쟁자들은 원치 않는 것처럼 여겨진다.

아르테미스 여성은 능률적이고 자족적이어서 개인적인 친밀감에 휘둘리지

않는 성향의 소유자이기 쉽다. 심리적 경험으로서의 아르테미스 원리는 냉정할 정도로 사실적이며 초개인적인 태도 속에 그 모습을 드러내는데, 때문에 이런 부류의 여성들은 천성적으로 냉담하고 무심해 보인다. 아르테미스 원리는 때로 잔인함으로 경험될 수도 있는데, 이는 아르테미스 원리가 인간의 사적 감정에 무관심하고 나약함과 소극적 성향에 대해서 가혹하기 때문이다. 아르테미스 여성은 다정다감함이 결여되어 있다는 점에서 감상적이면서 보호적 성향이 있는 데메테르와 대조된다. 아르테미스 여성은 적자생존의 법칙을 신봉한다고 말할 수도 있으며, 남성들에게 아르테미스는 타고난 아니마로 간주될 수 있다. 아르테미스 여성은 아무런 가책도 느끼지 않으면서 나약함에 대해 무자비한 태도를 취하지만 강인함에 대해서는 우호적이다. 따라서 아르테미스 여성들은 성장 가능성이 있는 사람들에게는 우호적인 태도로 대하거나 그런 사람들을 자극하여 성장을 촉진시키기도 한다. 한편 소극적인 인성을 가진 사람들은 아르테미스 여성에게 반감을 가질 수 있다.

아프로디테

아프로디테는 사랑과 미의 여신이다. 자신의 희생자들에게 화살을 쏘아 열정을 불러일으키는 에로스(=큐피트)가 그녀의 아들이다. 우아함, 매력, 유혹적 욕망, 쾌락 원리의 힘을 대변하는 그레이스라고 불리는 세 명의 우아함의 여신들이 아프로디테와 연결돼 있다. 아프로디테의 이런 매력들에도 불구하고 많은 신화들은 그녀의 영역에 포함된 위험성에 대해 이야기하고 있다. 아프로디테의 연하의 연인 아도니스가 어느 날 사냥을 하고 있던 중 멧돼지에게 죽임을 당한다. 이와 관련된 일부 버전은 이 멧돼지가 사실은 아프로디테의 연인이었던 아레스였고, 그가 질투심으로 인해 아도니스를 공격한 것이라고 되어 있다. 이 이야기가 암시하고 있는 바는 우리가 만일 아프로디테와 접하게 된다면 공격적인 아레스 원리와 우호적인 관계를 유지하지 않으면 아니 된다는 점이다.

아프로디테와 얽히는 것이 위험을 초래할 수도 있지만, 아프로디테를 경멸하는 것 또한 재앙을 초래할 수 있다. 우리는 그것을 힙폴리튜스 신화에서 엿볼 수 있다. 여신 아르테미스의 숭배자였던 힙폴리튜스는 사랑의 부름을 거절하고 정숙함을 모든 것에 우선하는 가치로 간주했다. 여신 아프로디테는 자신을 경멸한 힙폴리튜스에 대한 보복으로 힙폴리튜스의 계모인 페드라에게 사랑의 열정을 불어넣어 그녀로 하여금 힙폴리튜스를 격정적으로 사랑하도록 만든다. 그녀가 힙폴리튜스에게 접근했지만 그는 그녀를 거절하였고, 이에 대해 페드라는 남편인 테세우스에게 힙폴리튜스가 자신을 성적으로 폭행하였다고 말했다(이는 성서에 나오는 요셉과 포티파르의 아내에 대한 이야기와 유사하다). 테세우스는 포세이돈에게 복수를 빌었고 그러자 바다의 신이 힙폴리튜스에게 벌을 내려 힙폴리튜스는 말들에게 질질 끌려 다니다 죽고 만다. 바다의 신이 보낸 황소가 말들을 위협하여 힙폴리튜스의 마차를 전복시켜버린 것이다. 이 신화가 보여준 대로, 아프로디테는 자신을 거절하는 모든 이들을 의심스러운 혹은 심지어 왜곡되기까지 한 에로틱한 상황으로 몰아넣어 복수를 가하는 여신이다. 아프로디테의 폄훼가 위험스러운 것일 수 있지만 한편 패리스처럼 다른 여신들을 제치고 아프로디테를 선택하는 것 또한 그것 못지 않게 위험한 것일 수 있다. 패리스에게 아프로디테, 아테나, 헤라 중에서 가장 아름다운 이를 선택하라는 임무가 주어지고, 패리스는 아프로디테를 선택했는데 결국 패리스의 이 선택은 트로이 전쟁으로 이어진다. 이 모든 것은 심리의 발달과정을 통과하는 데는 쉬운 길이 없다는 점을 말하고 있다.

여기서 또 다른 이슈, 그것도 아주 소란스러운 이슈가 제기될 수 있다. 남신과 여신들은 자주 대립 관계에 놓인다. 심리내부의 원형적 힘들이 분열될 경우 그 신성한 영역의 갈등으로 인해 자아는 어쩔 수 없이 분열될 수밖에 없고 따라서 자아는 비극적 상황에 내던져지게 된다. 확고부동한 통일체가 되지 못하고 다양한 원리들이 혼재되어 있는 한, 생명체는 본질적으로 비극적이다. 이러한 본질적 비극을 극복할 수 있는 기회는 오로지 유일신으로 상징되는, 심리학적으로는 자기로 대변되는 통일성을 획득할 때뿐이다.

신화 속의 많은 여성들이 마주치는 또 다른 위험은 자신의 아름다움을 아프로디테의 아름다움과 동등한 것으로 생각하는데서 비롯된다. 그녀들의 쓸데없는 '히브리스'(hybris), 즉 오만함 때문에 그런 여성들에게는 항상 끔찍한 운명이 가해진다. 이런 신화들이 분명하게 암시하는 심리학적 의미는 아름다움과 욕망을 자극시키는 아름다움의 특성은 동일시의 대상이 아니라 성스러운 힘으로 삼가 해야 할 대상이라는 점이다. 아름다움을 자신의 것으로 생각하는 것은 스스로를 아프로디테와 동일시하거나 아프로디테의 신성한 지위에 도전하는 것이기 때문이다. 한편 아프로디테의 감동적인 측면은 피그말리온 신화에 드러나 있다. 피그말리온은 조각가였는데 그는 자신이 만든 상아 여조각상을 사랑한 나머지 아프로디테 여신에게 그 조각상에 생명을 불어넣어 달라고 기도한다. 아프로디테는 그의 간절한 기도를 받아들여 상아를 인간의 육신으로 바꾸어 준다. 이 이야기는 여신 아프로디테가 생명을 불어넣는 원리를 대변한다는 점을 암시한다. 만일 우리가 내면세계에 충분한 에너지를 쏟아 붓는다면 내적 세계에 어떤 일들이 벌어질 수 있는가를 아름답게 재현한 이야기가 피그말리온 신화이다. 즉 내면세계의 이미지들은 아프로디테의 도움을 받아 생생한 생명체가 될 수 있는 것이다.

때때로 아프로디테는 우주의 근본 원리, 즉 생명력의 근원으로 간주되기도 한다. 이러한 태도는 루크레티우스(Lucretius)의 「사물의 본질에 관하여」("Of the

Nature of Things ")의 개막 구절에 예시되어 있다. 루크레티우스는 자신의 시 전체를 아프로디테 혹은 로마인들에게 비너스로 알려진 여신에게 헌정하였는데, 그는 아래와 같은 시 귀들을 통해 아프로디테 여신을 소환하고 있다.

> 신들과 인간들의 기쁨, 로마의 어머니시여,
> 활주하는 별빛 아래 사랑스러운 비너스는
> 많은 항해 길을 충만케 하시고
> 대지를 비옥케 하시네 — 살아 있는 모든 것들은
> 당신을 통해서만 잉태되나니,
> 당신을 통해서만 자라나 위대한 태양을 방문 후 있으리니 —
> 여신이시여, 그대 앞에서, 그리고 그대가 오실 때야
> 사나운 바람과 무거운 구름은 달아나리니,
> 그대를 위해 오묘한 대지는 향기로운 꽃들을 피워내고,
> 그대를 위해 고요한 바다의 물들은
> 미소를 짓습니다, 그리고 청명한 하늘의 움푹 팬 곳들은
> 그대를 위해 분산되는 광채를 낸다오!
> 머지않아 봄철의 대낮 같은 얼굴이 다가오고,
> 빗장 풀린 서쪽에서는 부풀어 오른 질풍이 불어오리니
> 먼저 공중의 새 떼들이 당신의 심장을 두드려
> 그대의 등장을 예고하리니, 오 그대 신성한 여신이시여,
> 행복에 찬 들판의 야생 소 떼들은 뛰어다니거나
> 솟아오르는 급류를 수영하네. 이렇게 힘껏,
> 주문을 걸린 듯, 살아 있는 모든 것들이 그대를 따르네.
> 그대가 이끄는 곳은 어디든지,
> 바다와 산과 급류를 거쳐,
> 잎이 무성한 새들의 집과 녹색의 평원에 이르기까지,

가슴마다 사랑의 욕망에 불을 지피면서,

그대는 앞으로 다가올 영원한 세대에 계속해서,

자손들을 이어주나니, 오로지 당신만이

우주를 인도하시므로, 그러니 그대 없이는 그 어떤 것도

빛이 반짝이는 해안에 다다를 수 없나니,

즐거움과 사랑스러움도 태어날 수 없나니,

그대를 나는 저 시 구절 속의 동반자로 갈망하노니

내가 자연에 관해 쓰고자 상상하는 그 시에서. . . .1)

물론 어떤 사람들은 아프로디테와 성령을 상당히 큰 차이가 나는 존재들로 생각할 것이다. 그렇지만 위의 시 구절들을 읽어나가는 동안 우리는 아프로디테의 상징성이 성령의 그것과 교차되고 있음을 발견하게 된다. 이를테면 아프로디테와 성령은 둘 다 비둘기라는 상징물을 공유하고 있다. 비둘기는 아프로디테 편에서 보면 그녀의 생명력을, 성령의 편에서는 영적 수태능력을 대변한다. 융의 『융합의 신비제의』(*Mysterium Coniunctionis*)에서 연금술사들이 소위 "축복 받은 녹색"으로 칭했던 것의 상징성에 대해 설명한 부분이 나오는데, 여기서도 성령의 수태능력은 녹색으로 간주되었으며 따라서 그것은 아프로디테의 생명원리에 소속된 식물 영혼과 동등한 것으로 고려될 수 있다.

에우리피데스의 『힙폴리튜스』(*Hippolytus*)에 나오는 아프로디테에 관한 구절들도 주목해 볼 필요가 있다. 아래와 같은 구절들을 통해 우리는 고전 시대의 그리스인들이 여신 아프로디테를 어떻게 생각했었는지를 엿볼 수 있다.

막강한 힘을 가지신 사랑의 여왕의 공격은 인간이 인내할 수 있는 이상이

---

1) Lucretius, *Of the Nature of Things*, trans. W. E. Leonard (New York: E. P. Dutton and Sons/Everyman Library, 1943), I, lines 1-25.

지만, 그래도 그녀는 순종하는 마음을 가진 사람들은 온화하게 대하고. 오로지 오만하고 부자연스러운 영혼을 발견했을 때만 그들을 믿을 수 없을 정도로 조롱한다. 그녀의 길은 하늘로 나 있고 그녀는 대양의 큰 파도 한 가운데를 달린다. 자연의 모든 것은 그녀로부터 생겨나며, 대지의 자식들인 우리 모두가 존재할 수 있도록 따뜻한 욕망을 불러일으켜 준다.[2]

요즘 아프로디테 타입의 여성들이 활보하고 있다. 아프로디테 여성은 상대를 사로잡을 수 있는 매력과 자질, 즐거움을 제공하는 능력과 의지를 가지고 있으며, 상대에 대한 사려 깊은 배려심을 보임으로써 상대의 기분을 좋게 하는 능력을 발휘한다. 물론 다른 모든 여성적 원리들과 마찬가지로 우리는 아프로디테 원리의 희생물이 될 수도 있다. 만일 어떤 여성이 자신을 아프로디테 원리와 동일시하게 되면, 그녀는 집착적으로 내면의 아프로디테 원리를 활성화시키려 함으로써 아프로디테 원형의 무기력한 노예로 보일 것이다. 독립적인 아르테미스 여성이 아프로디테의 온기로 어느 정도 심리적 균형을 이룰 수 있듯이, 아프로디테 여성은 아르테미스 원리와 관계를 맺음으로써 보다 더 큰 자족감으로 나아갈 수 있다.

아프로디테의 주관적 자질 혹은 내면적 자질은 내향적 방식으로도 외향적 방식으로도 고려될 수 있다. 내향적으로 아프로디테 자질은 아름다움과 관계를 맺을 수 있는 능력과 연결된다. 아름다움은 아프로디테 기능의 중요한 특징이기 때문이다. 외향적으로 그것은 에로스의 원리가 포함된 자질, 즉 타인을 배려하고 타인과 접촉하려는 의지로 나타난다. 타자와 관계를 맺고 생명을 증진시키는 이러한 능력들은 모두 생명을 낳고 확대시키는 아프로디테의 잠재능력과 관계된 자질들이다.

---

2) Euripides, *Hippolytus*, in *The Complete Greek Drama I*, lines 442-450.

[사진 14] 장기를 두고 있는 아프로디테와 판
－기원전 375년경의 청동거울의 세부도. 런던의 대영 박물관의 복제품

아테나

아테나 여신은 아테네라는 도시의 최고신으로 파르테논 신전에는 이 여신의
거대한 조각상이 보관되어 있다. 서구문명이 아테네라는 도시에서 유래되었다는
점에서 아테나는 서구 문명을 대변하는 여신이다. 여신 아테나는 어머니 없이 아
버지 제우스의 머리에서 태어났다. 아테나가 태어나기 전에 제우스는 아테나의 어
머니 메티스를 먹어버렸고 그 뒤 제우스의 머리에서 아테나를 낳았다고 되어 있
다. 헤파이스토스와 마찬가지로 여신 아테나도 한쪽 부모만을 둔 존재이다. 부모
중 아버지만을 둔 여신 아테나는 **남성의 편에 서는**, 특히 남성을 돕는 여성적 속성
을 대변한다.

여신 아테나는 문명을 촉진시키는 원리 그 자체이다. 그녀는 문명적 삶의 근원으로 숭배되어 왔던 쟁기와 올리브 나무를 가져다 준 여신으로 간주된다. 머리에 투구를 쓴 모습으로 태어난 여신 아테나는 전쟁의 여신으로도 알려져 있다. 그렇지만 전쟁의 여신임에도 불구하고 여신 아테나는 폭력적 전쟁보다는 전략을 구사하는 전쟁에 관여한다. 여신 아테나는 또 실용적인 지식들을 제공해 준 여신이었으며, 태어날 때부터 다 자란 모습으로 태어난 그녀의 이미지처럼 그 실용적인 지식에 점진적으로 지혜의 자질들을 첨가시켜준 여신이다. 그녀는 영웅들의 수호여신으로 영웅들에게 지혜로운 조언을 해 주고 그들을 승리로 이끄는 여신이다. 그 탁월한 예로 영웅 페르세우스를 들 수 있다. 나중에 다시 논의하겠지만 여신 아테나는 페르세우스에게 거울 방패를 주었다. 그녀는 유대교의 지혜로운 성인들과도 유사점이 많은데, 그 중에서 아테나가 신 제우스의 총애를 가장 많이 받았던 자식이라는 점도 유사점으로 거론될 수 있을 것이다. 그 유사점은 성서의 「잠언」의 몇몇 구절에 예시되어 있다. 「잠언」에서 지혜는 스스로를 야훼의 총애 받는 자식으로 부르는 여성으로 의인화되어 있다. 「잠언」의 8장에서 우리는 다음과 같은 구절을 만나게 된다.

> 야훼께서, 오래 전, 당신의 일을 시작하심에 있어서,
> 당신이 만드신 그 모든 것에 앞서서 나를 창조하셨네,
> 나 홀로, 나는 오랜 과거에 만들어졌네,
> 태초에, 대지가 만들어지기도 훨씬 전에.
> 아직 바다도 생기지 아니 하였고 큰 샘들이 존재하기도 전에,
> 그들의 공간에 산이 자리 잡기도 전에,
> 언덕이 생겨나기도 전에 나는 태어났으니,
> 야훼께서 아직 따도 들도 세상 진토의 근원도 짓지 아니 하셨을 때라

그 분이 그곳에 천국을 마련하셨을 때,

그 분이 수평선과 더불어 대양을 두르실 때 나는 거기 있었네.

그 분이 구름 위로 하늘을 견고하게 하시며 바다의 샘들을 힘있게 하시며

바다의 한계를 정하여 물로 명령을 거슬리지 못하게 하시며

또 땅의 기초를 정하실 때, 나는 날마다 그 곁에 있으매

대지 위를 노니며 그의 총애와 기쁨이 되었으매,

그 분이 대업을 끝마쳤을 때,

인류와 함께 나 또한 기뻐하였네.3)

여신 아테나를 성서의 지혜로운 존재와 연결시켜주는 이런 이미지들을 통해 우리는 동일한 원형이 여러 문화권에서 어떻게 나타나며 비슷한 본질을 가진 원형들이 문화에 따라 각기 어떻게 다르게 표현될 수 있는가를 엿볼 수 있다. 왜냐하면 원형은 인류 공통의 기본적인 내적 경험과 일치하는 것이기 때문이다.

심리학적으로 아테나 여성은 낯익은 존재로서 정신과 지성을 우선적으로 강조하는 여성, 에로틱한 관계로 얽혀들지 않고서도 남자들과 동료이자 조언자로 지낼 수 있는 여성이다. 이런 여성들의 과거를 보면 대개는 아버지와는 긍정적인 관계를 유지하지만 어머니와는 미심쩍은 관계를 유지하는 경우가 많다. 다시 말해서 이런 여성들은 한쪽 부모의 산물이기가 쉬운 것이다. 아테나 여성은 정신과 감정 사이에서 갈등하는 남성에게 적절한 교량 역할을 할 수 있는 특별한 재주를 발휘하기도 한다. 때문에 이런 여성은 남성으로부터 어정쩡하게 만나는 존재 이상의 의미, 즉 지적이고 영적인 동료로서의 가치를 인정받는다. 내적 원리로서의 아테나는 남성 심리의 아주 중요한 측면을 대변한다. 융은 지혜로운 여성 소피아를 아니마의 최상의 모습으로 간주하면서 그녀를 순수한 영적 안내자인 마리아보다도

---

3) Prov. 8: 22-31 (NEB).

[사진 15] 창과 메두사의 이미지가 새겨진 방패를 들고 있는 아테나 여신
—기원전 480년경. 바젤 고미술박물관 및 루드비히 소장품

훨씬 성숙한 존재로 격상시켰다. 아니마란 심오하고 포괄적인 방식으로 남성을 내면의 심층부로 인도하는 심리의 여성적 측면이다.

끝으로 '소피아를 사랑하는 자'를 뜻하는 "철학"(philosophy)이라는 단어가 암시하듯이 그리스의 철학자들은 소피아의 연인들이었음을 지적할 수 있다. 아테나는 소피아와 가장 가깝게 연결될 수 있는 여신이다. 따라서 서구의 철학이 여신 아테나의 도시에서 탄생될 수밖에 없었던 것은 어쩌면 지극히 당연한 귀결이다.

제5장
영웅들

헤라클레스

영웅적 존재가 심리학적으로 의미하는 바는 무엇인가? 심리학적으로 그것은 달성하기를 원하거나 수행하려고 하는 어떤 것을 향한 원동력으로 간주될 수 있다. 이를 좀 더 구체적으로 말하자면 개체화를 향한 충동의 의인화로 정의할 수 있을 것이다. 영웅은 자기와 자아 모두와 연결된 존재이지 그 둘 중 어느 한 쪽으로만 연결되어 있지 않다. 영웅적 충동은 곧 개체화의 충동에 다름 아닌 바, 인성의 가장 위대한 부분인 자기를 발현시키고자 하는 충동이다. 자기의 실현을 위해서는 자기와 연결된 의식적 자아를 개체화의 충동의 토대로 활동시킬 수 있어야 한다. 하면 영웅은 자아 이상이지만 자기에는 미치지 못한 존재라고 말할 수 있다. 젊은 시절에는 자신의 자아를 과대 평가함으로써 스스로를 영웅과 동일시하는 행동을 하기가 쉽다. 그러나 자신의 자아를 영웅적인 자아로 과신해서는 아니 된다는 점을 항상 명심할 필요가 있다.

영웅적 존재를 정의함에 있어서 개체화라는 용어에 대한 융의 정의를 상기해 보는 것이 도움이 될 것이다. 융은 개체화를 다음과 같이 정의한 바 있다.

> 일반적 의미로, 그것(개체화)은 개개의 존재들이 만들어져서 차별화 되는 과정을 일컫는다. 좀 더 구체적으로 말하자면 보편적이고 집단적인 심리로부터 분리된 하나의 존재로서의 심리적 *개별성(individual)*을 발달시키는 과정이다. 그러므로 개체화란 개별적 인성의 발달을 목표로 삼는 *차별화(differentiation)*의 과정으로 정의할 수 있다.[1]

다른 곳에서 융은 개체를 아래와 같이 정의한다.

> [개체란]. . .하나의 구체적인, 어느 면에서는 독특한 심리로 특징지어진다. 개별적인 심리의 구체적 특징들은 그 개체 하나 하나의 요소라기보다는 그것의 복합적인 구성으로 더 많이 모습을 드러낸다. 심리학적 개체는 . . . 무의식 속에 선험적(*priori*)으로 존재하지만 의식상으로는 자신만의 고유한 본성을 의식하는 경우에만, 그러니까 다른 개체들로부터 자신을 의식적으로 구별하는 경우에만 비로소 존재하게 된다.[2]

위의 정의에 의하면 개체화란 실질적으로 의식발달 그 자체이다. 유일무이한 의식의 매개체로서의 개체는 "집단의식"에 속하지 않는다는 의미이다. 주어진 심리적

---

1) Jung, *Psychological Types*, CW 6 (1971), par. 757.
2) *Ibid.*, par. 755.

내용물이 집단적일수록 그것은 개체와 아무런 관계가 없으며 개체가 지니고 있는 것도 아니므로 실질적으로 그것은 의식적인 것이라고 말할 수 없다. 영웅적 존재들을 다룬 신화들은 개별적 독특함을 실현하고자 하는 노력, 다시 말해서 더욱 더 의식적인 인간이 되고자 하는 노력을 그린 이야기들이다.

영웅 헤라클레스(로마의 허큘리스가 더 친숙한 이름인)부터 시작하는 것이 바람직하겠다. 왜냐하면 서구 문화에서 헤라클레스야말로 영웅 중의 영웅으로 그의 이름은 영웅과 거의 동의어로 간주되기 때문이다. 헤라클레스와 그의 쌍둥이 형제 이피클레스는 인간 여성인 알크메네의 아들이었다. 이피클레스의 아버지는 알크메네의 인간 남편인 암피트리온인 반면에 헤라클레스의 아버지는 인간 암피트리온으로 변신하고 알크메네에게 접근했던 제우스였다. 이피클레스와 헤라클레스는 태어난 순간부터 그 차이를 분명히 드러내는데, 그것은 마치 이피클레스로 대변된 자아와 헤라클레스로 대변되는 영웅적 자아의 차이를 나타내는 이미지로 여겨진다. 여신 헤라는 헤라클레스가 태어나자마자 쌍둥이들의 요람으로 독사 두 마리를 보낸다. 공포에 질려 비명을 질러대는 이피클레스와는 달리 헤라클레스는 한 손으로 그 두 마리 뱀을 움켜쥐더니 목 졸라 죽여버린다. 이피클레스와 헤라클레스의 이처럼 판이한 반응은 인간적 자아와 영웅적 원리 사이의 차이를 보여준다.

헤라클레스라는 이름은 헤라에 의한, 헤라를 통한, 혹은 헤라의 영광을 의미한다. 헤라클레스의 천적이라면 바로 이 헤라 여신으로, 그녀는 평생에 걸쳐서 헤라클레스를 괴롭힌다. 그렇지만 헤라클레스라는 이름은 그의 영광이 어떤 식으로든 헤라와 연관되어 있음을 암시한다. 실제로 헤라클레스에 대한 헤라 여신의 괴롭힘은 어떤 면에서는 이 영웅의 업적을 고양시키는데 기여한다. 야훼에게 괴롭힘을 당한 욥을 연상시키는 헤라와 헤라클레스의 관계는 신성성이라는 차원도 내면적으로 양분되어 있다는 것, 즉 신의 양육과 지지라는 측면과 도전과 자극이라는 또 다른 측면으로 갈라져 있음을 암시한다. 성서의 욥은 사탄과 야훼의 내기 때문에 고통을 겪는 동안에도 야훼의 구원에 대한 믿음을 잃지 않았다.

헤라클레스 출생에 얽힌 특징은 영웅 탄생의 보편적 모델이 된다. 이 점을 처음으로 명쾌하게 밝혀낸 것은 랭크(Otto Rank)의 『영웅의 탄생신화』(The Myth of the Birth of the Hero)였다. 이 책에서 랭크는 모세와 예수라는 두 영웅의 일생에서 엿볼 수 있는 공통된 특징들을 지적하고 있다.3) 첫째, 영웅은 거의 언제나 이중의 부모를 둔다. 헤라클레스는 암피트리온과 제우스라는 두 명의 아버지를 두었다. 모세에게는 친부모가 있었지만 왕가의 공주에게 입양되어 왕족으로 자란다. 한편 예수에게는 요셉과 마리아 외에도 성령이라는 초월적 아버지가 존재한다. 영웅 이야기에 나오는 두 번째 전형적인 사건은 태어나자마자 버림을 받거나 가혹한 공격이나 위협에 처하게 된다는 점이다. 헤라클레스는 헤라가 보낸 두 마리 독사에게 목숨을 잃을 뻔하고 모세는 버림을 받았으며 예수는 '무고한 학살'의 고비를 넘긴다. 세 번째의 공통 주제는 영웅 아기는 출현하자마자 기적을 행하거나 난공불락의 힘을 입증해 보인다는 점이다. 두 마리 뱀의 목을 졸라 죽인 헤라클레스의 무용담이 그 한 예이다. 긴스버그(Louis Ginsberg)의 『성서의 전설들』(Legends of the Bible)에 따르면 모세의 탄생 직후에 어린 모세에게서 한줄기 섬광이 뻗어 나왔으며, 태어나던 바로 그 날 모세는 걷고 말했다고 되어 있다.4) 마찬가지로 성서의 「외경」은 우리에게 (예수 그리스도의) 신성한 가족이 이집트로 가는 길에서 일어났던 여러 기적들, 이를테면 밀밭에서 하루만에 밀이 자라난 일이라든지 어린 예수가 지나가자 이교의 우상들이 부서져 내린 이야기 등을 전해 준다.

이런 이야기들은 흔히 있는 일은 아니지만 인생의 중요한 고비에 꾸는 꿈들

---

3) Otto Rank, *The Myth of the Birth of the Hero* (New York: Vintage Books, 1959), p. 65.
4) Louis Ginsberg, *Legends of the Bible* (Philadelphia: Jewish Publication Society of America, 1975), pp. 288f.

에 종종 나타날 수 있는 경이로운 아이의 탄생이라는 주제를 담고 있다. 심리학적 용어로 이중의 부모라는 모티브는 개체화를 향한 충동이 개인적 요소와 초월적 요소라는 두 가지 원천에서 나오는 것임을 반영한다. 즉 개체화의 충동은 부모처럼 실존하는 사람들이 각 개체에게 제공하는 우호적 관심으로부터 우러나오기도 하지만, 개체 자체가 가진 원형적 뿌리로부터 나오기도 한다.

신성한 아이의 기적적인 힘들은 개체화를 향한 충동을 상징한다. 신성한 아이는 비범한 잠재성의 원천과 닿아 있다. 마찬가지로 영웅적 아이는 커다란 위협에 노출되기 마련인데 그것은 아이에게 닥치는 여러 위험들로 상징된다. 잠재된 개체화의 충동이 처음 태어나기 시작하면 모든 것은 그 충동에 적대적이다. 다른 모든 사람들이나 관습적인 기준들과 구별되는 하나의 독특한 존재로 성장하려는 이러한 특별한 충동이 외적 지지를 기대할 수 없음은 충분히 납득할만한 상황이다. 다른 사람들은 그저 새로운 존재에 아무런 관심이 없을 수도 있고, 이보다 훨씬 더 흔하게는 각종 관습과 환경들이, 그것도 어쩌면 아주 미묘한 방법으로 적대적인 태도를 취할 수도 있다. 아니면 쓸데없는 짓으로 매도당하기도 한다. 새롭게 태어나는 것은 관심과 양육을 요하는 것이고 따라서 무관심에 지극히 취약할 것이므로 그러한 태도는 생명을 앗아가는 위험이 될 수 있다.

헤라클레스는 난폭한 젊은이였다. 그는 이따금 분노의 발작을 일으키곤 했는데, 한번은 무시무시한 힘을 가진 그가 발작 끝에 자신의 음악 선생인 리누스를 죽이게 되었다. 그 일로 인해 헤라클레스는 시골로 추방되어 양치기로 지냈는데, 이 사건은 발작상태에 빠져 중대한 결과들을 초래한 헤라클레스의 여러 폭력적 사건들 중의 하나에 불과하다. 헤라클레스의 이 첫 번째 사건은 의식적 자아가 아직 약하고 제대로 훈련되지 않은 상황에서 개체화의 에너지를 추구한다는 것은 위험할 수 있음을 구체적 이미지를 통해 보여준다. 융은 어린 시절 스스로가 겁이 날 정도로 분노의 발작에 사로잡힌 적이 있었다는 이야기를 한 적이 있다. 격분 상태에 사로잡힌 융이 길가에 숨어 있던 한 무리의 시골 소년들 중에서 한 소년의 발목을 움켜쥐고는 그를 곤봉 삼아 휘둘러서 다른 아이들을 내려쳤다는 것이다. 융은 자신에게서 샘솟아 올랐던 그 힘에 놀라움을 금치 못했다는데, 그런 상태에서라면 다른 사람을 죽일 수도 있겠다는 생각이 들었다고 한다. 융을 사로잡았었던 상태는 헤라클레스와 아주 유사한 상태로서 잠재적으로 비범한 에너지를 지닌 사람들에게 자칫 무슨 일이 일어날 수 있는지를 보여주는 하나의 예이다.

대부분의 우리들은 헤라클레스의 것과 같은 극단적 에너지를 불러낼 수는 없고, 그래서 대다수 사람들은 관습적인 방식에 쉽게 길들여진다. 그렇지만 헤라클레스 타입의 사람들은 과잉된 개체화 에너지의 제물이 되어 개체화 에너지의 차별과 변형이라는 헤라클레스적 과업들을 수행하지 않으면 아니 된다. 헤라클레스 신화의 가장 중요한 특징은 이와 같은 분노의 발작으로 시작된다. 즉 여신 헤라가 보낸 광기의 상태에서 헤라클레스가 자신의 아내와 자식들을 죽였던 것이다. 고대의 영웅 신화가 헤라클레스와 같은 탁월한 영웅에게 이러한 인간적 허점을 포함시키고 있다는 사실은 놀라운 일이다. 그러나 심리학적으로 그것은 신빙성이 있는 이야기이다. 왜냐하면 원초적 에너지를 변형시키고자 하는 가장 진지한 시도를 이끌어낼 수 있는 것은 바로 이와 같은 사건이기 때문이다. 자책과 절망 상태에 빠진 헤라클레스가 어떻게 하면 자신의 죄를 정화시킬 수 있는지를 델피 신탁소에 문의하였다. 그렇지만 그는 거기서 아무런 응답도 얻어낼 수가 없었다. 그러자 헤라클레스는 스스로의 삼각대를 세워 응답을 얻어내고자 델피 신탁소의 삼각대를 훔치려 했다. 삼각대를 차지하기 위해 헤라클레스는 아폴로 신과 씨름을 하게 된다. 아폴로 신과 헤라클레스의 씨름은 어떤 메시지 즉 예지력을 얻어내기 위한 야곱과 천사의 씨름 이야기나 프로테우스와 메넬라우스의 씨름 이야기를 연상시킨다. 중요한 요점은 헤라클레스가 속죄하기 위해 스스로 무엇을 해야만 하는지를 고집스럽게 알아내려 했고 그리하여 결국은 제우스가 개입하게 되었다는 점이다. 마침내 헬라클레스는 자발적으로 사촌 에우뤼스테우스의 종복으로 변신해야 한다는 신탁을 듣는다. 이렇게 해서 헤라클레스는 자신의 죄를 정화시키기 위한 열두 가지 과업들을 수행하게 된다.

이 이야기는 우리에게 종복 영웅의 이미지를 상기시켜 주는데, 아마도 헤라클레스는 종복 영웅의 이미지에 합당한 최초의 그리고 최상의 모델일 것이다. 거의 모든 영웅들은 주어진 과업을 수행하게 되어 있으므로 헤라클레스 이후에도 영웅적 과업들에 대해서는 다양한 표현들이 존재한다. 그렇지만 헤라클레스 신화가 구체적으로 다루고 있는 봉사, 사실상 노예라는 신분으로서의 봉사는 특이하다. 그것은 나중에 「이사야 서」에 나오는 야훼의 고통 받는 종에서 다루어질 주제를 예고한 것이자, "너희 중에 첫째인 자, 그를 모든 이의 종이 되게 하라"는 성서의 진술과도 연결되는 주제이다. 헤라클레스는 심리의 가장 좋은 점은 그 자체의 본성에 의해 도움을 받는다는 것, 그러니까 그것은 받기보다는 준다는 심리학적 진실을 보여준 원조 영웅이다.

헤라클레스는 어쩔 수 없이 여러 과업들을 수행할 수밖에 없는데, 그가 수행했던 위대한 과업들은 연금술사들이 행했던 물질의 변형과 비슷한 의미를 가진 과업들이다. 헤라클레스가 신탁에 물었던 질문, 즉 우리가 폭력에 사로잡힌 후 어떻게 자신을 정화시킬 수 있을까라는 질문에 대해 심리학적으로 내려줄 수 있는 대답은 "개체화라는 과업의 노예가 되라"는 것이다. 개체화라는 위대한 작업은 헤라클레스의 열두 가지 시련들을 통해 상징적으로 그려진다.

헤라클레스의 과업들은 다양한 모습으로 구체화된 무의식과의 만남을 내변하는 것이다. 따라서 헤라클레스의 과업들은 완전히 연결된 이미지들로서 심사숙고를 요한다. 첫 번째 과업은 온 나라를 습격했던 네미아의 사자를 죽여 그 가죽을 벗겨 오는 일이었다. 여기서 사자는 호전적이고 남성적이며 본능적인 에너지를 나타내는 이미지이다. 그렇다면 헤라클레스의 첫 번째 과업은 그를 처음 범죄자로 만들었던 바로 그 에너지와 맞붙어 싸우는 것에 다름 아니다. 더구나 그는 그 사자를 죽이는 것으로만 끝나는 것이 아니라 그 가죽을 벗겨내야만 했다. 그런데 그 사자의 가죽은 얼마나 질기던지 칼날을 전부 못 쓰게 만들어버렸고 그래서 그는 칼을 가지고는 도저히 그 가죽을 잘라낼 수가 없었다. 가까스로 사자를 목 졸라 죽인 헤라클레스는 그 사자의 발톱을 사용하여 그 가죽을 벗겨내었다. 이 이야기는 후일 연금술에서 반복적으로 다루어지는 주제 즉 어떤 물질을 용해시키기 위해서는 그 물질 자체의 물이나 불로 연소시켜야 한다는 주제를 예시하고 있다. 일상적인 기준으로 보면 이러한 처방은 납득이 안가는 다소 터무니없는 처방이지만, 심리학적으로 그것은 우리가 다루어야 할 심리적 콤플렉스는 그 콤플렉스 자체 속에서 그것의 존재를 알아내야 하며, 그것을 변형시킬 잠재성 또한 그 안에 들어 있음을 암시한다. 즉 자아 자체는 콤플렉스의 변형에 필요한 힘을 가지고 있지 않으므로 콤플렉스 자체의 에너지를 이용할 수 있어야만 그 일을 해낼 수 있다는 것이 심리학적으로는 맞는 말이다. 네미아의 사자에게 헤라클레스가 행한 일 즉 사자 자체의 발톱을 가지고 사자의 가죽을 벗겨낼 수 있었던 일이 의미하는 바가 그것이다. 사자를 죽인 후 헤라클레스는 그 가죽을 자신의 옷으로 만들어 입었다. 그 때부터 헤라클레스는 머리 위쪽에 사자의 턱을 대롱대롱 걸치고 사자 가죽을 걸친 모습으로 그려지게 된다. 우리의 꿈에 나타나는 털 코트는 일종의 헤라클레스적 털 코트로서, 우리가 사자가죽이라는 일종의 난공불락의 망토를 갖게 되었음을 암시할 수 있다. 사자를 죽여 그 가죽을 벗겨냈다 함은 원초적인 본능 에너지를 통달하거나 본능 에너지와 타협할 수 있게 되었음을 의미하기 때문이다. 결과적으로 원초적

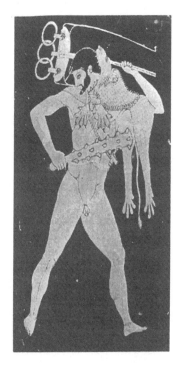

[사진 16] 네미아의 사자의 가죽을 입은 헤라
클레스가 델피의 삼각대를 훔쳐내 오고 있다.
—기원전 480. 아티카 도자기의 세부도.
뷔르쯔브르크 대학의 마틴 본 와그너 박물관

본능의 에너지는 이제 더 이상 헤라클레스에게 위협거리가 되지 못한다. 오히려
그 본능 에너지는 헤라클레스의 소유가 되어 그를 보호하는 자질이 된다. 전에는
야만적이었던 공격 에너지가 지금은 자아를 위해 봉사하는 에너지로 변형된 것이
라고 말할 수 있다.

　　니체의 「호메로스의 항쟁」("Homer's Contest")이라는 에세이에서 따 온 나
음과 같은 구절은 네미아의 사자가 무엇을 상징할 수 있는지, 그리고 헤라클레스

의 과업이 그리스 인들에게 어떠한 의미를 가졌는지를 예시해 준다.

[그리스 사람들은 오늘 날 우리들의 가슴에 섬뜩한 공포심을 불러일으킬
것임에 틀림없는 잔인한 기질들을 지니고 있었다.] 각 도시 국가들 간의
싸움에서 승리하게 되면 전쟁의 법칙에 의거하여 남자 시민들을 모두 처
형하였고 여자들과 아이들은 전부 노예로 팔아 넘길 수 있었는데, 이러한
법률을 승인한 것으로 보아 그리스 사람들은 자신들의 증오심을 완전히
흘러내 보내는 것이 정말로 필요하다고 생각했었음을 알 수 있다. (적들을
처형하고 노예로 팔아 넘기는) 그 순간 꽉 들어차서 부풀어오를 대로 부
풀어오른 그들의 감정은 저절로 해소될 수 있었을 것이기 때문이다. 호랑
이[사자로 읽힐 수도 있다]가 날뛰고, 그 날짐승의 무시무시한 눈 속에는
관능적인 잔인함이 서려 있다. 그리스의 조각가들이 그토록 셀 수 없이
많은 전쟁과 전투들을 반복적으로 묘사했었던 이유는 무엇일까. 팽창된
인간의 몸들과 증오 혹은 승리에 찬 오만함으로 긴장된 인간의 근육들을
말이다. 그들은 상처를 입고 뒤틀린 육신과 가쁜 숨을 내쉬며 죽어 가는
육신을 왜 반복적으로 그려냈단 말인가? 그리스 전 세계가 그토록『일리
어드』의 전투 장면에 열광했던 이유는 무엇일까?[5]

(여기서 니체가 지적한) 그 잔인성이야말로 헤라클레스가 정복해야 했던 네미아의
사자이며 고대 그리스 사람들에게 사자가 가리키는 것 또한 그것일 것이다. 그리
고 오늘날 더 이상 네미아의 사자는 없다 할지라도, 우리 역시 그것이 대변하는 것
으로부터 그리 동떨어져 있는 것은 아니다.

　　헤라클레스의 첫 번째 과업은 물론이고 그 뒤 계속되는 과업들을 수행하도록

---

5) Friedrich Nietzsche, "Homer's Contest" in *The Portable Nietzsche*, ed. Walter Kaufman (New York: Viking Press, 1974), p. 33.

명령했던 인간 에우뤼스테우스는 헤라클레스가 무시무시한 괴물을 처치하고 의기양양하게 돌아오는 모습을 보고 잔뜩 겁을 먹는다. 헤라클레스는 자신이 정복한 짐승의 힘을 자신의 내면적 힘으로 받아들였으며, 그래서 인간 에우뤼스테우스는 그 영웅을 직접 대면할 수가 없었던 것이다. 인간 에우뤼스테우스는 커다란 항아리에 몸을 가리고 나서야 겨우 헤라클레스를 대면할 수가 있었는데 그의 이런 모습은 그리스의 화병에 다양한 모습들로 묘사되어 있다. 그 중에는 헤라클레스가 자신의 수많은 트로피들 중의 하나를 가지고 돌아오자 에우뤼스테우스가 커다란 항아리 뒤에서 살그머니 엿보고 있는 모습을 그린 그림도 들어 있다. 에우뤼스테우스의 두려움은 영웅적 에너지에 대한 경외감을 대변한다. 넋 나간 듯 멍하니 서 있는 그의 모습은 두려움에 찬 자아의 모습을 대변함으로써 영웅적 에너지를 두려워하라는 조언을 제대로 전달하고 있다. 만일 자아가 영웅적 에너지에 대한 두려움을 갖지 못할 경우, 자아는 영웅적 에너지와 동일시 상태에 빠져들 소지가 있다.

헤라클레스의 두 번째 과업은 레르나의 물뱀 히드라를 퇴치하는 일이다. 물뱀 히드라는 목 하나를 잘라내면 그 자리에서 곧바로 두 개의 머리가 자라나는 독을 내뿜는 괴물이었다. 이런 히드라의 이미지는 평범한 방법으로는 다룰 수 없는 무의식의 특성을 적절하게 표현하고 있다. 이런 이미지들은 종종 우리의 꿈속에서도 등장한다. 꿈속에서 어떤 작은 생물들, 이를테면 개미라든가 파충류 같은 조그만 생물들을 만나곤 하는데, 우리가 그것을 밟아 죽이려고 아무리 발버둥쳐도 오히려 그것들은 점점 더 커진다. 물뱀 히드라는 그와 비슷한 본질을 가진 어떤 것, 즉 머리 한 개를 잘라내면 그 자리에서 두 개가 자라나는 괴물이다. 그래서 히드라를 처치하는 데는 뭔가 새로운 방법이 강구되어야만 한다. 헤라클레스는 조카 이올라우스를 설득하여 자신을 돕게 한다. 헤라클레스가 히드라의 머리 하나를 잘라내면 곧바로 이올라우스는 그 자리를 불로 지져 머리가 다시 자라나는 것을 막았던 것이다. 이러한 헤라클레스 이야기는 '정서의 적용'을 언급한 것으로 보인다. 즉 깨끗한 칼날로 히드라의 머리를 절단하는 것은 구별이라는 방식을 적용하는 것이며, 뜸을 뜨는 효과를 내는 불은 강렬한 정서의 힘을 적용시키는 것이다.

히드라의 문제는 억압의 문제와도 연결될 수 있을 것이다. 히드라가 가진 여러 머리 가운데 하나는 심지어 그것을 잘라내 버려도 상처 하나 입지 않는 불멸의 것이라는 것, 그래서 헤라클레스는 결국 그것을 커다란 바위 밑에 묻을 수밖에 없었는데, 이는 곧 억압의 방법이 사용될 수밖에 없었다는 의미이다. 헤라클레스는 레르나의 물뱀 히드라를 억압적인 방법을 통해 해결한 것이며, 헤라클레스의 궁극적인 실패는 바로 그러한 억압의 전략에서 비롯된다. 헤라클레스는 히드라를 제거한 후에 히드라의 독을 채취한 후 줄곧 자신의 화살 끝에 그 독을 묻혀 사용하였다. 앞으로 다루어지겠지만 헤라클레스는 결국 히드라의 독에 의해 파멸되고 만다.

세 번째 과업으로 헤라클레스는 청동 발굽과 황금 뿔을 가진 아르테미스 여신의 성물인 케리니언의 암사슴을 생포해 오라는 요구를 받는다. 암사슴의 이미지가 암시하는 바는 남성적 가치(황금 뿔)는 여성 원리의 안내를 받아야 한다는 점이다. 아르테미스 원리는 남성이 반드시 대면해서 순화시켜야 하는 것, 그리하여 남성적 의식의 일부로 되돌려 놓지 않으면 아니 되는 그런 것이다.

네 번째 과업으로 헤라클레스는 에리만테스의 멧돼지를 생포해야 했는데, 이 멧돼지는 아도니스를 죽이기도 했고 위대한 대모 여신 퀴벨레의 아들/연인인 아티스를 죽였던 바로 그 짐승이다. 그렇다면 이 멧돼지는 아직 위대한 대모 여신으로 상징된 모성 심리의 통제를 받는 거칠기 그지없는 남근적 힘으로 간주될 수 있다. 에리만테스 멧돼지의 정복에는 영웅이 여성의 원초적 힘과 접촉하여 그것을 지배할 수 있어야 한다는 의미가 내포되어 있다.

헤라클레스의 다음 과업으로 아우게우스의 마구간 청소가 주어진다. 헤라클레스는 강의 물줄기를 마구간을 지나 통과하도록 돌려놓음으로써 이 과업을 완수한다. 아우게우스의 마구간에는 방대한 양의 분뇨가 쌓여 있었다. 이러한 이미지는 흘러 넘쳐 나는 배설물로 꽉 들어찬 화장실이나 오래 동안 방치해 온 옥외 화장실 같은 꿈의 이미지들과 일치한다. 아우게우스 마구간에 대한 현대적이고 개인적인 버전으로 간주될 수 있는 이런 꿈의 이미지들은 오래 동안 방치해 온 본능의 해소 과정을 암시한다. 이런 종류의 꿈들은 본능을 제대로 돌보아 그 나름의 몫을 인정해 주라는 헤라클레스적 노력이 요구된다는 점을 시사한다.

여섯 번째 임무는 육지도 아니고 물도 아닌 습지에 살면서 독성의 배설물을 쏟아내는 청동부리와 청동 깃털을 가진 스팀팔리온이라는 커다란 몸집의 새떼들을 쫓아내는 일이었다. 헤라클레스는 시끄러운 소리를 내는 꽹과리 같은 기구를 사용하여 그 새떼들을 흩어지도록 만든다. 이 스팀팔리온의 새떼는 사악한 영혼의 상징, 그러니까 자발성을 가진 부정적 콤플렉스 같은 것으로서 그것과는 반대되는 상대적 영혼을 불러일으켜야만 추방될 수 있는 심리적 자질들을 상징한다. 스팀팔리온 새떼와 그것을 다룬 헤라클레스의 방식은 정상적인 침묵을 견디지 못하고 끊임없이 재잘대는 사람들을 만날 때 우리의 마음에 떠오를 수 있는 이미지이다. 이런 사람들은 어쩌면 자신의 스팀팔리온 새떼를 쫓아내기 위해서 어쩔 수 없이 소음을 만들어내는 것인지도 모른다.

영웅의 일곱 번째 과업은 섬을 습격했던 크레테의 황소를 생포하는 것으로 이 과업 속에는 테세우스 신화에서 다시 등장하게 될 상징적 의미가 내포되어 있다. 황소로 변신하여 유로파를 납치해갔던 신화가 보여 주듯이 제우스의 여러 모습들 중의 하나가 황소이다. 이러한 점을 감안해 볼 때, 황소는 사자와 더불어서 본능 에너지의 남성적 측면을 대변한다. 황소 이미지는 오랜 세월 누적되어 온 상징적 의미를 담고 있다. 미트라스 종교*의 기본 이미지는 황소의 희생제의였고,

아직도 스페인 문화권에 존재하는 투우 제의 역시 이와 비슷한 상징체계에 속한다. 일반적으로 황소의 꿈은 남성적 힘 가운데서 위험스러운 어두운 측면을 나타낸다. 헤라클레스가 대면해서 해결해야만 했던 자질이 바로 그것이다. 이것의 한 예를 정신병적 에피소드를 쫓는 어떤 환자의 꿈에서 발견할 수 있는데, 그는 자신의 꿈을 그저 "황소가 풀려 나왔다"는 간단한 말로 진술해 준 적이 있다.

그 다음 에피소드는 디오메데스의 식인 암말에 관한 것이다. 디오메데스는 자신의 손님들을 잡아 그 암말에게 먹이로 주곤 하였다. 이 이미지는 항상 우호적이기만 한 것은 아닌 무의식의 집어삼키는 측면을 장악하게 되었음을 가리킨다.

아홉 번째 과업은 약간 다르다. 헤라클레스는 여전사 종족인 아마존의 여왕 힙폴리테가 찬 아레스의 황금 허리띠를 가져오라는 임무를 부여받는다. 아마존이라는 단어는 "가슴이 없다"는 의미라고 한다. 여자들로만 이루어진 아마존 여전사들은 훌륭한 궁수가 되기 위해 자신의 오른 쪽 가슴을 절개하는 것으로 알려져 있다. 또한 아마존의 세계에서 남자로 태어나는 것은 일종의 재앙이었다. 왜냐하면 사내아이들은 태어나자마자 다리를 부러뜨려 불구자로 만들어버렸기 때문이다. 이 이야기에서도 우리는 모성 심리의 한 단면을 엿볼 수 있다. 아마존의 여왕에게서 아레스의 허리띠를 빼앗아온다는 것은 심리의 모성적 측면에 종속된 남성 원리를 복원시키는 것을 의미하기 때문이다.

당시에 알려진 세계의 끝 어딘 가에 거주하던 거인 게뤼온의 소 떼를 되찾아오는 열 번째 과업에 대한 이야기는 우리를 길고도 정처 없는 여행길로 이끌어간다. 이 여행에서 헤라클레스는 지브랄타 산맥 저 너머까지 여행하고 돌아온다. 문명화 과정과 연관된 여러 주요 업적들로 이루어진 이 여행 과정에서 헤라클레스는

---

* 페르시아의 미트라스 신을 숭배하는 종교

야생 동물들을 길들이기도 하고 여러 도시들을 세우는가 하면, 자신이 통과하는 여러 고장들을 식민지로 만들기도 한다. 이러한 과업들은 야만인들을 문명화시키는 문화 영웅으로서의 헤라클레스의 초상화를 보여주는 위업들인 바, 그리스인들이 실제로 지중해 유역에서 궁극적으로 수행하고자 했던 것이 무엇이었는가를 예시해 준다.

끝에서 두 번째 과업으로 헤라클레스는 헤스페리데스 정원에 있는 황금사과를 가져오게 되어 있었다. 황금사과는 그 나무 아래 또아리를 틀고 앉아 있는 용이 지키고 있었다. 황금 사과와 관련된 이러한 배경에서 연상되는 이미지는 물론 에덴동산이다. 헤라클레스는 정원의 위치를 알아내고자 거신족 아틀라스를 불러낸다. 그러자 아틀라스는 헤라클레스를 대신하여 자신이 황금사과를 따오겠다면서 그동안에 지구를 잠시만 들고 있으라고 제안한다. 헤라클레스는 아틀라스의 이 제안을 받아들인다. 자신의 무거운 짐을 벗어버릴 수 있는 절호의 기회를 발견했다고 여긴 아틀라스가 헤라클레스에게 자신을 대신하여 지구를 떠받치게 할 요량으로 잔꾀를 부린 것이다. 그러나 헤라클레스는 아틀라스에게 어깨에 패드를 놓는 동안만 지구를 다시 받아달라고 부탁하여 아틀라스를 속였고 그리하여 그 짐을 그에게 다시 떠넘기는데 성공하였다.

이 과업은 성자 크리스토퍼의 이야기와 비슷한 점이 있다. 나룻배 사공인 거인 크리스토퍼 성자는 한 어린애를 업어 개울을 건네주게 된다. 그런데 개울을 건너는 동안에 아이가 자꾸 무거워지는 바람에 온 지구의 무게에 깔려 버둥거릴 지경이 되었다. 나중에 크리스토퍼 성자는 자신이 짊어진 그 아이가 어린 예수임을 알게 되었다. 이 두 이야기에서 우리가 얻는 개념은 동일하다. 그 두 이야기는 헤스페리데스의 사과와 낙원의 이미지는 모두 전체성의 표현이라는 것, 전체성은 우리 스스로의 어깨 위에 그 무게 즉 전 지구의 무게를 짊어질 수 있어야만 도달 가능한 것임을 말하고 있다. 그렇지만 그것은 항구적인 과업이 아니고 또 그렇게 되어서도 아니 되는, 다만 일시적으로만 수행 가능한 과업이다. 그래서 그것을 다시 내려놓아야 하는 문제가 포함된다.

황금사과를 가지고 돌아오는 길에 헤라클레스는 거인 알시오네우스를 만났고, 그 거인은 헤라클레스에게 씨름 시합을 강요한다. 그런데 알시오네우스는 대지에만 닿으면 끊임없이 되살아나는 존재여서 헤라클레스와 씨름을 하다가 땅에 떨어지기만 하면 활기를 되찾곤 했다. 상황은 매번 헤라클레스에게 불리하게 돌아갔고, 그러다 마침내 헤라클레스가 어떻게 해야 할지를 깨닫는다. 헤라클레스는 그 거인을 대지에 닿지 못하도록 위로 들어 올린 채로 죽여버린다. 이 이야기에서 우리는 무게를 내려놓기보다 위로 짊어지고 있어야 할 어떤 이미지를 만나게 된다. 심리학적인 관점에서 그것은 무의식적 콤플렉스와 타협하지 않으면 아니 되는 순간에 무엇이 필요한가와 관계가 있다. 무의식으로부터 나오는 이러한 에너지와 정서 보따리는 자아를 놀라게 하여 정서적 폭발에 방아쇠를 당기는 경향이 있다. 때문에 우리는 그런 무의식적 에너지의 양이 전부 다 소진되어버릴 때까지, 즉 "차분해질" 때까지 자각의 상태를 유지해야만 한다. 만일 그러한 에너지를 너무 일찍 밖으로 내보게 되면, 그것은 심층부와의 연결로 다시 강화될 것이다.

마침내 헤라클레스는 지옥의 개 케르베로스의 생포를 끝으로 모든 과업을 마친다. 케르베로스의 생포는 앞서 나왔던 헤스페리데스 과업의 부정적 버전으로 보인다. 헤스페리데스 정원이라는 낙원은 심리의 중심인 자기와의 접촉에 대한 긍정적 측면을 대변하지만, 케르베로스 이야기는 우리를 낙원으로의 상승 대신에 지옥으로의 하강으로 이끌어가기 때문이다. 헤라클레스는 케르베로스를 지상으로 데려오는, 즉 그 괴물을 의식으로 끌어내 와야 한다. 그렇게 함으로써 심리의 중심인 자기의 어두운 측면에 대한 두려움을 드러내 더 이상 의심의 대상으로 만들지 않기 위해서이다. 이와는 대조적으로 헤스페리데스의 황금 사과는 자기의 은혜로운 측면에 대한 강력한 징표이다.

헤라클레스와 관련된 또 다른 에피소드는 이피투스라는 노인에게서 소 떼를 훔쳤다는 비난을 받은 헤라클레스가 분노의 발작을 일으켜 그를 죽인 이야기가 있다. 그 죄를 씻기 위해서 헤라클레스는 스스로 아나톨리아의 여왕인 옴팔레의 노예가 된다. 옴팔레는 헤라클레스에게 치마를 입히고 베 짜기를 시키는가 하면 헤라클레스에게 자신을 즐겁게 하라는 임무를 맡긴다. 여성의 지배에 헤라클레스가 완전히 굴복한 것이다. 또 다시 우리는 영웅 신화에서는 거의 들어본 적이 없는 주제, 그렇지만 오늘날에 생명력을 가지고 있는 그대로의 현상을 내포한 주제를 만난다. 이 에피소드는 아주 극단적으로 남성적 원리에 따라 살고 봉사를 한 영웅이 자발적으로 여성성을 받아들여 그것에 봉사해야 함을 암시한다. 이런 개념은 중세의 기사도에서 다시 만날 수 있다. 중세의 기사도에서 기사는 자발적으로 자신의 여주인에게 봉사하기 때문이다. 개체화 과정에 비추어볼 때, 이런 에피소드는 남성적 자아가 개체화를 향해 나아가는 동안 자발적으로 남성으로서의 아이덴티티를 벗을 수 있어야 한다는 점을 시사한다.

헤라클레스는 다른 위업들과도 다양하게 연관되어 있다. 그 중 중요한 에피소드로는 과업의 현장에 히드라를 다시 끌어들인 사건이다. 헤라클레스는 다이아네이라와 결혼하기를 원한다. 그런데 헤라클레스가 그녀와 결혼하려면 역시 다이아네이라를 차지하기를 원했던 강의 신 아케로스와 씨름을 해야만 했다. 아케로스는 황소와 얼룩 뱀과 황소 머리를 가진 인간 남자라는 세 가지 다른 모습을 가진 존재이다. 거의 무한정으로 자신의 모습을 바꿀 수 있었던 프로테우스와 별반 다르지 않은 기이한 존재가 아케로스였던 것이다. 이 이야기는 아니마를 구하기 위해 극복하지 않으면 아니 되는 괴물들에 관한 주제이다. 그것이 우리에게 말해주는 바는 남성성 안의 관계기능은 쟁취해서 획득해야 하는 것이라는 점, 그것은 저절로 주어지는 것이 아니라 영웅이 처음 출발할 때부터 가지고 있던 도저히 갱생되지 않을 것처럼 여겨지는 욕정으로부터 끌어내어야 하는 것이다. 강의 신 아케로스는 바로 이러한 원초적 갈망을 대변한다.

헤라클레스는 아케로스를 이기고 다이아네이라를 아내로 얻는다. 그렇지만 다이아네이라가 강을 건너려는 순간에 켄타우로스 네소스가 그녀에게 강을 건네주겠다고 제안을 하더니 강을 건너는 중간쯤에서 그녀를 겁탈하려고 한다. 헤라클레스는 즉시 히드라의 독을 화살 끝에 발라 네소스를 죽여 앙갚음한다. 네소스는 죽어가면서 다이아네이라에게 "내 피를 가져가시오. 그 속에는 사랑의 미력이 들어 있어서 만일 당신이 헤라클레스의 사랑을 다른 사람에게 잃어버릴 처지에 놓이면 이것을 바르시오, 그러면 당신에 대한 그의 사랑을 다시 얻게 될 것이오."라고 말한다. 그렇지만 네소스가 다이아네이라에게 주었던 것은 히드라의 독이 든 자신의 피였다. 나중에 헤라클레스가 이올레라는 다른 여자에게 매혹되자 다이아네이라는 네소스에게서 받았던 피를 사용한다. 그녀는 독이 든 피 속에 셔츠를 담갔다가 그것을 헤라클레스에게 보낸다. 그렇게 하면 헤라클레스를 되찾을 수 있을 것이라고 믿었던 것이다. 헤라클레스가 그 셔츠를 입는 순간 불길이 뿜어져 나왔고, 헤라클레스는 그 셔츠를 찢어내 버리려 했지만 그럴 수가 없었다. 그가 셔츠에서 빠져나올 수 있는 유일한 방법은 그 자리에 그냥 누워 있는 것뿐이었다. 불길에 휩싸인 헤라클레스는 자신의 장례식 장작더미 위에서 연소되어 갔다. 마지막 순간 헤라클레스는 하늘로 올라가 신들과 합세하여 신성한 존재가 되었다.

이 상징 속에는 뭔가 무거운 의미가 내포되어 있다. 예수 그리스도의 십자가 처형 및 승천과 많은 유사점들을 가지고 있는데, 그래서인지 이 이야기는 소박한 이미지들을 사용하여 원초적 심리의 본질 및 갈망의 본질에 대한 많은 점들을 시사해 주고 있다. 그토록 오랫동안 헤라클레스를 무적의 존재로 만들었던 히드라의 독이 결국 그를 파멸시킨다. 앞서 지적했듯이 히드라에 대한 헤라클레스의 승리는 단지 부분적 승리에 불과하였다. 그것은 단호한 일격을 가해 얻은 승리라기보다는 억압의 결과에 지나지 않았던 것 같다. 네소스의 에피소드는 영원히 파괴될 수 없는, 최종적으로 영웅에게 적대적으로 돌아서고 말았던 그 독이 원초적 갈망의 독이었음을 암시한다. 그것은 일명 정욕으로 불리기도 하는데, 정욕 그것이야말로 모든 유기적 생명체들의 뿌리에 놓여 있는 것이지 않겠는가. 따라서 그것은 원죄와 다르지 않다. 네소스가 시도하려고 한 강간, 다른 새로운 연인을 향한 헤라클레스의 욕망, 그리고 다이아네이라의 소유 욕망 등, 히드라의 독은 정욕과 갈망이라는 맥락 안에서 비로소 그 효과를 발한다. 결국 이 신화는 이러한 욕정, 이러한 원초적 갈망이 그와 관계된 모든 것들을 어떻게 연소시켜버릴 수 있는가를 극화하고 있다. 화장용 장작불이라는 또 다른 불이 그것을 압도해버릴 때야 겨우 정점에 도달할 수 있는 그런 불이다. 헤라클레스를 태운 그 불은 최종 정화의 불로서 헤라클레스 속에 내재된 모든 인간적 요소들을 정화시키는 불길, 그리하여 그를 영원한 지위로 변신시켜 줄 최후의 고양의 불길이다. 헤라클레스의 수많은 과업들이 사실은 원초적 갈망의 극복을 상징하는 것들이었음에도 불구하고, 그는 결국에 가서 자신이 여태껏 대적해서 싸워왔던 그 모든 것에 무릎을 꿇고 만다. 그렇지만 헤라클레스의 실패는 동시에 그의 최후의 승리이기도 하다.

이아손과 메디아

이아손과 황금 양피 이야기는 고대 그리스의 정전 중에서 개체화와 관련된 두 번째로 널리 알려진 신화이다. 고대의 연금술사들은 이아손 신화의 황금 양피를 금으로 상징된 오염되지 않은 물질을 만들어 내려는 자신들의 목적과 같다고 생각했기 때문에 이 이야기를 특히 좋아했다. 연금술사들에게 이아손은 초기 연금술사로 간주되었다.

황금 양피 이야기는 이아손이 태어나기 훨씬 이전에 시작된다. 어떤 죄가 발생했고, 그 죄에 대한 대가로 헬레와 프릭서스라는 두 아이가 제물로 바쳐질 수밖에 없는 상황이 벌어진다. 두 아이가 제물로 바쳐지는 순간 황금 양피를 가진 새끼 양 한 마리가 기적적으로 나타난 덕분에 아이들은 무사히 도망치게 된다. 이 이야기는 아브라함이 아들 이삭을 제물로 바치려는 순간 가시덤불에서 양 한 마리가 나타나 이삭을 구출해 주었던 성서의 이야기를 상기시켜 준다. 황금 양피를 가진 새끼 양은 그 두 아이를 그리스에서 흑해 쪽으로 멀리 떨어진 콜키스라는 곳으로 데려간다. 가는 도중에 헬레는 바다 밑으로 떨어져 행방불명이 되었는데, 그 뒤 그 바다는 그 여자아이의 이름을 따 헬레스폰트라고 불리게 된다. 한편 살아 남은 프릭서스는 콜키스로 망명하였고, 거기서 새끼 양은 제단에 제물로 바쳐지고 그 양의 황금 가죽은 나무에 걸려서 보관된다. 그 후 그 나무는 성전이 된다.

황금 양피를 가진 양은 자기의 남성적 측면을 대변한다. 황금 양피는 자기의 최상의 가치를 암시한다. 그러나 그것이 대변하는 남성적 특징은 자기의 한쪽 부분만을 구현하므로 이아손 신화 전체를 지배하는 것은 바로 이런 한계점이다. 많은 위업이 달성되기는 하지만 그것은 오직 불완전한 성공에 불과하다. 이아손 신화에 내포된 이러한 주제를 우리는 처음부터 감지할 수 있다. 황금 양피라는 상징 고유의 단편적 본질이 그렇고 헬레라는 여자아이를 잃어버리는 것도 그렇다. 요컨대 여성적 요소가 반복해서 행방불명되는데 결국 그 여성적 측면의 보복심이 궁극적으로 이아손의 모험 전체를 파괴시켜 버린다.

아르고선의 탐험으로 이어진 상황 역시 심리학적으로 시사하는 바는 많다.

과거에 저질러진 최초의 범죄가 나라를 피폐시켰고 그로 인해 그 처음의 범죄에 대한 속죄의 상황이 도래한다. 이것은 그리스 신화와 히브리 신화에 공통적으로 등장하는 원죄라는 주제의 또 하나의 버전이다. 즉 심리발달의 초기 단계에서 어떤 죄가 행해진 것이고 그 죄를 교정할 필요성이 대두되는 것이다. 이런 상황을 심리학적 용어를 빌어 표현하자면, 그 죄는 사물들의 자연적 상태에 반하는 어떤 상황이 벌어진 것이고, 그것은 자아 자체의 발달을 위해서는 필수적이다. 애초의 상태에 반하는 폭력이라는 행위는 자아의 진화를 위해 본질에 속한 에너지들을 얻어내는 근거가 되지만, 그것은 또한 본질적 상황으로부터 자아를 소외시키는 결과를 낳기도 한다. 이아손 신화에서 어떤 종류의 병이 나라 전체를 뒤덮는데 그 이유는 어떤 중요한 가치가 없어졌기 때문이다. 중심적 의미로부터 나라가 떨어져 나온 것이며 그리하여 조만간 그 죄의 열매들이 전면으로 부상하게 되어 그것을 해결하지 않으면 아니 되는 상황이 도래한다. 이것이 바로 이아손의 과업이다.

아르고선에 대한 이야기가 열리는 시점은 나라가 도탄에 빠져 있고 청년이 된 이아손이 막 인생을 출발하려고 하는 시점이다. 이아손이 아이였을 때 생명이 위태로운 상황에 처하고, 간신히 왕궁을 빠져나온 이아손은 켄타우로스 케이론에 의해 양육된다. 그 후 성인으로 다 자란 이아손은 고향으로 돌아와 왕국을 찬탈해 간 삼촌 펠리아스와 대면한다. 그 전에 펠리아스는 신발 한쪽만 신은 자를 조심하라는 신탁의 경고를 받은 적이 있었다. 이야기는 곧바로 정당한 후계자로서의 권리를 되찾을 생각으로 이아손이 펠리아스의 나라를 향해 가고 있을 때 한 노파가 그에게 강을 건너달라고 도움을 요청하는 사건으로 이어진다. ─융이 지적했듯이, 중요한 사건이나 크고 작은 재난들은 자주 강에서 벌어지곤 하는데, 이는 위험스러운 전환(transition)에 관한 주제이다─노파를 업고 이아손이 강을 건너는 사이에 그 노파가 자꾸 무거워졌고 결국 그 노파는 헤라 여신으로 밝혀진다. 힘들게 강을 건너느라 이아손은 신발 한 짝을 잃어버린다. 여기서 우리는 다시 성(聖) 크리스토퍼 이야기와의 연관성을 떠올린다. 즉 그것은 마치 영웅이 자신의 운명과의 대면을 향해 나아가는 동안 무의식의 어떤 측면을 맞닥뜨리고, 그 무의식은 그 영웅에게 흔적을 남겨 놓는 이야기인 거 같다. 이아손의 잃어버린 신발 모티브는 절름발이 주제를 변형한 것으로, 이를테면 『모비 딕』(Moby Dick)에 나오는 선장 에이합의 목발이나 오이디푸스의 손상된 발에 상응하는 모티브이다.

이아손이 펠리아스의 나라에 도착하여 왕관을 되돌려줄 것을 요구하자, 펠리아스는 이아손에게 만일 황금 양피와 프릭서스의 영혼을 되찾아온다면 왕권을 돌려주겠노라고 말한다. 이아손이 왕권의 반환을 요구하는 이런 상황이 벌어지기 이전에 이미 황금 양피와 프릭서스의 영혼을 되찾아 와야만 나라가 번창할 것이라는 신탁이 내려졌던 것이다. 이 약조를 근거로 이아손은 아르고선의 항해를 착수했고 이 모험을 수행하기 위해 당대의 가장 뛰어난 영웅들이 총집결한다.

아르고선의 항해가 시작된 다음 그 첫 번째 정박지는 렘노스 섬이었다. 그 섬에 정박한 아르고 선원들은 렘노스 여인들이 자신들을 학대해 온 남편들에 대한 보복으로 남편을 모두 죽여 버렸다는 사실을 알게 된다. 이아손과 그의 일행은 렘노스 여인들의 환대를 받고 침실로 모셔졌는데, 실은 그 여자들은 아르고 선원들을 아버지로 삼아 자식을 얻을 작정이었다. 문제는 그들이 과연 그 남자들을 다시 배에 태워 제 갈 길을 가게 해줄 수 있을까 하는 점이었다. 그것은 마치 무의식으로의 여행길에서 각기 상충되는 부분들을 화해시켜야 하는 순간을 처음 맞게 되면 쾌락적 충동에 굴복하여 안주하고 싶어하는, 그래서 아직은 멀기만 한 목표를 잊어버리고 싶어하는 강한 유혹이 생겨나는 경우를 표현한 것으로 여겨진다.

가까스로 선원들이 아르고선으로 되돌아오긴 했지만 이아손의 갑옷을 소지하고 있던 힐라스가 행방불명된다. 아름다운 청년인 힐라스가 섬의 다른 쪽에 있는 샘에서 물을 긷고 있었는데 그 때 그 샘의 요정이 힐라스에 대한 사랑에 빠진 나머지 그를 물 속으로 끌고 들어가는 바람에 익사하고 만 것이다. 이런 힐라스 이야기는 무의식으로 빠져드는 미숙한 낭만주의를 칭하는 나르키소스와 비슷한 형태의 이야기이다. 그 두 이야기에는 무의식으로의 여행에서 어떤 자질들은 살아남지 못한 채 무의식 속으로 가라앉아 사그라지고 만다는 점이 함축되어 있다.

그 다음으로 아르고 선은 지나가는 나그네들에게 싸움을 걸어 싸움에 응하지 않는 자들을 바다 속으로 내던져버리곤 하는 아미커스라는 이름의 오만한 야만인을 만난다. 폴리데우케스가 아미커스의 도전을 받아들여 그를 퇴치해버린다. 이 이야기는 오만한 태도와의 대면에 관한 이야기로 간주될 수 있다. 무의식으로의 여행을 중단 없이 진행하려면 오만함은 반드시 극복해야 할 태도인 것이다.

다음에 함대는 피네우스와 하르피에게 다가간다. 예언의 재능을 가지고 있던 피네우스가 미래에 대해 너무 떠벌리는 바람에 제우스가 그에 대한 벌로 그에게 하르피를 내려보낸 것이다. 하르피는 피네우스가 밥상을 펼쳐놓기만 하면 그의 음식을 잡아채 가버리고는 그 자리에 불쾌한 악취를 남겨 놓는 성가신 새떼들이었다. 그런데 아르고 선원들이 항해를 계속할 수 있으려면 피네우스으로부터 항해 방향을 알아내야만 했다. 피네우스는 방향을 알려주는 대신에 하르피들의 괴롭힘에서 자신을 해방시켜달라고 제안한다. 이 이야기는 오염된 직관에 대한 상징으로 보인다. 아르고 선원들이 항해를 계속하기 위해서는 직관적인 지식이 필수적이었으나, 그것을 사용할 수 있으려면 반드시 사용 전에 그것을 정화시켜야 한다. 우리는 직관을 오용하는 경우들을 자주 만난다. 오용된 직관이란 진실로 의식적 목적을 위해 사용하는 것이 아니라 개인을 그것의 희생자로 만들어버리는 직관을 가리킨다. 그러한 경우 직관이란 축복이라기보다 골칫거리 이상의 것이다. 예를 들면 다른 사람들이 자신에게 무엇을 기대하는지를 재빨리 감지해내는 외향적 직관은 어떤 사람들로 하여금 타인의 기대를 선택의 문제가 아니라 일종의 강박 관념으로 간주하여 그 기대에 부응하려고 애를 쓰는데, 이것이야말로 오용된 직관의 일종이다. 피네우스는 하르피로부터 구원을 받은 후 아르고 선원들에게 그들이 앞으로 나아가게 될 여정과 심플리가데스를 통과할 수 있는 방법 등을 알려준다. 심플리가데스는 반복적으로 서로 충돌하는 두 개의 바위인데 아르고선은 그 두 개의 바위 사이를 빠져 나가야만 한다. 두 개의 바위 심플리가데스는 대립물들을 나타내는 상징적 이미지이다. 살아가는 동안 우리는 계속해서 두 개의 대립물들 사이를 지나야 하고, 때문에 언제든 그 두 개의 바위의 충돌에 부딪쳐버릴 위험을 감수하지 않으면 안 된다.

마침내 아르고 선은 콜키스에 당도한다. 콜키스의 왕 아에테스는 황금 양피를 넘겨주겠다는데 기꺼이 동의한다면서 불가능해 보이는 몇 가지 과업들을 수행해야 한다는 조건을 붙인다. 그 조건이란 두 마리의 불을 먹는 청동 황소에게 고삐를 매어 밭에 쟁기질을 시킨 다음에 그곳에 용의 이빨을 심으면 그 자리에서 무장한 남자들이 튀어나올 것인 바, 그 무장 남자들을 죽여야 한다는 것이었다. 이상의 이야기에는 자아가 불을 뿜는 황소로 대변된 남성적 원형의 원초적인 힘에 노출될 수밖에 없다는 점, 그리하여 무장한 남자들의 형상으로 올라온 대립적인 원초적 힘들 역시 대면하여 해결해야만 한다는 의미를 내포하고 있는 것 같다. 결국 전사들이 튀어나오자 이아손이 그들 한 가운데로 돌멩이 하나를 던져 넣었고, 그러자 그 돌멩이를 두고 전사들이 서로를 상대로 싸우다가 모두 전멸해버린다. 이런 이미지에 함축된 심리학적 의미는 우리가 서로 상충되는 대립물 중의 어느 한쪽과 스스로를 동일시해서는 안 된다는 점이다. 우리가 이러한 동일시로부터 물러나 있을 수만 있다면 심리 내부에서 갈등을 벌이는 대립물들은 스스로 소멸되면서 변형을 이끌어낼 수 있을 것이다.

이러한 과업들은 왕의 딸인 메디아의 도움이 없었다면 그 어떤 것도 달성될 수 없었을 것이다. 메디아는 이아손을 보자마자 첫눈에 사랑에 빠지고 만다. 메디아는 마법사였고 이아손은 그녀를 아내로 맞아 아르고 선으로 자신의 고향으로 데려가겠노라고 약속한다. 그러자 메디아는 이아손에게 마법의 연고를 발라 하루 동안 그를 무적의 존재로 만들어 필요한 과업을 수행할 수 있도록 돕는다. 이아손의 성공에는 은밀한 힘들과의 접촉, 요컨대 무의식의 심층부와의 접촉이라고 말할 수 있는 그런 힘들과 연결된 아니마로부터의 도움이 필수적이다. 메디아는 그 뒤에도 계속해서 이아손을 돕는다. 이아손이 과업을 수행했음에도 아에테스 왕이 황금 양피를 넘겨주겠다는 약속을 거둬들이자 이아손은 결국 그것을 훔쳐 콜키스를 도망쳐 나올 수밖에 없게 된다. 그러자 왕의 배들이 이아손 일행의 뒤를 쫓는다. 아르고 선에 승선한 메디아는 자신의 남동생 압시르토스를 죽인 다음 그 시체를 절단해서 배에서 차례차례 한 조각씩 바다에 던져 넣어 아르고 선을 뒤쫓는 무리의 힘을 지연시킨다. 아버지가 흩어진 아들의 시신들을 주워 모으느라 멈춘 사이에 아르고 선은 무사히 그곳을 도망쳐 나온다.

여기서 우리는 사지절단이라는 널리 알려진 보편적 주제의 또 하나의 버전을 다루게 된다. 이아손 신화에서 사지절단은 빠져나와야 할 영웅의 과업, 즉 의식으로의 귀환이라는 영웅적 과업을 수행하는 데 기여한다. 이 주제에 대한 해석방식은 여러 가지가 있을 수 있겠지만, 이 신화는 본질적으로 메디아와 이아손의 관계를 위해 메디아와 그녀의 남동생의 관계가 희생되었다는 점이다. 사용된 이미지가 다소 강박적이기는 하지만, 사지절단의 이미지는 응결된 리비도를 용해시켜 새로운 종류의 어떤 관계를 위해 사용 가능한 것으로 만드는 것을 의미한다.

메디아와 이아손 커플이 그리스로 돌아오자마자 메디아는 이아손을 위해 또 다른 기여를 하게 된다. 이아손의 부모를 죽인 찬탈자 펠리아스에 대한 복수의 순간이 도래한 것이다. 마법사인 메디아는 펠리아스의 딸들에게 아버지를 가마솥에

집어넣으면 자신이 마법으로 아버지를 회춘시켜 주겠노라고 약속했고 메디아의 약속에 속은 딸들은 늙은 아버지를 죽여 그의 사지를 절단해버린다. 이렇게 해서 펠리아스는 메디아의 남동생처럼 사지절단을 당하는데, 그 두 차례의 사지절단의 책임은 모두 이아손의 아니마인 메디아에게로 넘겨진다. 남성적 자아인 이아손이 개체화로 가는 과정에서 책임회피라는 치명적 실수를 한 것인데, 앞으로 그것은 이아손에게 문제를 야기하게 될 것이다.

마지막으로 이아손은 현실적인 이득을 구실 삼아 메디아를 버리고 테베의 공주와 결혼하기로 작정한다(다이아네이라/헤라클레스 주제의 도래). 그러자 메디아는 이아손과 결혼하게 될 공주에게 마법의 옷 한 벌을 보내는데, 공주가 그 옷을 입는 순간 불길이 솟구쳐 올라 그녀는 타 죽고 만다. 그런 다음 메디아는 이아손에 대한 복수로써 자신의 친자식들까지 죽여 버리고는 그녀 자신은 용이 끄는 마차를 타고 하늘로 사라져버린다. 이것이 이아손과 관련된 메디아의 최후이다. 전 과정, 그러니까 아르고선 모험의 모든 과정이 결국 실패로 끝난 셈이다. 그 실패의 요인은 본질적으로 여성적 요소를 무시한데 기인한다. 처음에 헬레라는 여자아이가 익사했던 그 시점에서부터 조짐을 보이기 시작했던 이 주제는 이아손이 메디아에 대한 약속은 지키지 않고 오로지 메디아의 힘만을 이용하는 것으로 이어진다. 심리학적인 관점에서 이 신화의 중심 요소는 남성의 여성적 측면이자 여성적 영혼에 다름 아닌 아니마의 오용 결과이다. 메디아처럼 남성적 자아의 목적을 달성하는데 이용되기만 하고 그것 자체의 리얼리티를 존중받지 못한 아니마는 치명적 요소로 바뀌어 남성으로부터 사라져 버린다. 궁극적으로 이아손은 신들의 총애를 잃고서 집 없는 방랑자가 되어버렸다고 전해진다.

이아손과 메디아의 이야기는 저절로 반복해서 되살아나는 이야기처럼 보인다. 어떤 남자가 자신의 아니마의 투사 대상이 될 여자를 만나게 되면 그 남자는 그러한 투사를 통해 살아가는 동안에 그를 지탱시켜 줄 가치감과 자신감, 그리고 남자로서의 힘에 대한 느낌을 일시적으로 얻게 될 것이다. 그러나 그런 경우에 그 에너지는 투사에서 나온 것이지 실제로는 그 자신이 달성한 것이 아니기 때문에 투사가 실패로 돌아갈 경우 보복의 순간이 도래하여 메디아와 관련하여 이아손이 처했던 것과 같은 상태에 처하게 된다. 요컨대 심리적 통합이라는 과업이 계속해서 수행해야 할 미완의 상태로 남겨지게 되는 것이다. 이러한 현상을 우리는 테세우스 신화에서 다시 보게 된다. 테세우스 신화에서 테세우스는 아리아드네와 관계를 맺어 그녀의 도움을 받지만 고향으로 돌아오기 전 그녀를 유기해 버린다. 이러한 관계의 단절이 현대의 남성심리에 어떻게 적용될 수 있는지에 대한 사례들은 수 없이 많겠지만, 그것은 초창기 그리스 심리의 발달단계에 대해서도 시사해 주는 바가 많다. 그런 이야기들은 마치 당시의 사회가 여전히 모권제의 단계를 완전히 벗어나지 못한데다가 아직 남성원리는 확고하게 정립되지 않은 상태였으므로 그 당시로서는 여성원리를 완벽한 방식으로 인정할 수 없었음을 시사하는 것 같다. 남성성은 여성성과 균형을 이룰 수가 없었고, 따라서 행해질 수 있는 최선의 방법은 여성원리를 이용해서 최대의 이익을 취한 다음에 그것을 다시 털어 내는 것이었다. 그 결과는 아니마가 치명적 요소로 변하는 것이었다.

여기서 우리는 고대 세계가 궁극적으로 몰락할 수밖에 없었던 원인에 대해 좀 더 근원적인 해명을 해 볼 수 있을 것 같다. 어쩌면 고대 세계는 아니마와 여성원리를 동화할 수 없었기 때문에 몰락한 것일 수도 있다는 설명이 가능한 것이다. 헬레니즘 시대는 분명 보편적 비통함이 확장 일로에 있었던 시대였다는 점에 주목할 필요가 있다. 대부분의 그리스 학문에는 가슴을 후비는 슬픔이 관통하고 있는 듯하다. 금욕주의 철학의 저류에 흐르는 것은 절망감이며 그것에 대한 궁극적 표현을 우리는 소포클레스에게서 찾아볼 수 있다. 소포클레스는 『콜로노스의 오이디

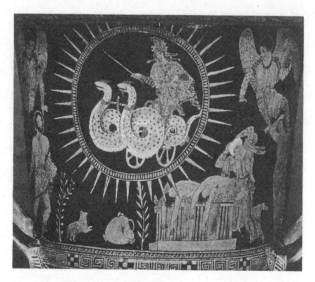

[사진 17] 용이 끄는 마차를 타고 메디아가 도망치고 있고, 제단 위에는 그녀가 죽인
자식들의 시신이 놓여 있다. 이아손은 제단 옆에 멍하니 서서 도망치는 메디아를 올
려다보고 있다.
　　　　　　　　　─기원전 5세기에서 4세기 초엽 남부 이탈리아의 폴리꼬로 화가 소장품 및
　　　　　　　　　　　　　　　　　해나 재단의 클리브랜드 미술관 소장

푸스』(*Oedipus at Colonus*)의 아래와 같은 구절들을 통해 당대의 그러한 보편적 감
정의 출구를 제공해 준 바 있다.

> 태어나지 않는 것, 그것이 모든 가치 있는 것들을 넘는 최고의 것이다. 그
> 러나 인간이 빛을 보게 되면, 그 다음은 전 속력을 다 해서 그곳, 자신이
> 왔던 그곳을 향해 달려가는 것뿐이다.[6]

---

6) Sophocles, *Oedipus at Colonus*, trans. R. C. Jebbs, in *The Complete Greek Drama I*, lines 1224-1228.

위의 대사를 삶에 대한 궁극적 지혜라고 받아들일 경우, 그것은 절망의 조언으로 고대문명의 몰락을 설명하기에 충분한 이유가 된다.

테세우스와 아리아드네

테세우스와 페르세우스의 신화는 서로 연결되어 있다. 전자가 아버지 괴물과 부성 콤플렉스와의 대면을 다루고 있는 반면에 후자는 어머니 괴물, 즉 모성 콤플렉스의 문제를 다루고 있기 때문이다. 따라서 이 두 신화를 서로 비교해 보는 것이 도움이 될 것이다.

다른 영웅들처럼 테세우스 역시 부모가 이중으로 되어 있다. 테세우스의 아버지는 트로이젠을 방문 했었던 아이게우스 왕으로 알려져 있는데, 일설에 의하면 바다의 신 포세이돈이 테세우스의 어머니 아에트라를 방문하였다고도 한다. 그렇게 해서 테세우스는 신을 아버지로 두는 한편으로 인간 아버지를 두게 되었다. 어느 이야기를 따르건 아이게우스가 커다란 바위 밑에 자신의 칼과 샌들을 남겨 놓으면서 아에트라에게 아들이 열여섯 살이 되면 그 바위로 데려가라는 말을 남기고 아테네로 떠났다고 되어 있다. 아이가 바위를 들어 올리고 칼과 샌들을 끄집어낼 수 있는 나이가 되면 아이게우스의 아들이라는 것을 증명할 그 증표들을 가지고 집을 떠나 아버지를 찾아오게 하라는 것이었다.

이 이야기 속에는 아들이 일정한 나이에 이르면 아버지로부터 유산을 받기 위해 어떤 시련을 겪어야 한다는 특정한 주제가 반영되어 있다. 젊은이의 기본적인 선택들, 특히 젊은이들에게 주어진 가장 중요한 단계인 직업 결정에는 이런 종류의 의례가 개입되기 마련이다. 내면의 남성적 유산과 아무런 연관을 가지지 못한 채로 선택을 하는 젊은이는 결함을 지닌 사람일 것이다. 그렇다면 이런 신화적 이미지는 여성이나 여성들의 직업 선택에도 적용되는 것일까? 영웅 신화는 여성들에게도 해당된다는 것, 영웅 신화가 다루는 것은 궁극적으로 의식의 발달과정이므로 그것은 상징적으로만 남성적일 뿐 남성이나 여성 모두에게 해당된다는 것이 노이만(Erich Neumann)의 견해이며[7] 나의 입장이기도 하다.

테세우스는 바위를 손쉽게 들어 올려 칼과 신발을 찾은 다음에 자신의 아버지를 만나기 위해 아테네까지의 여행길에 오른다. 바다로의 안전한 직항 길을 택하는 대신 테세우스는 각종 범죄자들이 우글거리는 곳으로 유명한 반원형으로 이어진 해안 길을 택한다. 테세우스는 공공의 적들을 대적하여 영웅적 위업을 달성하겠다는 야망을 품고 있었던 것이다.

아테네로 가는 내내 테세우스는 무의식 속에 내재된 남성성의 각종 부정적 측면들을 대변하는 여러 가지 시련들을 차례차례 경험한다. 테세우스의 첫 번째 시련은 페리페테스라는 이름의 무법자와의 대적이었다. 페리페테스는 나그네가 지나가기를 숨어서 기다리고 있다가 누군가가 나타나면 곤봉으로 때려죽이는 도둑이었다. 테세우스는 그 도둑의 곤봉을 빼앗아 그를 때려죽인다. 테세우스 시련의 공통된 특징은 각양각색의 도둑들이 다른 사람들에게 행했던 방식을 그대로 도둑 당사자에게 적용한다는 점이다. 이는 우리 자신이 행하는 방식 그대로 대접받게 되어 있다는 심리학적 원칙을 예시하고 있다. 테세우스는 페리페데스의 곤봉으로 그 도둑을 처치한 다음에 그 곤봉을 자신의 것으로 만든다. 이는 테세우스로 대변된 자아가 사용할 수 있는 남성적 힘을 어느 정도 획득하였음을 의미한다.

테세우스가 다음에 만난 자객은 "소나무 구부리는 자"라는 의미의 시니스라

---

7) Erich Neumann, *The Origins and History of Consciousness* (New York: Bollingen Foundation, 1954), p. 42.

는 이름의 도둑이었다. 그는 소나무를 땅까지 굽혀 놓고서 지나가는 나그네에게 소나무 잡아당기는 것을 도와 달라고 부탁하곤 하였다. 나그네가 소나무를 잡는 순간 시니스는 소나무를 잡고 있던 자신의 손을 놓아버린다. 그러면 나그네는 공중으로 날아올랐다가 떨어져 죽어버린다. 테세우스는 시니스가 써먹던 것과 똑같은 방식으로 그를 없애버린다. 시니스를 나무에 묶어 튀겨버림으로써 제거한 것이다. 이 이야기의 이미지는 아주 야릇하다. 심리학적으로 그것은 자연적으로 자라기 마련인 어떤 성향을 의도적으로 구부려서 그것의 역회전을 이용하는 것을 나타낸다. 자연적 성향을 구부리는 것은 단지 짧은 순간만 지속 가능한 것이라서 언제든 본래의 위치로 되돌아가게 되어 있다. 우리는 이런 이미지에 대한 예로서 너무 많은 에너지를 요하기 때문에 영원히 지속시킬 수 없는 무리한 자기절제의 이미지를 생각해 볼 수 있다. 본능의 힘들은 금방 역회전의 힘을 발휘하여 자아를 다시 날려버릴 것이다. 신화는 여러 세기에 걸쳐서 다듬어진 종족적 산물이므로 이런 신화적 이미지들은 인간 심리에 대해 많은 것들을 말해준다.

그 다음에 테세우스는 높은 바위 위에 앉아 있다가 지나가는 나그네들에게 자신의 발을 씻으라고 강요하는 스키론을 대적하게 된다. 스키론은 나그네들이 자신의 요구에 복종하여 발을 씻는 사이에 그들을 발로 차 절벽 아래 바다 밑으로 떨어뜨린다. 그러면 바다 속에 있던 커다란 거북이가 그들을 잡아먹곤 한다. 이 이야기는 거짓된 겸손 즉 발을 씻어주는 행위로 암시된 비굴한 태도에 굴복할 때의 위험성에 대한 언급이다. 요컨대 스키론은 공손하거나 비굴한 성향을 이용하는 도둑으로 그 역시 그것으로 인해 파멸된다. 테세우스가 같은 방식으로 그에게 되갚음을 했던 것이다.*

---

* 피상적 수준에서 볼 때 이것은 제자들의 발을 씻어주는 예수를 연상시킨다. 그러나 성서에서의 이미지는 보다 고양된 수준의 자아발달을 상징하는 것으로 테세우스 신화의 이미지와는 그 의미가 약간 다르다. 그리스

스키론의 뒤를 잇는 케르키온은 사악한 투사로 나그네 각자에게 도전하여 그들을 양팔로 껴안아 짓이겨 죽이곤 하였다. 테세우스는 레슬링이라는 전략적 원리를 이용하여 케리키온의 무력을 능가한다. 레슬링 전략은 테세우스가 창안해낸 것이었다. 테세우스가 케르키온을 이긴 것은 단순한 무력이 아닌 의식적인 기술과 창의력을 적용할 수 있었기 때문인데, 이는 무의식적 힘들을 다룸에 있어서는 의식 자체의 원리들을 이용할 줄 알아야 한다는 것, 그러니까 무의식 자체만을 토대로 무의식을 대처해서는 아니 된다는 점을 암시한다.

영웅이 대적하는 마지막 도둑은 가장 널리 알려진 프로크루스테스였다. 이 남자는 지나는 객들을 붙잡아서는 자신의 침대 위에 눕힌다. 그런 다음 자신의 침대보다 긴 나그네는 잘라서 맞추고, 너무 짧은 자들은 늘려서 맞추었다. 이것은 인간의 보편적 성향을 묘사하는 아주 기막힌 이미지로서 지금도 널리 이용될 만큼 인기가 있는 낯익은 이미지이다. 프로크루스테스 침대는 진솔한 리얼리티에는 관심을 기울이지 않고 억지로 그것을 자신의 선입견에 맞추려고 하는 경직된 태도를 대변한다. 그것은 외적인 기준에 맞추어 독선적으로 판단을 내리는, 그래서 자아 자체의 자연스러운 리얼리티를 절단하거나 왜곡시키는 위험스러운 성향, 요컨대 무의식적 "고정관념"(ought)으로 인한 삶의 폭력적 결과를 묘사해 준다. 프로크루스테스의 침대는 "고정관념" 그 자체에 대한 상징이다.

마침내 아테네에 당도한 테세우스는 그 당시 아이게우스의 아내가 되어 있던 메디아에게 거의 독살 당할 뻔 한다. 메디아가 아이게우스에게 그 청년이 첩자라

의 아카이아 시대의 산물인 이 신화의 이미지는 자아발달의 초기 단계에 적용될 수 있다. 기독교의 거의 모든 미덕들, 특히 자아의 부정은 사실 젊은이에게는 적절치 않다. 자신의 자아를 포기하기보다는 다른 모든 것을 희생시키는 편이 더 쉬울 것이기 때문이다. 완강하고 공격적인 자아를 발달시켜야 할 임무 대신에 소위 자기희생이라는 미덕을 취함으로써 자아는 영원히 무시되거나, 혹은 인생이라는 전 과정이 완성되지 못하고 그저 쳇바퀴 돌 듯 빙빙 돌다가 마는 경우가 종종 있다.

고 말했던 것인데, 그래서 아이게우스가 막 테세우스의 살인에 공범자로 가담하려는 절체절명의 순간에 몇 년 전 자신이 아들에게 남겨 놓았던 칼을 보게 된다. 그 순간 아이게우스가 달려들어 아들의 손에 들린 독주를 걷어차 버린다. 이 이야기가 의미하는 바는 무엇인가? 이 이야기가 내포하고 있는 여러 의미들 중의 하나로 자아가 부성원리와의 관계를 한 단계 완성하려는 순간에 내부에서는 모성이라는 독이 든 퇴행적 갈망이 자아를 굴복시킬지도 모를 위험천만한 상황이 도래할 수 있다는 해석이 있다. 덧붙여서, 본래 있던 것 속에 새로운 힘이 들어오게 하려면 기존의 힘들 사이에는 주저함이 개재될 수밖에 없는 상황이 벌어질 수 있다고도 말할 수 있겠다. 원래의 보유 지분은 보존되기를 원할 것이고 새롭게 출현하는 힘들은 굴복 당하지 않기 위해 기존의 힘들과 싸워 이겨야만 하기 때문이다.

그런데 아버지가 테세우스를 제 때에 알아보았고 아들은 두 팔을 활짝 벌린 아버지의 환대를 받는다. 그렇게 해서 테세우스는 아버지와의 관계를 재정립하게 되는데, 여기서 아버지란 내면의 남성원리로서 바로 그 덕분에 아들이 존재하게 된 것이다. 그렇지만 이런 상황이 벌어지자마자 곧장 테세우스 앞에 또 하나의 시련이 모습을 드러낸다. 언젠가 크레테의 왕 미노스가 자신과 포세이돈 신의 특별한 관계를 입증해 달라며 바다의 신 포세이돈에게 기도를 올렸고, 그것을 인정하는 표시로 바다의 신은 미노스에게 아름다운 흰 황소 한 마리를 하사한 적이 있었다. 미노스는 황소를 받자마자 바로 포세이돈 신에게 그 황소를 제물로 바쳐야 함을 잘 알고 있었다. 그럼에도 황소가 너무나 아름다워서 미노스 왕은 그것을 되돌려 주기가 싫었고, 그래서 그 황소보다 좀 못한 황소를 제물로 바친다. 포세이돈은 미노스의 이런 행위를 처벌하기 위해 일을 도모한다. 미노스의 아내 파시파에로 하여금 그 흰 황소에 대한 열정을 품게 만들었고 그리하여 그 황소와 짝을 맺어 미노타우로스라는 괴물을 낳는 것으로 보복을 가했던 것이다. 미노타우로스는 머리는 황소에, 몸은 인간으로 되어 있는 괴물로서 어찌나 무시무시하게 생겼던지 미궁 라비린토스에 숨겨 놓아야만 했다. 이 이야기는 신들 고유의 것인 신성한 힘을 우리들 자신의 것으로 취하려 할 때 괴물을 낳게 된다는 점을 말하고 있다. 미노스가 그랬던 것처럼 초인적이거나 혹은 본능적인 에너지를 자아 자체만을 위해 이용하려고 할 때 그것은 모르는 척 그냥 지나칠 수가 없는 일이다.

한편 크레테 왕의 기분을 상하게 한 몇 가지 일들로 인해서 (그 당시 아테네는 크레테에 종속되어 있었다), 아테네는 9년마다 한번 씩 7명의 청년과 7명의 처녀들을 미노타우로스의 먹이로 바쳐야 하는 조약을 맺고 있었다. 테세우스가 아테네에 도착한 때는 마침 괴물 미노타우로스에게 바치기 위해 새로이 소집된 청년과 처녀들을 출항시키려던 참이었다. 괴물 미노타우로스를 없앨 작정을 한 테세우스는 즉시 자진해서 공물로 바칠 청년 중의 하나로 참여하게 된다.

이 이야기 속에는 인간적 자질들이 괴물의 목표물이 되어 가는 과정, 즉 바다에서 온 황소를 흔쾌히 신의 제물로 바치지 않음으로써 야기된 사건에 대한 진상이 포함되어 있다. 황소로 상징된 원초적 본능의 에너지들을 고상한 목적에 바치지 않은 잘못을 저질렀고, 그에 대한 대가로 인간적 자질을 대변하는 젊은이들을 황소의 제물로 바칠 수밖에 없게 된 것이다. 의식의 확장에 이르게 될 진짜 성장 대신에 의식적인 인간들이 의식적이지 못한 미노타우로스에게 제물로 바쳐지는 것이다. 요컨대 퇴행적 움직임이 발생되고 만다.

이 이야기는 다시금 황소의 상징성에 대한 논의를 제기한다. 인류학자들에 의해 수행된 크레터 섬의 발굴작업에서 밝혀진 사실 중의 하나는 크레테에서는 한 신기한 운동경기가 행해졌었다고 한다. 곡예사가 황소의 뿔을 움켜잡고 공중제비를 돌면서 황소의 등위를 오르락내리락 하는 경기인데, 일종의 황소 춤인 이 운동경기는 오늘날까지도 지속적으로 행해지고 있는 투우의 원형임에 분명하다. 인간이라는 존재가 황소의 힘과 대적하여 그것을 통제한다는 것은 심오한 심리학적 의미가 있는 것으로 생각된다. 여기서 황소는 직접 대면하여 인간적 힘보다 열등한 것임을 증명해 내야 하는 어떤 것을 대변한다. 이런 정도의 의미가 없다면, 황소와의 대면이라는 제의의 세부적 내용들에 대한 심리학적 차원의 이해는 불가능할 것이다.

황소 이미지를 중요하게 취급했던 또 하나의 중요한 상징체계로 미트라스교가 있다. 서기 2, 3세기 무렵에 로마 지역의 주요 종교였던 미트라스교에 대해 일부 주창자들은 만일 기독교가 도래하지 않았더라면 이 미트라스교가 범세계적인 종교가 되었을 것이라고 주장한다. 미트라스교의 중심 이미지는 황소를 제물로 바치는 미트라스 제의이다.

심리학적 측면에서 황소는 의식에 파괴적인, 그리고 만일에 자아가 그것과 동화될 때 자아 역시 파괴되어 버릴 수 있는 남성원형의 치유 불가능한 원초적 에너지를 상징한다. 따라서 그것은 반드시 제물로 바쳐져야 할 에너지이다. 황소로 상징된 에너지는 희생제의를 통해 변형됨으로써 또 다른 차원의 의미에 기여할 수 있어야 한다. 이런 관점에서 본다면 황소의 희생제의나 황소의 정복은 인간의 문명화라는 과업 전체를 상징한다고 해도 과언이 아닐 것이다.

테세우스 신화는 선한 아버지와 괴물 아버지라는 두 아버지와의 대면에 관한 이야기이다. 선한 아버지인 아이게우스는 아들을 도와 아버지를 찾을 수 있게 하였고 아들을 환대하였다. 크레테에 도착한 테세우스는 즉시 부정적 아버지를 대변하는 미노스 왕을 만난다. 아테네를 출발한 배가 도착하자마자 미노스 왕은 그리스 처녀들 중의 한 명에게 마음이 동해 그 자리에서 그 처녀를 강간하려 한다. 그러자 테세우스가 개입하게 되고 언쟁을 벌이는 중에 테세우스는 자신이 포세이돈 신의 후예임을 주장한다. 이를 입증하라는 미노스 왕에게 테세우스는 바다 속으로

던져 넣은 반지를 찾아와 그 주장을 증명해 보인다. 미노스 왕의 괴이한 본성을 엿볼 수 있는 이 장면은 미노스 왕과 괴물 미노타우로스 사이의 상관성을 암시하는 바, 그 둘의 이름에서 드러나는 유사점은 테세우스가 마주한 대상이 남성괴물이라는 것, 어떤 부류의 아버지들은 아들들이 반드시 대면하여 극복해야만 하는 대상이라는 점을 시사한다. 즉 테세우스가 미노스 왕을 대면한 것은 그가 곧 부성의 부정적 측면을 대면하게 될 것임을 분명하게 보여준다.

흥미로운 점은 아이게우스는 선한 아버지인 반면에 아버지의 배우자인 메디아는 파괴적 존재로 제시되어 있다는 점이다. 메디아는 긍정적 아버지와 연결된 부정적인 여성성을 구현한다. 그렇지만 크레테는 이와는 정반대이다. 테세우스의 조력자로 등장한 미노스 왕의 딸 아리아드네가 사악한 아버지와 연결됨으로써 부정적 아버지와 선한 아니마의 동반을 제시하고 있기 때문이다. 이런 패턴에는 심리학적 의미가 내포되어 있다. 성장과정에서 아들이 아버지와 긍정적 관계를 유지하는 단계에서는 아들의 무의식 속에는 메디아로 상징되는 부정적이고 위험스러운 측면이 숨겨져 있게 된다. 그러나 아버지와의 관계가 생각했던 것처럼 순전히 긍정적이지만은 않다는 것을 인식하는 순간, 즉 아버지 또한 사실은 부정적이고 다소 의심스러운 존재일 수 있음을 깨닫게 되면, 그리하여 그 깨달음을 적절한 행동으로 옮기게 되면, 그 때 긍정적 아니마(여기서는 아드리아네로 상징되는)가 출현하게 된다.

미노타우로스를 만나기 위해 테세우스는 미노타우로스의 이복누이인 아리아드네의 도움을 받아 라비린토스에 이르는 길로 들어선다. 그 괴물을 잘 알고 있는 것으로 미루어 보아 아리아드네는 그 괴물의 자질을 일부 공유하고 있는 것이 아닌가 한다. 이는 어떤 면에서 괴물과 연결된 아니마의 특징적 주제를 반영하고 있다. 페르세우스 신화에서 보겠지만 대개의 아니마는 여성 괴물과 하나로 묶여 있기 마련인데, 여기서는 굴레에 묶인 대상이 아리아드네가 아닌 그녀와 연결된 남성 괴물이다. 그렇다면 아리아드네는 그 괴물이 죽어야만 떠날 수가 있다. 미노타우로스는 한 꾸러미의 실타래를 제공한 아리아드네라는 여성성의 도움을 받아 성공적으로 제거된다. 여기서 아리아드네의 실타래는 없어서는 아니 될 길잡이인 바, 우리는 그것을 감정의 실타래로 간주할 수 있다. 그것은 감정의 실타래를 유지하게 하여 무의식의 라비린토스에서 길을 잃지 않도록 방향을 제시해 주기 때문이다. 그것만 주어진다면 우리는 안전하게 내면의 갱생이 어려운 분노와 욕정과 본능을 맞대면할 수 있을 것이다. 우리 모두는 영혼의 라비린토스 안에 미노타우로스를 가지고 있으며 우리가 그것을 단호하게 대면할 수 있을 때까지 그 괴물은 반복적으로 인간적 의미와 가치라는 제물을 요구할 것이다. 에로스 원리 혹은 관계성은 테세우스로 하여금 미노타우로스를 대면할 수 있게 해준다. 이에 상응한 이미지를 오직 처녀의 무릎에 누워 있을 때만 온순해지는 거칠고 성미가 급한, 완전한 통제가 불가능한 중세의 유니콘이라는 동물 이미지에서 발견할 수 있다.

우리는 미로 속을 어슬렁거리는 미노타우로스가 들어 있는 라비린토스라는 이미지에 즉시 관심이 쏠리게 된다. 테세우스가 해결해야 할 라비린토스가 암시하는 바는 무의식에는 파괴적 측면이 도사리고 있다는 점이다. 즉 지속적으로 인간 제물을 공물로 요구하는, 그래서 의식적으로 대면하여 그 괴물을 정복해버릴 때까지 결코 멈추지 않을 견디기 힘든 어떤 상태가 내재되어 있다는 의미가 이 신화의 구체적 이미지에 함축되어 있다. 이 신화를 바라보는 또 다른 방식은 미노타우로스를 일종의 중심 지킴이로 간주하는 것이다. 라비린토스의 특징이 항상 길을 잃어버릴 위험성을 안고 있는 곳이라는 점에서 분명 그것은 무의식의 재현이다. 신화에 따르면 라비린토스의 여러 요소들 중의 하나는 그 중심에 매우 귀중한 무엇인가를 보관하고 있다는 점이다. 테세우스 신화에서는 귀중한 그 무엇인가가 구체적으로 밝혀지지 않지만, 그것은 분명 아리아드네 자체일 수 있다. 아리아드네는 테세우스가 라비린토스의 경험으로부터 얻어 낸 과실에 다름 아니다.

테세우스는 아리아드네의 실타래를 던져 넣음으로써 미노타우로스를 찾아낸다. 굴러가면서 저절로 풀려가 테세우스에게 방향을 안내해 주었던 실타래는 「코나에다」("Conna-Eda")라는 아일랜드의 민담에 나오는 이미지와 거의 흡사하다. 이 아일랜드 민담에서 남자 주인공은 앞쪽으로 쇠 방울을 던지면서 그것이 구르는 방향을 따라갔고, 그 쇠 방울의 안내를 받아 도달한 도시에서 다양한 모험들을 하게 된다. 둥그런 물체를 쫓아가는 이러한 이미지들에서 둥근 물체는 전체성의 상징이다. 구체(具體)는 목적지 즉 완전성이라는 목적지를 형상화시킨 상징물이다. 완전성과 중심의 개념은 서로 연관되어 있으며 둥근 공은 자동적으로 중심부로 굴러갈 것이므로 완전성과 중심은 동일한 상징체계의 일부라고 할 수 있다. 구체가 중심부를 향해 자동적으로 굴러가는 힘을 가지고 있다는 사실은, 그것이 하나의 공의 상태를 향해 굴러 올라가는 개체화의 길이 될 수 있음을 시사한다.

테세우스는 아리아드네가 가르쳐준 대로 행하였고 그리하여 미노타우로스를 제거한 그는 관계성의 원리인 실타래를 이용하여 라비린토스를 빠져나오는 길을 발견한다. 이런 모티브가 무엇을 의미하는지를 이해하려면 초조하고 격분에 찬 상태에 있을 경우의 우리들 자신, 즉 우리의 내부에서 으르렁거리는 미노타우로스를 상상해보면 될 것이다. 우리가 분노 때문에 길을 잃고 그 분노와 하나가 되지 않으려면 인간적 교감과 관계성이라는 실타래를 쥐고 있어야만 자신의 분노를 좀 더 안전하게 대면할 수 있다.

테세우스는 아리아드네를 데리고 크레테를 떠난다. 그렇지만 그는 아리아드네와 결혼하겠다는 자신의 약속을 저버린다. 아테네로 돌아오는 길에 그들은 낙소스라는 섬에 잠시 머물게 되는데 여기서 일어난 일들에 관한 버전이 여럿 존재한다는 사실은 그것이 그만큼 다양한 상징적 의미를 내포하고 있음을 의미한다. 테세우스가 아리아드네에게 싫증이 났다는 버전도 있고, 또 다른 버전에서는 더 이상 아리아드네가 테세우스에게 쓸모가 없어졌기 때문이라고도 되어 있다. 테세우스는 이미 자신의 목적을 달성하였고 그래서 아리아드네를 섬에 남겨 놓은 채 배를 출발시켜버렸다는 것이다. 또 다른 이야기에서는 디오니소스 신이 아리아드네에 대한 자신의 권리를 주장했다고 되어 있기도 하다. 그러나 어느 버전이건 자아의 영웅적 측면을 대변하는 테세우스와 조력하는 아니마 사이의 연관성이 계속 유지될 수 없었다는 기본 의미는 동일하다. 우리는 메디아와 이아손의 경우에서도 이미 이와 비슷한 운명을 목격했던 바, 이는 당시의 그리스인들의 심리 속에 존재했었던 동일한 어떤 것을 의미한다고 추정해볼 수 있다. 즉 아니마에 대한 견고한 의식적 동화는 계속 유지될 수가 없는 것이다. 괴물 오라버니라는 무시무시한 그림자와 결별하였음에도 불구하고 아리아드네는 신들과의 끈을 계속 유지해야만 한다. 아리아드네의 경우에 이러한 상태는 디오니소스 신과의 연관성으로 설명될 수 있다. 아리아드네는 말하자면 인간의 의식적 영역으로 완전히 참여할 준비가 되어 있지 않음을 의미한다. 즉 아리아드네(=아니마)는 전체적으로 무의식의 총체로 남아 있어야만 하는 것이다.

이 이야기에는 중요한 에피소드가 하나 더 남아 있다. 아테네를 출발할 때 테세우스는 아버지에게 임무를 성공적으로 완수하고 돌아오게 되면 배의 검은 돛을 내리고 흰 돛을 달아 놓겠다는 약속을 했었다. 그런데 그만 테세우스는 그 약속을 잊어버린다. 검은 돛을 달고 돌아오는 아들의 배를 본 테세우스의 아버지 아이게우스는 아들의 실패에 충격을 받고 절망한 나머지 절벽 위에서 바다로 몸을 던져버린다. 그 때부터 아이게우스가 빠져 익사했던 그 바다는 그의 이름을 따 '에게해'라고 불리게 되었다. 테세우스의 망각에는 분명 중요한 의미가 함축되어 있다.

이 신화의 핵심적 의미 중의 하나가 아버지 아이게우스는 반드시 죽게 되어 있다는 점이다. 이것은 테세우스가 비로소 아버지라는 존재에 대한 의존적 관계에서 벗어날 수 있었음을 의미한다. 남성원리를 중재해 주어야 할 존재로서의 아버지의 필요성을 극복하고 그 자신이 아버지가 된다. 아버지의 죽음과 함께 테세우스는 개별적으로 그 자신이 직접 남성원리와 연결된 것이다.

테세우스는 아프로디테 여신을 논했던 앞장에서 이미 다루었던 힙폴리튜스 신화에 다시 등장하는데 여기서의 테세우스의 역할은 다르다. 이 신화에서 테세우스는 아들 힙폴리튜스와의 관계에서 완고한 아버지 역할을 맡는다. 이미 앞서 보았듯이 이 젊은이는 아르테미스 여신에 대한 헌신과 사랑으로 아프로디테 여신을 거부한 결과 아프로디테 여신의 분노와 복수를 초래한다. 아프로디테는 음모를 꾸미며 힙폴리튜스의 계모인 페드라에게 힙폴리튜스에 대한 사랑의 열정을 불어넣는다. 그렇지만 힙폴리튜스는 페드라의 접근을 거절했고, 그러자 페드라는 테세우스에게 힙폴리튜스가 자신을 희롱했노라고 말한다. 이것은 아주 오래된 테마로서 젊은 남자가 너무 오랜 종속 상태로 나이든 남자의 집에 기거할 경우에 흔히 일어날 수 있는 사건이다. 종속자로서의 젊은 남자의 상징적 위치가 흔들리게 되는 것은 남자의 아내가 그를 소년이 아닌 남자로 받아들이면서부터이다. 그런 이야기에 함축된 에로틱한 측면이 젊은 남자와 나이든 남자 사이에 생겨날 수밖에 없는 갈등을 촉발시킨다.

테세우스는 페드라의 이야기를 듣고 격분한다. 그녀의 거짓말을 그대로 믿은 테세우스는 포세이돈에게 자신의 아들에게 복수를 내려달라고 기도한다. 포세이돈이 괴물(어떤 버전에서는 황소라고 되어 있다)을 보냈고, 힙폴리튜스가 마차를 몰고 바닷가를 질주하고 있을 때 바다에서 튀어나온 괴물이 힙폴리튜스의 말들을 위협하여 그의 마차를 전복시켜버린다. 힙폴리튜스는 마차에서 튀겨져 나와 마차에 질질 끌려 다니다 죽는다. 이 상황을 보는 한 가지 방식으로 힙폴리튜스를 새로운 발달의 단계, 즉 자신을 성숙한 에로틱한 존재로 인식하는 단계에 도달하는데 실패한 존재로 간주하는 시각이 있다. 그렇다면 힙폴리튜스의 죽음은 그가 의식적으로 거부했던 것이 부정적인 형태로 그에게 되돌아온 결과에 다름 아니다. 힙폴리튜스의 문제는 완전한 남성성을 받아들일 필요성인 것 같다. 미발달의 단계에서 여자는 아버지의 소속이며 따라서 페드라는 아버지의 여자였으므로 힙폴리튜스는 감히 그 여자를 받아들이지 못한다. 바다에서 튀어나와 힙폴리튜스를 쫓던 괴물은 테세우스가 미노타우로스에게서 대면했던 것, 그러나 힙폴리튜스 스스로 대면하지 못하고 거부해버린 힙폴리튜스 자신의 남성적 본능으로 간주될 수 있다.

한번은 이런 주제에 관해 어떤 환자가 생생한 실례를 제공한 적이 있다. 그 환자에게는 여러 가지 방식으로 그를 내몰던 황소 같은 타입의 아버지가 있었다. 그 공격성은 내재화되어 일종의 내적 추진력을 이끌어냈고, 그것은 그 남자의 실제적 본성과는 정반대로 성공에 대한 강박적 욕구로 발현되었다. 그렇지만 그 환자의 성공은 본질적으로 공허한 것이었고 그의 삶은 테세우스 이야기의 초기부분과 흡사한 상황에 놓여 있었다. 즉 그는 내면적으로 아테네의 청년과 처녀들을 내면의 미노타우로스에게 제물로 바치는 그런 상태, 즉 그의 진정한 인간적 의미와 목적들이 야만스러운 괴물의 먹이가 되고 있었던 것이다. 그가 정신분석에 동참하기로 처음 결심한 그 날밤 그는 미로를 통과해야만 하는 꿈을 꾸었는데 그 미로의 끝에 그를 치료하게 될 정신분석가가 서 있었다고 한다. 정확히 일 년 후에 그는 다음과 같은 꿈을 다시 꾸었다.

나는 미로의 감옥에 있었어요. 갑자기 나는 빠져나갈 길인 출구를 발견했어요. 나는 그 긴 복도를 향해 내달렸지요. 총알들이 쏟아지리라 생각했지만 놀랍게도 되레 내가 그것들을 붙잡고 있었어요. 나는 경계선을 넘었죠. 비로소 내가 자유의 몸이라는 것을 알았고 다른 사람들도 역시 그러리라는 것을 알았죠. 그것은 마치 내가 연중 제의를 주재했고, 그로 인해서 다른 사람들도 자유로워지는 것 같았죠. 나는 몸을 돌려 다시 되돌아갔어요. 내가 뒤돌아 걷고 있을 때 다른 사람들이 나를 향해 걸어오고 있었어요. 그들은 마치 무덤에서 나오는 사람들처럼 보였어요. 노인도 있고 젊은이도 있었으며, 여자도 남자도 있었어요. 나는 그들 중 한 사람을 멈추어 서게 한 다음 깊은 목구멍에서 우러나오는 소리를 냈어요. 나는 그들에게 나의 자유를 건네고 있었죠.

위에 나오는 이미지들은 테세우스/미노타우로스 이야기에서 쏟아져 나왔던 것들과 동일한 이미지들로서 그것은 오늘날에도 여전히 그 상징적 기능이 발휘되고 있음을 증명해준다. 단지 우리가 그것을 오래된 역사로 다루지 않을 뿐이다.

[사진 18] 미노타우로스와 싸우고 있는 테세우스
—기원전 470년경의 도자기 세부도. 런던의 대영 박물관

페르세우스

페르세우스 신화에 대한 어느 버전에 따르면 페르세우스의 어머니 다나에의 아버지에게 손자에게 폐위 당할 것이라는 신탁이 내려졌다고 한다. 그러한 이유로 다나에의 아버지는 자신의 딸을 남자들과 격리시키기 위해 청동 벽으로 된 토굴 속에 가두었다. 그렇지만 제우스는 황금 소나기로 변신하여 토굴 속의 다나에를 찾아 왔고, 그렇게 해서 다나에는 페르세우스를 임신하게 된다. 또 다른 버전에서는 다나에가 그녀의 아버지와 적대적 관계에 있는 삼촌의 유혹에 넘어갔고, 삼촌과의 관계에서 생긴 떳떳치 못한 임신으로 인해 토굴 속에 감금되었다고 되어 있다.

여기서 각종 신화에 반복적으로 등장하는 모호성의 문제가 제기된다. 이중적 부모의 테마와 마찬가지로 이런 사례들은 영웅의 출생에 대한 의문을 제기한다. 그런 수태들이 신성한 수태인가 아니면 부도덕한 행동의 결과인가? 상징적으로 말하자면 그 둘은 같은 이야기이다. 왜냐하면 만일 그 수태가 인간의 개입 아래 이루어진 것이 아니라면, 만일 그것이 인간의 사회적 관습에 의해 합법적인 것이 아니라면, 그것은 둘 다 경계를 초월한 것이므로 초인간적 의미와 신성성의 특성을 지니고 있기 때문이다. 그리스도의 탄생을 에워싼 전설들을 고려해 보면, 이에 대한 좀 더 익숙한 근거들을 얻어낼 수 있을 것이다. 성경은 그리스도의 탄생을 성령을 통한 수태로 설명하는데 여기서 성령은 다나에를 찾아왔던 소나기와 흡사하다. 그러나 당시에 떠돌던 일부 전설 중에는 마리아가 로마의 한 백부장에 의해 법적으로 인정받지 못할 임신을 하게 되었다는 설도 있다.

이런 이미지들은 꿈에서도 중요한 현상으로 간주된다. 아주 자주, 자기의 출현과 관계된 인생 초반부의 꿈들에 사생아의 출생이 등장하거나 혹은 어떤 아이의 탄생으로 종족들 사이의 연합이 이루어지는—어쩌면 이러한 경우의 아이는 반은 흑인이고 반은 백인일 수도 있다—상황이 나오기도 한다. 경계선을 초월한 것이기에 의식적 기준으로는 용인할 수 없는 것들로 간주돼 왔던 것들이 이런 종류의 출생을 만들어내는 것인데, 본질적으로 자기는 자아의 규칙들을 초월하기 때문일 것이다.

고대 그리스 극작가들이 다나에 이미지를 어떤 식으로 사용했는가에 주목해 볼 필요가 있다. 소포클레스는 다나에를 안티고네와 비교한 적이 있다. 안티고네는 크레온에게 대항했던 오라버니의 시신을 매장하지 말고 그대로 방치하라는 폭군 크레온의 선언에 맞섰던 여성이었다. 매장은 고대 그리스인들의 정신에 굉장히 중요한 의미를 갖는 것이었고, 때문에 안티고네는 크레온의 금지 명령에도 불구하고 오라버니의 매장을 추진하였다. 그 일에 대한 처벌로 안티고네는 동굴에 감금되어 사그라져 갔다. 소포클레스는 안티고네에 대해 다음과 같이 말한다.

> 그렇게 오래도록 인내해온 아름다운 다나에조차 대낮의 빛을 청동으로 차
> 단시킨 벽들과 바꾸어 버렸나니, 그 청동 벽의 내실에, 무덤처럼 으슥한
> 그 방에 그녀는 갇힌 몸이 되었나니, 그렇지만, 자랑스러운 혈통을 이어받
> 은 내 딸이여, 황금의 빗물로 떨어져 내려온 제우스의 씨를 고이 간직하
> 여 수태를 하게 되었으니.9)

소포클레스는 인간의 법을 파기하고 신의 법을 지키려 했던 안티고네를 제우스의 씨를 품어 영웅 페르세우스를 낳았던 다나에와 동일한 본질을 가진 존재로 파악하였다. 이런 이미지는 심리학적으로 개체화 원리는 의심스럽게, 아니 모호하게 발생되므로 외부의 큰 세계로부터 차단된 상태가 필요한 과정임을 시사한다. 제우스

---

9) Sophocles, *Antigone*, trans. R. C. Jebbs, in *The Complete Greek Drama I*, lines 943-949.

가 청동 벽으로 된 감옥에 갇힌 다나에를 만났던 상태가 대변하는 바가 그것이다.

특히 페르세우스의 탄생은 영웅의 거부와 유기로 이어진다. 페르세우스와 그의 어머니는 나무 궤짝에 실려 바다로 쫓겨난다. 다시는 페르세우스와 다나에에 대한 소식을 듣지 않게 될 것이라는 생각으로 행해진 이러한 영웅의 유기는 심리학적으로 무의식 속으로의 추방에 다름 아니다. 그렇지만 그들은 기적적으로 폴리덱테스 왕의 섬에 상륙하였고 그 곳에서 페르세우스는 청년으로 성장한다.

어느 날 왕에게 결혼 선물을 바쳐야 하는 상황이 닥치는데, 왕에게 바칠 물건이 아무 것도 없었던 청년 페르세우스는 생각지도 않게 왕에게 터무니없는 봉사를 하겠다고 제안한다. 왕에게 충동적으로 메두사의 머리라도 갖다 바치고 싶은 심정이라는 제안을 했던 것이다. 그 제안의 성급함과 오만함이 페르세우스 신화를 구축하고 있으므로 우리는 그것을 개체화 과정의 하나의 단계를 표현한 것으로 받아들여야 한다. 즉 그것은 역경의 무게를 지나치게 조심하고 신중하게 생각하는 바람에 앞으로 나아갈 수 없는 심리적 단계에 적용해 볼 수 있다. 만일 앞으로 무슨 일들이 벌어질 것인지를 미리 인식할 수 있다면 심리발달은 그리 멀리까지 진행되지 않을 것이다. 어쩌면 심리발달은 아예 자궁 밖으로 나오지 조차 않을지도 모른다. 페르세우스가 어딘 가에 도달하고자 한다면 무모한 도약을 감행해야만 한다. 페르세우스가 뛰어든 것은 바로 그것 즉 도약을 위한 것이며, 따라서 그는 그것과 더불어 헤쳐 나갈 수밖에 없다.

페르세우스 이야기는 우리를 고르곤 자매와 괴녀 메두사라는 이미지를 어떤 방식으로 이해할 것인지에 대한 문제로 이끌어간다. 메두사는 그리스 예술에 아주 빈번하게 등장하는 모티브이다. 그리스 도자기들이나 그보다 더 오래된 그리스의 조각상들, 혹은 건축물의 장식 띠들에는 앞으로 튀어나온 이빨과 혀, 사지를 뒤틀고 있는 뱀 머리카락을 가진 무시무시한 괴녀 고르곤의 모습이 반복적으로 묘사되어 있다. 그리스 역사초기에 등장한 이런 공포의 이미지는 니체가 아주 강하게 주 창했던 것, 요컨대 비록 근래에는 거기서 막 벗어난 것 같긴 하지만 심층부에 도사 린 원초성과 그리스적 정신은 아주 가까이 맞닿아 있었다는 점을 예증하고 있는 것이 아닌가 한다. 그리스적 감수성은 표면 아래 존재하고 있는 공포에 대한 예리 한 자각을 가지고 있었던 것인데, 소위 문명인이라고 하는 우리들은 대체로 이것 을 아무렇게나 옆으로 밀쳐버리곤 한다. 그렇지만 그리스 인들이 이루었던 모든 것들, 그 어느 것과도 비교할 수 없는 모든 그리스적 산물들에 강렬함을 부여해주 었던 것은 바로 이러한 공포에 대한 자각이었다.

　메두사는 그것을 오래 쳐다보면 마비의 효과를 내는 존재의 두려운 차원을 표현한다. 메두사의 이미지는 너무 끔찍해서 그것을 쳐다보기만 해도 돌로 바뀌어 버린다고 전해진다. 물론 메두사는 부정적인 모성원형으로도 간주될 수 있다. 모 성원형의 무시무시한 측면은 자아를 꼼짝 못하게 만들어 버림으로써 움직이고 흐 르고 변화하는 자율적인 것들을 정지시켜버린다. 이런 이미지는 자신만의 인생 길 을 나아가려는 젊은이라면 반드시 대면해서 해결해야 하는 어떤 것을 대변한다. 자신의 삶을 앞으로 나아가게 하고 발전시키려면 존재 자체의 공포를 대적하지 않 으면 아니 되기 때문이다. 페르세우스가 수행했던 것이 바로 이것이다.

　이 신화를 통해 우리는 그리스 판테온 중에서 조력 신들의 훌륭한 사례들을 발견할 수 있다. 페르세우스의 조력자로 등장하는 두 신은 전형적인 조력의 신들 이다. 페르세우스는 헤르메스 신으로부터 흔히 낫 혹은 칼로 일컬어지는 장비를 제공받아 메두사의 목을 자를 수 있었으며, 아테나 여신에게서는 거울로도 사용될 수 있는 잘 닦인 방패 하나를 얻는다. 그 방패 때문에 페르세우스는 직접 고르곤을 응시하여 돌로 굳어져버릴 위험을 피해서 고르곤을 죽일 수 있게 된다. 초반부에 여성적 힘들과의 약간의 다툼이 벌어진다. 메두사에게 도달할 수 있는 길을 알아내기 위해 페르세우스는 그라이아이 자매들을 찾아내야만 했기 때문이다. 페르세우스는 그라이아이 자매들이 공동으로 사용하는 하나뿐인 그녀들의 눈과 이빨을 훔쳐내 세 명의 고르곤 자매에게 가는 길을 알아낼 수 있었다. 최종적으로 페르세우스는 거울 방패에 메두사를 비춰보면서 그 괴녀의 머리를 자른다. 메두사의 목이 잘려져 나간 그 순간 메두사의 몸체에서 미래의 괴물들의 아버지가 될 전사 크리사오르가 튀어나오고, 잘려져 나간 메두사의 머리에서는 크리사오르보다도 더 중요한 날개 달린 말 페가소스가 튀어나와 하늘로 날아오른다. 이는 해방된 리비도를 보여주는 놀라운 이미지이다. 메두사적 공포의 절단은 메두사에 내포돼 있던 부정적 에너지를 변형시켜서 날개 달린 물질적 에너지, 즉 페가소스라는 말(馬)로 상징된 긍정적, 창조적 힘의 해방을 가져올 수 있음을 표현하고 있는 듯하다. 나중에 페가소스는 달 모양의 발굽을 힘차게 내디뎌 물이 흘러나오는 샘을 만들어냈다고 하는데, 이 샘은 뮤즈들의 샘인 페이레네 샘이 되었다고 한다. 요컨대 예술은 페가소스의 리비도에서 파생된 것이지만 그 궁극적 원천은 메두사였던 것이다. 메두사는 페가소스의 어머니이기 때문이다.

메두사를 처치하고 돌아오는 길에 페르세우스는 안드로메다가 있는 곳에 이른다. 안드로메다는 어머니의 죄 때문에 희생제물이 되어 바위에 묶여 괴물의 위협을 받고 있었다. 페르세우스는 괴물을 퇴치하고 안드로메다를 풀어주는데, 이는 해방시키지 않으면 아니 되는 포로 상태의 아니마를 대변하는 전형적 이미지이다. 그것은 메두사라는 괴물의 파괴를 통한 페가소스의 해방에 대한 또 하나의 버전이지만, 좀 더 발달된 차원에서 보면 관계성이라는 여성적 기능은 바다 괴물로 대변된 본능적이고 괴물 같은 근원에서 나오는 것임을 암시한다.

아테나 여신의 방패는 특히 중요한 이미지이다. 그것이 없었다면 메두사는 결코 대면하여 변형될 수 없었을 것이기 때문이다. 지혜를 구현하는 아테나 여신이 영웅에게 준 거울 방패는 문명화 과정의 이미지, 즉 문명은 어떻게 발생했으며 인간의 의식이 어떻게 하면 메두사로 대변된 원초적 공포를 극복할 수 있는가를 보여주는 이미지이다. 이 신화의 내재적 의미는, 무의식 속에 존재하는 것에 대한 본질적 공포를 극복하거나 다룰 수 있으려면 거울이 있어야 한다는 것이다. 거울의 일차적 특징은 이미지를 만들어내는 능력이며, 너무 가까이 붙어있기 때문에 결코 스스로는 볼 수 없는 자신의 모습을 볼 수 있도록 해 주는 일이다. 이를테면 거울이 없다면 우리는 결코 우리들 자신의 얼굴이 어떻게 생겼는지를 알지 못할 것이다. 우리는 안쪽에서 바깥쪽을 향해 쳐다보는 존재이므로 우리에게 빛을 반사시켜주는 도구가 주어지지 않는 한, 즉 반사동작이 없다면 우리의 자기인식은 존재할 수가 없을 것이고, 심지어 우리가 어떻게 생겼는가 하는 기본적인 자기인식조차 불가능할 것이다. 개인적 의미로나 집단적 의미로나 의식의 전 과정은 어떤 도구의 도움을 받아 반사체들을 만들어내며, 그 반사체들은 있는 그대로의 우리 자신의 모습에 대한 객관적 감각을 제공해주는 이미지들이다. 우리가 기억해야 할 점은 아테나의 거울이 우리가 감히 직접 쳐다보지 못하는 어떤 것의 이미지를 비추어 보여준다는 점이다. 우리가 다루고자 하는 어떤 것을 제대로 파악하려면 그것에 대한 이미지가 필요하다. 바꾸어 말해서 그것을 간접적으로 바라볼 필요가 있는데, 그렇게 함으로써 우리는 보다 객관적인 관점을 얻게 될 것이다. "반사"라는 용어가 인간 의식이 가진 특별한 능력, 즉 스스로 심사숙고할 수 있는 능력을 지칭하는 것은 우연이 아니다. 반사는 바로 거울의 기능인 동시에 그것은 또 그 자체로 되돌아가는 의식의 잠재능력 즉 자기비판과 자기관찰과 자기탐색의 반사 능력이기도 하다.

　　모든 예술의 형태와 문학, 드라마는 근본적으로 거울을 비추는 현상이다. 햄릿의 논평을 통해 셰익스피어는 우리에게 드라마의 본질을 이렇게 말한 바 있다.

[사진 19] 잠자고 있는 메두사를 공격하는 페르세우스
돌로 변하는 사태를 피하기 위해서 페르세우스는 메두사
로부터 아테나 여신에게로 시선을 돌리고 있다.
—기원전 5세기경 아티카 화병의 세부도.
로저스 재단의 메트로폴리탄 미술 박물관

연극의 목적은. . .말하자면 자연에 거울을 비추어 보이는 것이다;
미덕은 미덕대로, 악덕은 악덕대로 그대로 보여주어, 그 시대의 연륜과
양상을 그 모양 그대로 찍어내 보여주는 것이니라.[10]

극장에 앉아 있는 동안 우리는 결과적으로 거울을 바라보고 있는 것에 다름 아니
다. 융은 극장을 일컬어 사람들이 자신의 개인적인 콤플렉스를 공적으로 끄집어내
는 장소라고 불렀다. 그 곳에서 우리는 무엇이 우리를 반응케 하고, 우리의 피부
아래 무엇이 있는가를 발견하며, 우리가 무엇과 관계를 맺고 있는가를 발견하게

---

10) William Shakespeare, *Hamlet*, 3. 2. 20-24.

된다. 우리를 냉담한 상태로 남겨놓는 연극이나 영화들은 거울 기능에 기여하지 못할 것이다. 우리가 반응하는 사물들은 우리의 내적 본성의 어떤 측면을 비추어 보여줌으로써 우리로 하여금 그것을 볼 수 있게 해 준다. 신화 전체는 그러한 거울 기능에 기여한다.

나르키소스의 거울은 거울에 도사리고 있는 위험성을 보여주는 한 예이다. 역사가들에 따르면 테이레시아스가 "나르키소스는 오래 생명을 누리게 될 것이다. 다만 그가 결코 자신을 보는 일이 없다면"이라고 말했던 것으로 추정된다. 나르키소스가 결코 거울을 들여다보는 일만 없었다면 그는 오래 살았을 것이다. 그런데 그는 연못에 비친 자신의 반사체를 보아버렸고 그리하여 그의 생명은 단축되고 말았다. 이 신화는 우리가 제대로 소화도 할 수 있기 전에 너무 일찌감치 자신을 바라보는데서 생겨날 수 있는 위험성에 대해 말하고 있다.

'거울'이라는 단어의 어원을 고려해 보는 것이 유익하겠다. 거울은 "무엇에 놀라는"(to wonder at), "놀라워하는"(to be astonished)을 뜻하는 *miror, mirare*라는 라틴어에서 파생된 것으로 *기적(miracle), 경이로워하다(admire)* 같은 단어들과 그 기원이 같다. 경탄의 능력은 반사의식과 연결되어 있다. 거울을 뜻하는 라틴어는 '바라보다' 혹은 '보다'를 뜻하는 *specio*에서 나온 *speculum*이다. 우리가 사용하는 단어들 가운데서 *speculate, spectacles* 같은 단어들이 거기서 나온 단어들인데, *telescope, microscope* 처럼 "scope"와 연관된 다양한 단어들도 동일한 뿌리에서 나온 단어들이다.

민담에서도 거울은 흥미로운 이미지이다. 원시적 사고방식에서는 거울에 비친 반사체가 사실은 우리의 영혼이라고 생각하였다. 그래서 거울을 깨면 악운이 찾아든다는 미신을 중요시할 만큼 거울에 대한 섬뜩한 이야기들이 존재한다. 거울 속을 응시하는 것은 위험을 감수하지 않고서는 아니 된다. 우리 영혼의 잔상이 거울에 남아 있는 동안에 그것이 뭔가에 잡아채질 지도 모르기 때문이다. 그리고 어떤 사람이 죽으면 흔히 거울을 덮는데 그것은 떠나간 자의 영혼이 거울을 통해 되돌아와 우리를 그 속으로 끌고 들어가지 못하게 하기 위함이다. 요컨대 거울은 이승과 저승 사이의 문지방을 뜻하는 것이었다. 「거울 속으로」("*Through the Looking Glass*")에서 엘리스는 거울이라는 문지방을 넘는다. 엘리스가 거울 속으로 발을 내딛는 순간 그녀는 다른 쪽, 즉 무의식으로 넘어가게 된다. 거울에 의한 예언들도 드물지 않은데, 그것은 "추측하다"(speculate)라는 용어의 본래 의미를 살린 것이다. 즉 미래를 보기 위하여 크리스탈 볼이나 거울 속을 들여다보는 것 자체가 곧 추측인 셈이다.

거울의 상징성과 이미지는 두 가지 입장에서 바라볼 수 있다. 하나는 방금 논의했던 것처럼 문화라는 집단적 입장이고, 또 하나는 개인의 심리발달 과정 특히 심리치료 과정의 입장이다. 그렇지만 개개인의 사적인 심리분석에서 생겨나는 발달과정과 종족의 역사에서 발생되는 문화적 발달과정 사이에는 분명히 일치되는 점들이 있기 마련이다. 그 둘은 한 쪽이 다른 쪽의 소우주이기 때문에 근본적으로 동일한 본질을 가진다. 인류의 문화사가 과거와 그 과거에 대한 지식, 그리고 그 과거의 연속성에 대한 감각을 필연적으로 요구하듯이 개인의 심리치료 역시 그 사람의 과거사와 더불어 시작된다. 우리가 어디서 왔는가, 그리고 우리는 지금까지 어떤 존재였는가를 기억하지 않고서는 깨달음을 지닌 의식적 존재가 될 수 없다. 그러므로 심리치료의 첫 번째 단계는 기억을 활성화하고 자극시키는 일이다. 산타야나(Santayana)가 역사에 대해 포괄적으로 논평했던 것처럼, "과거를 기억하지 않는 자는 그것을 반복하게 되어 있다." 이런 주장은 개인이라는 존재에게는 분명한 사실이다. 그 이유가 무엇이건 개인의 기억으로부터 차단 당해 왔던 모든 억압된 경험들은 그것들을 다시 기억 속으로 끌어올려서 동화할 수 있을 때까지는 틀림없이 무의식 차원에서 매번 반복될 것이다.

그래서 개인의 심리치료를 하는 과정에서도 우리는 그들의 꿈들을 검토한다. 꿈들은 무의식이 우리에게 제공하는 거울이다. 우리가 꿈에서 보는 이미지들은 우리의 현존 상태에 대한 반사체들이며, 그런 꿈들이 없다면 현재의 우리 자신을 꿰뚫어볼 방법이 존재하지 않을 것이다. 문화적 형태인 예술과 문학이 집단에게 수행하는 것과 동일한 목적을 꿈들은 개인에게 수행한다. 개인들 역시 그들 자신의 화가가 되어서 자신의 내면 상태를 그림으로 그리거나 스케치하거나 아니면 그에 대한 시를 쓸 수 있으며, 그렇게 함으로써 자신들의 있는 그대로의 모습을 스스로 볼 수 있도록 해 줄 거울 이미지들을 스스로에게 제공해야 한다. 적극적인 상상 역시 동일한 거울 목적에 기여하게 된다.

거울 기능은 치료사/환자의 관계에서도 중요한 역할을 담당하는데, 그 중요한 한가지 이유는 치료사와 환자 사이는 관계성이 매우 중요하기 때문이다. 개체화는 진공의 상태에서는 진행되지 않는다. 그것은 내면의 거울만이 아니라 외적인 거울도 필요로 하기 때문이다. 우리가 다른 사람에게 주는 효과들을 관찰함으로써 우리는 현재 자신의 중요한 모습을 발견할 수 있다. 우리가 다른 사람들에게 그들에 대한 우리의 반응을 보여줌으로써 그들의 자기 인식을 증진시킬 객관적 단서 역할을 할 수 있다는 점에서 우리 모두는 다른 사람을 위한 거울 기능에 기여한다.

다방면에서 심층심리학의 아버지로 간주되는 쇼펜하우어에게서 거울현상의 의미에 대한 놀라운 묘사를 찾아낼 수가 있다. 다음은 그의 『의지와 재현으로서의 세계』(*The World as Will and Representation*)에서 따온 구절이다.

인간이 구체적인 삶 외에 자신의 제 2의 인생을 어떻게 관념적으로 살 수 있을 것인가를 자각하는 것은 정말로 놀라운 일이다. 인생의 구체적인 사건들 사이에서 살아가는 인간은 리얼리티라는 온갖 폭풍 속에 그리고 현재라는 시간의 영향력 안에 내던져진 존재이므로 어쩔 수 없이 투쟁하고 고통 받다가 짐승처럼 죽어가야만 한다. 그렇지만 지속적으로 자신의 합리적인 의식을 마주하면서 영위되는 관념적인 삶은 구체적인 현실 속의 삶을 차분하게 비춰주는 잔상이면서 동시에 자신이 사는 세상을 비춰 볼 수 있는 그림자이다. . . . 여기, 그러니까 고요한 명상의 영역에서는 이전에 그토록 그를 완벽하게 사로잡고 강렬하게 뒤흔들어댔던 것들이 그저 냉정하고 무채색의, 때로는 먼 이국의 낯선 것들로 보일 뿐이다. 그리고 그는 단지 관객[거울을 바라보는 자]이자 관찰자에 불과하다. 이렇게 명상으로 물러나 앉아 있는 동안의 그는 연극의 한 장면에서 자신의 역할을 연기하다가 다시 무대에 등장해야 하는 순간이 올 때까지 관객석에 앉아 있는 배우와 같다. 그는 관객석에 앉아서 무대에서 벌어지는 모든 일들을, 심지어 (극에서) 자신의 죽음을 준비하는 사건까지도 조용히 바라본다. 그런 다음에 그는 계속해서 무대 위로 다시 나가서 연기하고 꼭 그래야만 한다면 고통을 감내하기도 할 것이다.[11]

여기서 쇼펜하우어는 우리를 사로잡고 있는 무의식적 콤플렉스를 관찰과 인식의 대상으로 변화시킬 우리의 잠재능력에 대해 언급하고 있다. 그것을 이렇게 비유해서 말할 수도 있겠다. 그렇게 획득된 객관성은 마치 경기장 안에서 싸우고 고통을 겪다가 갑자기 경기장에서 튀어나와 관중석으로 옮겨 앉는 것과 흡사하다. 그것은 거울을 갖는 것과 비슷하다. 리얼리티의 메두사적 차원에 사로잡혀 있던 상태가 옆으로 한 발짝 물러나서 자신이 다루고 있는 것을 살펴보는 능력으로 변형된 것이다. 그것이야말로 의식을 발달시키기 위한 기본요건이다.

---

11) Arthur Schopenhauer, *The World as Will and Representation*, vol. I, trans. E. F. J. Payne (Indian Hills, Colo.: Falcon's Wing Press, 1958), p. 85.

제6장
트로이 전쟁

트로이 전쟁 서사시인『일리어드』가 고전 당대에는『오디세이』보다 더 인기가 있었던 것 같다. 알렉산더 대제는 전투 행진 중에도 늘 호메로스의 책을 가지고 다녔다고 하는데, 그의 배낭과 침대 머리맡에 늘 놓여 있었던 책이『일리어드』였다고 한다. 이는 트로이 전쟁에 관한『일리어드』가 일차적으로 인생의 전반부에 관한 이야기인 동시에 당대의 심리적 이슈를 다룬 이야기라는 사실에 기인할 것이다.

전쟁의 서막은 심리학적으로 환기시켜주는 바가 많다. 갈등은 '패리스의 재판'으로 알려진 사건으로부터 시작되었다. 불화의 여신 에리스가 남신들과 여신들이 모두 모인 자리에 "가장 아름다운 이에게"라고 적힌 먹음직스러워 보이는 황금 사과 하나를 던진다. 여신 헤라와 아테나, 아프로디테가 나서서 각자 그 사과에 대한 소유권을 주장하였고, 그 사과를 가질 자격이 누구에게 있는가를 결정할 적임자로 당시 양치기 노릇을 하고 있던 트로이의 왕 프리아모스의 막내아들 패리스로 결정된다. 이 사건은 "투쟁은 만물의 아버지이다"라고 주장했던 에페소스 출신의 철학자 헤라클리토스의 격언을 입증하는 또 하나의 예가 되고 있다. 에리스가 분란을 일으켰고, 그 분쟁으로부터 트로이 전쟁과 그 전쟁으로 야기된 모든 결과들이 출현했기 때문이다.

패리스는 순진한 젊은이였다. 그는 지체 높은 가문 출신임에도 불구하고 시골로 보내져 양치기 노릇을 하고 있었다. 패리스는 아직은 아무런 일도 일어나지 않은 자아를 대변한다. 느닷없이 신들의 전령 헤르메스가 나타나더니 세 명의 아름다운 여신들 중에서 어느 여신이 가장 아름다운지, 그래서 그 상품을 얻을 자격이 누구에게 있는지를 결정하라는 불가능해 보이는 재판의 임무를 부과한다. 세 여신 모두 그에게 뇌물을 제안한다. 헤라 여신은 패리스에게 아시아의 왕권과 무한한 부를 약속했으며, 아테나 여신은 지속적인 승리와 지혜를 약속한다. 한편 아프로디테 여신은 인간들 가운데서 가장 아름다운 여인을 패리스의 것이 되게 해주겠다는 약속을 한다. 간단히 말해서 헤라 여신은 권력을, 아테나는 지혜를, 그리고 아프로디테는 아름다움을 주겠다고 제안한 것이다. 패리스는 처음에는 그 임무를 피하려고 했다. 그는 사과를 세 조각으로 나누고 싶어했지만 그것도 허락되지 않았다. 어쩔 수 없이 결정을 내리지 않으면 아니 되는 상황에서 그는 결국 아프로디테 여신을 택한다. 그 결과 분노한 헤라와 아테나 여신이 거부당한 데 대한 분풀이로 트로이 전쟁을 일으킨 것이었다.

이상의 이야기 속에는 자아 발달의 요건들이 반영되어 있다. 심리발달의 어느 단계에 이르면 인생을 펼쳐나감에 있어서 무엇을 최고의 가치로 삼을 것인지를 결정해야만 하는 순간이 찾아온다. 어떤 사람이 한 분야의 능력을 개발시키기 위해서는 선택은 불가피한 것이 되고, 그 선택은 일부 다른 가능성들을 거부하는 것을 의미한다. 위의 신화는 우리에게 이런 선택을 내릴 때 거부당한 다른 가능성들이 무의식 속에 반감을 품은 채로 얼쩡거리다가 결국에는 문제를 촉발시킬 수 있음을 말해 준다. 인생을 펼쳐나가기 위해서 반드시 이루어져야 할 이러한 선택은 진실로 비극적 요구조건이다.『심리학과 연금술』(*Psychology and Alchemy*)라는 융의 저서 중, "패리스의 재판을 묘사한 잠자는 왕의 깨어남"이라는 제목의 에세이에서 융은 연금술 관련의 그림을 재연한 적이 있다.[1] 패리스의 곁에서 세 명의 나신의 여신들이 경쟁을 벌이고 있고 패리스는 땅 위에 잠들어 있는 왕의 옆에 서 있다. 패리스는 잠자는 왕을 깨우기 위해 지팡이로 왕을 건드리고 있다. 이는 패리스가 여성적 가치들 가운데서 어느 것이 가장 중요할 것인가를 판단하는 중에 이전까지는 무의식적이었던 내적 권위의 힘, 여기서는 잠자는 왕으로 대변된 내적 권위의 힘을 일깨우고 있음을 묘사한 그림이다. 이 그림은 어떤 결정이 내려질 것인가가 중요한 것이 아님을 말하기 위한 그림으로 짐작된다. 어떤 사람들은 아름다움에 첫 번째 가치를 두어 다른 가치들은 거부할 것이고, 또 어떤 사람들은 지혜를 선택할 것이고 또 어떤 사람들은 권력을 택할 것이다. 그렇지만 그 어느 것을 선택하든 무시된 것들이 반격을 해 올 것이기 때문에 트로이 전쟁과 같은 상황이 벌어지고 말 것이다. 아프로디테 여신은 헬레네를 패리스에게 제공함으로써 자신의 약속을 지켰고, 그렇게 해서 패리스는 헬레네의 남편인 메넬라오스의 왕국에서 그녀를 납치하여 자신의 고향인 트로이로 데려온다. 그러자 헤라 여신과 아테나 여신이 헬

---

1) Jung, *Psychology and Alchemy*, CW 12 (1953, 1968), p. 51.

레네를 되찾아 오라고 그리스 사람들을 부추긴다.

여기서 헬레네의 이미지에 관해 좀 더 살펴볼 가치가 있을 것이다. 서구문명에서 헬레네는 아니마의 고전적 모습이다. 『그리스 서사시의 부흥』(*The Rise of the Greek Epic*)에서 머레이(Gilbert Murray)는 헬레네에 대해 다음과 같이 기술한다.

> 어떻게 헬레네의 아름다움이 그토록 여러 세대를 거쳐 지속되어 왔는지를
> 생각해 보라. . . 헬레네의 아름다움은 지금은 하나의 불멸의 것이 되어
> 있다. 물론 『일리어드』가 그 개념의 유일한 근원은 아닐지라도 주요 근원
> 임에는 틀림이 없다. 그렇지만 『일리어드』 전체에서 실제로 헬레네을 묘
> 사한 부분은 그리 많지 않고. . . 그러니까 헬레네의 아름다움에 대해 우
> 리가 알고 있는 지식의 거의 전부는 3번째 장에서 패리스와 메넬라오스의
> 결투를 보기 위해 헬레네가 트로이의 성벽 위로 올라가는 장면을 묘사한
> 2, 3행이 전부이다. "말하자면, 여신이 그녀의 가슴에 자신의 옛 남편과,
> 고향과 아버지와 어머니를 향한 갈망을 불어넣었고, 그러자 헬레네는 곧
> 장 하얀 천으로 된 베일을 쓰고 하염없이 눈물을 흘리면서 침실에서 나왔
> 다." 트로이의 원로들이 성벽 위에 앉아 있다가 그녀가 다가오는 것을 보
> 더니 날개라도 달린 말투로 서로 나직하게 속삭이더라. "트로이 시민들과
> 무장한 그리스 병사들이 수년간을 이 여자 하나로 인해서 그토록 많은 고
> 통을 감수했던 일이 그리 놀라운 일도 아니로군. 신기하게 저 여자는 불
> 멸의 영혼이라도 마주하고 있는 것 같단 말일세." 이것이 (그녀에 대해 우
> 리가 알고 있는 전부이다. 호메로스의 음유 시인들 중의 어느 누구도 헬
> 레네를 묘사하면서, 그녀의 세부적 모습들을 줄줄이 묘사하는 지루한 목
> 록의 덫에 갇혀 있었던 사람은 없었다. 그녀는 베일을 쓰고 있었고, 울고
> 있었고, 그리고 신기하게 불멸의 영혼이라도 마주하고 있는 것 같았다. 그
> 런데 평화를 위해 그토록 애 써 왔던 원로원들이 (그녀가 일으킨) 전쟁에
> 아무런 분노도 느낄 수가 없었다니. . . [그 뒤에 나오는] 눈물을 흐르는

헬레네의 얼굴에 대한 묘사는 한 명의 위대한 시인의 상상력이 만들어낸 것이 아니라 수많은 후속 세대들의 축적된 감정에 의해 만들어진 것들이라고 말해도 좋을 것이다. 그녀에 대해 듣고 배웠던 후 세대 사람들이 과거의 위업과 사랑을 매번 새롭게 만들어내곤 했던 것이다. 그것은 마치 많은 남자들이 싸우고 목숨 바쳐 싸울만한 위대한 명분에 대한 암호와도 같다. 애초부터 남자들의 사랑을 끌어들이는 마력으로 충만해 있던, 그런데 지금 더욱 빛을 발하게 된 사랑이라는 무한한 대가가 덧붙여짐으로써 그것은 더 큰 힘으로 불어나 있다. 요컨대 헬레네에 대한 묘사들 속에는 한 민족의 영적인 삶의 피가 흐르고 있는 것이다.[2]

이것은 1907년, 그러니까 원형에 관한 이론들이 미처 가다듬어지기 전에 기술된 원형적 이미지에 대한 묘사이다. 헬레네의 이미지는 서구의 많은 문학과 신화를 통해 면면히 흐르고 있다. 헬레네는 그노시스교의 구세주인 마구스(Simon Magus) 신화에도 등장한다. 여기서 마구스는 튀르라는 매음굴에서 헬레네를 발견한 것으로 되어 있다. 그노시스 신화에서 헬레네는 타락한 소피아, 즉 타락한 신성한 지혜의 현신이었다. 마구스는 매음굴에서 그녀를 빼내서 자신의 여행길에 동반한다. 마구스는 파우스트 전설의 전형으로 볼 수 있는데, 그래서인지 헬레네는 파우스트 이야기의 모든 버전에도 등장한다. 말로우(Christopher Marlowe)의 『파우스트 박사의 비극』(*The Tragedy of Doctor Faustus*)에서도 헬레네는 메피스토펠레스의 부름을 받는다. 파우스트가 이렇게 소리친다.

이것이 수 천대의 배들을 출항시키고
일리움의 하늘 높은 줄 모르던 그 높은 탑들을 불태우게 했던 그 얼굴인가?

---

2) Gilbert Murray, *The Rise of the Greek Epic* (London: Oxford Univ. Press, 1907), p. 224.

아름다운 헬레네여, 그대의 입맞춤으로 나를 영원케 해 주오
그녀의 입술이 나의 영혼을 빨아들였다. 영혼이 날아다니는 것을 보라!
오라, 헬레네여, 내게로 다시 돌아와 나의 영혼을 주오.
나는 여기에 머물러 있으리. 천국이 너의 입술 안에 있으므로
헬레나가 아니고는 모든 것은 무의미한 찌꺼기에 불과하니.
나는 패리스가 되리라. 그대의 사랑을 위해서라면 트로이 대신
베르텐베르그가 약탈을 당해도 좋다.
나는 약골인 메넬라오스와도 결투를 할 것이며
깃털 장식을 단 군모(軍帽)에 그대가 준 휘장을 달겠다.
그렇지, 나는 아킬레스의 발꿈치를 상하게 하고
그리고는 헬레네에게 돌아와 키스를 하리.
오 그대는 수천의 별들의 아름다움으로 도금한
저녁 공기보다 아름답소!
그대는 불운한 세멜레에게 나타났던 주피터보다도
더 눈부시도다. 요염한 아레투사*의 파란 팔에 안겼던
하늘의 왕자 아폴론보다 더 아름답구나.
나의 연인은 그대 이외에 아무도 없을 것이니!3)

파우스트는 대가를 치러야 했고 그래서 지옥에 갇히게 된다. "그대는 불운한 세멜레에게 모습을 드러냈던 쥬피터보다도 더 눈부시도다"라는 구절에 이미 불길한 조짐이 들어있었다. 디오니소스의 어머니인 세멜레가 제우스 혹은 쥬피터의 원래의 진짜 모습을 보겠다고 고집을 부렸고 그것을 본 순간 그녀는 불에 타 죽고 말았다. 결과적으로 파우스트에게 발생했던 일이 바로 그것이다. 파우스트는 자신의 기쁨

---

3) Christopher Marlowe, *The Tragedy of Doctor Faustus*, ed. Louis B. Wright (New York: Washington Square Press, 1959), Sc. 13, l. 106-126.
* 샘의 요정. 그녀의 팔이 파랗다고 묘사된 것은 푸른 하늘이 샘에 그대로 비쳤기 때문이다.

을 위해 헬레네를 취했던 것이고, 원형은 이런 식의 태도로 접근하게 되면 파괴되고 만다.

헬레네의 이미지는 괴테의『파우스트』에서도 전체 이야기의 기본 모티브로 면면히 흐르고 있다. 제 1부에 등장하는 그레첸은 헬레네의 재현이며 제 2부에서는 헬레네 자신이 등장하더니 끝 부분에 가면 그녀는 궁극적 찬양의 대상인 영원한 여성성의 상징이 된다. 헬레네의 이미지에 관한 한, 괴테의『파우스트』는『일리어드』의 헬레네 이미지의 완성판이라고 말할 수 있다. 괴테의『파우스트』에서 아니마는 구원받은 신성한 존재로 간주되는데 2부의 마지막 구절에 분명하게 나타나 있다. 파우스트가 천국에 도착한 이후의 장면에서 아래와 같은 구절들이 나오는데 다음은 멕니스(Louis MacNeice)가 번역한 내용을 차용한 것이다.

그대 모두 온유한 참회자들이여,
그대를 구원해 준 그녀를 바라보나니 -
그렇게 그대가 그대의 모습들을 바꾸니
구원이 그대를 씻어주노라.
그녀의 발치로, 모든 미덕이 기어드니,
그녀로 하여금 우리를 초월하게 하리
성처녀요, 어머니이며, 모든 이들의 여왕이시여,
여신은 항상 우리에게 친절하시네!

우리를 스쳐가는 그 모든 것은
그저 잔상에 지나지 않으니,
우리에게서 사라져간 그 모든 것들은
여기서 교정되나니,
형언할 길 없는 그 모든 것을

우리는 여기서 어렴풋이 보게 되나니,
영원한 여성이
우리를 저 높이로 인도한다네.4)

위의 묘사는 서구 문학 전체를 통괄하는 헬레네에 대한 궁극적 신격화이다.

『일리어드』에서는 영원한 여성다움, 그렇지만 좀 더 원초적 차원의 여성다움이 남자들을 피비린내 나는 전쟁으로 이끌어간다. 그렇지만 융은 아니마 이미지를 생명의 원형이라고 말하면서, 때문에 아니마의 역동성은 우리를 생명 속으로 이끌어 가는, 그래서 자주 고통스럽고 복잡하며 모호하기 그지없는 상황들로 이끌어 간다고 말했었다.

헬레네에게는 자매가 있었다. 일설에 따르면 헬레네의 아버지는 백조의 형상을 한 제우스였지만, 그녀의 언니인 클리템네스트라는 인간 아버지 틴다레우스에게서 태어났다고 한다. 두 자매는 같은 형제와 결혼했는데, 헬레네는 메넬라오스와 클리템네스트라는 아가멤논과 결혼하였다. 헬레네의 납치와 그 결과에 대한 보복의 대부분이 헬레네와 메넬라오스에게보다는 오히려 아가멤논과 클리템네스트라를 향해 가해진다. 밝혀진 이야기의 맥락으로 보아 아가멤논과 클리템네스트라는 인간적 차원을 대변하고 헬레네는—그리고 헬레네와의 연결에 의해 메넬라오스도—원형적 혹은 신성한 내용을 대변한다. 때문에 헬레네는 건드릴 수가 없다. 메넬라오스와 헬레네는 고향으로 돌아와 별 탈 없이 삶을 이어가지만 아가멤논과 클리템네스트라는 비극적 차원을 실현한다.

미케네 왕국에서 헬레네가 납치 당하면서 모든 것이 변해버린다. 갑자기 아

---

4) Johann Wolfgang von Goethe, *Faust*, trans. Louis MacNeice (New York: Galaxy Book/Oxford Univ. Press, 1960), p. 303.

니마가 더 이상 익숙한 환경에서 안전하게 숨어 있을 수가 없게 된 것이다. 헬레네가 사라지면서 그녀의 영혼이 트로이로 넘어가 버린다. 때문에 헬레네를 되찾으려면 그리스 전체가 움직여야만 한다. 아니마가 내적으로 경험되는 대신에 다른 곳에서 발견되는 이런 상황은 심리학적으로 아니마 투사로 간주되기에 적합한 상황이다. 결과적으로 그녀를 되찾기 위해 자아가 활성화되기 시작하며, 여기서 자아는 그리스 군대의 리더인 아가멤논이 대변한다. 이러한 움직임이 진행되는 동안에 심지어 영웅들조차 파병모집을 피하기 위해 애를 쓴다. 일례로 오디세우스는 만일 자신이 트로이로 가게 된다면 20년 동안 돌아오지 못할 것이라는 신탁을 듣는다. 모병꾼들이 오고 있다는 소식을 듣자 오디세우스는 거짓으로 미친 척 한다. 그는 나귀와 황소를 같이 굴레에 씌워 밭을 갈고 있었다. 그러나 오디세우스의 아들을 쟁기 앞에 들이밀자 오디세우스는 아들을 죽이지 않으려고 갑자기 황소의 방향을 바꾸고, 이로써 그가 미치지 않았음이 드러나 오디세우스의 계략이 탄로 나버린다. 심리학적으로 말하자면 이런 식의 간계로는 개체화 과정의 어려운 부름을 피할 수 없다는 점을 의미한다. 왜냐하면 개체화의 거부는 자식의 죽음을 불러올 것이기 때문이다. 여기서 자식의 죽음이란 개체화의 임무를 받아들이지 않을 경우에 파괴되고 말 미래의 잠재성을 상징한다.

아가멤논의 주도로 모인 그리스 함대가 아울리스에서 출항준비를 하고 있었는데 마치 어떤 정령이, 즉 객관적인 초인적 정령이 그들을 방해라도 하듯이 갑자기 바람이 엉뚱한 방향으로 불기 시작한다. 예언자가 나타나 아르테미스 여신이 진노하여 아가멤논의 딸 이피게니아를 제물로 요구하고 있음을 알려 주었고, 아가멤논은 애써 그러한 죄과를 피해보려고 노력하지만 결국 어쩔 수 없이 이피게니아를 제물로 바친다.

여기서 우리는 트로이 침공이라는 원대한 남성적 위업을 위해 심리 중의 젊은 여성적 요소가 희생될 수밖에 없는 이야기를 접하게 된다. 이 이야기를 젊은 남자들의 심리발달 과정에 대입해 보면, 그것은 남성원리를 작동시킬 에너지를 찾기 위해서라면 여성적 요소나 여성적 가치들은 무시될 수밖에 없다고 생각하는 시기에 해당한다. 이런 단계에 이르면 두 가지 상반된 가치들이 동시에 작동하여 시달리게 되면 마치 바람이 반대방향에서 불어올 때처럼 오도가도 못하는 상태에 처하게 된다. 그런 식으로는 본래의 항구를 벗어날 수가 없다. 일반적으로 젊은 남자의 심리발달의 어느 단계에 여성다움과 여성성을 하찮게 여기는 시기가 있다면 그것은 순전히 자발적이고 본능적인 근거로부터 생겨난다. 신화는 우리에게 그렇게 행동하는 것은 일종의 죄, 그것도 아주 심각한 결과를 초래할 수 있는 죄라는 점을 말하고 있다. 나중에 그 죄와 관련된 이야기들에서 전개되는 바와 같이 신화는 바로 그러한 죄의 심각한 결과를 보여준다. 그렇지만 그것은 단거리 경주 즉 인생의 전반부에나 효과가 있는 것이지 인생 초반부에 내렸던 결정들의 결과들을 마주해야 하는 후반까지 지속되는 것은 아니다.

이피게니아 이미지가 여성의 심리 안에서 작동되기도 하는데, 그러한 경우 그것은 상흔을 남기는 이미지로 작동한다. 그 한 가지 예가 어린 시절에 주변 남자들의 조롱과 부당한 대우의 대상이 되었던 여자아이의 경우이다. 그런 여성은 자신의 자아만이 중요하다는 환상을 유지하려는 남성적 자아의 전형적인 희생양이다. 어떤 의미에서 그러한 결과가 그런 여성들로 하여금 자신을 이피게니아 이미지와 동일시하도록 만들기도 한다. 한번은 어떤 여자가 자신의 초상화를 그리고 있는 꿈을 꾼 적이 있었는데, 그녀 자신의 내적 영혼을 표현할 의도였던지 그 초상화에는 "바다를 내다보고 있는 이피게니아"라는 제목이 붙어 있었다.

10년 만에 고향으로 돌아온 아가멤논은 트로이로 배를 출항시키기 위해 행했던 자신의 과거 행동에 대한 결과를 대면하지 않을 수 없게 된다. 그의 아내인

클리템네스트라가 그 일에 대해 아가멤논에게 복수의 기회만을 기다리고 있었던 것이다. 에스킬러스는 『아가멤논』에서 아가멤논의 죽음을 불러올 근원적인 죄를 그리스 사람들이 '히브리스'라고 칭했던 죄라고 규정하고 있다. 아가멤논이 도착하자 클리템네스트라는 그가 타고 온 마차에서부터 왕궁까지 사치스러운 자줏빛 양탄자를 펼쳐 놓고 그 위를 걸으라고 한다. 그러자 아가멤논은 이렇게 항변한다.

> 나를 찬양하는 말이라면,
> 아내가 아닌, 다른 사람들의 입에서 나와야겠소:
> 군사의 길을 화려하게 꾸미는 것은
> 너무나 여성적이오,
> 내가 어떤 동방의 군주라도 된단 말이요?
> 몸을 굽히고 큰 소리로 칭송을 하니 말이오.
> 자줏빛 비단은 깔지 마시오
> 내 자신이 오만스럽게 보일 것이오
> 이러한 화려한 환대는 내가 아닌 신들에게나 어울리는 것.
> 죽을 수밖에 없는 인간이 어찌 이렇듯 화려한 비단을
> 밟을 수 있겠소? 나는 호화로움이 두렵소
> 난 신이 아니니까 인간으로서 나를
> 대접해 주오.[5]

그렇지만 이렇게 항변하면서도 결국 아가멤논은 굴복하여 그 자줏빛 융단을 밟고 왕궁 안으로 들어간다. 스스로 자신의 죽음 속으로 걸어 들어간 것이다.

그리스 사람들은 '히브리스'를 굉장히 두려워하였다. 그 어원을 보면 히브리스는 오만, 심리학적 용어로는 '팽창'(inflation)에서 발생되는 방탕한 격정이나 폭

---

5) Aeschylus, *Agamemnon*, trans. E. D. A. Morshead, in *The Complete Greek Drama*, lines 916-925.

력을 뜻하는 용어였다. 신들에게 속한 것을 인간이 소유하려는 것, 혹은 심리학적 용어로 초월적 차원의 심리적 요소를 자아에게 전유시키려는 태도가 인간의 오만이다. 즉 히브리스란 인간으로서의 적절한 한계를 넘어가는 것으로 머레이는 이를 아래와 같이 설명한다.

> 자신에 대한 경외감[그리스어로는 *aidos*라고 하는]을 간직한 자들이 들어가고 싶어하지 않는 보이지 않는 장벽이 있다. 그런 사람들을 홇고 있는 것은 히브리스이다. [필레몬과 바우키스 신화가 보여주듯이] 히브리스는 가난한 자들이나 떠돌이를 제우스의 후예로 간주하지 않는다. 히브리스는 불손함이라는 모욕감이다. 힘의 야만성. . . .그것은 강한 자와 오만한 자들의 죄이다. 그것은 포만감, 그러니까 "너무 잘 난 상태"에서 생겨나며, 자신이 가고자 하는 길에서 나약한 자와 무력한 자들을 추방해버린다. . . . [그것은] 초기 그리스인들이 저주해마지 않았던 전형적 죄이다.6)

아가멤논의 이야기를 심리발달의 전형적이고 어느 정도는 불가피한 단계로 읽는다면, 그것은 다소간의 히브리스의 경험은 불가피하다는 점을 의미한다. 다른 자료들이 암시하고 있듯이, 자아가 완전한 존재로 자리잡았으므로 자아 자체가 의식의 단 하나의 중심임을 주장하는 억측이야말로 히브리스로 가득 찬 사람이다. 따라서 이런 심리학적 사실은 원죄의 이미지리와 연결되기도 하는 바, 원죄는 히브리스에 대한 하나의 상징적 예라고 할 수 있다.

우리가 알고 있는 『일리어드』의 전작은 원래 "아킬레우스의 분노"라는 한편의 시였던 것 같다. 그래서인지 『일리어드』의 개막장면은 아킬레스가 실질적인 중심적 존재임을 암시하고 있다. 그 개막 장면은 이런 식으로 시작된다.

---

6) Murray, *The Rise of the Greek Epic*, p. 264f.

오 여신이시여, 펠레우스의 아들 아킬레스의 분노를 노래하라!
모든 그리스인들의 끔찍한 절망의 샘이었던 그의 분노를,
때 이르게 살해돼버린 용장들의 영혼을
플류토의 그 암울한 왕국으로 서둘러 몰고 갔던 그 분노를,
그리고 벌거벗은 해안 위에 매장조차 되지 않은 그들의 사지를
게걸스러운 개들과 굶주린 독수리들이 갈가리 찢어버리게 했었던.
위대한 아킬레우스와 아트레우스 가문의 아들이 분쟁이 시작된 이래
그 왕국의 파멸도, 조오브 신의 의지도 그렇게 실현되었도다.[7]

이 개막장면에서는 마치 아킬레스의 분노가 전쟁을 야기한 것처럼 들리지만 아킬레스의 분노는 전쟁의 지연만을 가져왔을 뿐이고, 만일 전쟁이 지연되지 않았더라면 끝났을지도 모르는 사상자들을 훨씬 더 많이 만들어냈을 뿐이다. 아킬레스는 무적의 영웅, 혹은 그의 어머니 테티스의 재능을 물려받아 거의 무적에 가까운 영웅적 존재였다. 아킬레스를 낳은 직후 테티스는 아들 아킬레스를 스틱스 강물에 잠갔는데, 이 절차를 통해 아킬레스는 신의 보호를 받게 된 것이고 다만 그 과정에서 테티스가 붙잡고 있던 아킬레스의 발뒤꿈치 부분만이 제외되었다.

이 이야기는 심리학적으로 어떻게 해석을 해야 할까? 아킬레스는 어린 시절 어머니로부터 전폭적인 지지와 사랑을 받고 자란 덕분에 무적의 심리적 요소를 갖게 된 사람의 인생과 운명을 대변한다고 말할 수 있다. 아킬레스는 가장 좋은 의미의 어머니의 아들이며 어머니로부터의 애정과 전폭적인 지지는 실제로 심리적 투철함을 제공해 주므로 자기 확신과 스스로의 가치에 대한 자신감을 내부에 구축할 수 있다는 심리학적 증거들이 다수 입증된 바 있다. 프로이트가 아킬레스 경험에 대한 좋은 실례가 될 수 있겠다. 프로이트는 아들을 경탄해마지 않는 어머니의 큰

---

7) Homer, *The Iliad*, I, lines 1-8.

아들이자 총애 받는 아들이었다. 프로이트의 어머니는 아들의 위대한 재능을 보여주는 여러 징후들에 대해 거듭거듭 말해 주곤 했다고 한다. 후일 프로이트는 "어머니의 의심 없는 총애를 받았던 남자는 일생동안 정복자의 기분, 성공에 대한 자신감을 유지하게 되는데 대체로 이런 자신감은 진짜 성공을 이끌어낸다"[8]고 기술한 바 있다. 물론 이 말은 아주 바람직한 것처럼 들리지만 여기에도 허점은 있다. 왜냐하면 자신의 것이 아닌 다른 과정을 통해 주입된 것은 결함을 가질 수밖에 없기 때문이다. 온전한 전체가 되려면 전적으로 바깥에서 제공되는 것만을 취해서는 아니 된다. 사실 괴물만이 전적으로 무적의 존재라 할 것이다. 오히려 아킬레스의 인간성을 보존시켜주는 것은 소위 그의 약점이다. 『일리어드』가 전개되는 동안에 골을 잘 내는 아킬레스의 심리적 반감이 그의 약점임이 점진적으로 드러난다. 전쟁의 시작 무렵에 아가멤논은 전리품으로 얻어 자신이 총애했던 정부(情婦)를 포기해야만 하는 상황에 처한다. 신들이 아가멤논에게 포로인 그녀를 그녀의 아버지에게 되돌려 주라고 요구했던 것이다. 그래서 아가멤논은 부하들이 모두 여자를 데리고 즐거워할 때 혼자만 여자 하나 없이 지내야 하는 존재가 되었고 그는 이 점을 견디지 못했다. 아가멤논은 그 문제를 아킬레스의 정부를 전유함으로서 해결하였고 이 일은 아킬레스의 반감을 자극하였다. 그래서 아킬레스는 이후 일어나는 그 어떤 전투에도 참가하지 않은 채 자신의 막사로 물러나 토라져 있게 되었다.

여기서 우리는 헬레네를 빼앗김으로써 촉발되었던 전쟁에 또 다시 여성의 상실이 영향력을 미치게 된 두 번째 예를 보게 된다. 아킬레스의 약점은 다른 사람의 객관적 권위를 인정하지 못하는 기질에 있다. 아가멤논이 아킬레스에 대해 다음과 같이 말할 때 그는 그 점을 제대로 지적하였다.

---

8) Sigmund Freud, quoted in Ernest Jones, *The Life and Work of Sigmund Freud*, vol. I (New York: Basic Books, 1953), p. 5.

> . . . 저 오만한, 저 정복되지 않은 영혼,
>
> 어떤 법률로도 통제할 수 없으리, 어떤 존경심으로도 통제할 수 없으리.
>
> 그의 오만함 앞에 그의 상급자들조차 무릎 꿇어야 하나니,
>
> 그의 말은 곧 법이니, 그가 만인의 군주인가?
>
> 그를 우리의 주인으로, 우리의 주군으로 모시고 자발적으로 복종해야만 하는가?
>
> 과연 어떤 왕이 그의 지배에 대적할 수 있으리요?[9]

아가멤논의 권위를 인정하기를 거부하면서 아킬레스는 권력 문제에 관해 실망하게 된다. 현실적 차원에서는 아가멤논을 대적할 수 없었으므로 아킬레스는 소위 아니마 무드라고 일컬어지는 상태, 즉 토라지고 반감을 품은 채 뒤로 빠져버리는 행동으로 아가멤논에게 저항한다. 이러한 태도는 실제로 엄마의 총애 받는 아들의 심리에 딱 들어맞는 행동이다. 자신이 원하는 것은 무엇이든 갖는데 익숙해져 있는 아들은 다른 사람의 객관적 권위에 자신의 세계를 굴복시킨다는 것이 아예 불가능한 것은 아니겠지만 그래도 어려운 일인 것만은 사실이다. 아킬레스가 보인 반응은 실질적으로 그리스 전체의 위업을 개인적인 것으로 만들어 그 목적 자체를 전복시켜버린다.

종국에 가서 아킬레우스는 화살이 그의 약점이 되는 부위를 뚫어 생명을 잃지만 『일리어드』에서는 그 부분까지는 전개되지 않는다. 그것 자체를 시작과 끝을 가진 하나의 작품으로 간주할 때 『일리어드』의 마지막은 다르게 끝난다. 『일리어드』의 결말은 해결로 마무리된다. 겁날 정도로 야만스러운 작품이지만 아킬레스의 분노로 시작된 이야기는 아킬레우스와 프리아모스의 타협으로 해결된다. 마침내 아킬레스가 전투로 복귀하는데, 그 또한 아킬레우스의 가장 절친한 친구인 파트로클로스가 죽임을 당했다는 개인적인 동기 때문이었다. 아가멤논에 대한 아킬레스

---

9) Homer, *The Iliad*, I, lines 378-383.

의 분노가 이번에는 파트로클로스를 죽인 헥토르에게로 방향을 틀었던 것이다. 트로이의 가장 뛰어난 전사이자 프리아모스 왕의 아들인 헥토르는 아킬레스에게 살육되었고 그의 시신은 복수심에 찬 아킬레스에 의해 불명예스럽게 다루어진다. 늙은 프리아모스가 헤르메스 신의 도움을 받아서 적진을 뚫고 들어와 아킬레스의 막사에 탄원자로 당도한다.

프리아모스는 아킬레스에게 아들의 시신을 되돌려달라고 간청하는데 그 당시 시신은 아주 중요한 의미를 지니고 있었다. 다음이 작품을 마무리하는 구절들인데 결과적으로 이 장면이 『일리어드』의 마지막이자 해결부분이다. 늙은 프리아모스는 아킬레스에게 자신이 왜 그를 찾아왔는지를 설명한다.

"그 애[헥토르]를 돌려 받기 위해서 적진을 뚫고 내가 이렇게 왔다네,
그 애 때문에 이렇게 그대 발아래 엎드리나니,
그대가 노한 만큼 많은 몸값을 가지고 찾아온 것이오.
오 이 비참한 노인네의 말을 들어주시오. 신들을 경외하는 마음으로 말이오!
그대의 아버지를 생각하면서 이 늙은이를 동정해 주시오!
내게서 보는 그대 아버지도 나만큼 무력하고 노쇠했을 것이오.
나만큼 비참하지는 않겠지만 말이오. 이 세상 어느 누구도 나 같진 않을
    것이오
최고로 비참한 사람 중 나는 그 첫째일 것이오.
이렇게 무릎을 꿇고, 이렇게 팔을 벌려 포옹하고 있으니 말이오,
내 왕국과 내 종족들에게 재앙과 파멸을 내린 자를 말이오.
내 자식들을 죽인 사람에게 애걸복걸 매달리면서,
아직도 자식들의 피비린내가 풍기는 그 손에 입을 맞추고 있잖소!"
이 말들이 그 적장의 가슴에 애틋한 연민의 감정을 자극하여,
자신의 아버지에 대한 아련한 추억을 불러일으켰으니.

그러자 그는 노왕의 손을 잡고서(여전히 자리에 누워서는),
살며시 한쪽으로 밀어내 버리더라.
그리고 두 사람 모두 생각에 잠겨 터져 나온 비통함에 빠져들더니
함께 뒤엉킨 감정의 소용돌이로 흘러 들어갔다.
그[프리아모스]는 그[아킬레우스]의 발아래 공손히 몸을 굽히고,
아버지는 오로지 아들을 위해 애통해 하더라.
허나 위대한 아킬레우스는 격정이 분산되나니,
때로는 아버지를 위해 때로는 친구[파트로클로스]를 애도하더라.
온통 부드러움에 감염된 이 두 영웅은,
관대하고 진지한 감정의 폭우를 쏟아낸 터라,
태생은 영웅이었으나, 두 사람 모두 그저 한낱 인간임을 공감하였나니.
슬픔을 쏟아낼 대로 쏟아낸 터라 마침내 그 헛된 비통함에도 진력이 났던지,
신성한 아킬레우스가 높은 왕좌에서 몸을 일으키더라,
그리고는 그 존귀하신 노왕의 손을 잡고 일으켜 세우더니,
노왕의 호호백발 모습을 불쌍히 바라보면서,
이제는 전혀 무자비함 없이, 허심탄회하게
그 가엾은 노인을 위로하는 말들을 하더라.
"아, 가엾은 어른이여. 그대는 진실로 많은 슬픔을 견뎌왔군요!
불행한 왕이시여! 이렇듯 수행원도 없이 혼자서
적진을 뚫고서 이렇듯 대담하게
자신의 분노 때문에 그대의 종족들을 파멸시켜버린 사나이를 찾아오다니요!
그대의 심장은 강철로 무장된 것이 분명하오,
마음을 강하게 먹어 지금의 이 슬픔을 묻어둡시다.
아무튼, 일어서시오, 이성으로 근심을 잠시 가라앉히도록 하시오.
통곡해보았자 소용없는 일, 인간은 어차피 참을 수밖에 없으니.
아! 그것이 바로 신들의 가혹한 엄명이니
신들만이 축복 받고 유일하게 자유로운 존재들이잖소."10)

작품의 해결부분에 해당하는 이 장면에서 아킬레스와 프리아모스는 그들이 흘리는 눈물과 그 두 사람이 모두 신들에게 똑같은 끈으로 이어져 있음을 깨닫게 됨으로써 서로의 인간다움을 경험하게 된다. 그것은 소위 융합(*coniunctio*) 즉 대립물들의 결집에 해당한다. 대립물들 사이의 전투로 시작했으나 결론은 애조 띤 화해로 끝난 셈이다.

[사진 20] 늙은 프리아모스 왕이 아킬레스의 의자 밑에 놓여 있는 자신의 아들 헥토르의 시신을 되돌려 받기 위해 아킬레스에게로 다가서고 있다.

—기원전 480년경의 아티카 도자기의 세부도, 비엔나의 예술사 박물관

---

10) Ibid., XXIV, lines 622-662.

제7장
오디세우스

트로이 전쟁이 아침에 집을 떠나 경기장으로 들어가서 생명을 건 일전을 벌이는 출장(出場)으로 간주될 수 있다면 『오디세이』는 출발했던 곳으로 되돌아오는 귀향을 그린다. 이 두 서사시는 인생의 두 부분, 즉 자아가 자체의 힘을 인식하고 그것의 역할과 역량을 진보적으로 확장시켜 나가는 인생의 전반부와 자아가 점차 내면을 향해 침잠해 들어가서 그것이 처음 생성되어 나왔던 원천을 인식해 가는 두 번째 부분에 대한 비유로 볼 수 있다.

트로이 전쟁의 많은 영웅들이 귀향 길에 모험을 겪지만 그 중에서도 오디세우스의 전설적 항해는 그 중심적 모험이었다. 심리학적으로 오디세우스가 겪는 일련의 경험들은 이런 저런 형태의 무의식과의 대면을 대변한다. 오디세우스가 이타카에 있는 자신의 집에 도달하려면 그는 무의식을 대면하여 그것을 효과적으로 다룰 수 있어야만 한다. 오디세우스가 만나는 것들은 자기실현의 추구 과정에서 자아가 경험하게 될 무의식의 본질들을 구현한다. 때문에 오디세우스의 모험들은 내면의 근원을 발견해 가는 과정에 대한 고전적 메타포들로 이루어져 있다. 그리하여 "오디세이"라는 단어는 궁극적 가치의 탐색을 고려할 때면 곧장 마음에 떠오르게 되었고, 그것이 곧 그 단어가 의미하는 것이 되었다.

우리는 트로이를 떠난 오디세우스가 첫 번째로 정박했던 키코네스라는 도시에서 어떤 태도를 취했었는지를 알게 된다.

바람은 저를 일리오소스로부터 시콘과 이스마러스까지 밀어갔습니다. 거기서 저는 마을을 함락하고 주민들을 죽였습니다. 그리고 마을에서 우리는 여자와 많은 보물을 얻고 각기 부족함이 없이 골고루 나누었습니다. 일이 끝나자 전속력으로 퇴진할 것을 명했지만, 괘씸하게도 부하들이 그 명을 거역했습니다. 엄청 술을 마시고는 해안에서 수많은 양 떼며 뒤뚱거리는 뿔소들을 도살했습니다. 그 사이에 몰래 빠져나간 키코네스 사람들은 숫자도 월등하고 보다 용맹스러운 이웃의 다른 키코네스 족들에게 도움을 청했습니다. 그런데 그들은 섬에 사는 사람들이라서 그런지 능란한 전차 병도 되고 보병도 되었습니다. 새벽녘에 그들은 봄철에 잎새와 꽃잎이 피어나듯이 모여들었습니다. 정말로 그 때는 불운하기 그지없는 우리 앞에 제우스 신의 분노가 쏟아져 우리 모두는 쓰라린 재난을 입고 말았습니다. 그들은 날랜 배에 올라서 전열을 가다듬고, 합심해서 싸우고 번갈아 청동 창을 던졌습니다. 아침이 밝아오고 태양의 열기가 점점 강해지는 가운데 우리는 숫자가 훨씬 많은 그들에게 꿋꿋이 반격을 가해서 우리의 땅을 차지했지요. 그러나 해가 기울면서 가축을 우리 속으로 집어넣을 시간이 되자, 키노네스 족들은 우리 쪽으로 방향을 돌리더니 아카이아 장정들을 참패시키고 말았습니다. 배마다 여남은 명의 선원들이 그들의 횡포에 사라졌습니다. 나머지는 구사일생으로 도망쳐 나왔습니다.[1]

여기서는 전투과정의 움직임을 태양의 진행에 맞추어 표현하고 있는 바, 그것은 『오디세이』의 도입부에 해당하는 이미지이므로 이 작품의 전체적 의미를 상징하는 것으로 짐작해 볼 수 있다. 이 사건은 오디세우스가 자아의 힘에만 의존하는 것으로는 귀향의 문제를 해결할 수 없다는 점을 진실로 처음 인식할 수 있게 해 주었으며, 이러한 교훈은 앞으로 오디세우스에게 여러 차례 주어지게 될 것이다.

이 사건은 오디세우스가 처음 모험을 떠났던 시점에서 가지고 있던 무모한 마음가짐을 드러내고 있다. 오디세우스와 그의 부하들은 트로이에서 거둔 승리로 마냥 부풀어 있었는데, 이 사건으로 그들의 그러한 태도가 얼마나 부적절한 것이었는가가 판명된 것이다. 정오까지는 오디세우스 측이 적들을 압도하다가 정오 이후에는 전세의 조짐이 적들의 우세 쪽으로 바뀌는데, 이는 앞으로 다루어지게 될 내용이 인생의 후반부임을 노골적으로 암시한다. 『오디세이』의 이런 이미지와 그것을 이해하는 방식은 융이 인생의 전반부와 후반부 사이의 전환기에 대해 말했던 내용과 비교될 수 있을 것이다. 융이 기술한 바는 이렇다.

> 경험적으로 인생의 전환기에 부딪치는 거의 모든 난관들은 심리내부에 깊숙이 자리한 특수한 변화에서 근본 원인을 찾을 수 있다. 그 특징을 설명하기 위해 나는 태양의 하루 동안의 궤적에 인간의 감정과 한정된 의식을 부여하여 비유적으로 설명해 보겠다. 아침이면 태양은 무의식의 어두운 바다에서 떠올라 창공을 향해 높이 치솟아 올라가는데 그것이 높이 올라가면 갈수록 계속해서 시야는 확장됨으로써 넓고도 밝은 세상을 내려다볼

---

1) Homer, *The Odyssey*, IX, lines 39-60.

수 있게 된다. 태양 자체가 상승함으로써 생겨나는 활동 분야의 확장에서 태양은 그 의미를 발견하게 될 것이다. 그렇게 함으로써 태양은 자신이 최대치로 도달할 수 있는 높이를 알게 될 것이며, 태양 본래의 목적인 빛의 혜택을 뿌려줄 수 있는 최대치의 넓이도 알게 될 것이다. 이제 확신을 가지고 태양은 예측할 수 없는 정점을 향해 자신의 길을 계속해서 나아가게 된다. 그렇지만 태양의 경로는 매번 독특한데다가 그 최고의 지점을 미리 계산할 수가 없기 때문에 예측이 불가능하다. 정오를 치면서 태양의 하강은 시작된다. 태양의 하강은 오전에 소중히 품어왔던 모든 이상과 가치들이 역전될 것임을 뜻한다. 태양은 스스로 모순에 빠진다. 그것은 태양이 광선을 내보내는 대신 그것을 거둬들이는 것과 같다. 빛과 따스함은 쇠퇴하다가 마침내 사그라지고 만다.[2]

인생의 후반부가 펼쳐지면 자아는 스스로의 쇠퇴를 받아들일 줄 알아야 하며 심리의 중심인 자기와의 관계에 비추어 상대적인 하찮음을 인정해야만 한다. 이것이야말로 오디세우스가 귀향 길에 오르면서, 즉 정점으로부터 아래를 향한 여행길에서 맨 처음 겪었던 모험으로부터 받았던 메시지라고 할 수 있다.

폭풍을 만나 지칠 대로 지친 오디세우스와 부하들은 '연꽃 먹는 사람들'의 섬에 상륙한다. 연꽃을 먹으면 호메로스가 묘사한 것과 같은 특수한 효과를 맛보게 된다.

> 달콤한 연꽃을 맛본 사람들은 누구나 소식을 전할 생각도 없고, 돌아올 소망조차 갖지 않을뿐더러, 연꽃을 주식으로 삼는 사람들과 더불어서 연꽃을 먹고자 하는 갈망으로 집으로 돌아갈 것을 까마득히 잊어버리는 것이었습니다.[3]

---

2) Jung, *The Structure and Dynamics of the Psyche*, CW 8 (1960, 1969), par. 778.

연꽃을 먹은 오디세우스의 선원들이 돌아가기를 거부하자 오디세우스는 어쩔 수 없이 그들을 강제로 배에 태우게 되는데, 그러자 그들은 하염없이 눈물을 흘리면서 저항을 하는 것이었다. 이는 편안하고 달콤하며 쾌락적인 무의식의 나태함에 빠져 있는 상태를 의미한 것으로 테니슨(Alfred Tennyson)이 「연꽃을 먹는 사람들」 ("The Lotos-Eaters")이라는 자신의 시에서 환기시킨 바와 같다.

> 그들은 노란 모래 위에 앉아 있었다네,
> 해와 달을 사이에 두고 해변 위에,
> 그리고 조국과, 아이와, 아내와, 노예에 대해
> 꿈을 꾸는 것은 달콤하였다. 허나 언제나
> 바다는 거의 지쳐 있는 것 같았고, 노 젓는 사람도 지쳤으며,
> 헛된 거품을 일으키며 방황하는 들판도 지쳐버렸네.
> 그 때 누군가 말했지, "이제 우린 돌아가지 않을 거야"
> 그리곤 곧 모두 노래를 불렀다. "고향인 섬은
> 파도 너머 저 멀리에 있다네, 우린 더 이상 방랑하지 않으리."4)

일단 지금까지 지탱해 왔던 자아의 기준들을 포기할 경우 이런 위험스러운 퇴행이 구체화된다. 그렇지만 귀향 여행에서 이런 포기는 반드시 행해져야만 하는 일이고, 오디세우스가 키코네스 족에게 대파를 당한 후 어쩔 수 없이 행해야 했던 일이다.

연꽃을 먹는 행위는 융이 무의식으로 향해진 탐미주의적 태도라고 일컬었던 것과도 흡사하다. 이를테면 영화를 볼 때처럼 우리가 수동적으로 무의식의 심상을 즐기는 정신상태가 여기에 해당한다. 이 문제에 관해 융은 다음과 같이 말한 바 있다.

---

3) Homer, *The Odyssey*, IX, lines 94-99.
4) Alfred Tennyson, "The Lotos-Eaters," lines 37-45.

환자가 그저 꿈이나 환상을 갖는 것만으로도 아주 만족감을 느끼는 상황이 종종 있다. 특히 환자가 탐미주의에 대한 허세를 가지고 있을 경우에는 더욱 그러하다. 그런 환자는 자신의 심리적 리얼리티와 들어맞지 않는 것처럼 보인다 싶으면 심지어 자신의 지적 이해력하고도 싸우려 들 것이다. [그것은 연꽃을 먹은 선원들이 배로 돌아오지 않으려고 저항했던 행동과 흡사하다.] 어떤 부류의 사람들은 머리로만 이해하려 들면서 전적으로 실용적인 차원은 건너뛰고 싶어한다. 그리고는 어느 정도 이해했다 싶으면, 자신들이 깨달아야 할 완전한 몫을 다 했다고 생각해버린다. 그런 사람들에게는 무의식의 내용물들과도 '감정적 관계'를 맺어야 한다는 것이 이상하게 혹은 심지어 어리석게 보일 것이다. 지적인 이해와 탐미주의는 둘 다 기만적이고 이율배반적인 우월감과 해방감을 만들어내는데 여기에 감정이 개입되면 무너져버리기 쉽다. 감정은 언제나 우리를 리얼리티와 상징성을 띈 내용물들의 의미와 이어주고, 그러면 이번에는 거꾸로 그것들이 윤리적 행동의 구속적 기준들을 부여해 준다. 탐미주의와 지성주의가 이러한 상태로부터 빠져나오기란 아무리 준비를 갖춘다 해도 그리 녹록치가 않다.5)

결과적으로 연꽃을 먹는다는 것은 융이 묘사한 무의식으로의 탐미주의적 혹은 지적인 접근을 나타내는 메타포이다.

퀴클롭스의 섬에 당도한 오디세우스와 그의 부하들은 이마 한 가운데에 바퀴처럼 생긴 커다란 눈 하나를 가진 야만의 거인 폴뤼페무스를 만난다. 오디세우스 일행이 크고 넓은 동굴을 발견하고 그곳으로 들어가 있는 동안에, 거인이 돌아와 커다란 돌덩어리로 동굴 입구를 막아버림으로써 일행은 폴뤼페무스의 포로가 된다. 폴뤼페무스는 사람을 먹는 식인 거인으로 저녁 식사로 오디세우스의 부하 두

---

5) Jung, *The Practice of Psychotherapy*, CW 16 (1974), par. 489.

명을, 그리고 아침식사로 또 두 명을 먹어 치운다. 오디세우스 일행은 폴뤼페무스에게 술을 잔뜩 먹여 취하게 한 다음에 하나 뿐인 그의 눈을 뾰족한 막대기로 찔러 앞을 못 보게 만들어 양들의 뱃가죽 아래에 자신들의 몸을 묶고서 간신히 동굴을 빠져나온다. 말하자면 그들은 양으로 위장을 하고 동굴을 탈출한 것이다.

이 에피소드의 모든 것이 의미하는 것은 무엇인가? 퀴클롭스의 땅을 호메로스는 아래와 같이 묘사한다.

> 무례하고 무법천지의 퀴클롭스 땅에 이르렀다. 이 자들은 불멸의 신들을 믿고 있었으며 손수 곡식을 심지도 경작도 하지 않았지만 온갖 것들이 자라고 있었습니다. 보리와 밀, 포도즙이 가득한 포도송이들이 주렁주렁 달렸습니다. 제우스 신께서 내리시는 비가 그것들을 번성시켜주기 때문이지요. 이 종족들 간에는 의회의 모임도 제정된 법도 없었습니다. 그들은 높은 언덕 꼭대기 동굴 속에서 살고 있었습니다. 부인과 자녀들에게는 그들 스스로의 법을 행사하고 이웃에게는 전혀 관심을 쓰지 않는 족속입니다.[6]

이러한 호메로스의 묘사는 낙원의 상태와 흡사한 것으로, 그것은 헤시오도스가 아래와 같이 구체화시킨 황금시대의 묘사와도 상당 부분 일치한다.

> [황금의 인간 종족은] 가슴 아플 일도 없고, 노동과 절망으로부터도 멀리 떨어져 있거나 자유로운 신들처럼 살았다. . . . 그들은 최상의 것들을 모두 가지고 있었다. 왜냐하면 비옥한 대지는 아무런 힘을 들이지 않아도 풍성하고도 흠 하나 없는 열매를 맺었기 때문이다. 많은 좋은 것들로 가득하고 양떼들이 풍성한 땅에서 그들은 편안하고 평화롭게 살고 있었다. 더구나 자애로운 신들의 사랑을 받으며.[7]

---

6) Homer, *The Odyssey*, IX, lines 106-115.

낙원의 원래의 상태는 단 하나의 둥근, 바퀴처럼 생긴 눈의 의미와 일치한다. 외눈박이 거인은 만다라의 둥근 이미지와 동일시될 수 있다. 그것들은 둘 다 대립물이 생성되기 이전의 무의식 본래의 전체성에 대한 표현이다. 그것은 우리가 태어날 때 그대로의 상태, 요컨대 노이만이 우로보로스라고 칭했던 상태인 바,8) 이러한 상태야말로 새로 태어난 자아가 스스로를 만물의 중심이자 전체로 경험할 수 있는 조건이다. 그리고 그것은 어린애 같은 전지전능한 느낌의 근원이기도 하다. 그러한 원래의 무의식의 제물이 되는 것, 즉 신과 동일시되어버린 전체성은 어떤 종류의 괴물에게 잡아먹히거나 굴복 당하는 상태로 비유되곤 한다. 오디세우스 일행은 하나 뿐인 원래의 눈, 즉 원래의 전체성을 파괴함으로써 곤경을 피하였다. 그것에 그치지 않고 도망치기 위해 그들은 완전한 순진 무구함과 하나가 되어야만 했다. 그들이 양떼들의 복부 아래 매달려 도망칠 수 있으려면 고집이란 고집은 모두, 적어도 잠시만이라도 버려야만 한다.

오디세우스가 폴뤼페무스의 동굴에 있을 때는 마치 그 곳에서는 자신의 정체성을 주장할 수 없기라도 한 듯이 자신의 이름을 "아무도 안"(no man)이라고 소개했었다. 그런데 다시 바다로 나오자 오디세우스는 참을성을 잃어버리고 섬의 저 멀리서 울부짖고 있는 폴뤼페무스를 향해 소리를 지르며 그를 조롱한다. "만일 누군가 너에게 네 눈을 빼낸 자가 누구냐고 묻거든 이타카에서 온 위대한 오디세우스가 그랬노라고 말하렴." 지금쯤은 안전해졌다고 짐작한 오디세우스가 자신의 정체성을 공개적으로 밝힌 것이고, 그 일로 인해 오디세우스는 무거운 대가를 치르게 된다. 앞을 볼 수 없게 된 폴뤼페무스가 소리나는 방향으로 내 던진 큰 바윗덩

---

7) Hesiod, *Works and Days*, trans. Hugh Evelyn-White, in *The Homeric Hymns and Homerica* (Cambridge, Mass.: Harvard Univ. Press/Loeb Classical Library, 1959), lines 112-122.

8) Erich, Neumann, *The Origins and History of Consciousness*, pp. 266-275.

이에 오디세우스가 하마터면 맞아죽을 뻔했고, 뿐만 아니라 오디세우스라는 이름을 폴뤼페무스에게 알려줌으로써 그 거인은 아버지 포세이돈에게 자신의 눈을 멀게 한 자에게 복수를 내려달라는 기도를 할 수 있었다. 그 결과 오디세우스는 고향으로 오기까지 줄곧 포세이돈이 되풀이해서 일으키는 폭풍과 재난들로 인해 괴로움을 겪는다. 자신이 누구인가를 재정립하려는 오디세우스의 무모함을 단순한 실수로 부를 수도 있을 것이다. 그렇지만 이 사건이 오디세우스 신화의 내용에 포함된 부분인 점을 감안해 볼 때, 그것은 우리에게 일시적인 익명성이 필요한 경우도 있겠지만, 그 대가가 무엇이든 자신만의 독특한 개성을 재확립하지 않는 한 자기는 결코 실현되지 않는다는 점을 시사해 주는 사건이다. 그렇다면 오디세우스가 자신의 신분을 공표하고 그것이 야기한 결과들을 수용해 가는 과정은 개체화 과정의 필수요건이라 할 것이다.

그럼에도 불구하고 오디세우스는 폴뤼페무스를 조롱하는 과잉행동을 취했었고, 이처럼 오디세우스를 사로잡고 있던 과도함은 그 다음에 이어지는 에피소드를 통해서도 드러난다. 바람의 신 아이올로스의 섬에 도착한 오디세우스에게 바람의 신은 네 종류의 바람이 든 자루 하나를 건네준다. 그 네 종류의 바람은 하나씩 점차적으로 내보내게 되어 있었다. 마침내 오디세우스는 무사히 고향으로 돌아가는 데 필요한 각각의 바람을 갖게 된 것이었다. 그런데 그 자루에 금이 가득 들어있을 것으로 생각한 선원들이 바람을 한꺼번에 전부 내보내버렸고, 그러자 격렬한 태풍이 쏟아져 나오더니 그들 모두를 처음의 장소로 다시 데려다 놓는다. 선원들의 탐욕으로 대변된 어두운 측면이 장악해버렸기 때문에 과잉된 허세 전체가 무너져 내린 것이다. 그 후 그들은 식인의 거인족들인 라에스트리고네스 종족들의 섬에 도달한다. 거기서 열두 척의 배 가운데 열한 척의 선원들이 그 식인족들에게 잡아먹힌다. 무의식의 게걸스러운 측면이 무거운 대가를 요구하였던 것이다.

이어서 오디세우스는 마녀 키르케의 섬에서 무시무시한 경험을 하게 된다. 키르케는 약물과 마술로 인간을 짐승 특히 돼지로 만들어버리는 마녀였다. 섬을 탐색하러 갔던 오디세우스의 부하 일당이 키르케의 환대를 받아들였고, 그리하여 그들은 돼지로 변하여 그녀의 돼지우리에 갇히게 된다. 그들을 구하기 위해 오디세우스가 출발했다. 섬으로 가는 길에 오디세우스는 곤경에 처했을 때 안내를 해주고 지혜를 가져다주는 헤르메스 신을 만난다. 헤르메스는 오디세우스에게 키르케의 약효를 막아줄 몰리라는 연고를 주면서 아래와 같이 충고한다.

> 그녀[키르케]가 한 그릇의 음료수를 마련해서 그대의 음식에 약을 탈 것이요. 그렇더라도 그녀는 그대를 홀리지 못할 것이오. 내가 그대에게 드릴 그 풀에 효험이 있어서 그것을 방지해 줄 것이기 때문이죠. 좀 더 말씀드리지요. 키르케가 그대를 향해 그녀의 기다란 마술지팡이로 치려고 들거든 그대의 허벅지에서 날카로운 칼을 뽑아서 단칼에 베어버릴 듯이 키르케에게 덤비시오. 그러면 그녀는 몸을 움츠리고는 그대에게 잠자리를 같이 하자고 할 것이오. 그 여자와의 잠자리를 거절하지 마시오. 그래야만 그녀가 그대의 동료들을 풀어주고 당신을 돌봐줄 테니까요.[9]

그리고 정말 그런 일이 벌어졌다. 오디세우스는 그 지시에 따랐고, 그러자 키르케는 즉시 마음을 바꾸어 아주 우호적이면서도 협력적인 태도로 오디세우스를 대하며 그의 연인이 되었다. 몰리라는 그 약초에 대해 오디세우스는 이렇게 말한다.

> [헤르메스가] 땅에서 캐낸 약초를 건네주었고, 그것의 본질을 나에게 알려주었다. 그 약초는 뿌리 부근은 검은 색이었으나 꽃은 우유 빛이었다.

---

9) Homer, *The Odyssey*, X, lines 289-298.

신들은 그것을 몰리라고 불렀고 속세의 인간들이 캐기에는 힘들지만 신들의 도움이 있다면 모든 것이 가능했지요.[10]

검은 뿌리에 하얀 꽃을 가진 몰리는 필멸의 존재인 인간들은 캘 수 없고 오직 신들만이 캘 수 있는 약초로서 이런 몰리 이미지가 『오디세이』에 등장한 이후에 여러 고전들에서 알레고리적 용법으로 널리 사용되게 되었다. 몰리 이미지를 금욕주의 철학자들과 신플라톤주의자들, 그리고 초기 기독교의 교부들은 그들 나름대로의 사상적 맥락에 맞추어 차용하였다. 그 이미지는 표면상 무의식으로부터 이끌어낸 투사체로 여겨진다. 그럼에도 불구하고 그들은 그것을 구원이라는 전혀 다른 입장과 문맥에 사용했던 것이다. 그것은 존재의 어두운 뿌리로부터 자라나는 흰색으로 고려되었다. 금욕주의 철학자인 크리안테스(Cleanthes)는 "몰리는 보다 열등한 본능과 열정들을 약화시키는 힘을 가진 로고스를 알레고리적으로 재현한 것"[11]이라고 말한 바 있다. 그노시스파들도 몰리의 이미지를 사용하였다. 알렉산드리아의 클레멘트(Clement)는 헤르메스를 그리스도로, 그가 건네 준 몰리를 '복음'과 동일시하였다. 아우구스트스 시대의 학자인 헤라클리토스는 몰리에 대해 다음과 같이 말한다.

> 몰리는 [통찰력 혹은 의식을] 가장 적절하게 대변한다. 이것은 인간 존재들, 그것도 아주 소수의 인간 존재들만 부여받을 수 있는 재능이다. 몰리와 관련된 가장 본질적 요소는 그 뿌리가 검은 색이고 꽃은 우윳빛 흰색이라는 점이다. 모든 좋은 것들을 동시적으로 파악할 수 있는 능력인 통

---

10) Ibid., X, lines 302-306.

11) Cleanthes, fragment 526, quoted in Hugo Rahner, *Greek Myths and Christian Mystery* (New York: Biblo and Tannen, 1971), p. 193.

오디세우스 ■ 163

찰력을 향한 첫 걸음은 힘들고 불쾌하며 어렵지만, 인간이 용감하고 참을
성 있게 이런 초기의 시련들을 딛고 올라설 때 비로소 그는 앞으로 나아
갈 수 있을 것이다. 그렇게 하는 동안에 그 꽃은 그에게 마치 부드러운 빛
이 비추듯 열리게 될 것이다.[12]

몰리라는 식물은 연금술에도 등장하는데, 연금술에서는 몰리를 현자의 돌과 연결
시킨다. 연금술의 일부 교본들에서 몰리는 연금술의 황금 꽃과 동의어로 사용되기
도 한다.

　　몰리를 자기의 상징으로 이해하는 편이 가장 좋을 것 같다. 왜냐하면 자기가
대립물들의 결합이라는 심리학적 진실은 검은 뿌리와 하얀 꽃의 조합과 같은 표현
들을 통해 전달되기 때문이다. 여기서 전체성과의 접촉이 곧 구원의 요소라는 개
념이 생겨난다. 키르케는 몰리를 갖고 있지 않은 채 대면하게 되면 파괴적이고 퇴
행적인 결과를 몰고 올 수 있는 무의식의 의인화이다. 우리가 자신의 총체성과 연
관성을 유지하고 있다면 키르케 음모의 희생자로 전락하지는 않을 것이다. 오디세
우스는 가까스로 키르케를 유순하게 만들어 놓았을 뿐만 아니라, 그로 인해 키르
케는 더 이상 훼방하는 존재가 아닌 조력자가 된다. 이것 또한 무의식에 대한 심리
학적 관점으로 보게 된다. 만일 자아가 위협적이고 파괴적으로 보이는 무의식의
측면을 당당하게 대면할 수 있게 되면, 그로 인해 무의식의 에너지는 유용한 것이
되어 자아에게 도움이 될 수 있을 것이다. 동시에 그 신화는 필멸적 존재인 인간은
지상에서 몰리를 채취할 수 없고 신들만이 그것을 취할 수 있다는 점을 상기시키
고 있다. 그렇다면 몰리의 도움은 신의 은총에 의해 제공되는 것이지 자아의 의지
로써 얻어질 수 있는 것은 아니다.

---

12) Heraclitus, Homeric Problems,73, quoted in Rahner, *Greek Myths and Christian Mystery*, p. 194.

『오디세이』에서 가장 중요한 에피소드는 망자들의 나라인 지하세계를 뜻하는 "지하계"(*The Nekyia*)라는 제목이 붙은 제 11장에 나오는 에피소드이다. 변형된, 그러니까 조력자가 된 키르케와 더불어 상당한 시간을 보내고 있던 오디세우스는 고향으로의 여행을 계속하기에 앞서서 지하세계로의 여행을 해야 한다는 말을 듣는다. 지하세계에 가서 죽은 현자인 테이레시아스의 영혼에게 어떻게 하면 안전하게 고향으로 돌아갈 수 있는지에 대한 조언을 구해야 한다는 것이었다. 이말을 처음 들었을 때 오디세우스는 절망에 빠진다.

> 내 영혼은 산산조각이 나고 말았습니다. 그래서 전 침대에서 일어나 앉아
> 마냥 눈물을 흘렸습니다. 내 마음은 더 이상 살고자 하는 욕망도 없었으
> 며, 태양 빛을 쳐다볼 욕망도 없어져버렸던 것입니다. [결국] . . . 나는 눈
> 물과 괴로움으로 꽉 차 버렸습니다. . .[13]

　이런 식의 슬픔과 절망은 지하세계로의 영혼 여행을 다룬 위대한 다른 세 편의 이야기의 도입부에서도 반복되고 있음을 발견할 수 있다. 『신곡』에서 단테는 지하세계의 시작을 이렇게 묘사하고 있다.

> 인생 여정의 중반기에서
> 방황하다 올바른 길을 벗어난 나는
> 어두컴컴한 숲 속에 있었다.
> 아, 이 이야기를 하기란 얼마나 괴로운 일인지
> 황량하기 그지없는 그 거칠고 가혹한 숲을,
> 지금 다시 생각하는 것만으로도 두려움이 엄습하도다!

---

13) Homer, *The Odyssey*, X, lines 496-498.

그 고난은 진정 죽음보다 나을 게 없었다.[14]

『파우스트』의 개막 부분 역시 같은 곡조로 시작된다. 여기서 우리는 파우스트가 자살을 고려하면서까지 자신의 운명을 한탄하는 것을 본다.

오 만월의 빛인 그대 달빛이여
지금 나의 고통 위에 드리운 그대의 최후를 볼 수 있는가,
그대를 위해 나는 내내 기다렸노라
그토록 많은 밤들을 지나, 기다리고 또 기다렸노라.
오! 나는 아직도 이 감옥에 갇혀 있어야만 하는가?
신의 저주를 받은 벽 속에, 나는 이 끔찍한 구멍에,
이 책 더미 사이에 갇혀 있노라,
벌레들이 갉아먹고, 먼지로 뒤덮인. . .
무한한 자연이여, 어디서 나는 그대의 혈맥들을 두드려볼 수 있는가?
천국과 대지에 매달려 있는 모든 생명체들의 샘물이요,
내 메마른 가슴이 팽창되어 향하는
그대의 가슴들은 어디에 있는가?
그대의 가슴들이 솟아오르며, 마실 것을 내려주지만,
나는 갈증과 허기를 느낀다.[15]

이 장면 바로 다음에 메피스토펠레스와 파우스트의 계약이 이루어지는데, 이것 역시 무의식으로의 하강을 표현한 또 하나의 이미지이다.

이보다 4백년이 지난 금세기에 '네키아'에 대한 또 다른 표현의 예를 절망과

---

14) Dante Alighieri, *The Divine Comedy*, trans. Lawrence Grant White (New York: Pantheon, 1948), *Inferno* I, lines 1-7.
15) Goethe, *Faust*, p. 20f.

공허함과 희망 없음의 곡조로 가득 찬 『모비 딕』(*Moby-Dick*)의 개막 구절에서 찾을 수 있다.

> 내 이름은 이시마엘이라고 하오. 몇 해 전, 정확히 그것이 언제 적 일이었던가는 묻지 말아주시기 바랍니다. 내 주머니는 거의 텅 비어 있었고 이 땅에는 흥미를 끌만한 아무 것도 없었으므로. 잠시 배라도 타고 세계 곳곳의 바다를 다녀오자고 생각했습니다. 우울한 마음을 털어버리고, 혈액 순환이라도 제대로 조절해 보려고 나는 이 방법을 택했던 것입니다. 입가에 험상궂은 주름이 늘 때, 마음속에 축축한 11월의 가랑비가 내릴 때, 또 자신도 모르게 장의사 앞에서 걸음을 멈추고, 길에서 만난 장례 행렬 뒤를 쫓아가는 그런 때, 특히 우울증이 나를 짓눌러서 웬만큼 강하게 도덕적인 통제를 하지 않으면 일부러 거리로 뛰쳐나가 남의 모자를 계획적으로 벗겨버리고 싶은 충동을 느낄 때, 그런 때는 더더욱 가능한 빨리 바다로 가야겠다는 생각이 듭니다. 이것이 내겐 권총과 총알의 대용물입니다. 카토는 철학적인 미사여구를 늘어놓은 다음에 검 위에 자신의 몸을 던졌지요. 나는 그저 조용히 바다로 나가렵니다. 이건 조금도 이상한 일이 아니지요. 이런 마음을 이해한다면, 누구라도 그 정도에 따라 언젠가는 바다에 대해 나와 비슷한 감정을 품지 않을까요.[16]

네키아로의 하강의 경험은 근원적 경험임에 분명하다. 그럼에도 『오디세이』 11장의 괄목할만한 특징은 그런 이미지를 처음으로 분명하게 표현해 놓았다는 점인데, 그런 이미지를 의식적으로 가장 완전하게 실현시킨 또 다른 예는 어쩌면 심층심리학에서가 아닌가 한다.

키르케는 오디세우스에게 지하세계로 가는 정확한 방향을 알려준다. 그곳에

---

16) Herman Melville, *Moby-Dick* (New York: Modern Library, 1926), p. 1.

닿기 위해 오디세우스는 세상의 끝, 즉 오케아노스까지 항해를 해야 할 것이고 정확한 지점에 제대로 도착하면 그곳에 구덩이를 파고 새끼 양을 제물로 바쳐 양의 피가 도랑 안으로 흘러 들어갈 수 있도록 해야 한다. 그렇게 하면 지하세계에서 망자의 영혼들이 모여들 것인데, 죽은 자의 영혼들은 희생양의 피를 마셔야만 비로소 말을 할 수 있게 된다. 이 이야기는 무의식을 어떻게 활성화시킬 수 있는가를 적절한 이미지로 묘사하고 있다. 죽은 자의 영혼들이 사장(死藏)되어 활동하지 않는 무의식의 내용물들이라고 간주해볼 때, 자아로 하여금 무의식이 무엇을 말하고 있는지를 들을 수 있게 하려면 그것에 에너지를 부어넣어 아직은 공허한 형태로만 존재하는 무의식의 내용물들을 활성화시켜야 한다. 그런데 (무의식을 활성화시킬) 이런 에너지는 오직 의식이 이용할 수 있는 그러한 것에서만 나올 수 있다. 만일 상상의 이미지에 어떤 종류의 관심을 기울여야 한다면, 그것은 다른 어딘 가로부터 가져와야만 한다. 그것은 희생을 치르고 얻어질 수 있다. 예를 들면 리비도를 불러내어 무의식에 부어 넣음으로써 무의식을 활성화시키려면 그 대신 외부의 다른 어떤 것에 대한 관심을 희생시켜야 할 경우도 있다.

오디세우스가 받은 지시는 희생양의 피를 지키고 서 있다가 원하는 영혼들만 접근하게 하여 피를 마시게 하라는 것이었다. (심리과정은 무의식의 어떤 내용물을 활성화시켜야 하는가를 정하는 이런 식의 통제를 좋아하지 않는다.) 지하세계에서 맨 처음 올라온 영혼은 최근에 죽은 그의 동료였다. 가장 최근에 경험한 죽음이 가장 쉽게 접근할 수 있는 경험이기 때문일 것이다. 다음으로 등장한 것은 오디세우스의 죽은 어머니였고 그 다음에 테이레시아스가 나타나 이타카로 돌아가는 방법에 대해 상세한 조언을 들려준다. 다음에도 다른 존재들이 연달아 나타난다. 매우 상징적인 이 장면을 우리는 융이 적극적 상상력이라고 일컬었던 것, 즉 환상을 이용해서 무의식의 내용물을 탐색하는 방식을 독창적으로 재현한 장면으로 간주할 수 있다.

'네키아'에 대한 이미지들이 어찌나 풍부하던지 융은 그 단어를 무의식으로의 하강을 뜻하는 전문용어로 사용하자고 제안하기까지 하였다. 니체는 그 이미지를 사용하여 자신의 경험들을 묘사하였다.

> 나 역시 오디세우스처럼 지하세계에 있었으며, 앞으로도 여전히 그곳에 자주 있게 될 것이다. 몇몇 죽은 자들과 말을 하기 위해서 나는 새끼 양을 제물로 바친 것은 물론이고 나 자신의 피까지도 아끼지 않았다. 내가 바친 희생에 다음의 네 쌍의 영혼들은 그들 스스로 전혀 주저함이 없이 다가 왔었다. 에피쿠로스와 몽테뉴, 괴테와 스피노자, 플라톤과 루소, 파스칼과 쇼펜하우어가 그들이다. 나 홀로 오랫동안 방황하면서 나는 그들과 화해해야만 했다. 그들은 나를 옳다고도 하고 잘못되었다고도 하는데, 그들이 옳다거나 잘못되었다거나 서로를 향해 소리치는 동안 나는 그들의 말에 귀를 기울일 것이다. 내가 뭐라고 말하건, 무엇을 결심하건, 아니면 나 자신과 다른 사람에 대해 내가 무슨 생각을 하건, 나는 이 여덟 영혼에게 나의 두 눈을 고정시킬 것이며 그리고 내게 고정된 그들의 두 눈을 바라볼 것이다. 살아 있는 자들이여, 이따금 그들이 몹시 창백하고 어둡고 불안하고, 맙소사, 몹시 생명을 갈망하면서 나에게 나타나더라도 나를 용서하소서! 마치 죽음 *이후(after)*가 지금인 듯이 그들이 내게 아주 생생하게 보이는 동안에는, 그들은 결코 인생에 대해 지겨워하지는 않을 것이다. 중요한 것은 *영원한 생생함(eternal aliveness)* 바로 그것이다.[17]

니체는 여기서 자신은 동시대인들보다 죽은 철학자들의 영혼과 더 많이 연결되어 있으며, 따라서 그들 영혼들을 현실 속으로 불러들일 수 있는 피를 만들어내기 위해 외부적 차용이라는 희생을 치러야 했다는 점을 말하고 있다. 그는 단도직입적

---

17) Nietzsche, "Mixed Opinions and Maxims," in *The Basic Writings of Nietzsche*, trans. and ed. Walter Kaufman (New York: Modern Library/Random House, 1968), p. 159.

으로 지하세계에 머물렀던 오디세우스와 자신을 동일시하고 있는 것이다.

지하세계에 대한 로마 고유의 버전이 만들어지긴 했지만, 어떤 학자들은 베르길리우스가 『아이네이드』(*The Aeneid*)에서 호메로스를 복사했다고 주장했을 정도로 로마의 지하세계 버전은 그리스의 그것과 일치되는 점들이 많은 듯하다. 이를테면 오디세우스가 지하세계로의 여행 경험을 했기 때문에 아이네이아스도 그런 체험을 하는 것처럼 보인다. 그렇지만 그 두 서사시는 (어느 하나가 다른 것을 모방했다기보다는) 심리의 심층부로부터 기술된 작품이고 따라서 동일한 원형적 패턴을 건드린 작품이라는 가설이 훨씬 더 정확한 표현일 것이다. 아이네이아스는 죽은 아버지에게서 조언을 얻기 위해 지하세계까지 여행을 해야만 했는데, 이는 오디세우스가 키르케의 지시에 따라 테이레시아스를 만나기 위해 지하세계로 하강했던 것과 흡사하다. 처음에 아이네이아스는 통행증 비슷한 것으로 사용하게 될 신성한 숲 속의 황금가지를 찾아내야만 했고, 『오디세이』에서 그랬던 것처럼 제물을 바쳐야만 했다. 베르길리우스는 이렇게 말한다.

> 그곳에서 여사제는 먼저 네 마리의 검은 수송아지를
> 일렬로 세우더니, 그것들의 이마 위로 신성한 포도주를
> 부었다. 그런 다음 그녀는 두 뿔 사이에 난 털들의 끝 부분을 뜯어
> 신성한 불 위에 첫 번째 제물로 올려놓더니,
> 천국의 권능인 헤카테를 불렀다. . . .
> 주발에 따뜻한 피를 담는 동안. . . .[18]

제물을 바친 후에 지하세계로의 입장이 시작되는데 그것은 '저승사자'의 기능을

---

18) Virgil, *The Aeneid of Virgil*, trans. Rolfe Humphries (New York: Charles Scribner's Sons, 1953), VI, lines 243-249.

수행하는 여사제-아니마인 시빌이 주도한다. 아래 주어진 작품 속의 한 부분이 아이네이아스의 하강의 독특한 맛을 전달해 줄 것이다. 시빌이 아이네이아스를 꾸짖는다.

"아이네이아스여, 지금이야말로 용기가, 지금이야말로 담력이 필요하오."
거기까지 말하고 그녀는 무아지경에 빠져 열려 있는 동굴에 몸을 던졌고,
그는 아무 두려움 없이 길라잡이를 뒤따라 한 걸음 한 걸음 옮겨갔다.
영혼들의 세계를 지배할 신들이여, 침묵하는 그림자들이여,
카오스와 플레게돈과 소리 없는 밤의 광야여,
내가 들은 것을 말하도록 허락해 주소서! 지하의 어둠 속 깊숙이
감추어져 있는 것을 그대들의 동의 아래 밝힐 수 있도록 허락해 주소서,
그들은 어둠 속에서 외로운 밤에 그림자와
디스의 빈 궁전들과 황량한 왕국을 지나가고 있었다.
그것은 마치 윱피테르가 하늘을 그늘 속에 묻어버리고
밤이 사물들에게서 색채를 빼앗아버릴 때,
불확실하고 희미한 달빛 아래 숲 속을 걸어가는 것 같았다.
입구 바로 앞 저승 아가리 속에는
슬픔과 후회가 침상을 가져다 놓고 있었다.
그 곳에는 창백한 병과 슬픈 노년과 공포와
죄를 짓도록 유혹할 기아와 누추한 가난과
―이들은 보기 끔찍한 형상들이다― 죽음과 고통이 살고 있다.
다음에는 죽음과 동기간인 잠과 나쁜 쾌락들이 있고,
그들 맞은 편 문턱에는 죽음을 가져다 줄 전쟁이 있다.
그 곳에는 또 자비로운 여신들의 무쇠 방들과 피 묻은 머리띠로
뱀 머리털을 묶고 있는 정신 나간 불화의 여신도 있다.
중앙에는 그늘을 드리운 거대한 느릅나무가 태고의 가지들을

팔처럼 벌리고 있는데 잎들마다 그 밑에는 거짓 꿈들이
매달려 도처에 둥지를 틀고 있다. 그밖에도 문간에는
여러 종류의 야수들의 끔찍한 형상들이 수없이 머물고 있는데,
켄타우로스들과 반은 여자이고 반은 개인 스퀼라들과,
백 개의 팔을 가진 브리아레우스와 무시무시하게
쇳소리를 내는 레르나의 괴수와, 화염으로 무장한 키마이라와,
고르곤들과, 하르피들과, 몸통이 셋인 게뤼온의
망령이 그것이다. 깜짝 놀란 아이네이아스는 칼을 빼들고
다가오는 그들에게 칼끝을 들이댔다. 현명한 동행자가
그들은 육신 없이 날아다니는 가벼운 생명들로
실체 없는 허상에 지나지 않는다고 일러주지 않았더라면,
그는 덤벼들어 칼로 그림자들을 헛되이 내리쳤을 것이다.19)

『티베트의 사자의 서』(*The Tibetan Book of the Dead*)에 나온 조언과 비슷한 위 구
절에서 죽은 자의 영혼은 지속적으로 "공포에 굴복하지 마라, 이것들은 단지 너
자신의 환영에 불과하다"고 상기시킨다. 아이네이아스가 저지른 실수는 자신이 대
면하는 형상들을 현실적인 것으로 취급했다는 점이다. 그는 마치 그 환영들을 현
실적인 방법으로 다룰 수 있는 실체처럼 대했던 것인데, 물론 아이네이아스가 내
리 친 칼은 그 환영들에게는 아무 소용이 없다. 그는 심리적 리얼리티를 물리적 리
얼리티로 잘못 생각하는 실수를 저지르는데, 이는 투사의 경우에 발생되는 증상과
일치되는 태도이다. 투사에서는 무의식의 이미지를 내적인 사실로서가 아니라 외
적인 사실로 간주하기 때문이다.

아이네이아스가 최후로 도달한 웅장한 비전은 심리학적인 것과 연관된다. 아

---

19) Ibid., VI, lines 260-294.

이네이아스는 아버지 안키세스를 만나자 초월적 세계가 어떻게 생겼는지 알고 싶어 하는데, 그러자 안키세스가 아이네이아스에게 사물의 궁극적 본질에 관한 교훈을 제시한다.

> 맨 먼저, 아들아 영혼이
> 만물을 지탱하는 것이란다. 하늘과 대지와 바다,
> 달과 별들을 말이다. 마음이 거대한 덩어리에 스며들어
> 그 모든 것을 움직이게 한단다.
> 여기서 인간 종족도, 짐승의 종족도, 날개 달린 하늘의 날짐승도,
> 대리석 같은 수면 아래 바다가 품고 있는 괴물들의 종족도 나오는 것이란다.
> 이 모든 것들은 하늘로부터의 에너지로 축복 받은 존재들이다.
> 생명의 씨앗은 불꽃이지만, 사지는
> 대지의 흙덩이요, 통나무이며, 사그라질 수밖에 없는 짐 덩이.
> 그래서 인간들은 두려워하고, 욕망하며, 서글퍼하며, 그리고 기뻐하기도 한다.
> 그리고 생명이 끝날 때조차, 그 모든 사악함들,
> 그토록 오래 뿌리박고 있었던, 그 불순한 혼합물들,
> 육신의 역병과 괴로움은 그대로 남아, 존속되느니라.
> 그래서 반드시 정화가 있어야 하느니,
> 벌금으로든, 벌칙으로든, 유황불이건,
> 바람으로 휩쓸어서건, 물의 사면으로건 씻어내야 하느니,
> 그 죄의 오점이 사라져버리기 전에. 우리 모두는 자신만의 독특한 혼령을
> 감당해야 하느니. 하지만 그 날은 오리라
> 우리 중의 소수가 축복의 들판인
> 그 드넓은 엘리시움으로 보내져, 서성거리게 되지
> 세월의 수레바퀴인 시간의 순환이
> 오점을 털어 내버리고 영혼의 응어리를

순수한 감각, 순수한 불길로 남겨놓을 때까지. 천년의 세월이 지나가고
신은 셀 수 없는 무리들을 레테 강으로 불러낸다
그 강에서 기억은 소멸되어버리고 영혼들은 기꺼이
다시 필멸의 육신 속으로 들어가려고 한다.[20]

여기서의 요점은 현대의 심리학적 경험에서 발견할 수 있는 것과 상당한 연관성을
가지고 있다. 지하세계로의 하강 목적은 지상에서 잃어버린 어떤 것, 이를테면 귀
중한 어떤 정보일 수도 있고 지혜일 수도 있는 그런 것들을 취득하기 위함이다. 그
것은 때로는 보석이나 그 밖의 귀중한 물건으로도 상징되는, 그러나 보편적으로
강조되는 것은 아이네이아스의 아버지가 사물의 본질을 밝혀주었을 때 아이네이
아스가 깨닫게 된 것과 같은 초월적 원리이다. 자아가 초월적 관점과 만나게 되면
그 자아는 즉시 변형된다. 어떤 의미와 연결된 된 삶은 이제 더 이상 공허하거나
부조리하지 않은, 좀 더 크고 의미 있는 하나의 패턴의 일부로 인지된다. 안키세스
가 아들 아이네이아스에게 밝혀준 내용의 기본 메시지는 모든 물질에는 영혼이 들
어 있으므로 모든 경험에도 의미가 스며있다는 점이었다. 이 구절의 상당부분은
베르길리우스가 후일에 차용했던 플라톤의『공화국』(*The Republic*)의 「에르의 비
전」("Vision of Er") 덕분이다.

　　오디세우스는 테이레시아스에게서 싸이렌의 섬을 조심하라는 경고를 받는다.
싸이렌은 아주 감미롭고 유혹적인 노래를 부르는 괴녀들로서 싸이렌의 노래를 들
은 뱃사람은 누구라도 거기에 저항하지 못하고 섬 쪽으로 끌려가 바위투성이 해안
에 부딪쳐 파멸하고 만다. 테이레시아스는 오디세우스에게 만일 싸이렌의 노래를
듣고 싶다면 부하들에게 몸을 배의 닻에 묶게 하고 부하들의 귀를 왁스로 막아두

---

20) Ibid., VI, lines 724-751.

라고 조언한다. 호메로스에 따르면 오디세우스가 들었던 싸이렌의 노래는 아래와
같았다.

> "자 이쪽으로 오세요. 아카이아의 위대한 영광인 유명한 오디세우스여.
> 배를 멈추고 우리의 노래에 귀 기울이시오. 아무도 우리의 입에서 흘러나
> 오는 황홀한 노랫소리를 듣지 않고는 검은 배를 타고 이 섬을 지나가는
> 사람이 없었다오. 노래를 들으면 가시는 길이 기쁨이요, 많은 지식을 얻을
> 것이오. 우리는 신들의 의지로 그 드넓은 트로이 평원에서 아르지브 군과
> 트로이 군들이 내내 견뎌내야 했던 그 모든 고통들, 이 모든 것을 알고 때
> 문이오. 그리고 우리는 그 기름진 이 땅에서 장차 일어날 일들까지도 모
> 두 알고 있다니까요."[21]

전능한 지식을 향한 갈망에 호소하는 싸이렌의 노래는 성적인 유혹이 아닌 영적이
고 지적인 유혹에 해당한다. 싸이렌은 완전한 지식을 가진 존재로 간주되었고, 따
라서 싸이렌의 그 달콤한 노래를 따라가다 보면 전능한 존재가 될 것이다. 플라톤
에게 싸이렌은 혹성들의 진화로 생성되는 천상의 하모니 즉 천계의 음악을 창조해
내는 사람들이었다.[22] 싸이렌은 초월적 지식, 그러니까 원형적 세계에 대한 지식
을 제공해 주었고, 따라서 싸이렌의 노래에 귀 기울이는 무모함은 심리학적으로
미스터리에 대해 알고 싶은 갈망 때문에 무의식으로 빠져들 때의 위험성을 대변한
다. 미처 성숙하지 못한 자아가 그런 유혹에 넘어가게 되면 그런 자아는 원형적인
것으로 용해되고 만다. 싸이렌 신화가 경고하고 있듯이, 견고하게 현실의 닻에 묶
여 있어야만 안전하게 신성한 지식의 근원에 귀를 기울일 수가 있다. 무의식의 탑

---

21) Homer, *The Odyssey*, XII, lines 184-191.
22) Plato, *The Republic*, X, 617.

험에는 난관이 놓여 있다. 왜냐하면 확대되어가고 가치 있어 보이는 전망(*vistas*)들을 열어 놓을 때 원형적 상징과 이미지들이 한결 흥분되고 자극적이 될 수 있기 때문이다. 그렇지만 그것들은 현실에 뿌리를 두지 않은 자아를 모두 압도해버릴 수 있다. 리얼리티에 대한 충분한 신념도 없이 단지 호기심과 좀 더 많은 것을 알고 싶은 갈망 때문에 마약을 통해 초월적 경험을 좇는 성향에서 그러한 위험성을 목격할 수 있다. 융의 『기억, 꿈, 투사들』(*Momories, Dreams, Reflections*)에서 이런 요지의 증언을 발견할 수 있는데, 여기서 융은 무의식과 자신의 만남을 다음과 같이 말하고 있다.

> 특히 그 무렵에 나는 환상에 관한 연구를 하고 있었는데, "현세"에서 일종의 지지대가 필요했고, 내게는 그것이 가족과 전문성을 가진 나의 직업이었다고 말할 수 있다. 그토록 낯선 내적세계를 지탱할 평형추로서의 현실세계 속에서 내가 정상적인 삶을 영위하는 것이 가장 중요했다. 나의 가족과 나의 직업은 내가 항상 되돌아갈 수 있는 본거지로 존재하고 있었는데, 그 때문에 나는 내가 실제로 존재하는 평범한 인간임을 확신할 수가 있었다. 무의식의 내용물들은 정신 없이 나를 몰아치곤 하였다. 그렇지만 나의 가족과 내가 알고 있는 지식들, 예컨대 나는 스위스 대학 의과대학의 학위소지자라는 것, 그래서 환자들을 도와야 한다는 것, 내게는 아내와 5명의 자식들이 있다는 것, Kusnacht의 228 Seestrasse에 살고 있다는 것, 이런 것들이 내게 꼭 하지 않으면 아니 될 일들을 부과하였고 그리하여 나로 하여금 거듭 거듭 내가 진짜로 실존하고 있다는 것, 내가 니체처럼 영혼의 바람 속을 빙빙 떠도는 텅 빈 백지가 아님을 입증하는 사실들이었다. 니체는 오로지 사상이라는 그 자신만의 내적 세계 외에는 아무것도 가진 것이 없었기 때문에 발을 딛고 설 땅을 잃어버린 사람이었고, 따라서 그는 부수적으로 그 자신이 사상을 소유했다기보다는 사상이 그를

소유했다고 할 것이다. 뿌리가 뽑힌 채 그는 대지를 떠돌았고, 그리하여 과장과 비현실성에 굴복하고 말았다. 이러한 비현실성이야말로 나의 두려움의 진수였다. 왜냐하면 *지금의* 이 세계와 *지금의 이 삶*이 궁극적으로 내가 목표로 삼는 것이었기 때문이다. 내가 아무리 깊게 빠져 있었거나 아무리 여기저기서 타격을 입었어도, 내가 경험하는 모든 것들이 궁극적으로 (다른 누구의 것이 아니라) 나 자신의 것일 수밖에 없는 지금의 현실적 삶을 향해 존재한다는 것을 나는 항상 인식하고 있었다. 나는 기필코 그 현실적 삶의 의무들을 해결하고 그 의미를 완수할 작정이다.[23]

이것이 융이 묶여 있던 닻이었던 바, 그 닻에 의지하여 융은 자신만의 지하세계를 만들어낼 수 있었고 싸이렌의 노래에 파괴당하지 않고서도 노래를 들을 수 있었다.

이 이미지에는 많은 후렴이 뒤따른다. 심지어 (신화를 금했던) 중세에도 돛에 밧줄로 자신의 몸을 묶은 오디세우스는 십자가에 매달린 그리스도에 비유되었다. 나무에 고정시키거나 교차해서 묶은 메르쿠리우스의 뱀이라는 연금술적 이미지는 무의식과 의식의 응고(*coagulatio*)라는 연금술의 작용을 상징한다. 그런데 그 응고의 기능은 반드시 어떤 구체적 리얼리티의 재현과 관계되어야 하는, 그래야 특수하면서도 구체적인 형태로 온전하게 구현된다. 오로지 이런 상황에서만이 안전하게 천상의 음악에 귀를 기울일 수 있을 것이다. 이런 사실을 감안하지 않는 종교적 체험의 추종은 위험한 유혹이 아닐 수가 없는데, 그것이 바로 싸이렌들과의 대면이 주는 메시지이다.

다음에 오디세우스와 동료 선원들은 대립물들을 표현한 유명한 이미지인 스킬라와 카리브디스 사이를 통과해야만 했다. 괴녀인 카리브디스는 모든 것을 빨아들이는 소용돌이로 묘사되며, 스킬라는 높은 절벽 위의 동굴에 기거하는 개와 비

---

23) Jung, *Memories, Dreams, Reflections* [MDR], ed. Aniela Jaffe (New York: Random House, 1963), p. 189.

[사진 21] 오디세우스가 배의 돛에 자신의 몸을 묶고 안전한 상태로 싸이렌의 노래를 듣고 있다. 오디세우스를 유혹하여 파멸시키는데 실패한 싸이렌은 절망감으로 바다에 뛰어들고 있다.

　　　　　　　　　　　　　　　　　　　　　　　　—기원전 475년경의 도자기의 세부도. 런던의 대영 박물관

슷하게 생긴 괴물로 배의 갑판에서 선원들을 낚아채 잡아먹는 괴물로 묘사된다. 한 쪽의 소용돌이와 다른 한 쪽의 식인 괴물을 피하려면 한 가운데를 지나 통과해 가는 방법 외에는 길이 없었다. 이런 에피소드는 대립물 사이에서 어느 한 쪽과 동일시한다거나 아니면 어느 한 쪽으로 치우쳐버리는 불균형은 그 여행에 치명적이라는 점을 명시하고 있다. 철학자들과 작가들은 초기의 여러 신화들에서 제시된 가운데 길 즉 중용을 지키라는 이러한 개념을 차용했고, 그리하여 중용은 고대 그리스인들, 이를테면 플라톤 같은 그리스 철학자들의 지혜의 중심을 차지하는 격언이 되었다.

그런 삶들 가운데서 언제나 어느 한쪽으로 치우치지 않은 중용의 삶을 선택하라. . . 이승의 삶에서도 저승의 모든 삶에서도. 양극단의 지나침을 피할 줄 알려면 말일세. 왜냐하면 이것이 바로 인간에게 가능한 가장 큰 행복이므로.24)

그는 또,

인생에서의 올바른 길은 쾌락의 추구도 아니고 아직은 적절치 않은 고통의 회피도 아닌, 중간적 상황에 만족하는 것인 바 나는 이것에 *은총 (graciousness)*이라는 이름을 부여하였노라. . . .25)

대립물들 사이에 놓인 길, 그러니까 가운데 길이 성장의 길이다. 두 대립물 중에서 어느 한 쪽과 동일시를 하게 되면 마비에 이를 수 있다. 이러한 갈등에 사로잡히게 되면 우리의 성장은 진행될 수가 없다. 이런 경우 우리는 성장 대신에 원형적 역할을 실행할 것이고 그러면 대립물들 사이와 그 너머에 존재하고 있을 우리 자신의 통일체를 실현할 수 없을 것이기 때문이다. 이러한 지혜는 심리 안에 자리한 보상 기능으로부터 나오는 것으로 반복적으로 꿈으로 재현된다. 인성의 의식적 측면이 일방적으로 치우친다거나 불균형으로 기울어질 때마다 무의식이 그 균형을 바로 잡아 주려는 성향이 있다. 언제나 그 가운데 길, 그러니까 스퀼라와 카리브디스 사이의 길로 나아가려면 치열한 노력을 기울여야만 한다.

다음에 이어지는 에피소드는 오디세우스의 부하들이 태양 신 헬리오스의 소

---

24) Plato, *The Republic*, X, 619B.
25) Plato, *Laws*, in *Collected Dialogues of Plato*, ed. Edith Hamilton and Huntington Cairns (New York: Pantheon, 1961), VII, 792D.

떼를 훔치게 되는 사건이다. 테이레시아스가 이미 이런 사태를 경고했었고, 그래서 오디세우스도 자신의 부하들에게 그것을 경고했음에도 불구하고 배가 고파진 부하들이 소 떼 중의 몇 마리를 죽인 것이었다. 그들에게 내려진 벌은 격렬한 폭풍이었다. 오디세우스를 제외한 모든 사람들이 그 폭풍으로 죽어버렸고, 이 단계에서 오디세우스는 마침내 모든 것을 벗어버리고 아무 것도 아닌 존재가 된다. 그는 남아 있던 마지막 한 척의 배도 잃어버렸고 부하들도 모두 잃었으며 거의 카리브디스에게 도로 빨려 들어갈 뻔하였다. 오디세우스는 무화과나무를 붙잡고 간신히 파멸의 운명을 피하게 되는데, 홀로 남겨진 그는 바다 위를 표류하다가 간신히 칼립소의 섬으로 떠내려간다. 신의 소유물을 전용한 히브리스의 최종 행동이 가져온 결과는 이러하였다.

　칼립소는 우호적인 존재로 판명된다. 그녀는 오디세우스에게 음식과 마실 것 그리고 사랑을 주었다. 심지어 오디세우스는 그녀에게서 자식들까지 얻으며 당분간 행복하게 지낸다. 겨우 생명을 부지하며 도망쳐 온 오디세우스에게 칼립소는 불멸과 영원한 젊음을 약속하였는데, 그녀의 이러한 약속은 오디세우스에게는 귀향 여행을 포기하고 싶을 만큼 정말로 유혹적인 것이었다. 그렇지만 서서히 칼립소 섬에서의 오디세우스의 삶이 감옥에 갇힌 것처럼 느껴지기 시작하였고 그럼에도 칼립소는 그를 놓아주려 하지 않았다. 오디세우스를 놓아주라는 제우스의 명령을 받고 온 헤르메스의 등장으로 오디세우스는 이러한 상황에서 다시 구조된다. 오디세우스는 뗏목을 만들고 식량을 비축하여 고향으로 다시 길을 떠났는데, 그에게 무시무시한 폭풍이 마지막 인사를 보내고 있었다. 오디세우스의 뗏목이 파괴되어 이번에야말로 그의 죽음이 확실한 듯 보였지만, 극심한 곤경의 와중에 바다의 여신 이노가 신성한 베일을 씌워 주어 그는 격노한 바다에서 살아남을 수 있었다. 그것은 홀더린(Holerlin)이 "위험이 있는 곳에/ 구원의 힘 또한 존재한다"[26]고 말했던 상황의 이미지이다. 바다가 오디세우스와 그의 위대한 모험을 막 집어 삼켜 버릴 찰나에, 다시 말해서 무의식의 가장 큰 소용돌이에 휘 몰린 순간에 바로 그 바다로부터 오디세우스에게 연민을 느낀 이노가 등장한 것이다. 즉 무의식 자체에서 구원이 온 것이다.

오디세우스는 마침내 파이아키아인들의 섬에 상륙하였고 그들의 환대를 받은 오디세우스는 그들에게 자신의 이야기를 모두 들려준다. 그의 이야기를 들은 파이아키아 인들은 오디세우스가 고향으로 돌아가도록 도와주자는 데 의견을 모아 배 한 척을 내 주었는데, 그 배는 파이아키아 인들을 인도해 주었었던 기적의 배였다. 파이아키아 인들이 오디세우스에게 말한다.

> 그대의 부모님께서 고향에서 부르는 본명은 무엇입니까? 고향 사람 또는 그대의 이웃 사람들이 부르는 이름말입니다. 인간이라면 천하든 높은 지체의 사람이건 이름이 없는 자가 존재치 않을 것이니, 나면서부터 모든 사람에게 부모가 내린 이름이 있지요. 어느 나라, 어느 도시, 어느 집에서 오셨는지 말씀해 주십시오. 배가 그대를 모시고 갈 방향을 알아야겠습니다. 페니키아의 배는 다른 배들이 가지고 있는 키잡이도 키도 없소. 그러나 그 배는 사공의 심정과 의향을 이해하고 있다오. 그 재는 도시와 모든 시민들의 기름진 땅을 알고 있고 또 안개와 구름에 싸여도 참으로 빨리 황량한 바다를 건너가되 파선이나 침몰의 위험을 모르고 잘도 달리지요.[27]

여기서의 이미지는 오디세우스가 강력한 흡인력을 가진 자석의 범위 안으로 들어

---

26) *Wo aber Gefahr ist, Wachst Das Rettende auch.* Translated by the author from Friedrich Holderlin, "Patmos," in *Poems and Fragments* (Ann Arbor: Univ. of Michigan Press, 1967), p. 462.

27) Homer, *The Odyssey*, VIII, lines 550-563.

선 것과 흡사한 지점, 즉 어떤 범위 이내로만 들어서면 나머지는 자동적으로 이루어지는 그런 지점에 도달했음을 시사한다. 심리학적으로 그것은 오디세우스가 자율적인 발달단계에 이른 것이고, 그러자 남은 과정이 모든 것을 넘겨받아 저절로 해결되어 감을 암시한다. 배가 제공되기에 앞서 서두에서 오디세우스의 이름을 말하라는 요구가 나오는데 이는 마치 자신의 정체성의 확립이 아주 중요한 요소이며, 따라서 이것이 또 하나의 낯익은 꿈의 모티브임을 말하고 있는 듯하다. 어떤 단계에 이르면 여권이 되었건 서명이나 지문이 되었건 정체성에 대한 특별한 증명을 요구받게 된다. 물론 그것은 개체화란 과연 무엇을 이루려는 과정인가와 관계가 있다. 즉 [개체화란] 자신의 정체성의 완전한 실현에 관한 과정인 것이다.

오디세우스 사화 중에서 주목해야 할 궁극적 요소는 오디세우스가 이타카에 상륙한 위치, 즉 '님프들의 동굴'로 일컬어지는 곳에 위치한 후미진 골짜기에 관한 것이다. 호메로스는 그 장면을 아래와 같이 묘사하고 있다.

> 이곳 이타카에는 포르키스라는 성스러운 항구가 있는데, 이는 옛날 뱃사람의 이름이다. 또한 여기에는 준엄한 절벽의 두 곳이 있는데, 항구를 향해 안쪽으로 비스듬히 경사를 이루고 있으며, 거센 바람에 의해 일어나는 거친 파도를 막아주었다. 그리고 안쪽에서는 갑판이 있는 배들이 정박장에만 들어서면 닻줄을 내리지 않아도 배를 멈출 수가 있었다. 바로 이 항구의 어귀에는 잎이 우거진 올리브 나무가 서 있고, 바로 그 옆에는 나이아스*라고 불리는 님프들만 쓰는 쾌적하고 그늘진 동굴이 하나 있었다. 그리고 그 동굴 안에는 돌로 만든 병과 두 개의 손잡이가 달린 돌단지가 있고, 거기에 벌집까지 있었다. 또 그곳에는 기다란 돌로 만든 베틀이 하나 있었는데, 이 베틀에 님프들이 앉아서 보기에도 황홀한 자색의 옷감을

---

* 샘, 강, 늪, 호수 등에 사는 아리따운 모습의 물의 요정

짜고 있었다. 또 마냥 넘쳐흐르는 우물도 있었다. 그리고 두 개의 문이 있는데, 하나는 인간도 드나들 수 있는 북향의 문이요 남향의 정문은 신들만이 쓸 수 있는, 인간은 사용할 수 없는 영생의 신들만의 통로로 알려져 있다.29)

호메로스가 이 후미진 골짜기의 이미지를 특별히 정교하게 묘사하지 않았음에도 고대인들은 이 님프의 동굴을 대단히 중요한 것으로 상상하였다. 동굴의 상징적 의미를 논한 어느 에세이에서 포르퓌뤼(Porphyry)는 이 동굴을 하늘과 대지가 만나는 장소로 간주하였다.28) 즉 북쪽의 문을 통해 하늘에서 내려온 영혼들이 이 동굴에 도달하면 그 영혼을 빙빙 둘러싸면서 육신이 직조되며, 그 영혼들이 다시 천상의 집으로 돌아가려면 그 육신을 벗어버리고 남쪽의 문을 통해 길을 떠난다고 되어 있다. 요컨대 그 동굴은 영(靈)과 물질이 상호 침투하는 세계의 배꼽으로, 이런 이미지들은 자기를 다루는 현상학에 자주 등장한다. 그렇다면 오디세우스가 최후로 도착한 동굴은 하늘과 대지 사이의 건널목에 다름 아니다. 이것이 오래 전부터 사용된 투사 이미지라는 점을 고려할 때, 오디세우스가 고향인 이타카에 도착할 때조차 초월적 영역과 개인적 영역 사이의 경계선이 되는 지점에 상륙했다는 사실은 매우 중요한 의미를 포함하고 있음이 분명하다. 심리학적으로 오디세우스가 도착한 동굴은 객관 심리와 개인 심리 사이의 경계선을 의미한다. 오디세우스의 귀향은 궁극적으로 페넬로페와의 재회로 마무리된다. 오디세우스와 오래 헤어졌던 그의 아내 페넬로페와의 결합이라는 그 최종 이미지가 상징하는 바는 대립물들의 융합일 것이다.

---

29) Ibid., XIII, lines 96-112.
28) Porphyry, *On the Cave of the Nymphs*. trans. Robert Lamberton (Barrytown, N. Y.: Station Hill, 1983), parts 20 and 23.

제8장
비극적 드라마, 오이디푸스

그리스인들의 마음에 중요하게 와 닿았던 몇몇 신화들은 종교제의로 행해지다가 나중에는 드라마로 공연되었다. 비극이라는 드라마 양식은 디오니소스 신을 경배하는 제사의식에서 기원된 듯하다. 요컨대 디오니소스 신화를 단순한 내용의 행동으로 꾸며서 행했던 제의 양식이 드라마를 출현시켰던 것으로 생각된다. 드라마를 구경하는 동안에 관객들은 무대 위에서 재현되는 신화적 사건들과 일체감을 느낌으로써 일시적으로나마 리얼리티의 원형적 차원에 참여할 수 있게 된다. 심리 치료적 관점에서 원형적 차원과의 대면이 치료와 변화의 효과를 가져다 준다는 것을 경험적으로 알 수 있는데, 이런 점에서 드라마는 꿈과 일치하는 바가 많다. 왜냐하면 원형적 차원이 집단 심리에 기여하는 바는 꿈이 개

인에게 기여하는 바와 그 목적이 동일하기 때문이다. 아리스토텔레스는 비극 참관의 효과를 공포와 연민의 감정을 쏟아낼 기회를 가짐으로써 카타르시스를 얻는 것이라고 설명하였다.[1] 뭔가에 홀린 사람이 광적인 음악을 연주함으로써 침착해지는 것처럼 지나친 슬픔에 빠져 있거나 불안한 사람들은 자신이 사로잡혀 있는 정서들이 구체적인 행동으로 표현되는 것을 지켜봄으로써 안도감을 느끼게 된다. 이러한 의미에서 드라마는 내면의 정서를 객관화시킨 이미지를 제공하는 거울 기능을 가진다.

현대 심리학은 우리가 이해하고 있는 비극의 의미에 또 하나의 차원을 배가시킬 수 있다. 개체화란 부분적으로 비극적 과정일 수 있기 때문에 비극적 영웅은 개체화를 경험하는 자아를 대변한다. 개체화는 자아가 점진적으로 심리의 중심인 자기를 인식하고 그것과 관계를 맺어 가는 과정이라고 정의할 수 있지만, 융이 지적한 것처럼 "자기의 체험은 항상 자아의 입장에서는 일종의 패배"[2]이고 자아 측의 이 패배가 비극으로 경험되는 것이다.

머레이가 고전비극 고유의 기본적 특징들에 대해 귀담아 들을만한 설명들을 제시한 적이 있다.[3] 머레이의 설명에 따르면 그리스 비극은 (디오니소스에 해당되는) 지신(地神)의 죽음과 부활을 제의적으로 집행한 데서 유래되었다. 머레이는 그 지신 제의는 네 가지의 주요한 특징들로 이루어져 있다고 설명한다. 맨 처음 나오는 것은 갈등(agon) 또는 시험(test)이라고 하는데, 지신을 대변하는 주동인물이 어둠이나 혹은 악의 세력과 갈등 상태에 빠져 있는 상황을 발견하는 대목이다. 그 다

---

1) Aristotle, *Poetics*, trans. W. Hamilton Fyfe (Cambridge, Mass.: Harvard Univ. Press; London: William Heinemann, 1965), 6.3.
2) Jung, *Mysterium Coniunctionis*, CW14 (1965, 1970), par. 778.
3) Gilbert Murray, "Excursus in the Ritual Forms Preserved in Greek Tragedy," in Jane Harrison, *Themis* (London: Cambridge Univ. Press, 1927), pp. 341ff.

음으로는 영웅이 고통과 패배를 겪는 파토스(*pathos*) 혹은 격정이 이어지고 그 뒤에는 패배 당한 영웅을 위한 비가(*threnos*) 혹은 비탄이 행해진다. 마지막으로는 신의 현신(*theophany*)이 이루어지는데 여기서 비로소 슬픔은 즐거움으로 그 정서적 역전이 이루어짐으로써 또 다른 차원의 생명의 부활이 제시된다. 이런 순서들은 오시리스와 그리스도에 관련된 제의적 드라마와 상세히 비교될 수 있을 것이다. 오시리스와 그리스도는 모두 지신의 죽음과 부활이라는 특징을 보여준 신들이다. 나중에 나온 그리스 비극에서는 '신의 현신' 부분은 그 힌트만 조금 남아 있을 뿐 전부 사라져버린다. 이를 심리학적 용어로 풀이하자면, 비극적 과정은 자기의 출현이라는 최종 에피파니를 끌어내기 위한 선결 요건으로 자아의 정복 혹은 의식적 의지의 패배를 표현하는 과정이다.

셰익스피어 학자인 브래들리(A. C. Bradley)는 비극적 영웅을 '치명적 결함'이라는 관점에서 설명한 바 있다. 그것은 융 심리학이 열등기능의 문제로 간파한 상태, 즉 인성이라는 원(元)의 한쪽 면이 항상 미발달된 상태로 심층부를 향해 열려져 있는 상태에 상응하는 개념이다. 이런 의미에서 '치명적 결함'은 개인 심리와 관련된 전형적 양상이다. 브래들리는 셰익스피어의 비극적 영웅들은 "한 가지 관심, 대상, 열정, 혹은 마음의 습성을 모든 존재의 것으로 동일시해버리는 치명적 성향"을 가지고 있다고도 말한다.[4] 이런 성향 역시 자아 자체가 자신의 우월기능과 동일시되는 널리 알려진 심리적 상태이다. 자신의 최대 강점과의 동일시 상태는 궁극적으로 최대의 약점으로의 하강을 이끌어내기 마련이다.

브래들리는 비극을 이것과 관련시켜 설명하고 있다. 그가 기술한 바는 아래와 같다.

---

4) A. C. Bradley, *Shakespearean Tragedy* (Greenwich, Conn.: Fawcett Publications/Premier Books, 1965), p. 27.

[셰익스피어 비극의 인간은] 비참하거나 끔찍할 수는 있지만, 그렇다고 왜소하지는 않다. 그의 운명은 가슴을 찢는 것일 수도 있고 불가사의할 수도 있지만, 경멸받을만한 것은 아니다. 가장 확고부동한 냉소주의자들도 셰익스피어의 비극들을 읽는 동안만은 냉소를 멈춘다. 둘째, 이러한 비극적 영웅의 위대함은 (그렇다고 위대함이 반드시 비극적 영웅에게만 한정된 것은 아니지만), 내가 감히 비극적 느낌의 중심부라고 묘사하는 것과 연결되어 있다. 이 중심적 느낌은 다름 아닌 소모의 느낌이다. 어찌 되었건, 셰익스피어에게 비극적인 이야기는 지극한 연민과 공포의 정서가 슬픔과 신비의 심오한 감각과 어우러져 있는, 심지어 그런 감각 안으로 합병되어 있는 것으로 여겨지는데, 그것은 바로 그 소모의 느낌에 기인한다. "인간이란 얼마나 훌륭한 작품인가"라고 소리치는데, 이는 "인간은 우리가 알았던 것보다 훨씬 더 아름다우면서도 또 얼마나 더 끔찍한 존재인가! 만일 그 아름다움과 위대함이 그저 고통스러울 뿐이고 그냥 내버릴 것이라면 인간이 그토록 아름답고 위대한 존재여야 할 이유가 무엇인가?"라는 절규에 다름 아니다. 우리는 전 세계 공통된 한 가지 유형의 미스터리를 마주하고 있는데, 즉 비극의 한계를 훨씬 뛰어넘어 확장되어 가는 비극적 사실을 대면하고 있는 것 같다. 우리는 도처에서, 발 아래에 놓인 부서진 바위에서부터 인간의 영혼에 이르기까지 우리를 놀라게 하고 우리의 외경심을 불러일으키는 힘과 지성, 생명과 영광을 보고 있다. 그리고 도처에서 우리는 그것들이 사그라지고 있음을, 마치 다른 목적을 위해서는 존재할 수 없다는 듯이 서로를 집어삼키면서, 끔찍스러운 고통에 몸부림치면서 서로를 파괴하고 있음을 본다. 비극이 보여주는 억압되고 갈등하며 파괴된 영혼의 위대함이야말로 우리의 시야에 펼쳐진 최상의 존재일 것이므로 비극은 그 자체가 위대한 미스터리의 전형적 형식이다. 비극은 우리에게 미스터리를 제공해 주며, 따라서 우리는 그것을 통해 소모돼버린 것의 가치를 아주 생생하게 깨닫는다.[5]

여기서 브레들리는 지신의 제의 드라마의 네 번째 국면, 즉 '신의 현신'이 비록 드라마 자체 안에는 들어있지 않을지라도 그것이 어떻게 관객의 경험으로 전환될 수 있는가를 상세히 묘사하고 있다. 비극을 구경하면서 관객은 인간의 초인적 가치를 깨닫게 되는데, 이것이 바로 그들이 '신의 현신'을 경험할 수 있는 토대이다.

시험과 패배, 비탄, 그리고 신의 현신이라는 오랜 세월에 걸쳐 확립된 네 단계의 시퀀스는 심리발달의 모든 중요 과정 및 무엇이든 심층적으로 파고드는 심리치유의 전 과정에서도 찾아볼 수 있다. 때로는 주어진 국면 자체가 반복되기도 하는데, 예를 들면 '갈등' 국면이 일단 성공적으로 종결되면 그 과정은 지금까지 짧은 원으로 계속 선회해 왔으므로 앞으로 더 나아가려 하지 않을 것이다. 그러면 만족한 승리자는 자신이 주요 경험을 놓쳤다는 것을 거의 알지 못한 채로 현장을 떠나게 된다. 그러나 그 어느 누구도 영원한 성공을 누리는 사람은 없을 것이고 따라서 조만간 패배가 다가올 것이고, 그러면 그것이 앞으로의 발달을 이끌어내면서 그 시퀀스는 완성될 가능성이 생기게 된다.

소포클레스의 두 개의 오이디푸스 극, 즉 『오이디푸스 왕』(Oedipus the King)과 『콜로노스의 오이디푸스』(Oedipus at Colonus)를 위의 비극적 시퀀스를 보여주는 사례로 검토해 보기로 하자. 이 두 비극은 심층심리학에 특히 중요한 의미를 부여하였다. 프로이트가 어떤 콤플렉스, 즉 오이디푸스 콤플렉스를 부상시키면서 오이디푸스를 주요 원형으로 강조한 이래 그는 최초로 발견된 원형이 되었다. 그 때이래로 오이디푸스만이 아닌 다른 비극적 존재들 역시 심리적 콤플렉스의 뿌리에 존재하고 있음이 밝혀졌고, 그 결과 모든 원형적 이미지들이 개인적 콤플렉스의 모습을 나타낼 수 있는 수단임을 알게 되었다.

---

5) Ibid., p. 29.

『오이디푸스 왕』은 이야기의 중간 부분에서 시작되므로 그 지점까지의 도입부가 필요하다. 오이디푸스는 아버지를 죽이고 친어머니와 결혼할 운명을 타고났다는 신탁이 내려지는 바람에 그는 태어나자마자 버려진다. 그런데 한 양치기가 그의 부모 모르게 어린 오이디푸스를 구하여 코린토스의 왕에게 데려갔고, 코린토스의 왕은 그를 자신의 양자로 삼아 왕궁에서 기른다. 막이 열리기 15년 전 어느 날 오이디푸스는 우연히 자신이 아버지를 살해하고 어머니와 결혼할 운명이라는 델피의 신탁을 듣게 된다. 코린토스의 왕과 왕비를 친부모로 믿고 있었던 오이디푸스는 두 번 다시 코린토스로 돌아오지 않겠다는 결심을 하고 방랑의 길을 떠난다. 오이디푸스는 최종적으로 테베라는 도시에 들린다. 사실 그곳은 오이디푸스의 진짜 아버지와 어머니가 다스리는 곳이었다. 테베를 향해 가던 중 그는 마차를 탄 어떤 노인과 시비를 벌이게 되었고 성질이 난 오이디푸스가 그 노인을 죽이게 된다. 그 후 오이디푸스는 테베에 도착했는데, 그 때 테베에서는 왕인 라이오스가 여행을 떠났다 돌아오지 않자 큰 소동이 벌어져 있었다. 한편 테베의 외곽에 여자 괴물인 스핑크스가 바위에 앉아서는 자신이 낸 수수께끼에 대답을 하지 못할 때마다 시민들을 한 명씩 목 졸라 죽이고 있었다. 오이디푸스가 그 수수께끼를 풀었고, 그러자 바위에 앉아 있던 스핑크스는 스스로 절벽 아래로 몸을 던져 죽어버린다. 시민들은 감사의 마음으로 오이디푸스를 왕으로 추대하였고 그는 미망인이 된 왕녀 이오카스테와 결혼도 하였다. 그 어느 누구도, 특히 오이디푸스는 이오카스테가 자신의 친어머니이며 자신이 죽인 그 노인이 자신의 아버지라는 생각을 추호도 하지 못했지만, 예언은 그렇게 해서 완수되었다. 표면상 번영의 15년이 흘렀으나 그 타락에 신들이 모욕감을 느꼈던 때문인지 테베에 역병이 불어닥쳤다. 사제들과 원로들을 선두로 시민들이 오이디푸스 주변으로 모여들더니 위대한 오이디푸스에게 자신들을 구원해 달라는 탄원을 하기에 이르렀다. 여기가 극의 시작 부분이다.

[사진 22] 스핑크스의 수수께끼를 곰곰 생각하고 있는 청년 오이디푸스
기원전 470년경의 도기의 세부도. 로마의 바티칸 박물관

드라마가 열리면 오이디푸스는 인생의 최고 정점에 서 있다. 그는 지금까지 인생을 잘 대처해 왔고 인생의 문제점들(스핑크스로 대변되는)을 극복해 왔으며 그래서 아무 것도 무서운 것이 없다고 믿는 성공한, 자신에 넘친 자아를 대변한다. 이러한 과도한 자신감에 관하여 융은 아래와 같이 기술한다.

[그러한] 비극적 결과들은 . . . 오이디푸스가 스핑크스로 의인화된 "끔찍한" 혹은 "잡아먹는" 어머니의 무서운 등장에 충분히 겁을 집어먹기만 했어도 쉽게 피할 수가 있었다. 오이디푸스가 전혀 알지 못했던 것은 스핑크스의 수수께끼가 결코 인간의 지혜만으로 간단히 해결될 수 없다는 점이었다. . . . 그처럼 장엄한 요소는 유치한 수수께끼를 푸는 것으로는 처리

될 수 없다. 그 수수께끼는 스핑크스가 경솔한 나그네들을 위해 쳐놓은 일종의 덫이었다. 그런데 남자들이 갖기 쉬운 전형적 태도로 자신의 지성을 과대 평가한 그가 냉큼 그 덫 안으로 걸어 들어간 것이었으니. . .6)

안락함에 빠져 있던 오이디푸스의 환상이 역병의 창궐로 흐트러진다. 오이디푸스가 들은 바는 이렇다.

> . . . 온 도시의 재앙을 보시다시피, 저 폭풍을 보시오.
> 피의 바다에 빠져 있는 이 도시의 뱃머리를 때려대고 있는 폭풍을 말이요.
> 땅에서 나는 곡식들도 병들어버리고, 목장의 소들 사이에도 전염병이 창궐하니,
> 궁은 메말라버릴 것이고, 열매는 저절로 썩고 맙니다.
> 열병의 귀신이 불을 뿜어 장안을 황폐케 하고
> 수많은 사람을 죽게 만들어버리니,
> 카드모스의 집이 온통 텅 빈 폐허가 되어버렸습니다.
> 적막하기 그지없는 밤이 하데스 세계를 메운 탄식과 비가로 넘쳐납니다.7)

성배 이야기의 시작 부분에 곧잘 등장하는 병이 들거나 피폐한 국토라는 테마의 심리적 대응물은 활력과 관심과 삶의 의미를 잃은 우울증의 상태일 것이다. 우울증의 상태는 행동을 요구하는 일종의 신경증적 상황인 바, 따라서 자아인 오이디푸스가 그러한 상태에 대해 뭔가 조치를 취하기 위해 소환된다.

> 그러니 비길 데 없이 위대한 오이디푸스 왕이시여,
> 우리를 위해 치료법을 찾아주시기를 간청하옵니다.

---

6) Jung, *Symbols of Transformation*, CW 5, pars. 264f.
7) Sophocles, *Oedipus the King*, in *The Oedipus Plays of Sophocles*, trans. Paul Roche (New York: Penguin, 1991), lines 20-26.

신의 소리를 들으시건, 사람의 지혜로부터 얻으신 것이건. . . .

우리 도시가 다시 살아나도록 도와주십시오. . . .
왕께서 지금 그러하시듯이
이 나라를 다스리셔야 한다면 사람 없는 황폐한 곳이 아니라
살아있는 사람들의 왕이 되시옵소서.8)

무엇이 잘못되었는지를 알아내기 위해 오이디푸스가 결연히 나선다. 심리학적 관점에서 주의를 필요로 하는 고통스러운 문제, 즉 어떤 증상의 첫 번째 징후가 부상한 것이다. 뭔가 조치를 취하지 않으면 아니 될 상황임을 인식하게 되면 그 사람은 심리치료에 들어설 수가 있다. 극 중의 오이디푸스는 신탁의 자문을 구하기 위해 크레온을 델피의 신탁소로 파견한다. 돌아 온 메시지는 "라이오스를 살해한 자를 찾아 추방하라"는 것이었다. 심리치료의 과정에서 이것은 무의식에 자문을 구하라는 조언, 어쩌면 꿈들을 검토함으로써 무의식의 조언을 받으라는 것과 같은데, 얻어낸 대답은 죄지은 자를 끌어내어 정의를 구현하라는 것이었다. 이를 다른 말로 하자면 인성의 알려지지 않은 어두운 측면인 그림자를 의식화시켜야 한다는 것을 의미한다. 오이디푸스는 쉽게 이 과정에 동의한다. 악은 오이디푸스 스스로가 저지른 것이었음에도 그는 순진하게 아직도 자신을 무죄한 존재로 상상한다.

예언자 테이레시아스가 소환된다. 즉 또 다른 차원의 무의식에 재차 자문을 구한 것이다. 오이디푸스는 자신의 질문들에 대한 대답을 얻어내고자 테이레시아스를 서서히 몰아 부치는데, 그의 유죄를 입증하는 증거가 처음 나타났을 때 오이디푸스는 그것에 대해 도리어 테이레시아스와 크레온를 탓한다. 그림자에 대한 최

---

8) Ibid., lines 37-51.

초의 인식이 그림자의 투사로 나타난 것이다. 그렇지만 투사는 계속 지속될 수 없으며 오이디푸스의 추적에 따라 그의 출신이 차츰 차츰 밝혀진다. 갓난아이였던 오이디푸스를 구해 주었던 양치기를 찾아내 취조하는 과정에서 오이디푸스는 자신이 이오카스테의 아들이라는 사실을 알게 된다. 무서운 진실을 듣게 된 이오카스테가 궁 안으로 사라진다. 최후의 그리고 급작스러운 깨달음이 오이디푸스에게 엄습해 온다. 정체성에 대한 자각이 스스로의 죄책감과 합쳐져서 한꺼번에 오이디푸스에게 몰아 닥치자 그는 이렇게 울부짖는다.

> 아, 이젠 모든 것이 분명해졌구나.
> 오, 한 낮의 빛이여, 꺼져 다오. 더 이상 너를 보고 싶지 않구나.
> 도저히 있어서는 아니 되는 것들에서 출생한 자가 이 몸이라니,
> 결코 해서는 아니 되는 일들과 나 자신이 뒤엉켜 있다니,
> 결코 의도하지 않은 사람들을 죽인 자가 바로 나라니.[9]

궁궐 안으로 달려들어간 오이디푸스는 스스로 목을 맨 이오카스테를 발견하고 그녀의 브로치로 자신의 눈을 찔러 장님이 된다. 오이디푸스와 관련된 극에서 앞을 보지 못하는 맹인의 상태가 상징하는 바는 중요한 역할을 한다. 그 의미는 역설적이다. 오이디푸스가 자신의 본모습을 보게 되는 그 순간에 그는 스스로 장님이 된다. 그보다 앞서서 테이레시아스가 그에게 이렇게 말했었다.

> 말씀하신 대로 저는 눈먼 장님입니다만, 왕께서 그것을 조롱하시다니요!
> 왕께서는 눈을 뜨고 계시지만 앞을 보지 못하고 계십니다, 아주 끔찍하게
> 요.

---

9) Ibid., lines 1188-1191.

자신의 태생을 보지 못하시고 누구와 부부 연을 맺으며 살고 계신지도 보
　지 못하십니다.
그래요, 당신께서 누구의 자손인지 스스로 자문해 보셨습니까?
당신의 집안에 어떤 저주가 잠복해 있는지 결코 짐작도 못하고 계십니다.
당신이 사랑하는 사람을 죽여 매장시켰는지를 짐작도 못하시고,
당신 어머니와 아버지의 저주가 어떻게
양날의 칼날로써 당신을 벌하게 될 것인지,
그리하여 당신에게 채찍을 휘둘러 이 나라 밖으로 몰아낼 것인지를 생각
　못하십니다.
지금 당신께서 그토록 우쭐해 하시는 그 밝은 눈도 캄캄한 밤중이 되어버
　릴 것입니다.10)

물리적인 시력을 가지고 있던 때의 오이디푸스는 심리적 장님이었었다. 그러던 그
가 심리적인 눈을 뜨면서 신체적 장님이 된다. 예언자 테이레시아스가 눈먼 장님
이라는 사실 역시 이러한 역설적 상징 의미를 반영한다. 마치 내적인 시력과 외적
인 시력은 상호 호환의 기능이 있어서 한쪽의 시력이 다른 쪽 시력에 해가 될 수
도 있음을 암시하고 있는 것 같다.

　　오이디푸스의 통찰력의 본질을 생각해보자. 오이디푸스는 말 그대로 자신의
아버지를 살해하고 친어머니와 결혼했음을 발견하게 된 것인데, 어쩌면 이것은 옛
날 사람들이 생각해낼 수 있는 죄들 가운데서 가장 최악의 죄였을 것이다. 심리학
적으로는 죄의 정확한 내용이 그리 중요한 것은 아니다. 죄의 내용은 상황에 따라
달라질 수 있지만 오이디푸스 경험이 대변하는 기본은 항상 동일하다. 오이디푸스
는 한꺼번에 자신의 정체성과 죄를 발견하였고, 그렇게 해서 인간은 비참한 죄인

---

10) Ibid., lines 411-419.

이라는 기독교의 전통적 가르침을 경험한다. 심리학적 관점에서 오이디푸스는 갑작스러운 그림자의 인식에 압도당한 것이며, 오이디푸스가 보인 강렬한 반응은 그가 마주한 그림자가 개인적 그림자가 아닌 원형적 그림자임을 시사한다. 오이디푸스의 자기공포는 자기혐오에 대한 다음과 같은 번연(John Bunyan)의 묘사에서도 찾아볼 수 있다.

> 그렇지만 나의 태생적이고 내적인 타락, 그것은 나의 질병이자 괴로움이었다. . . . 그것으로 인해서 내 눈에 비친 나는 거북이보다 더 혐오스러웠다. 그리고 신의 눈에도 역시 나는 그런 존재로 비쳐질 것이라는 생각이들었다. 나는 샘에서 물이 보글거리며 흘러나오듯이, 본질적인 죄와 타락이 내 심장으로부터 거품을 내며 흘러나온다고 말하곤 했다. . . . 나는 아무하고라도 마음을 바꿀 수가 있었다. 나는 악마 외의 그 어느 누구도 내성적 괴팍함과 타락한 마음에 관한 한, 나와 견줄 자가 없을 것이라고 생각했다. . . . 내게 부담이자 공포의 대상은 바로 나 자신이었다. 인생이지겨우면서도 아직도 죽는 것을 겁내게 하는 것이 무엇인지를 결코 알지못했는데 그것은 지금도 마찬가지이다. 나 자신 말고는 나는 모든 것에정말 만족스러워 하지 않았던가! 인간 외의 모든 것에! 그리고 나 자신 외에는 그 어떤 상황에서도.[11]

번연의 이 글은 오이디푸스가 확실하게 드러난 진실을 대면한 순간 그에게 엄습했었던 느낌을 아주 흡사하게 반영하고 있다. 그것은 극단적인 그림자 인식의 경험이지만, 잠재적으로 그 정반대의 상태를 이끌어낼 수도 있는 경험이다. 엑하르트(Meister Eckhart)가 스스로가 완전히 공허하고 무가치한 존재임을 발견하게 되는

---

11) John Bunyan, *Grace Abounding to the Chief of Sinners* (Oxford: Clarendon Press, 1962), p. 27.

바로 그 순간에 신은 내부로 들어와 충만한 존재로 채워준다고 주장했던 상태가 그것이다. 오이디푸스에게는 아무런 선택권이 없다. 루터(Martin Luther)도 비슷한 생각을 표현한 바 있는데, 그는 아래와 같이 말했었다.

> 신께서는 반대로 작용하신다. 그래서 자신이 길을 잃었다고 느끼는 바로 그 순간 인간은 구원의 지점에 서게 된다. 신께서 어떤 사람을 옹호해 주려고 하는 찰나에 그 사람은 신을 저주한다. 신께서는 살려두시고자 하는 자를 먼저 죽이신다. 신의 총애는 분노의 형태로 전달되므로 그것이 가까이 있을 때 더욱 멀게 있는 듯 보인다. 인간은 먼저 자신의 힘만으로는 치료의 방법이 없음을 절감해야만 한다. 그는 공포로 소진되어야만 한다. 이것이 연옥의 고통인 것을. . . .그렇지만 이런 극심한 혼돈 속에서 구원은 시작된다. 우리가 완전히 길을 잃었다고 믿을 때 빛은 열리게 된다.12)

『오이디푸스 왕』은 오이디푸스의 전면적 패배로 끝난다. 이 작품에는 '신의 현신'이 등장하지 않고, 오이디푸스와 관련된 극의 두 번째 부분인『콜로노스의 오이디푸스』를 위해 보류된다. 그런데 오이디푸스에 관한 이 두 번 째 작품은『파우스트』의 두 번째 부분과 놀라울 정도로 비슷하다. 두 번째 극의 막이 열리면 오래 전 테베에서 추방된 오이디푸스가 딸의 안내를 받으며 떠돌아다니는 중이다. 방랑의 주제는 개체화 과정의 한 단계를 나타내기 위해 사용되는 보편적 주제 중의 하나이다. 카인에게 내려진 저주는 방랑이었다. 전설에 따르면 엘리아와 '방랑하는 유대인'도 모두 메시아가 나타날 때까지 집 없이 떠돌아다닐 것을 요구받았고, 그노시스 사상에서도 인간의 세속적 삶은 모두 천국의 고향에서 추방된 시간

---

12) Martin Luther, quoted in Roland Bainton, *Here I Stand* (New York: Abington-Cokesbury, 1950), pp. 82f.

으로 간주되었다. 심리발달 과정에서 추방과 방랑은 개체화라는 과정에서 반드시 거쳐야 할 중간 단계에 해당한다. 이미 익숙해져 있는 외부의 제약조건들과 스스로의 정체성을 벗어버리기 전까지 우리는 내면의 중심인 자기와 견고한 관계를 맺을 수 없다.

오랜 방랑 끝에 마침내 오이디푸스는 아테네 근교의 신성한 땅에 도착한다. 이제 오이디푸스는 현자인 동시에 그 스스로가 성인, 귀중한 성체가 되어 있다. 테베를 차지하려고 싸우던 오이디푸스의 두 아들이 서로 오이디푸스의 인정을 받으려고 한다. 누구든지 오이디푸스의 인정을 받은 자가 테베를 장악하게 될 것이라는 신탁이 내려졌기 때문이다. 뿐만 아니라 공표된 신탁에 따르면 오이디푸스의 무덤이 있는 땅에 축복이 내려질 것이다. 이제 오이디푸스는 그 스스로가 하나의 성물, 살아 있는 '신의 현신'이다. 맹인이 된 오이디푸스는 자신의 무덤이 지닌 성스러운 힘을 아래와 같은 구절로 묘사한다.

> 아이게우스의 아드님, 잘 들으시오,
> 나는 이제 그대 앞에 이 나라의 영원한 보배를 가르쳐 드리겠습니다.
> 내가 세상을 마감해야 할 장소가 있는데
> 이제 곧 아무 도움 없이 나 혼자서 그 곳으로 인도하겠습니다.
> 그러나 그곳은 아무에게도 말씀해선 아니 됩니다.
> 그것이 어디 숨겨져 있는지도, 어떤 지역에 있는지도.
> 그렇게 하면, 당신은 수천의 방패 못지 않은 방패를 갖게 될 것이며,
> 동맹국의 그 어떤 창칼보다도 영원한 방비를 가질 것입니다.
>
> 그 어떤 말들로도 그 비밀을 드러내지 말 것이며,
> 그곳으로 왕께서도 혼자 가실 것이며, 기억으로만
> 　　그 지점을 표해 놓으소서.

이 세상의 어느 누구에게도,

　내가 그토록 사랑하는 딸들에게마저도

　나는 그것의 발설을 허락 받지 못했나이다.

왕께서도 언제까지나 혼자서 그 비밀을 지키십시오.

그러다가 왕의 삶이 막바지에 도달할 즈음에,

　후계자에게만 그것을 알려주시어

　대대로 그것을 전해 내려가도록 하십시오.

　이렇게 하면, 왕께서는 이 도시를 안전하게 지키게 될 것입니다

　　용의 씨앗들인 테베의 시민들로부터 말이요,

　　아무리 많은 나라가 평화로운 고장을 공격한다 하더라도,

　　아무리 신의 도움을 확실히 받은 (그러나 지독히도 느린 속도로)

　　　나라라 할지라도,

　　신을 섬기지 않는 인간들이 아무리 미쳐 날뛴다 하더라도 말입니

　　다.

아이게우스의 아드님이시여, 당신께선 그런 운명으로부터 멀리 떨어져 있

　으라!

허나, 내가 말해주지 않아도 그대는 이 모든 일을 잘 알고 계십니다.

이제 그곳에 이르렀소. 내 안에서 신이 부르고 있소.[13]

오이디푸스의 삶은 이 두 비극에 드러나 있는 바와 같이 연금술의 과정에도 일치한다. 연금술사들이 작업을 시작할 때 사용하는 '원질료'(*prima materia*)처럼 오이디푸스는 격렬한 시련과 고통에 매어 있다가 마침내 그를 만지는 모든 사람들을 이롭게 해주는 성물 자체로 변형된다. 이것이 첫 번째 극에서의 고통을 보상해주는 '신의 현신'이다.

---

13) Sophocles, *Oedipus at Colonus*, lines 1516-1544.

이 두개의 오이디푸스 극을 합쳐 놓고 보면 그리스 비극의 네 개의 단계들이 명백하게 드러난다. '갈등'은 오이디푸스와 스핑크스의 대면으로 대변되고, 이 뒤에 역병을 초래한 숨겨진 죄를 찾으려는 투쟁이 이어진다. '파토스'는 장님이 되는 대신 획득한 통찰력과 그것으로 인한 자아의 패배를 통해 드러난다. '비애'는 막강했던 오이디푸스가 몰락한 데 대한 코러스의 애도와 오이디푸스의 오랜 방랑을 통해 드러난다. '신의 현신'은 오이디푸스의 무덤이 성소가 되어 영원한 축복의 장소가 되는『콜로노스의 오이디푸스』의 마지막 부분에 나온다. 이 네 개의 단계는 의식이 증대되어 가는 각각의 단계들을 아주 정확하게 표현하고 있다. 그러나 각각의 경우는 모두 자기의 출현에 앞서 자아 측의 고통스러운, 오그라드는 시련이 먼저 나와야 한다. 처음 자아는 자기와 하나인 일체성의 상태로 출발하므로 이런 분리의 시련은 반드시 필요하다. 분리를 강화시켜 주는 비극적 시련에 의해서만 자아의 의존적 상황의 분리를 실현할 수 있기 때문이다.『안티고네』(*Antigone*)의 마지막 구절에 소포클레스는 이런 과정을 아래와 같이 묘사하고 있다.

> 지혜야말로, 으뜸가는 행복.
> 신들을 향한 공경은 굳게 지켜져야 한다.
> 교만한 자들의 큰소리는 언제나 큰 천벌을 받고,
> 늙어서나 지혜를 배우게 된다.[14]

---

14) Sophocles, *Antigone*, lines 1346-1350.

제9장

사원과 신탁

지금까지 보존돼 온 문헌들에 따르면 고대 그리스의 사원과 신탁들은 고대인들의 사고방식에 지대한 역할을 담당하였다. 신탁에 대해 거론할 때면 항상 신탁 중에서 가장 유명한 델피의 신탁소가 떠오른다. 델피는 옴파로스라고 불리는 커다란 돌로 표시된 우주의 중심으로 간주되었는데, 고대인들은 그 중심부로 다가감으로써 질문의 답을 얻을 수 있다고 믿었었다. 신탁소에서 여사제가 조언을 내려주는 것으로 되어 있는데, 알려진 바에 따르면 그 여사제는 대지의 심층부로 내려가 앉아 대지의 틈새에서 흘러나오는 수증기를 마시며 질문을 받았다고 한다. 수증기를 들이마신 여사제는 도랑 안으로 들어가 신탁을 내리거나 질문에 대한 답을 주곤 했는데, 이는 정확히 우리가 무의식에서 나오는 이미지에서 조언을 얻는 것을 비유한다. 델피 신탁소를 방문하려면 긴 순례를 해야 했는데, 때로는 소아시아처럼 아주 먼 고장에서 오는 순례자들도 있었던 만큼 그러한 대장정에는 부수적으로 많은 유입물들이 따라오게 되었음을 시사한다.

분명한 것은 신탁소에서 받은 대답들은 대부분 모호하기 그지없으므로 요즘 우리가 중국의 예언서인『주역』에 조언을 구했을 때와 비슷한 경험을 하게 된다. 요컨대 불분명한 대답 속에 자신의 무의식적 지혜를 투사시켜 뜻풀이를 하게 되는 것이다. 신탁의 모호성을 입증하는 고전적 사례로서 리디아의 왕인 크로에서스(Croesus)가 델피의 신탁에서 받았던 대답을 들 수 있다. 페르시아를 침략하려는 열망을 품고 있던 크로에서스는 그 가능성 여부를 신탁에 물었다. 만일 그가 페르시아를 공격하게 되면 대제국 하나가 무너질 것이라는 신탁이 내린다. 신탁의 그 대답에 고무된 크로에서스는 진군을 시작했지만 결국 무너진 대제국은 크로에서스 자신의 제국으로 판명된다. 이 이야기는 자아가 자신의 편의대로 무의식에 조언을 구했을 때의 위험성을 암시한다.

중요한 두 번째 순례는 아스클레피오스 사원과 연관된 것들이다. 아스클레피오스 사원들 중에서 가장 중요한 두 개의 사원은 코스와 에피다우로스의 섬에 있는 사원들이었다. 아스클레피오스는 아폴로 신과 인간 여인 코로니스의 아들이다. 코로니스가 신성한 연인 아폴론을 배신했음이 발각되어 죽게 되었는데, 그녀가 죽는 순간 아스클레피오스는 구출되어 켄타우로스 케이론에게 양육되었고 케이론의 책임 아래 아스클레피오스는 의술에 관한 모든 지식을 얻게 된다. 헤라클레스의 화살에 상처를 입어 불치의 상처로 고통을 겪었던 케이론은 스스로 고통을 당하고 있음에도 불구하고, 아니 그 자신이 고통을 겪었기 때문에 다른 사람들을 치유할 수 있게 된 상처 입은 치료자를 대변한다. 이러한 역설적 이미지를 표현한 또 다른 신화에서는 아스클레피오스의 치료 능력 혹은 치료의 힘이 아테나 여신으로부터 얻은 것이라고 되어 있다. 그 신화에는 아테나 여신이 아스클레피오스에게 메두사의 피를 주었다고 되어 있다. 그 이야기에 따르면 아테나가 준 피는 두 개의 물병에 담겨 있었는데, 하나는 메두사의 오른 쪽에서 받은 피고 다른 하나는 왼쪽에서 받은 피라고 한다. 첫 번째 병의 피는 강력한 치료의 힘을 가지고 있어서 심지어 죽었던 사람도 일어나게 할 수 있다고 한다. 그러나 왼쪽에서 나온 피는 순식간에 파괴해버리는 피이다. 의사라는 전문직종을 상징하는 카두케우스 지팡이에서 날개 달린 헤르메스 신의 지팡이를 휘감고 있는 두 마리의 뱀 이미지에 그러한 역설적 의미가 흔적으로 남아 있다. 고대의 종교적 믿음에 따르면 이 두 마리의 뱀들은 메두사의 왼쪽에서 짜낸 피와 오른 쪽에서 추출한 피처럼 한 마리는 독을 가지고 있었고 다른 한 마리는 치료의 힘을 가졌다고 되어 있다. 이러한 본질적 개념은 다양한 상징적 이미지들을 통해 표현되지만 그 기본 개념은 동일하다. 즉 무의식은 이중적 특질을 가지고 있다는 것이다. 우리는 그것이 이로운 것일지 아니면 해로운 것일지를 미리 알지 못한다. 왜냐하면 그것은 정황에 따라 달라지며 또 무의식의 힘과 관련을 맺는 자아의 태도에 따라서도 달라지기 때문이다.

아스클레피오스 사원의 치료과정에 대해서는 마이어(C. A. Meier)의 『고대의 인큐베이션과 현대의 심리치료』(*Ancient Incubation and Modern Psychotherapy*)라는 책에 약간의 세부적 내용들이 설명되어 있다.[1] 누군가 병이 들었는데 그 치료법이 금방 나오지 않는다면 아스클레피오스 사원으로의 성지순례가 고려되곤 하였다. (여기서 우리는 다시 그 방문에 반영된 중요성과 그 여행을 하는데 들이는 막대한 노력을 고려해볼 수밖에 없다. 왜냐하면 그러한 것들은 사건의 움직임에 영향을 끼칠 것이 분명하기 때문이다.) 일단 환자가 아스클레피오스 사원에 도착

---

1) C. A. Meier, *Ancient Incubation and Modern Psychotherapy* (Evanston, Ill.: Northwestern Univ. Press, 1967), pp. 53-61.

[사진 23] 아스클레피오스가 병든 환자에게 등장한 모습
—지금은 소실된 봉납 부조. J. 휠락의 복제품

하면 정해진 정화의식과 목욕제의가 시행되곤 하였다. 어떤 자료에 의하면 입문의 식 중의 일부는 제의에 입문한 사람의 도덕적 특성과 관계되는 요구조건들이 포함 돼 있었다고 한다. 일단 이 과정들을 통과하고 나면 환자는 성소에서 잠을 자게 된 다. 거기서 환자는 꿈을 꾸게 될 것인 바, 그 꿈이 환자에게 치료의 힘을 가져 줄 것이라고 한다. 꿈에 아스클레피오스 신이 나타나서 상처를 입거나 아픈 부위를 만지게 되면 그 손길로 그 부위가 치료된다고 흔히들 생각하였다. 이것은 무의식 의 본질과 그것에 자문을 구함으로써 얻어질 수 있는 무의식의 잠재적인 치료의 힘을 믿는 현대적 시류의 전조로 간주될 수 있다. 확실한 것은 그 치유의 꿈을 꾼 환자는·그 꿈과 연결하여 사원의 사제와 상의하도록 되어 있었는데, 이는 오늘날 의 심리치료사와의 치료과정에 대한 예시일 수 있다.

아스클레피오스 신화에 포함된 괄목할 만한 특징은 죽기로 되어 있는 누군가 를 치료하는 것은 치료받은 환자 대신에 치료자 자신의 죽음을 초래한다는 사실이다. 사실 그것은 아스클레피오스 자신의 운명이었다. 아스클레피오스는 치유능력으로 힙폴리튜스를 다시 살려 놓는데 성공하였지만, 그러나 그것은 이미 예정돼 있던 것을 초월하는 일이었고 그래서 신의 서약에 도전했다는 이유로 아스클레피오스 자신이 제우스에게 죽임을 당하였다. 심리학적 이미지로서 이 사건이 얼마나 사실적인가 하는 점을 심장발작 상태에 빠져 거의 죽을 뻔했던 융 자신이 스스로의 경험을 있는 그대로 묘사한 대목에서 확인해 볼 수 있다. 융은 자신의 회고록에서 대지를 떠나 세상 저 높은 곳 위에서 바라 본 그 놀라운 광경들, 그리고 그 때 그 황홀한 모습에 완전히 사로잡혀 있었던 자신의 경험을 이렇게 말한다.

> 아래쪽에서, 그러니까 유럽 방향에서 하나의 이미지가 둥둥 떠다니고 있었다. 그것은 내 주치의 H 박사였다. 아니, 그와 비슷한 사람이라고 말하는 게 더 낫겠다. 그는 황금 사슬로, 혹은 황금빛 월계관으로 모양을 내고 있었다. 나는 즉시 알아보았다. 아하, 이 분이 내 주치의로군, 물론 나를 계속 치료해 주었던 그 양반 말이지. 그런데 지금 그가 코스의 바실레우스(*basileus*)라는 원래의 모습을 하고 오고 있군. [아스클레피오스의 성전이 있는 코스의 왕자. 이는 융의 주치의가 아스클레피오스의 모습으로 다가온다는 의미이다]. 생전의 그는 태초부터 줄곧 존재해 왔었던 원초적 형태의 바실레우스의 모습을 현세적으로 구현한 존재에 다름 아니었다. 그랬던 그가 지금 바로 그 원초적 형태로 등장하고 있는 것이다.
>
> 짐작컨대 나 역시도 원초적 형태 그대로였었다. 비록 그것은 내가 직접 볼 수 없는 것이라서 그저 당연하게 받아들이고 있던 그런 형태 말이다. 그가 내 앞에 서 있는 동안에 우리들 사이에는 말 없는 생각들이 오고 갔었다. H 박사는 내게 어떤 메시지를 전달하려고, 요컨대 내가 저 세상으로 가버리는 것을 반대하는 항의가 있었음을 내게 말해 주기 위해 대지가 보낸 사람이었다. 내게는 대지를 떠날 권리가 없었고 그래서 나는 되

돌아와야만 했었다. 내가 그 메시지를 듣는 바로 그 순간에, 그 비전은 중단되어버렸다.

나는 몹시 실망하였다. 왜냐하면 이제 그 모든 것이 아무 것도 아닌 것처럼 보였기 때문이었다. 낙엽이 떨어지는 그 고통의 과정은 아무런 쓸모가 없었고, 나는 [앞으로 나아가라는] 허락도 얻지 못했다.

. . . 나는 내 주치의에게 격렬한 반발심을 느꼈다. 왜냐하면 그가 나를 다시 삶으로 되돌려 놓았기 때문이었다. 동시에 나는 그가 걱정되기도 했다. "하느님 맙소사! 그의 생명이 위험에 빠졌구나! 그가 내게 원초적 모습을 하고 나타나다니! 누군가 이런 모습으로 다가올 때는 그는 이미 '훨씬 더 위대한 동료들의 그룹'에 소속되게 될 것이므로, 그는 곧 죽게 될 사람임을 뜻한다. 갑자기 H 박사가 내 대신 죽어야 할지도 모른다는 무시무시한 생각이 엄습했다. 나는 그에게 그것을 말해 주려고 갖은 애를 다 썼지만 그는 나를 이해하지 못했다. 그러자 나는 그에게 화가 치밀었다. "어째서 그는 항상 자신이 바실레우스라는 것을 모르는 체 하고 있단 말인가? 아니면 그는 벌써부터 자신의 원초적 모습을 짐작하고 있었던 게 아니었을까? 오히려 그가 나로 하여금 자신이 아무 것도 모르고 있을 것이라고 믿게 만들고 싶었던 걸까? 아내는 내가 그에게 아주 불친절하게 굴었다고 나를 책망했었다. 아내가 옳았지만, 그 때 나는 우리 사이에 흘러갔던 그 모든 일들에 대해 내가 본 바를 기준으로 말하는 것을 그가 고집스럽게 거절한 것 때문에 화가 나 있었던 것이다. "제기랄, 자신의 발밑 정도는 지켜봤어야지. 그토록 무모할 권리가 없었잖아! 나는 그 의사에게 자신을 돌보라고 말하고 싶었어." 나는 그 의사의 생명이 위험에 빠져있음을 분명하게 확신하고 있었다.

실제로 나는 그의 마지막 환자였다. 1944년 4월 4일에 — 나는 아직도 그 정확한 날짜를 기억하고 있다 — 병이 시작된 이래 나는 처음으로 침대 가장자리에 앉아 있을 수 있게 되었다. 그런데 바로 그 날, H 박사가 자리에 눕더니 다시는 그 자리를 떠나지 못하였다.[2]

신화에서 성스럽게 모셔져 왔던 그 이미지들이, 심리적 경험의 어느 차원에서 맞닥뜨리게 되면(물론 이것은 드문 일이긴 하지만), 그것들이 어떤 종류의 객관적 리얼리티를 소유하고 있다는 것이 이런 식으로 증명되기도 한다.

고전시대의 작가들은 델피와 코스, 에피다우로스와 더불어서 트로포니오스 (Trophonius) 신탁으로 유명한 성소에 대해서도 기술하였다. 분명한 것은 트로포니오스 신탁에는 주로 시각적 경험을 추구하는 사람들이 자문을 구했다는 점이다. 그것은 동굴 신탁이었다. 탄원자가 적절한 준비를 갖춘 후에 몸 하나가 겨우 들어갈 정도의 좁은 틈새를 통해 동굴로 내려가 기다리고 있으면 응답이 청각적 반응으로 혹은 시각적 반응으로 오곤 하였다. 다행히 이 신탁에 대한 티마르코스 (Timarchus)의 설명이 남아있다. 트로포니오스 신탁에 자문을 구한 적이 있던 티마르코스가 자신의 경험담을 상세하게 묘사해 놓았던 것이다. 그의 설명은 그동안 문학적인 윤색이 상당히 가해지긴 했어도 적어도 출처 상으로는 그 설명이 실제 경험에서 나온 것이라고 믿을 만한 이유들이 있다. 그 중의 하나가 개인이 대지를 떠나면 하늘을 둥둥 떠다닌다는 설명인데, 이는 융이 거의 죽음 직전까지 갔을 때 보았다고 했던 낯익은 비전과 일치한다. 다음은 이 이야기를 플루타르크가 다시 기술해 놓은 내용이다.

> [티마르코스는 신탁의 관례에 따라 먼저 제례의식을 거행한 다음에 트로니우스의 지하토굴로 내려간다. 그가 이틀 밤 하루 낮을 토굴에 머물러 있는 동안 대부분의 사람들은 희망을 포기해 버렸다. 아침이 되어 그가 빛나는 표정으로 올라왔을 때 그의 가족들은 그의 죽음을 애도하고 있었다. . . . [그는] 우리에게 보고 들었던 많은 경이로운 것들에 관해 말하기 시작하였다.

---

2) Jung, MDR, pp. 292f.

그렇지만 티마르코스가 묘사한 비전은 우주의 구조에 대한 계시나 혹은 사후세계를 드러내기보다는 심리적 구조에 대한 계시로 이해될 수 있다. 이런 자료들을 심리학적으로 접근해 봄으로써 우리는 평범한 방식으로는 보이지 않는 심리 자체에 대한 관점을 얻을 수 있다.

그는 신탁을 받는 지하토굴로 내려가자마자 가장 먼저 경험한 것은 깊은 어둠의 경험이었다고 말했다. 그 다음 그는 기도를 드린 후 상당히 긴 시간을 누워 있었는데, 그는 자신이 깨어 있었는지 꿈을 꾸고 있었는지조차 분명하게 인식하고 있지 않았다고 한다. 그렇지만 그에게 그 경험은 꽝하는 소리와 함께 뭔가에 머리를 얻어맞은 느낌이었으며, 두뇌 양측을 잇는 봉합선이 뜯겨져서 거기에서 영혼이 쏟아져 나가는 것만 같았다. 그 깊은 어둠이 서서히 물러나면서 반투명의 순수한 공기와 유쾌하게 뒤섞이는 동안, 오랫동안 옥죄어 있던 것이 비로소 다시 풀어져나가고 있음을 처음으로 느꼈고, 그러자 마치 항해라도 하고 있는 것처럼 널리 퍼져나가면서 전보다도 훨씬 더 넓어져가고 있는 느낌이었다. 그 다음에는 유쾌한 소리를 내면서 머리 위를 빙빙 돌고 있는 무언가의 소용돌이에 사로잡혀 있음을 희미하게 느끼고 있었다. [이는 융이 체험했던 것과 같은 종류의 경험이다]. 두 눈을 들어 올렸지만 대지의 어느 곳도 보이지 않았다. 그러다가 하나 씩 부드러운 불을 밝히는 섬들을 보았는데, 그 섬들은 한 순간은 이 색깔이었다가 다음 순간에는 다른 색깔이 되는, 마치 염색이라도 하듯이 그 빛은 가지가지의 색깔로 계속 달라졌다. 그것들은 셀 수 없이 많고 크기는 거대해 보였으며 모두 일정하지는 않았지만 하나같이 둥그스레하였다. 그는 원을 그리며 도는 그것들의 움직임이 아에테르 안에서 음악적 소용돌이를 만들어낸 것이라고 상상하였다. 왜냐하면 하나하나 분리된 소리들이 모여 만들어내는 그 부드러운 하모니가 그것들의 일정한 움직임과 딱 들어맞았기 때문이었다.

위의 비전 가운데 주목할만한 가치가 있는 요소는 나선형의 섬에서 경험한 많은 색깔들의 무지개 빛 향연이다. 연금술 상징에도 자주 등장하는 낯익은 이미지인 그것은 공작새 꼬리와 그 움직임이 만들어내는 다양한 색깔들처럼 자기 즉 심리적 전체성의 출현을 나타낸다. 음악적인 소용돌이는 고대 사상 고유한 특징적 요소인 구체의 음악을 가리키며, 그 비전 또한 구체의 움직임 요컨대 원으로 된 길을 따라 회전하는 떠 있는 섬들의 동선(動線)을 강조하고 있다. 이렇듯 우리는 반복되는 원과 회전의 이미지를 접하는데, 융은 이 원과 회전의 이미지를 전체성을 상징하는 양상들로 간주하여 왔다. 이 구체의 섬들은 원의 모양 그대로 도는 것이 아니라 나선형의 움직임으로 돈다. 나선형이란 원과 선이라는 두 개의 다른 움직임이 결합되어진 것이며, 따라서 그것이야말로 성장을 나타내는 고유의 이미지이다. 왜냐하면 성장은 심리의 중심을 돌고 돌면서 앞으로 나아가는 동시에 종착점을 향한 성장의 길을 따라가는 것이기 때문이다.

티마르코스는 마지막까지도 어떤 목소리와 대화를 계속하고 있었다. 그 목소리는 티마르코스에게 사건의 전모를 설명해 주기를 원하느냐고 묻는다. 그러자 티마르코스는 대뜸 대답한다. "그래요, 전부 다요!" 그 목소리는 이렇게 말한다.

> 탄생의 전환점은 달에 있다. 다른 섬들은 모두 신들에게 속해 있지만 달은 지상의 악마들에게 속해 있는 것으로 그 위쪽으로 조금만 지나면 스틱스 강을 피해 갈 수가 있다. [그런데 때로 대지와 스틱스 강이 달을 붙잡기도 하는데, 그 순간에 일어난 사건이 바로 그것이다] 스틱스 강이 달을 잡아 끌어들이면 영혼들은 산산이 부서져 나가떨어지고 그러면 그들은 공포에 질려 울부짖으며 하데스로 끌려가 버린다. 한편 적절한 순간에 태어나기를 포기해버린 다른 영혼들은 아래로부터 헤엄쳐 올라와 달에게 구조되니. . . .[3]

여기서 우리는 천상의 영역으로부터 아래로 하강한 영혼들이 달을 지나쳐서 대지 위에 태어난다는 것, 그리고 지상의 거주지를 떠나 천상으로 되돌아가는 영혼들 역시 달을 지나가게 된다는 점을 알게 되었다. 달은 말하자면 하늘과 대지 사이의 통로인 것이다. 융은 이를 『융합의 신비제의』(*Mysterium Coniunctionis*)에서 다음과 같이 논한 바 있다.

> 고대의 관점에 따르면, 달은 아에테르의 영원불멸한 사물들과 달 아래에 존재하는 속세의 덧없는 현상 사이의 경계선에 위치해 있다. 맥크로비우스(Macrobius) [고대의 작가]는 이렇게 말한다. "사그라져 가는 자의 영역은 달에서 시작되어 달 아래를 향해 간다. 이 영역 안으로 들어온 영혼들은 날짜라는 숫자와 시간에 종속되기 시작한다. . . . 의심할 바 없이 달은 필멸적 육신들을 창작해 내고 고안해 내는 당사자이다."[4]

그리하여 달은 자아와 초개인적 측면 사이의 어떤 원리를 대변한다는 개념이 세워진다. 요컨대 달은 그 둘 사이의 출입문이자 건널목인 것이다. 위의 구절은 융이 좀 더 정확하게 형식화시켰던 것, 즉 적어도 남성들의 심리에서 무의식에 이르는 출입문은 아니라고 말했던 것을 상징적으로 기술해 놓은 것이다. 달이 의미하는 여성원리와 구현의 힘을 통해 달은 사물을 의식적 깨달음으로 끌어들였다가는 다시 그것을 의식적 깨달음으로부터 물러나게 한다. 티마르코스는 계속해서 자신은 달에서부터 왔다 갔다 하는 이런 영혼들을 보지 못한다고 말한다. 그는 이렇게 말한다.

---

3) Plutarch, "De genio Socratis," *Moralia* VII, trans. P. H. De Lacy and B. Einarson (Cambridge, Mass.: Harvard Univ. Press/Loeb Classical Library, 1968), 591B.

4) Jung, *Mysterium Coniunctionis*, CW 14, par. 173.

[네가 보는 모든 것들은] 심연의 근처에서 떨고 있는 많은 별들과, 그 안으로 가라앉고 있는 다른 것들, 그리고 아래에서 솟구쳐 오르는 또 다른 것들이다. 그 존재가 대답하기를, "그러니까 그것도 모른 채로, 너는 다이몬들*을 보는구나. 모든 영혼은 납득할만한 것들이지, 불합리하거나 비지성적인 영혼은 없다. 그러나 육신과 격정들이 뒤섞여 영혼의 일부가 변질되면서 그 영혼이 겪는 쾌락과 고통으로 인해 불합리한 영혼이 되기도 한다. 모든 영혼이 동일한 정도로 뒤섞이는 것이 아니고, 일부는 완전히 육신 속으로 가라앉고. . . 다른 것들은 부분적으로는 뒤섞이지만, 그 속의 가장 순수한 것은 바깥에 남게 된다. . . ." 이렇게 해서 티마르코스는 [그가 말하기를], "명백하게 사그라져 가는 별들 속에서, 그대는 육신 속으로 완전히 가라앉는 영혼들을 보고 있음을 알아야 한다. 다시 빛을 발하는 별들, 말하자면 아래로부터 다시 나오는 별들에서는 죽은 후 육신으로부터 다시 떠올라 오는 영혼들, 마치 우리가 몸을 흔들어 진흙을 떨어내 버리기라도 하듯이 희미함과 어둠을 떼버리기 위해 흔들어대고 있는 영혼을 보고 있음을 알아야 한다. 높은 곳 주변을 움직이는 별들은 이런 이해력을 가진 인간들의 다이몬들이다."5)

하늘에서 물질의 어둠 속으로 가라앉았다가 거기로부터 다시 나타나는 이런 별들의 이미지를 우리는 하늘로부터 물질의 어둠 속으로 떨어지는 빛 혹은 불과 같은 다른 개념들을 통해서도 만난다. 예를 들면 그노시스 사상에서 그것은 소피아로 등장한다. 그노시스 사상의 소피아는 어두운 물질의 품에 떨어져 있는 상황으로부터 구원되어야 할 빛을 대변한다. 아니면 근자에 나온 『이삭 루리아의 카발라』(Cabbalah of Issac Luria)에 나오는 태초의 빛의 이미지를 들 수 있다. 그 태초

---

* Daemon의 고대 의미는, 나중에 demon이라는 단어에 붙게 된 부정적 측면을 가리키는 것이 아니라 사람의 영적 본질을 가리키는 것이었다.
5) Plutarch, "De genio Socratis," 591.

의 빛은 항아리 속으로 부어넣어졌다가 그 항아리가 깨어져 어둠 속으로 쏟아져 나온, 그리하여 오늘날의 우리가 다시 쓸어 담아야만 하는 빛으로 설명된다. 그 빛을 다른 말로 설명하자면, 그것은 일시적으로 무의식 속에서 실종되었거나 감추어져 있는, 그래서 다시 복원되고 모아지기를 기다리는 의식의 이미지이다. 다시 모여져서 하나의 커다란 물방울로 되돌아가는 메르쿠리우스의 작은 물방울과 아주 흡사한 그것은 연금술사들을 대단히 매혹시켰던 이미지이다.

제10장
디오니소스

디오니소스 이야기의 초반부는 디오니소스 신이 이 세
상으로 태어나기까지의 시련과 관련된 놀라운 이야기들로 가득 차 있다. 제우스와
인간 여성인 세멜레의 결합으로 잉태된 디오니소스는 태어나기도 전에 여신 헤라
의 질투의 제물이 된다. 자신의 충고가 어떤 결과를 가져올 것인지를 잘 알고 있었
던 여신 헤라는 이미 임신 6개월이었던 세멜레를 부추겨 미스테리 그 자체인 연인
의 진짜 모습을 자신에게 보여달라고 조르도록 만든다. 세멜레가 하도 조르는 통
에 하는 수없이 완전무장을 한 모습으로 나타난 제우스의 진짜 모습을 보고 그녀
는 그 자리에서 타 죽고 만다. "살아있는 신의 두 손안에 떨어짐은 끔찍한 일이니
라."[1] 제우스는 세멜레의 몸에서 미처 태어나지 않은 아이를 끄집어내어 자신의

허벅지 속에 감춘다. 그렇게 해서 디오니소스는 제우스의 허벅지에서 나머지 세 달을 보내게 된다. 디오니소스는 뿔이 난 아이의 모습으로 뱀왕관을 쓰고 태어나는데, 태어난 직후 그는 또다시 헤라의 계략으로 거신족들에게 조각조각 사지를 절단 당한다. 이때부터 디오니소스는 보통 "사지가 절단되었다"는 의미의 자그레우스라는 이름으로도 불리게 되었다. 디오니소스의 사지를 절단한 후에 거신족들은 디오니소스의 심장을 제외한 나머지 육신을 먹어버렸고, 잿더미에서 끄집어낸 디오니소스의 심장은 재조립되었다. 그렇게 하여 디오니소스는 다시 태어난 신이 되었다. 최종적으로 페르세포네에게 위탁되어 철저한 보호를 받으며 자란 디오니소스는 항상 자신을 보호해 주는 여자들과 요정들을 동반하고 다니면서 다양한 환경에서 자라게 되었다. 성인이 된 디오니소스는 약간 여성적인 외모를 가진 신으로 묘사되었으며 언제나 자신을 숭배하는 메이나드(Maenads)라는 여자들의 무리를 거느리고 다닌다고 되어 있다.

일종의 방랑 신인 디오니소스는 메이나드를 이끌고 세계 곳곳을 돌아다니면서 자신의 종교제의를 세우고 포도와 포도주 문화를 전파시킨 신이었다. 그는 표범 가죽으로 된 망토를 걸치고 '튀르서스'(thyrsus)라는 아이비 넝쿨이 감겨 올라간 지팡이 혹은 지휘봉을 들고 다니는 아름다운 청년으로 묘사된다. 디오니소스의 숭배제의는 숲 속, 즉 문명화되지 않은 자연 속에서 거행된다. 디오니소스는 흔히 황소와 뱀 등 야생동물들과 연결되는데 이런 야생의 동물들은 그의 야생성과 힘을 가리키는 동시에 그가 문명적 질서의 경계선 밖에 위치한 신임을 암시하는 심상들이다. 디오니소스는 전혀 예기치 않은 새로운 곳에 나타나 흥분과 기쁨, 나아가서는 공포를 몰고 옴으로써 기존의 것들을 전복시켜 버리기 때문에 "도래하는 신"으

---

1) Heb. 10:31 (AV)

[사진 24] 아이비 넝쿨과 동물의 뿔로 만들어진 호롱을 든 디오니소스
―기원전 500년경의 아티카 도기의 세부도. 허미티지 박물관 소장

로도 일컬어진다.

고전 가운데 디오니소스에 관해 설명해 놓은 대목들은 에우리피데스의『바쿠스의 여인들』(*The Bacchae*)에서 찾아볼 수 있다. 이 비극에서 디오니소스는 테베에 나타나 그 때까지 존재했던 현상들을 자신이 가져온 것들로 파괴시켜버린다. 테베의 왕 펜테우스는 디오니소스와 그의 추종자들이 숲에서 벌이는 광란의 주연 현장을 목격한다. 테베의 토박이 시민들 특히 테베의 여자들이 그 광란의 주연에 가담하고 있음을 알게 된 왕은 격분하여 왕궁으로 돌아와 주연의 참가자들을 모두 가두고 디오니소스를 처벌하라는 포고문을 발표한다. 디오니소스의 야생성 앞에서 경직된 권위나 권력의 원칙이 양심으로 굳어져버린 것이다. 디오니소스가 팬테우스 앞에 모습을 드러내자 왕은 이 야생의 신을 투옥시키는 것으로 그를 대적하려 한다. 그렇지만 왕이 디오니소스를 밧줄로 묶어 마구간에 감금시켰지만 나중에 그

자리에서 발견된 것은 한 마리의 황소 뿐이었고, 디오니소스는 팬테우스의 손가락 사이를 빠져나가 버린다. 팬테우스는 이리 나타났다 저리 사라졌다 하는 디오니소스 신의 영향으로 점차 미치광이로 변해간다. 그러다 끝내는 숲에서 벌어지는 바쿠스의 숭배자들을 몰래 엿보다가 발각되어 광기 상태에 있던 추종자들의 무리에 의해 사지가 갈기갈기 찢겨져나간다. 팬테우스의 사지를 절단한 추종자 무리들 중에는 그의 어머니도 들어 있었다. 테베의 두 명의 노현자인 눈 먼 예언자 테이레시아스와 선왕 캐드모스는 자신들은 나이를 먹을 만큼 먹었으므로 숲에서 벌어지는 주연에 참가하기로 결정한다. 그들은 둘 다 디오니소스에게 경외감을 표해야 한다는 것, 그리고 디오니소스가 있어야 활기를 느낄 수 있다는 점을 알고 있었던 것이다. 테이레시아스는 이렇게 말한다.

> . . . 이 신은 예언의 신이지요, 바쿠스적 무아경과
> 광기는 강한 예언의 요소를 지니고 있지요.
> 어찌해 볼 겨를도 없이 인간의 육신 속으로 이 신이 들어차면
> 그는 신에 홀린 자들에게 미래를 예언하는 힘을 부여해 준다.[2]

그 두 노인은 디오니소스 주연으로부터 안전하게 돌아올 수 있었지만 그를 경배하기를 거절했던 왕은 그러지 못했다. 그렇지만 그들은 디오니소스를 상대적으로만 인정할 뿐 자신의 존엄성을 걸면서까지 디오니소스 신에게 사로잡힐 필요는 없었던 사람들이다.

디오니소스가 이끌어내는 것은 야성적이고 자발적이며 영감에 찬 행동들이다. 아폴로가 표준과 중용을 의미한다면 디오니소스는 한계의 초월과 그것의 가치

---

2) Euripides, *The Bacchae*, in *The Bacchae and Other Plays*, trans. Philip Vellacott (New York: Penguin Books, 1973), lines 298-301.

및 중요성을 상징한다. 한 쪽에 황홀경이 있다면 그 다른 쪽에는 공포가 존재하고, 그 둘로 인해서 온전한 내면의 변화가 가능해진다. 디오니소스는 환희, 지금까지 가두어져 있던 모든 것의 해방, 삶의 불꽃 등과 연결되지만 동시에 그것은 박해와 고통, 죽음, 광기 등과도 연결돼 있다. 그는 또 지하세계의 여왕 페르세포네하고도 관련된다. 디오니소스는 갑작스러운 섬광인 에피파니를 통해 지혜를 가져다주고 갑작스러운 진실에 대한 깨달음을 가져다 준다. 그렇지만 갑작스러운 깨달음은 자칫 광기로 이어질 수도 있다. 디오니소스가 존재하는 곳에서는 사물들이 변한다.

디오니소스 제의에서 실제로 실행되었던 것이 무엇이었는가에 대해 전부 다 알려져 있지는 않지만 해리슨(Jane Harrison)의 『그리스 종교 연구에 대한 서언』 (*Prolegomena to the Study of Greek Religion*)에서 약간의 정보를 얻을 수 있다. 이를테면 해리슨은 '오모파기아'(*omophagia*)라는 날고기 식음제를 설명하면서, 에우리피데스의 소실된 극의 일부에 그 제의에 관해 아래와 같은 내용으로 기술돼 있음을 지적해 주었다.

> 한 밤중 자그레우스가 헤맨 곳을 나는 헤맨다.
> 난 그의 우뢰와 같은 울음을 견뎌 왔다.
> 붉은 피가 흐르는 그의 연회를 충만케 하고,
> 위대한 대지 어머니의 산을 불꽃으로 감싸는,
> 나는 해방된 세트이며 사슬로 무장한 사제들의
> 바커스로 불리노라.[3]

알렉산드리아의 클레멘트도 이 날고기 제의에 대해 언급한 적이 있다. 그는 이렇

---

[3] Euripides, quoted in Jane Harrison, *Prolegomena to the Study of Greek Religion* (New York: Meridian Books, 1957), p. 479.

게 말한다.

> 바코이는 광기의 디오니소스를 숭배하는 광란의 주연을 거행했던 바, 그
> 들은 날고기 식음제로 신의 광기를 찬양하였다. 바코이 제의의 마지막 행
> 사는 도살한 제물의 고기를 분배하는 것이었는데, 바코이들은 뱀들로 만
> 들어진 왕관을 머리에 쓰고서 에바라는 이름을 부르며 비명을 질러댔으
> 며. . . 그래서 광적인 바코이 주연의 상징물은 봉헌된 뱀이다.[4]

디오니소스 제의의 집행과정에서는 일반적으로 아기 디오니소스의 사지절단을 대
신하기 위해서 디오니소스를 대변하는 황소나 염소의 사지가 절단되었고, 그 다음
에는 피가 뚝뚝 흐르는 날고기를 행사에 참가한 모두에게 분배하여 식음케 하였
다. 날고기의 식음자들이 (디오니소스를 먹었던) 거신족 역할을 대신했던 것이다.

제우스가 디오니소스의 사지를 절단한 거신족들에게 벼락을 내리쳤고, 벼락
을 맞은 거신족들은 한 주먹의 잿더미로 사그라져 버렸다. 그렇지만 그 거신족들
은 신 디오니소스의 육신을 먹은 까닭에 그들이 탄 잿더미 속에는 디오니소스의
생명의 기운이 흩어진 채로 들어 있었다. 나중에 그 거신족들의 재를 사용하여 인
간 종족들을 만들었는데, 따라서 거신족들의 재로 만들어진 인간들에게는 거신족
들이 먹은 디오니소스의 육신에 들어 있던 신의 생명력을 물려받게 되었다. 이것
이 오모파기아라는 날고기 식음제의를 통해 집행된 신화적 이야기이다.

그렇다면 이런 제의가 심리학적으로 대변하는 것은 무엇인가? 다양한 사회
에서 우리가 만날 수 있는 토템 식사를 반영하는 그것은 비록 다듬어지지 않은 형
태이긴 하지만 기독교의 성찬식과도 놀라울 만큼 닮아 있다. 만일 디오니소스 원
리를 원초적인 역동성으로 간주할 수 있다면, 사지절단의 경험은 심리의 혹은 영

---

4) Clement of Alexandria, quoted in Harrison, *Prolegomena*, p. 483.

적인 근본 에너지를 자발적으로 근절시켜 새로 출현할 의식적 자아를 위해 유용 가능한 것이 되도록 만드는 것에 해당한다. 사지절단의 이미지에는 이처럼 미묘하고 심오한 사상이 내포되어 있다.

디오니소스의 사지절단은 신플라톤주의자들의 신학적 사색의 주제이기도 하였다. 신플라톤주의자들 중에서도 몇 안 되는 다산의 작가로 알려진 프로클러스(Proclus)는 아기 디오니소스가 거신족들에게 붙잡혀서 사지절단을 당하던 당시 거울을 가지고 놀았던 사실의 상징적 의미에 대해 말한 바 있다. 프로클러스는 이것을 천상의 디오니소스가 물질의 거울에 비친 자신의 이미지를 발견하고 그 이미지를 향해 욕망을 품고 나아가다가 육화(肉化)되어 물질에 감금되었음을 암시하는 것으로 간주하였다.5) 그리하여 디오니소스는 제각기 떨어진 조각이나 인성들로 이루어진 영혼, 즉 분리 가능한 영혼의 소유자가 되었고 그로 인해서 거신족들의 사지절단의 대상이 된다. 여기서 우리는 인간의 사상이 시작된 이래 줄곧 철학자들이 몰입해 온 복잡한 문제와 대면하게 된다. 통일성 대 다양성의 문제가 바로 그것이다. 프로클러스가 표명한 개념에 따르면, 본래 통일체였던 디오니소스가 물질의 거울을 통해 자신의 이미지를 보고는 육화되고 싶은 욕망, 그러니까 시간과 공간에 속한 진짜 실존적 존재로 태어나고 싶은 욕망에 끌려서 자발적으로 스스로를 다중성에 내맡긴 것이다. 그리하여 디오니소스는 시간과 공간 속에서 구체적인 조각들로 나뉘게 되었으며, 심리학적으로 이것은 하나의 자아가 되어가고 있음을 의미한다. 자아다움(egohood)이 생겨나면서 우리는 구체적 리얼리티에 주의를 기울이게 되고, 구체적 리얼리티는 통일체가 아닌 다양성이므로 우리도 다양성에 다름 아니다. 그것으로 인해 생겨나는 상충적 요건들이 우리를 각기 다른 방향으로 찢

---

5) Proclus, *Timaeus 3*, quoted in G. R. S. Mead, *Orpheus* (London: John Warkins, 1965), pp. 160ff.

어놓는다. 육신으로 사는 삶은 다중적이지만 단일성은 초월적 영역에 속한다.

셸리의 유명한 시구들에서도 동일한 문제가 암시된다. 아래는 셸리의 시 「아도니스」("Adonis")에서 따온 구절이다.

> 그 하나만이 남고, 많은 것은 변하고 지나가는 것이니,
> 천국의 빛은 영원히 빛나고, 대지의 그림자들은 날아다닌다.
> 형형색색의 유리로 된 둥근 천장과도 같이, 삶은
> 영원성의 하얀 광선으로 물들어 있나니. . .6)

한마디로 디오니소스는 영원한 하얀 통일체로 남아 있기보다는 구체적인 빛과 실존하는 구체적 색깔들을 만들어내기 위해 자발적으로 사지절단과 분절, 그리고 굴절을 감수한 영원성의 하얀 광선이라고 말할 수 있다.

날고기 연회제의는 영성체 상징과도 밀접한 연관성을 가진다. 미사가 재현하고 있는 것처럼 그리스도는 제물이 되어 사지절단을 당하여 신도들을 위한 음식이 된다. 마찬가지로 동물로 가장한 디오니소스는 미사보다 좀 더 원시적인 형태이긴 하지만 그의 제의에서 동일한 역할을 맡는다. 디오니소스는 육화와 사지절단의 고통을 겪는데, 미사에서 그리스도의 육신으로 일컬어지는 빵을 자르는 상징적 사지절단은 바로 그리스도의 십자가 처형과 최후의 만찬에서의 고통을 표현한다. 왓츠(Alan Watts)가 『신화와 기독교 제의』(Myth and the Ritual in Christianity)에서 십자가 처형을 재연한다고 설명했던 중세의 통나무 자르기 행사에서는 절단된 팔과 다리들을 십자가에 걸어 놓았다고 한다. 이는 십자가 처형과 사지절단이라는 두 이미지가 동등한 의미로 다루어질 수 있음을 암시한다.7) 신성성 혹은 원형 심

---

6) Percy Bysshe Shelley, "Adonais," lines 450-463.

리는 생명을 증진시키기 위해 스스로 의식으로 나타나 분절을 견디는 것 같다. 어떤 젊은 청년의 아래와 같은 꿈은 바로 그 점을 암시하고 있다.

> 꿈속에서 나는 한 무리의 사제들을 거느리고 버스를 타고 여행을 다니던 현대의 그리스도를 보았다. 그 순간 나는 위험을 감지했다. 그 남자는 배신을 당할 것이다. 순식간에 일이 벌어졌는데 버스가 난폭하게 요동쳤다. 그 사람이 위로 솟아올랐다가 가라앉았다. 그들은 그 남자의 손과 발을 하나씩 밧줄로 묶었고 그를 사방에서 단단하게 잡아당기더니 독수리 자세로 펼쳐놓았다. 나는 그들이 그를 그런 식으로 죽일 것이라는 것을 알고 있었다. [4등분해서 사지를 절단하려는 것이었다.] 그런데 좀 더 가까이 가서 그를 보았을 때, 그는 손이 묶인 것이 아니라 손으로 밧줄에 매어 있는 나무 막대를 쥐고 있는 것이 아닌가. 그는 자신의 죽음에 자진해서 협조를 하고 있었던 것이다. 꿈이 끝날 무렵, 사방에서 그 남자를 끌어당기는 힘이 나오는 자석 이미지가 나왔다. 그것은 네 개의 기둥 사이에 자석의 힘이 나오는 판이 붙은 십자가 모양이었다.

이것은 사지절단에 관한 꿈으로, 종교제의와 연계된 꿈이기 때문에 신성할 뿐만 아니라 분명 심오한 과정이다. 그런데 여기서는 사지절단의 대상이 자아가 아닌, 원형 혹은 신이라는 점에 주목해야 한다.

디오니소스적 속성으로서의 창조성은 심리학적으로 특히 중요한 요소이다. 그것은 의도된 헤파이스토스적 창조성이 아니라 영감을 받은, 거의 홀려 있다는 의미의 창조성으로서 무의식에서 샘솟아 오르는 창조성이다. 그것은 니체가 『짜라투스트라는 이렇게 말했다』(*Thus Spake Zarathustra*)를 써나갈 때의 방식, 그러니까 엘거딘의 산맥을 터벅터벅 걷고 있는데 짜라투스트라가 그의 귀에다 대고 소리

---

7) Allan Watts, *Myth and Ritual in Christianity* (Boston: Beacon Press, 1968), p. 155.

쳤다는 방식에 들어맞는다. 그러한 상태가 바로 디오니소스, 아니 디오니소스적 창조성이다. 그렇다면 니체야말로 어쩌면 디오니소스 혼에 사로잡힌 가장 뛰어난 실례가 아닌가 싶다. 신경쇠약에 이어서 니체는 자신을 "십자가에 처형된," 혹은 "디오니소스," 또 어떤 때는 "자그레우스"라고 불렀는데, 이것만 보아도 그리스도의 신화적 요소들이 디오니소스 신화와 얼마나 흡사한지를 엿볼 수 있다. 융은 니체의 『짜라투스트라』에 대한 강연에서 창조원리와의 동일화라는 주제에 대한 보고서를 쓴 적이 있다. 그는 니체에게서 발견한 모습 그대로의 창조적 힘에 대하여 이렇게 말하고 있다.

> [창조적 힘들이] 여러분을 줄 위에 매달아놓으면 당신은 그것들이 휘파람 소리를 내는 대로 그 멜로디에 맞추어 춤을 춘다. 그러나 니체가 되었건, 내가 되었건, 아니면 다른 누가 되었건 스스로의 안에 창조적 힘들이 들어있다고 생각하는 것은 자아팽창(ego-inflation)의 원인이다. 왜냐하면 창조적 힘들은 인간이 소유하는 것이 아니고, 인간이 창조력에게 소유 당하는 것이기 때문이다. . . . 만일 인간이 아무런 의문도 품지 않고, 그것들에 눈도 돌리지 않고서 철저히 자신을 그러한 생각들에 종속시킨다면 그 전까지는 과대망상이 존재하지 않았다 할지라도 그가 분열되는 그 순간, 그러니까 "내가 바로 그 사람이야"라고 생각하는 그 순간부터 과대망상이 뒤따라온다. . . . 당신 자신을 의식하지 않고 완전히 복종해야 만이 [그것을 피할 수 있다]. 물론 당신은 틀림없이 아무런 악의가 없을 것이다. [그러나] 당신 자신에 대해 의식적이 되면 그런 일은 저절로 일어나게 되고 그러면 당신도 어쩔 도리가 없다. 그것은 마치 당신이 높은 압력의 전선을 만질 때와 같다. . . . 물론 니체는 사물을 들여다보지 않을 수 없었던 사람이고 그래서 분노에 압도당하고 만다. 창조적 힘들은 여러 분의 시간을 훔쳐가고 여러 분의 힘을 약화시킬 것인데, 그렇다면 그 결과는

무엇인가? 어쩌면 책 한 권이 아닐까. 그런데 당신의 사생활은 어디에 있는가? 모든 것이 사라져버렸다. 그러므로 이런 사람들은 자신이 아주 끔찍하게 기만을 당했다고 느끼며, 그것이 내내 신경 쓰이므로 모두들 당연히 그들 앞에 무릎을 꿇고는 신에게 강탈당해 왔던 것들을 보충하려고 한다. .... 만일 당신이 창조적이거나 창조적이기를 즐기는 사람임을 스스로 자각하고 있다면, 당신은 나중에 십자가 처형을 당하게 될 것이다. 왜냐하면 신과 스스로를 동일시하는 사람은 누구든 사지절단을 당할 것이기 때문이다. 한 오래된 교회의 노신부님이었던 시네시우스 교황은 인간의 창조적 영(*spiritus phantasticus*)은 신처럼 혹은 위대한 악마처럼 우주의 심연이나 창공을 뚫고 들어갈 수 있지만, 그러나 바로 그것 때문에 인간은 신의 처벌을 받게 될 것이라고 말한 바 있다. 그것이 바로 디오니소스의 사지절단이나 그리스도의 십자가 처형일 것이다.[8]

그래서 창조적 시도들에 심취해 있는 사람들이 반드시 주의를 기울여야 할 점은 안전한 단 하나의 창조성은 우리 스스로 불편을 느끼는 그런 창조성이라는 것이다. 만일 우리가 한 문장 한 문장 글을 쓰는 것만으로도 부담이 덜어지는 느낌을 갖는다면, 혹은 붓으로 그려낸 모든 흔적이 노력한 만큼 이루어져 한결 가벼움을 느낄 수 있다면, 그것만으로 그 사람은 안전하고 더 이상 몰락할 위험이 없는, 즉 이미 안정된 사람이다. 그러나 그렇지 않을 경우, 디오니소스와의 동일화는 그 반대에 빠질 위험이 있으며 그 끔찍한 실례가 니체이다.

이런 생각들은 훨씬 더 원시적인 시대에 행해졌던 날고기 식음제나 현대의 기독교적 영성체의 상징들이 가진 심리적 효과를 이해하는데 도움이 된다. 그 제의에 참가한 사람들이 거기서 얻을 수 있는 효과는 제의에 참가하는 것으로 그들

---

8) Jung, *Nietzsche's Zarathustra*, ed. J. L. Jarrett (Princeton, N. J.: Princeton Univ. Press, 1988), pp. 57f.

자신은 그 신의 운명을 겪지 않을 것이라는 점이었다. 그것은 우리가 스스로를 내면의 창조적 힘과 동일시하는 것을 막아준다. 왜냐하면 우리가 성찬 수혜자 즉 신의 양분을 수령한 자의 역할을 연기함으로써 겸손한 입장을 취하게 되고, 그렇게 함으로써 과대망상으로부터 보호를 받을 것이기 때문이다.

디오니소스의 주요 상징은 포도인데, 그것의 산물이 포도주이며 그것의 에센스가 알코올이다. 사람들은 그 알코올의 효능에 깊은 감명을 받았었다. 실제로 알코올은 신비로우면서도 기적적인 물질로 그것에 취하게 될 경우 인성 자체가 바뀌어버리기도 한다. 알코올에는 정말 변형의 힘이 들어 있으므로 초창기 사람들은 술에는 영혼이 들어 있다고 믿었었다. 아직도 알코올을 마시는 사람들을 "귀신들"이라고 부르고 위스키에 대한 라틴어 명칭이 곡물의 영혼을 뜻하는 '발효 혼'(*spiritus frumenti*)인 이유가 바로 이것이다. 이 놀라운 물질은 심오한 심리적 이미저리의 투사이며 디오니소스는 알코올의 효능으로 상징되는 신비로운 변형의 영혼을 칭하는 이름이 된다. 이를 좀 더 넓은 시야로 확장시키자면, 그것은 창조성의 원리이자 생명재생의 원리이며, 예기치 못한 곳에 불어닥치는 예측불허의 영적 자질이다. 이러한 상징적 의미에 비추어볼 때, 카얌(Omar Khayyam)의 『루바이야트』(*Rubaiyat*)의 다음과 같은 구절은 그저 알코올에 대한 진부하고 세속적인 묘사가 아닌, 디오니소스의 영혼과 심리학적으로 그것이 대변하는 것에 바치는 송가이다. 예를 들면 아래와 같다.

> 그대, 나의 친구들은 알리라, 내 집에서 얼마나 오랫동안
> 새로운 결혼식을 위해 연회를 준비해 왔었는지를:
> 나의 침대로부터 늙고 무기력한 이성과는 이혼해버리고
> 포도나무의 딸을 배우자로 취했노라.

그리고

> 진열된 2행 70개 항아리의 절대적 논리를
> 무효화해버릴 수 있는 포도;
> 금새 변해버릴 납으로 된 인생이라는 금속을
> 황금으로 변형시키는 솜씨 좋은 연금술사.[9]

여기서의 포도주는 그 본래의 상징적 의미와 함께 연금술의 '생명의 영약'(*elixir vitae*) 혹은 '영원 수'(*aqua permanes*)와 동등한 것으로 취급된다. 기독교 심리학에서 디오니소스 원리는 주로 악마성으로 강등되어 취급되었는데, 그래서인지 디오니소스는 적어도 부분적으로라도 어둠의 존재로 여겨져 왔다. 그러나 밀튼의 시 「코머스」("Comus")에서는 현대인들의 정신에 각인되기 시작한대로의 디오니소스의 모습을 만날 수 있다. 밀튼은 코머스를 키르케와 디오니소스 사이의 아들로 간주한다. 밀튼은 그를 어두운 숲에 살면서 여행객들을 끌어들여서 크리스탈 잔에 담긴 포도주를 제공하는 타락한 부류의 디오니소스적 인물로 묘사한다. 코머스가 건네 준 포도주는 그것을 마신 나그네들을 부분적으로 짐승으로 바꾸어 놓는다. 아래가 밀튼의 묘사이다.

> [그는] 포이보스의 목마름을 가시게 하기 위해,
> 크리스탈 잔에 담긴 맛 좋은 음료를
> 지친 여행자들에게 제공하는 바,
> 그 강력한 기교에 있어서 그는 자신의 어머니[키르케]를 능가한다.

---

9) Edward Fitzgerald, trans. *The Rubaiyat of Omar Khayyam* (Mount Vernon: Peter Pauper Press, 1937), verses 40 and 43.

그들이 그 음료를 맛보는 순간,

　(왜냐하면 그들 대부분은 분별 없고 과도한 열망을 맛보았기에)

명백히 신들의 자태를 닮았던 그들 인간들의 얼굴이 늑대,

곰, 흰 표범, 호랑이, 돼지, 턱수염이 난 염소 등의 흉측한

모습으로 바뀌어버린다. 그래도 그들의 다른 모든 부분은

그대로 남아 있나니.

그토록 완벽한 것이 도리어 그들의 불행이니,

그들은 자신의 추하게 손상된 외관을 즉시

알아채지 못하고, 오로지 전보다 더 고운

자신들의 모습을 뽐내나니.

관능적이고 음란한 곳에서 쾌락으로

몸부림치느라, 그들은 자신의 친구들과 고향을 모두 잊는다.10)

자율성을 지닌 무의식은 여기서도 부정적으로 그려져 있다. 그런데 어느 정숙한 여성이 코머스의 숲에서 길을 잃으나 때 마침 간신히 구조되어 코머스의 유혹에 넘어가지 않는 대목에서 뭔가 새로운 것이 도입된다. 여기서 시인은 은연중에 자신이 전환의 시대를 대변하고 있음을 암시한다. 코머스는 여전히 악한 존재이지만, 코머스의 입을 통해 전달된 밀튼의 시들은 가장 훌륭했고, 그 시에 자극을 받은 블레이크(William Blake)는 『천국과 지옥의 결혼』(*The Marriage of Heaven and Hell*)이라는 작품을 쓸 수 있었기 때문이다. 여기서 블레이크는 "밀튼이 천사들과 신에 관해 쓸 때는 뭔가에 얽매어 있지만, 악마들이나 지옥에 관해 쓸 때는 자유롭다. 밀튼은 진짜 시인이고, 자신은 모르고 있었지만 그가 악마의 편이었기 때문에 그럴 것이다."11)라고 말한다.

---

10) John Milton, "Comus," lines 63-77.

11) William Blake, *The Marriage of Heaven and Hell*, The Voice of the Devil.

그 정숙한 숙녀가 자신이 건넨 포도주를 거절했음에도 불구하고 코머스는 그녀에게 이렇게 대답한다.

오, 바보 같은 인간들아! 그것은 금욕주의의 털로 만든
새끼양의 모피를 걸친 학자들에게 자신의 귀를 빌려주면서,
바짝 마르고 창백한 절제를 칭송하는
키니코스 학파의 물통에서 그들의 사상들을 빼내온다.
오로지 호기심만을 불러일으키는 맛을 느끼고
즐기기 위해서 모든 것, 무수한 말들로 바다를 가득 채우고,
향기, 과일, 양떼로 대지를 뒤덮은 그처럼
충만하고 움츠리지 않는 손으로, 무엇 때문에
자연은 그녀의 자비심을 쏟아내고 있는가?
그러면 수백 가닥의 실을 뽑아내는 벌레들이 일을 시작한다.
그들이 초록빛 가게에서 하는 일은 아들들에게
입히기 위해 부드러운 털로 된 비단을 짜는 것이다.
그 어떤 모서리도 그녀의 허리에서 그녀의
넉넉함을 비우게 하는 일은 없을 것이다.
그녀는 모든 이들의 감탄을 자아내는 금속,
그리고 귀중한 보물들을
자신의 아이들과 함께 상자에 저장했다.
만약 세상 모든 이들이 날뛰는 절제의 아이를 거저 먹이고,
깨끗한 시냇물을 마시고 보풀을 세워주는 것 외에 아무 것도
입히지 않아야 한다면, 증여받은 모든 이들은 감사도 하지 않을 것이며,
칭송하지 않을 것이고, 그의 부유함의 반도
알지 못하고 여전히 멸시를 받을 것이다.
양심을 품은 주인처럼, 우리 모두는 그의 제물에 대해

인색한 구두쇠처럼 그를 섬겨야 한다.
그리고 그녀의 아들이 아니라, 자연의 사생아들처럼 살아갈 것이고,
그녀의 압박에 지나친 부담을 받을 것이며 그녀의
쇠약해진 번식력으로 억압받을 것이다.
대지는 방해를 했고 날개 달린 공기는 자두를 검게 했고,
가축의 무리가 넘쳐흐르는 군중을 지배할 것이고,
충만한 바다는 팽창할 것이고, 그리고 찾지 못한 다이아몬드가
빛을 발하도록 단련된 별들로 산재된 깊은 이마를 비출 것이다.
그리고 마침내는 뻔뻔스러운 눈썹으로 태양을 응시하려고 올 것이다.

요점으로 다시 되돌아와서 그는 말한다.

숙녀여, 듣거라, 이름, 소위 처녀성을 과시하려고
수줍은 체 말며 기만하지 말거라.
아름다움이란 자연의 금전이요, 몰래 숨겨서는 아니 되는 것이다. . . .[12]

이렇게 밀튼은 디오니소스의 포도주를 밀쳐내고 자연의 제공물을 이용하지 않는
것이 히브리스라는 점을 교묘하게 표현하고 있다. 그것은 심층부의 다이아몬드를
모으지 않은 채 그대로 두는 것 같은, 말하자면 심층부와 하늘을 따로 구분할 수
없는 상태를 의미하기 때문이라는 것이다.

　　꿈에 디오니소스 원리가 등장하는 일은 드문 일이 아니다. 한 성직자가 아주
강력한 디오니소스적 꿈을 꾸었는데, 대립의 법칙을 적용해 보면 그것은 그리 놀
랄 일이 아니다. 디오니소스 원리의 억압을 가장 많이 강요받는 사람들의 무의식
에 그 원리는 더 강력하게 들어 있을 것이기 때문이다. 융은『심리학과 연금술』

---

12) Milton, "Comus," lines 722-755.

(*Psychology and Alchemy*)에서 한밤중에 교회로 들어가는데 찬양대의 벽 전체가 무너져 있는 꿈을 꾸었던 한 성직자의 사례를 든 적이 있다. 무너진 제단과 그 잔해들에는 포도가 주렁주렁 열린 포도덩굴이 자라 있었고 그 틈새로 달빛이 비치고 있었다.[13] 다음은 디오니소스적 꿈의 또 다른 축약 버전이다.

　　나는 영성체를 집도하는 중이었다. 부엌처럼 보이는 성구실에는 영성체에 쓸 진한 푸른색의 포도주와 적포도주의 두 가지 종류의 포도주가 나란히 준비되어 있었다. 적포도주 병에는 "바울"이라고 적힌 노란 스카치 라벨이 붙어있었다. 두 남자가 둥근 테이블에 앉아 있다. 그들은 정치가로 보였는데, 그 둘 중 한 사람은 좌익분자이고, 다른 한 명은 우익 분자이다. 그들은 지금까지는 겉으로는 사교적인 예의를 갖추려고 애 써왔지만, 점점 서로에 대해 적대적이 되어 가고 있었다. 나는 그들에게 자신의 반응을 밖으로 드러내서 두 사람 사이의 감정적 관계를 화해시켜 보라고 제안한다. 바로 그 순간, 연극의 한 장면처럼 그 곳이 어두워지면서 붉고 노란 스포트라이트가 집중적으로 그 두 남자 사이를 비추고 있다. 테이블 위에는 "바울"이라는 표시가 또렷한 스카치 라벨이 붙은 따뜻한 적포도주 한 병이 놓여 있다. 그 때 완전히 어두워지더니 유리잔들이 땡그랑거리는 소리가 들려 왔다. 유리잔들이 쨍하며 깨지는 듯한 소리였다. 꿈속에서도 느낌이 생생하다. 내 생각에는, 그들이 동료애를 유지하느라 토론을 하면서 적포도주를 마셨고 그러다 취해서 잠이 들어 술잔을 떨어뜨린 것이 아닌가 한다. 그 순간 내가 느낀 즉각적 반응은, 그것을 묘사하는 그 미학적 방식에 대한 만족감과 예배를 시작해야 하는데 아직도 영성체에 쓸 포도주가 준비되어 있지 않다는 사실에 대한 걱정이었다.

---

13) Jung, *Psychology and Alchemy*, CW 12, par. 179.

푸른 포도주와 빨간 포도주라는 두 가지 종류의 포도주를 하나는 로고스 혹은 하늘의 영혼이고 다른 하나는 대지 혹은 에로스의 영혼을 대변하는 것으로 볼 수 있다. 두 가지 차원의 화해가 이루어졌다는 인상을 주는데, 고차원의 화해는 뒤섞인 포도주가 제공되는 영성체 예배인데 이것은 아직 완성되지 않았다. 보다 낮은 차원의 화해가 먼저 일어나는데, 그것은 대립된 좌익분자와 우익분자인 두 남자들이 적포도주를 함께 마시고 취하는 장면을 통해 암시되어 있다. 그것은 일종의 그림자와의 화해, 혹은 그림자 차원에서의 대립물들의 화합에 해당한다. 그러나 아직 아니마라는 심리적 요소는 등장하지 않는다. 디오니소스 상징의 주요 측면을 설명해주는 이러한 구체적 이미지들은 디오니소스와 그것의 의미가 인간성에 대한 영적 교감을 높이고 차별성을 용해시켜 줄 영적 감응을 함양시켜주는 것임을 말하고 있다. 그것은 니체가 『비극의 탄생』(*The Birth of Tragedy*)의 다음과 같은 구절들을 통해 밝혔던 디오니소스적인 자질이다.

> 디오니소스적인 것의 마력 아래서는 인간과 인간 사이의 유대가 다시 맺어지는 것만이 아니다. 인간으로부터 소외되고 적대시되거나 혹은 억압되어 왔던 자연도 다시금 그의 집을 나간 탕아인 인간과 화해의 축연을 벌인다. 대지는 스스로 자진해서 그 공물을 바치고, 암산이나 황야의 맹수는 순순히 다가온다. 디오니소스의 수레는 꽃과 꽃다발에 덮이고, 그 멍에를 끌며 표범과 호랑이가 거닐고 있다. 베토벤의 '환희의 송가'를 한 폭의 그림으로 바꾸어 보라. 그리하여 수백만의 사람들이 공포에 사로잡혀 대지에 엎드릴 때에도 물러서지 말고 공상의 날개를 펼쳐 보라. 그러면 디오니소스적인 것의 정체에 접근할 수 있으리라.
>
> 이제야말로 노예는 자유인이다. 이제 부족함과 자발성 혹은 '뻔뻔스러운 풍조'가 인간들 사이에 정해진 일체의 완강하고 적대적인 한계를 허물

어버린 것이다. 이제는 우주 조화의 복음에 접해서 모든 사람이 저마다 그 이웃과 결합하고 화해하고 융화되어 있는 것을 느낄 뿐만이 아니라 마치 마야의 베일이 조각조각 찢어져 남루한 신비로운 근원적인 유일 신 앞에서 펄럭이고 있는 것처럼 이웃과 일체(一體)라는 것을 느낀다.14)

모든 차별을 용해시키고 원초적 통일성을 증진시키는 디오니소스적 효과는 바울에 따르면 그리스도의 피의 속성과 흡사하다. 예를 들어 아래의 구절을 보라.

> 한 때 멀리 있던 너희가 이제 그리스도 안에서 그리스도의 피로 가까워졌느니라.
> 그는 우리의 화평이신 지라 둘로 하나를 만드사 중간에 막힌 담을 자신의 육신으로 허무시고 법문의 계명의 율법을 자기 육체로 폐하셨으니, 이는 주 안의 둘을 그리스도 안에 한 새 사람을 지어 화평을 만드시고 또 십자가로 이 둘을 한 몸으로 하나님과 화목하게 하려 하심이라 원수된 것을 십자가로 소멸하심이라.15)

위에서 바울이 말한 것은 정확히 '바울'이라는 라벨이 붙은 적포도주가 꿈에서 발휘했던 효과와 일치한다. 그렇지만 구분 선들을 모두 없애버리고 그 모든 차별들을 화해시켜 원초적 통일체로 복귀시키는 데는 두 가지 길이 있다. 순전히 피상적으로만 받아들일 경우 그것은 무의식 내의 집단적 일체감으로 퇴행해 들어가 군중 심리의 현상에 도달한다. 한편 내적인 과정의 암시로 받아들일 경우 그것은 개별적 인성의 통일성과 조화를 나타낸다.

확실히 연금술 상징에 나오는 정령 메르쿠리우스처럼 디오니소스의 포도주

---

14) Nietzsche, *The Birth of Tragedy*, in *Basic Writings of Nietzsche*, p. 37.
15) Eph. 2: 13-16 (RSV).

는 강력하지만 독성이 있는 물질로 어떤 사람에는 독이 되지만 어떤 사람들에게는 치료약이 되기도 한다. 기독교가 디오니소스를 악마로 강등시켰던 것이 전혀 터무니없었던 것만은 아니었던 것이다. 디오니소스의 시대가 도래했을 때, 그러니까 디오니소스가 정말로 테베라는 자신의 도시의 문들을 두드릴 때면, 디오니소스 원리를 피상적이고 경박스럽게 덥석 껴안는 것도 현명치 못한 일이겠지만 그것을 거부하는 것은 그야말로 심각한 실수가 될 수 있다. 「고린도 전서」에서 바울의 진술이 암시하는 놀라운 사실은 바로 그러한 상징적 의미이다. 바울은 아래와 같이 말하고 있다.

> . . . 누구든 주의 빵과 잔을 합당치 않게 먹고 마시는 자는 주의 몸과 피를 모독하는 죄가 될 것이다. 사람이 자신을 살피고 난 후에야 자신 몫의 빵을 먹고 잔을 마실지니, 주의 몸을 분별치 못하고 먹고 마시는 자는 자신의 죄를 먹고 마시는 것이니라.[16]

여기서 "육신"은 성스러운 본질이 정말로 존재한다는 점을 깨달으면서, 자신이 받아들인 그 신을 구별하는 것을 의미한다. 오직 그러한 깨달음을 가질 경우에만 유아적 퇴행이나 주제넘은 자아팽창이 없이 심리적 창조성과 자발성을 실현할 수 있다. 그렇게 해야만 우리는 에우리피데스에게로 되돌아가 『바쿠스의 여인들』에서 디오니소스가 말했던 그대로를 말할 수 있으리라.

> [나는 왔노라] 나의 신비제의와 그 의식들을 확립하려고. 그리하여 진정한 나의 모습, 즉 내가 신이라는 사실을 이 땅 위에 드러내 보이려 하노라.[17]

---

16) I Cor. 11: 27 (NEB).
17) Euripides, *The Bacchae*, line 18.

제11장
오르피즘

　　그 기원을 보면 오르피즘 혹은 오르페우스 종교는 기적의 음악가 오르페우스의 짧은 신화에서 생겨난 것으로 일반적으로 고대세계에 있었던 가장 수준 높은 종교 형태로 간주되어 왔다. 오르피즘은 그것보다 훨씬 조야한 본질을 가진 디오니소스의 본래 제의를 보다 영적인 것으로 만든 종교로서 그리스 철학의 밑바탕의 상당 부분을 차지한다. 플라톤은 오르피즘 교리의 많은 부분을 철학 형식으로 바꾸어 놓았고, 그 자신이 몇 몇 저서에서 그 개작 사실을 분명히 밝힌 바 있다. 피타고라스 학파를 비롯한 일부 수사들도 오르피즘에 토대를 두고 있는 것 같다. 뿐만 아니라 오르피즘의 적지 않은 부분이 나중에 나온 기독교 교리 중 많은 요소와 놀라울 정도로 닮아 있다.

오르피즘의 기본 재료는 오르페우스 신화에서 찾을 수 있는데 나중에 그 재료들이 좀 더 종교적인 용어들로 가다듬어진 것이었다. 전해지는 바에 따르면, 오르페우스의 리라연주 솜씨가 얼마나 매혹적이던지 야생 동물들은 그 소리에 조용해졌고 심지어 나무와 바위들까지도 움직이면서 그의 연주소리를 따라다녔다고 한다. 다시 말해서 거부할 수 없는 매력을 가진 오르페우스 음악은 의식 개발의 힘을 표현할 수 있는 기막힌 메타포이다. 이 신화는 오르페우스의 아내 에우뤼디케가 아리스타에우스의 강간을 피하려다가 뱀에게 물려서 죽게 되는 이야기로 시작된다. 여기서 에우뤼디케는 원초적 본능 에너지의 희생자를 대변한다. 에우뤼디케의 상실로 절망에 빠진 오르페우스는 그녀를 되찾기 위해 지하세계로 내려간다. 그는 음악의 힘으로 지옥의 개 케르베로스를 매혹시켰고 일시적이나마 망령들의 고통까지 멈추게 해준다. 마침내 오르페우스는 하데스를 설득하는데 성공하여 에우뤼디케를 다시 데려가도 좋다는 허락을 받는다. 단 그들 두 사람이 완전히 지상의 세계로 들어설 때까지는 절대로 뒤 따라 오는 에우뤼디케를 돌아봐서는 아니된다는 중요한 조건이 붙어 있었다. 그렇지만 오르페우스는 그 조건을 완전히 지켜내지 못한다. 그는 너무 일찍 뒤를 돌아다보았고, 그러자 에우뤼디케는 다시 지하세계로 끌려가 버린다. 그 후에 일어나는 사건들에 관한 이야기에 대해서는 갖가지 버전들이 존재하지만, 그 중에는 이런 저런 이유들로 해서 오르페우스가 메이나드 무리에게 사지절단을 당했고 그의 머리는 강으로 내던져져 계속해서 노래를 부르고 다닌다는 이야기가 있다. 물 위를 둥둥 떠다니던 오르페우스의 머리는 레스보스라는 섬 위로 상륙했으며 그 뒤로 그곳은 오르페우스의 신탁소가 되었다.

오르페우스가 왜 사지절단을 당했는가에 대해서는 이야기가 분분하다. 어떤 이야기에는 그가 아폴로 신만을 모시고 디오니소스 신을 소홀히 했기 때문에 사지가 절단되었다고 되어 있다. 다른 이야기에서는 오르페우스가 사실은 디오니소스

[사진 25] 오르페우스가 자신의 음악에 매혹된 청중을 위해 리라를 연주하고 있다.
—기원전 430년경의 아티카 도기의 세부도. 베를린의 국립박물관

의 사제였는데 성직 봉사를 하는 동안에 차츰 자신을 디오니소스 신과 동일시하더니 스스로 디오니소스의 사지절단의 운명까지 감수하게 된 것이라고 되어 있다. 이렇게 해서 처음으로 오르페우스의 이미지와 디오니소스의 이미지가 합쳐지는 부분이 나타나기 시작했는데 이것이 나중까지 이어지더니 그에 대한 광적인 숭배 의식이 생겨나 오르피즘으로 발전하게 되었다. 따라서 오르피즘 숭배 제의에서 어떤 부분이 오르페우스에게 속한 부분인지를 정확하게 결정할 수 없게 되었다.

심리의 가장 기초 단계에서 오르페우스 신화는 무의식으로 사라져버린 아니마와 완전한 성공을 거두지 못한 아니마의 복원을 향한 시도에 대한 이야기이다. 그렇지만 오르페우스라는 신화적 존재를 중심으로 오르피즘이라는 종교가 구체적으로 실현된 이유는 오르페우스가 '네키아'(*nekyia*), 즉 지하세계의 여정을 마쳤고

그리하여 심층부로부터 나오게 되어 있는 초월적 지식을 가지고 귀환했기 때문이다.

오르페우스 종교는 살아가는 방식과 관련돼 있다. 오르페우스 자들은 엄격한 채식주의자들이며 지극히 금욕적인 사람들로서 죽은 후에 보답을 받으려면 어떻게 살아야 하는지에 열중했던 사람들이었다. 그들은 자신의 인생을 빈틈없이 살았던 자들에게는 대가가 돌아올 것이지만 잘못 살았던 자들에게는 죽은 후에 벌이 내려질 것이라고 믿었다. 이런 개념은 종교사상에 널리 퍼져 있는 개념으로서, 심리학적 측면에서는 개체화의 최종 목표를 사후세계에 투사시킨 개념으로 이해할 수 있다. 이는 『사자의 서』나 죽음 이후의 경로에 대한 여러 안내서들에 기술되어 있는 내용으로서 개체화의 매뉴얼을 이루는 내용이기도 하다.

오르페우스 교리의 이런 측면과 더불어서 자신을 깨끗하게 보존하려는 관심이 금욕주의 사상의 일부로 등장하였다. 오르페우스 교리에 많은 영향을 받았던 플라톤은 오르페우스 철학자로 간주될 수 있다. 『파이돈』(*Phaedo*)*에서 소크라테스는 쾌락과 공포로부터의 철학적 정화에 관해 아래와 같이 말한다.

> 사실 진리란 이런 모든 것들로부터의 정화(淨化)라고 말할 수 있을 걸세. 자기절제라든지 정의, 용기도 마찬가지이네, 지혜란 그 자체가 일종의 정화라네. 그런데 저 비교[오르페우스 비교들]의 창시자들도 경멸할 것이 못될 것 같네. 옛날에 그들은 마치 수수께끼 같은 말로, 비의(秘義)에 입문하여 정화하지 않은 채로 다른 세계로 가는 사람들은 저승에 가서 시궁창에 빠지게 마련이지만, 비교제의에 입문하여 정화를 한 다음에 죽은 사람들은 저 세상에 가서 신들과 함께 살게 될 것이라고 말했는데, 이는 그 사

---

* 소크라테스의 제자 파이돈이 소크라테스의 임종 때까지의 이야기를 에케크라테스에게 전해준 대화편으로 영혼 불멸을 중심으로 이루어져 있다.

람들이 미처 깨우치지 못한 것이 아니라 실은 어떤 의미를 감추고 있는, 그러니까 전혀 허황된 말만은 아니라고 생각하네. 비교 수도자들이 비교제의에서 말한 바와 같이 "튀르서스의 지팡이를 든 자들은 많으나 진정한 비교주의자는 소수이다"라고 하는데, 나는 이런 소수의 비교주의자들이야말로 진실한 철학자들이라고 생각하네. 나도 철학자가 되려고 평생토록 힘이 닿는 데까지 노력해 온 사람이라네. 그러나 내가 과연 올바로 철학을 숭배해 왔는지, 또 그 일에 얼마만한 성공을 거두었는지, 이제 저 세상에 가면, 신의 의지에 따라서 조만간 저승에 가게 되면 명확하게 알게 될 것이라고 나는 믿는다네.[1]

이 말은 순수한 오르피즘을 철학적 용어로 풀이한 것이다. 그[소크라테스]가 "입문하여 정화한" 철학자들이라고 부르는 사람들은 심리학적 용어로는 개체화 과정의 엄격함을 준수해 온 사람들이다. 입문하지 않은 사람들이 떨어지게 될 진흙탕은 심리적으로 미처 작동을 시작하지 않은, 즉 성장의 경험을 갖지 않은 '원질료'인 무의식의 진흙탕을 지칭한다.

고대 이집트에서 그랬듯이 오르페우스 신도들에게 올바른 삶의 목적지는 사후세계에 있었다. 죽은 다음에 그들[오르페우스 자들]이 길을 찾아갈 수 있게 해주었던 지시사항들은 그들이 죽을 때 오르페우스 커뮤니티 일원들과 함께 묻혀버렸다. 기원전 약 3세기경부터 무덤들이 발견되기 시작했고, 다행히 부식되지 않는 금박 판 위에 그 지시사항들이 새겨져 있었는데, 그런 지시 사항들을 금박 판에 새겨 놓았다는 사실만으로도 그들이 그것들을 얼마나 중요하게 생각했었는지를 짐작할 수 있다. 사후세계로 간 영혼이 어떤 경로로 나아가는지에 대한 방향을 간략

---

1) Plato, *Phaedo*, in Plato, trans. H. N. Fowler (Cambridge, Mass.: Harvard Univ. Press/Loeb Classical Library, 1962), 69B-D.

하고 생략된 형태로 기술해 놓은 그 지시사항들은 이집트의 『사자의 서』에 나오는 내용들과도 흡사한데, 어느 경우든 그 방향은 심리학적 관점에서는 개체화의 목적지에 어떻게 도달할 것인지에 대한 상징적 표현으로 이해될 수 있다. 그 어느 누구도 사후에 무슨 일이 벌어질지를 알지 못하였으므로, 그것은 무의식의 내용물이 투사된 일종의 스크린에 다름 아니었다.

오르페우스 현판들 거의가 완전한 상태로 남아 있지 않은 데다가 각기 다른 무덤에서 나온 것들이다. 그렇긴 해도 그것들을 함께 모아보면 죽은 후의 영혼이 어떤 방향으로 나아가야 하는지에 대한 하나의 조합을 발견해낼 수가 있다. (해리슨의 『그리스 종교 연구에 관한 서언』에서 그 재료를 찾아볼 수 있다.)[2]

> 그대는 하데스의 집 왼편에서 수원(水原)과, 그것의 옆에
> 흰 사이프러스 가지가 서 있는 것을 발견하게 될 것이다.
> 결코 그 샘 가까이로는 다가가지 말거라.
> 그렇지만 너는 기억의 호수 옆에서 또 다른 것을 볼 것이니,
> 차가운 물이 흐르는 그 앞에 수호자들이 있을 것이다.
> 그러면 이렇게 말하라. "나는 대지와 별이 총총한 하늘의 자식이로소.
> 하지만 내 종족은 (오로지) 하늘의 종족이니. 이것을 너희 스스로 알고 있
>   으리라.
> 그런데 보라, 목마름으로 나는 목이 타 들어가 죽어가고 있다. 빨리 나에게
> 기억의 호수에서 저 앞으로 흐르는 차가운 물 좀 다오."
> 그러면 그들은 손수 그대에게 신성한 샘물에서 마실 물을 길어다줄 것이다,
> 그 이후로 그대는 모든 영웅들 사이에서 지배권을 갖게 될 것이니. . .

다른 부분에서는 약간 달리 표현되어 있다.

---

2) Quoted in Harrison, *Prolegomena*, pp. 573-585.

나는 순수로부터 왔노니, 저 아래 순수의 여왕과,
에우클레스와 에우볼레우스 그리고 불멸의 또 다른 신들로부터.
나 또한 축복 받은 너의 종족이라고 나에게 다짐하나,
운명이 나를 낮게 그리고 다른 신들은 불멸로 정해버렸기 때문이니.

그 다음에 "별이 쏟아지는 번개" 어쩌고 하는 잠깐의 간격이 나오고 나서 사망자
가 이렇게 말해야 한다.

나는 옳지 못했던 행위들에 대한 대가를 치렀고. . . .
나는 그 슬픈 지겨운 수레바퀴로부터 도망쳤다.
나는 갈망을 품고 총총 걸음으로 그 순환의 써클로 나아갔다.
나는 지하세계의 여왕인 데스포이나의 품속으로 뛰어들었다. . . .
만세, 고통을 겪어온 그대여.
이전에는 그대가 결코 겪어본 적이 없던 이것을. . . .
행복하고 축복 받은 자여, 그대는 필멸의 존재가 아닌 신이 되리라.

그리고 나면 "나는 젖 속으로 빠진 아이"라는 마지막 구절이다. 첫 번째 부분에서
하나의 이미지, 회춘의 물의 우물이라는 중요한 이미지가 나온다. 이것은 죽은 자
에게 어떤 경로로 나아갈 것인지를 지시해 주는 이집트의 『사자의 서』에서 발견
되는 것과 동일한 이미지이다.

오시리스께서 [내게] 막강한 홍수를 열어주시옵기를, 그리하여 물의 심연
이 [내게] 그 문을 열어주시기를. . . 나는 섹벳-아루(*Sekbet-Aaru*)[엘리시
언 평원의 일부]의 섬 사이를 빙빙 돌아가고 있었다. 내게 시작도 없고 끝
도 없는 무한한 시간이 주어진 것이었다. 나는 영원성을 물려받은 것이고,
그리하여 나에게 영원불변성이 수여된 것이었다.[3]

이 메시지는 내가 지하세계에서 물을 마신 결과 영원성을 물려받게 된다는 점이다. 이러한 이미지가 연금술 상징에서는 생명 수(*aqua vitae*) 혹은 영원 수(*aqua parnamens*)로 나온다. 그것은 시간과 공간을 초월한, 그래서 어떤 의미에서는 영원한 의미를 전달해 주는 심리의 중심으로서의 자기 이미지이다.

그런 이미지는 요한 복음의 사마리아 여인과 예수의 만남에도 등장하는데, 거기서 예수는 다음과 같이 말한다.

> 네가 만일 하나님의 선물과 또 네게 물 좀 달라하는 이가 누구인 줄 알았다면 네가 그에게 구하였을 것이요 그가 생수를 네게 주었으리라. . . .

> 내가 주는 물을 먹는 자는 영원히 목마르지 아니하리니. 내가 주는 물은 그 속에서 영생(永生)하도록 솟아나는 샘물이 되리라.[4]

그것은 정확히 오르페우스 현판에 언급되어 있는 내용 즉 죽은 자(死者)에게 우물로 가서 물 한잔을 부탁하라는 지시와 일치되는 내용으로, 죽은 자는 그렇게 한 다음에야 비로소 불멸적 존재의 일원이 될 수 있음을 원형 이미지를 통해 지시하고 있다. 그런데 오르페우스 교본이 훨씬 더 복잡한 이유는 그것이 두 가지 우물에 대해 말하고 있기 때문이다. 즉 왼쪽 우물에서 멀리 떨어진 오른 쪽 우물로 가라고 되어 있는데, 이는 생명수가 나오는 우물이라는 본래의 이미지 요컨대 자기 이미지를 대립적인 것으로 나누어 놓은 것이 아닌가 한다. 그 두 개의 우물 가운데 왼쪽 우물은 망각의 물인 레테이고 오른 쪽 우물은 기억을 증진시키는 므네모시네의 물로 규정할 수 있다. 고대에 아주 중요했던 이런 이미지들은 그 정확한 개념 정의

---

3) E. A. Wallis Budge, *The Book of the Dead*, vol. 2 (London: Routledge and Kegan Paul, 1949), p. 207.
4) John 4:10, 14 (NEB).

가 아직도 진행 중이긴 하지만 오늘날 여러 교본에서 심리적 총체를 가리키는 이미지로 사용된다. 사실 레테 강물은 고대인들의 상상 속에서는 때로는 긍정적인 의미를 지니면서도 어떤 때는 부정적 의미를 가진, 모호한 이미지였다. 오르페우스 교본에서 그것은 분명 부정적인 어떤 것, 우리가 회피해야 할 어떤 것을 의미하지만 또 다른 상황에서는 찬양의 대상이다. 예를 들면 에우리피데스의 극에서 오레스테스가 복수의 정령들인 퓨어리에게 괴롭힘을 당하자 이렇게 말한다.

> 고통의 치유자인, 오 달콤한 잠인 마법,
> 나는 그대를 필요로 하며 그대는 얼마나 감미롭게 오는가.
> 오 신성한 망각의 레테 강이여, 현명한 치료자인 그대가
> 여신에게 비참한 인간들을 일깨워 주는구나.5)

여기서 망각이라는 달콤한 물은 절망에 빠진 사람에게 위로가 되는 어떤 것, 즉 일종의 향료가 된다. 이와 흡사한 개념이 『멕베스』(*Macbeth*)에도 나온다.

> 멕베스가 잠을 죽여 버렸다—그 순진무구한 잠을.
> 얽혀있는 근심의 실타래를 말끔히 풀어 주는 잠을,
> 하루하루 삶의 죽음이자, 고달픈 노동의 피로를 씻어주는 목욕물이요,
> 상처 입은 마음을 아물게 하는 향유이며, 대자연이 베풀어주는 일급 요리,
> 인생이라는 향연에서 제일가는 자양분인 잠을.6)

그렇지만 이러한 관점만이 전적으로 오르페우스적인 것은 아니다. 해리슨은 이 주제에 대해 다음과 같이 말한다.

---

5) Euripides, *Orestes*, line 211, quoted in Harrison, *Prolegomena*.
6) Shakespeare, *Macbeth*, 2. 2. 35-39.

오르페우스는 "절망에 빠진 사람들"에게 다른 길을 찾아주었다. 그것은 포도주의 신이 제공했던 길하고는 다른 [포도주의 신은 망각으로 이끈다], 술에 취하지 않은 므네모시네[기억]의 황홀경의 길이다. 므네모시네 여신에게 바치는 오르페우스 송가는 "그러므로 그대의 비교제의로써 신성한 의례의 기억을 일깨워 레테 강을 멀리 쫓게 하소서"라는 기도로 끝난다. 헤시오도스에게 그랬듯이 오르페우스 신도들에게 레테는 전적으로 나쁜 것, 그래서 스스로를 그것으로부터 정화시켜야 하는 것이다. 한편 플라톤은 『파이드로스』(*Phaedrus*)에서 "망각과 사악함으로 가득 찬" 대지로 영혼이 가라앉는다고 말한 바 있는데, 그 순간의 플라톤은 정말로 오르페우스적이다. 에레보스[하데스] 안에 갇힌 사악한 자에게 가해지는 최대의 형벌은 고통이 아니라 무의식(*agnoia*)이다. 그는 핀다로스의 "시커먼 밤의 굼뜬 개울물"이 죄지은 자를 받아들여 그들을 무의식과 망각 속에 은폐시켜버린다고 말한다. "유일한 처벌의 도구는 무의식과 흐릿함 그리고 완전한 소멸인 바, 그것은 인간을 레테에서부터 흘러나오는 웃음기 없는 강속으로 끌고 들어가 어두운 심연과 아가리를 벌리고 하품하는 틈 속으로 처박아 결국 모든 것을 소멸과 무의식으로 이끌어간다.[7]

수면이나 술기운에 적대적인 오르페우스 금욕주의는 어떤 의미에서는 디오니소스적 상징을 뒤집어 놓은 것이다. 그것의 강조점은 므네모시네에게 있는데, 심리학적 입장에서 오르페우스교를 현대적으로 만들어주는 것은 다름 아닌 이런 식의 개념들이다. 구원의 원천은 회상의 강물을 마심으로써 얻을 수 있는 의식에 있으며, 그 회상의 강물은 우리가 태어나기 전 그러니까 물질적 존재로 태어나면서 망각의 강물을 마시기 전에 알고 있던 천상에서의 총체성에 대한 기억을 상기시켜 준다. 이를 다른 말로 풀이하자면 기억의 강물이 집단무의식의 원형적 이미지들을 열어

---

7) Harrison, *Prolegomena*, pp. 581f.

주는 것이다.

기억의 물을 마심으로써 천상에서의 우리의 근본을 상기할 수 있다는 플라톤의 회상 이론도 이와 흡사하다. 『공화국』의 「에르의 비전」은 정반대의 과정, 즉 영혼이 대지 위로 태어나기 위해 어떠한 준비과정을 갖추게 되는가를 묘사하고 있다. 탄생의 길로 나아가게 될 영혼들은 레테 강의 물을 마셔야만 한다. 영혼이 세속의 영역으로 들어가려면 천상에서의 자신의 근본을 잊어야 하기 때문이다. 플라톤은 그 모습을 아래와 같이 묘사하고 있다.

> . . . 모든 영혼들은 자신의 삶을 선택한 다음에는, 제비뽑기를 했던 순서대로 차례차례 라케시스(Lachesis)에게로 나아간다네. 그러면 그 여신은 영혼 각자에게 그들이 선택한 수호신을 그 삶의 수호자로, 그리고 선택한 것의 이행자(履行者)로 보내게 되지. 그 수호신은 영혼을 처음에 여신의 손 아래 쪽의 그리고 그 여신이 돌리고 있는 물레 아래의 클로토(Clotho)에게로 인도하여 제비뽑기를 한 영혼이 선택한 운명을 확인받는다네. 그 여신과의 접촉을 한 후에, 수호신은 영혼을 다시 아트로포스(Atropos)가 운명의 실을 잣는 데로 인도하여, 다시는 되돌릴 수 없는 운명의 실을 짜도록 만들게 되지. 그 다음에는 더이상 돌지 않고 이곳으로부터 필연성(Necessity)의 옥좌 아래를 지나가게 되지. 영혼이 여기를 통과하고 다른 영혼들도 통과한 뒤에, 그들 모두는 무섭도록 이글거리며 숨이 막히게 하는 무더위를 뚫고 '망각의 평야'로 나아간다네. 이곳은 나무도 없고 땅에서 자라는 것이라곤 아무 것도 없는 그런 곳이지. 그러고 나면 날이 저물어 이미 저녁이 되곤 하는데, 그러면 영혼들은 '무심(無心)의 강' 옆에서 야영을 하게 되는데, 그 냇물은 어떤 그릇으로도 담을 수가 없다네. 그래도 이 물은 모두가 조금씩은 마시기 마련이지만, 분별의 도움을 받지 못한 자들은 정도 이상으로 마시게 된다네. 일단 이를 마시게 된 자는 모든 걸

잊어버리게 된다는 군. [천상의 모든 것을 말야. 이것들이 바로 하늘에서 곧장 내려와 육신으로 태어나게 될 영혼들이지.] 그리곤 그들이 잠이 들고 한 밤중이 된 후면, 천둥과 지진이 일면서 갑자기 그들이 이곳으로부터 저마다 뿔뿔이 제 출생을 향해 마치 유성처럼 위로 이동해 간다네.[8]

이 두 강물은 오디세우스가 이타카로 귀환했었던 지점인 '님프들의 동굴'에서 언급된 두 개의 문과 같다. 님프들의 동굴에 두 개의 입구, 하나는 대지에 도착하는 영혼을 위한 입구이고 다른 하나는 대지를 떠나 천국으로 되돌아가는 영혼을 위한 입구가 있었던 것을 기억할 것이다. 그 두 개의 입구는 레테와 므네모시네의 두 강물과 일치하는데, 당신이 세속의 존재로 입문할 때는 당신 본래의 원형적 근본을 잊어버려야 하고, 물질적 존재로부터 벗어날 때는 회상의 물을 마심으로써 당신의 원형적 근본으로 되돌아가야 한다.

사후세계에 투사된 이 모든 것들을 전부 심리적 현상으로 간주할 수는 없을 것이다. 그럼에도 불구하고 이런 이미지들이 심리 중의 자기나 원형적 차원의 실현을 나타낸 것으로 보는 지금과 같은 이해 방식이 가장 최선일 수 있다. 어린 아이는 일반적으로 원형세계에 빠져 있는 상태로 시작하여, 자아가 발달함에 따라 레테 강의 물을 마시게 되고 그러면서 점차 자신이 어디로부터 왔는지를 잊게 된다. 우리가 만일 계속해서 뒤를 돌아보게 된다면, 그런 사람은 결코 현실이라는 대지 위에 자신만의 자리를 만들어내지 못할 것이다. 그러니 우리는 잊어야만 한다. 그렇지만 우리가 성장의 후반 단계에 들어서게 되면, 다시 기억의 강물을 들이마심으로써 자신의 원형적이고 초개인적인 근본들과의 관계를 복원시켜야 한다. 보다 폭 넓은 인생의 의미를 발견할 수 있는 길은 오직 그 길뿐이므로.

---

8) Plato, *The Republic*, X, 620E-621B.

"므네모시네 강의 물을 마신다는 것"은 우리가 한때 알고 있었던 지식을 회고해내는 것을 의미하는데, 아름답게 표현된 발렌티노 출신의 어떤 그노시스 학자가 한 이 말은 오르피즘이 후대의 그노시스 학파에 어떠한 영향을 끼쳤는지를 엿볼 수 있게 해 준다. 왜냐하면 고대의 거의 모든 숭배종교들은 상호침투적이어서 서로 영향을 주고받고 있었기 때문이다. 그노시스 학파란 "식자(識者)"를 의미하는데, 그렇다면 "그노시스 학파가 알고 있는 것은 무엇인가?"라는 의문을 품어볼 수 있을 것이다. 그들의 대답은 이러하다.

> "자유로이 드러내야 하는 것은 우리가 누구였던가, 우리는 어떤 존재였으며, 우리가 있었던 곳은 어디였던가, 우리는 어디로 내던져 있었던가, 우리가 치닫고 있는 곳은 어디인가, 어디로부터 우리는 구원되었는가 등에 관한 지식이며, 무엇이 태어나고, 무엇이 다시 태어나는 가에 관한 지식이다."[9]

이러한 논리에 따르면 그노시스파가 알고 있는 것이란 므네모시네 강의 물을 마실 때 우리가 알게 되는 것의 진수를 모아 놓은 것으로 간주해 볼 수 있다. 그것은 자아라는 존재성을 확립하기 전의 모습에 대한 선-의식적 지식에 다름 아니다. 그렇다면 거기로부터 우리는 자아라는 존재성을 벗어나 도달하게 될 모습에 대한 마찬가지의 정보도 얻어낼 수가 있다.

그 다음 단계로 오르페우스 교본에 제시되어 있는 방향은 오르페우스 비교에 입문한 사람은 "나는 대지의 아들인 동시에 별들이 빛나는 하늘의 아들이다."라고 선언하는 것이다. 입문자는 자신이 어디서 왔는지를 반드시 알고 있어야 한다는

---

9) Quoted in Hans Jonas, *The Gnostic Religion* (Boston: Beacon Press, 1963), p. 45.

의미이다. 이는 그 과정이 엄격하게 이성적인 과정은 아니라는 점을 말하는 것이다. 때문에 그것은 현자의 돌을 만들기 위해서는 그것을 시작하는데 사용할 약간의 돌을 필요로 한다는 연금술적 개념과 비슷하다. 오르페우스 신도는 자신이 어디서 왔는지에 대해 알고 있어야 하며 그의 선언이 곧 그의 입장권이 될 것이다. "나는 대지와 별들이 빛나는 하늘의 아들이다"라는 선언은 심리학적으로 오르페우스 교에 입문한 사람이 자신의 초개인적 근본을 인식하고 있음을 지칭하며, 자신의 진수가 사적인 경험이나 혹은 자아에서 파생된 것이 아님을 깨닫고 스스로의 원형적 개체성을 경험해 왔음을 뜻한다. 예수가 "주여, 주의 이름으로 귀신들도 우리에게 항복하더이다"[10]라고 말했을 때 지칭했던 것과 유사한 종류의 것을 입문자는 깨닫게 된다. 이런 깨달음은 그 입문자로 하여금 회상의 강물을 마시도록 해 줄 것이다.

다음에, 입문자는 "순수로부터 나는 왔노니, 저 아래 순수의 여왕이시여"(페르세포네에 대한 언급임)라고 알리도록 되어 있으므로, 자신의 대적자들을 향해 "나는 순수하고 나는 순수로부터 왔노라"라고 선언한다. 순수를 유지하는 상태는 오르페우스 공동체의 중심적 에토스였으므로 순수함은 정말 글자 그대로의 형태로 실행되었다.

이집트의 『사자의 서』에도 이와 유사한 태도들이 등장한다. 이 책에는 일명 '부정적 고백들'이 매 페이지마다 이어지는데, 세상을 떠난 자가 나와서 자신은 불법 행위의 죄를 지은 적이 없으며, 폭력으로 강도 짓을 해 본 적도 없고, 남자든 여자든 살인을 한 적도, 거짓말을 한 적도 없다는 등등의 주장을 하게 된다. 간단히 말하자면 입문자는 스스로가 순수했었음을 선언해야만 했던 것이다. 우리가 신화

---

10) Luke 10:17 (RSV)

의 모든 것을 개체화의 필수 요건의 투사체로 간주함에 있어서, 이러한 순수성의 문제는 심리학적으로 인성의 어둡고 인정할 수 없는 부분인 그림자와의 결별을 나타낸 것으로 볼 수 있다. 그림자의 통합은 비교적 인생 후반기에 일어나는 현상이다. 이보다 훨씬 앞서서 자아는 그림자로부터 스스로를 분리시켜 자아 자체를 사악하고 무가치하며 죄로 가득 찬 것들과 구별되는 선하고 가치 있는 것으로 경험할 수 있어야 한다. 부정적 고백에서 생겨날 수 있는 것이 바로 이것이다. 부정적 고백을 통해 자아는 그 나름의 가치를 확립할 것이기 때문이다. 그 다음에는 그 반대의 것 즉 앞서의 진술들은 단지 절반의 진실이었다는 점, 부분적으로 부정적인 것들이 존재할 수 있음을 인정해야만 한다. 이 후반 단계에서의 심리학적 "순수성"이란 무의식의 요소로 인해 오염되지 않은 사람, 다시 말해서 그림자를 가지고 있지 않은 사람을 뜻하는 것은 아니다. 오히려 그것은 심리학적 용어로 그림자의 자각을 통해 정화된, 그러니까 자각을 가져올 수만 있다면 부정적인 것들조차 정화될 수 있음을 의미한다.

물론 이러한 순수성의 선언 속에는 사후심판이 이루어질 것이라는 함축적 의미가 내포되어 있다. 실제로 모든 종교에는 사후의 영혼심판이라는 강력한 이미지가 포함돼 있었다. 그것은 오르피즘의 중심인 동시에 날개에 달아놓은 저울대 위에 죽은 자의 영혼의 무게를 재는 것으로 사후 세계를 상상하는 이집트 종교의 중심이기도 하다. 하늘에서 계산을 하게 된다는 생각은 자아가 심오하고 취소할 수 없는 내면의 법칙을 대면하여 그 기준에 따라 심판을 받게 된다는 심리학적 개념과 일치한다. 그것은 자기와의 중요한 대면인 동시에 한꺼번에 달려드는 진실에 압도당했을 때의 오이디푸스의 경험과 같다. 이러한 심판은 자신 이외의 다른 권위가 존재할 때 가능하다. 자아는 그 스스로를 심판할 수가 없기 때문이다. 그러한 심판에 대한 예상은 우리 자신이 옳은 존재인지 아닌지에 대한 의문을 낳을 것이고, 그것은 전적으로 신학적인 문제로 이어진다. 이런 이슈들은 기독교 신학에서 시작된 것이 아닌, 기독교 작가들이 그것을 문제삼기 오래 전부터 존재했던 문제였음을 유념해야 한다.

내면의 가장 단순한 형태의 원형 법칙은 외부적으로는 함무라비 강령이나 모세의 강령 혹은 기독교의 윤리학 강령 등, 행위에 관한 기존의 많은 강령들에 그 모습이 드러나 있다. 그러나 이렇게 외면화된 것을 내면의 원천과 혼동해서는 아니 된다. 왜냐하면 그것은 그저 (내적 원천의) 근사치에 지나지 않기 때문이다. 이 것을 받아들이는 정도에 따라서 심리학적인 문제들이 늘어날 수 있다. 이러한 강령들을 우리가 어떻게 살아야 하는가를 결정하는 하나의 공식으로 받아들이는 정도에 따라서 삶이라는 과정은 단순화될 수도 있다. 오르피즘 역시 그 나름의 강령을 가지고 있었는데, 오르피즘 추종자들이 그 강령에 순종하면서 살게 되면 그런 사람들은 순수한 사람으로 인정되었고, 그런 다음에야 그들은 지하 세계의 여왕에게 "나는 순수로부터 왔노라"고 고할 수가 있었다. 교본의 그 다음은 이렇게 되어 있다.

> 에우클레스와 에우보우레우스 그리고 불멸의 신들이여.
> 나는 당신의 축복 받은 종족임을 나 역시 선언하지만,
> 운명이 나를 낮은 존재로 다른 신들을 불멸의 존재로 만들었기 때문이니.
> . . . 별이 쏟아지는 벼락이니. . . .

에우클레스와 에우보우레우스는 모두 사지 절단된 신으로서의 자그레우스-디오니소스를 칭하는 이름들이다. "나는 당신의 축복 받은 종족"이라는 구절은 거신족들에게 사지절단을 당한 아기 디오니소스 신화를 암시한다. 거신족들은 디오니소스

의 심장을 제외한 그의 육신을 전부 먹어버렸고 제우스가 번개를 내리쳐 거신족들을 없애버린 후에 남은 거신족의 잿더미로 인간을 만들었고, 그래서 인간은 디오니소스의 신성한 불길의 흔적을 갖게 되었다는 디오니소스의 신화를 기억할 것이다. 여기서 죽은 자의 영혼은 자신이 거신족의 재로 만들어진 존재이므로 자신에게는 디오니소스의 불꽃이 들어 있음을 밝히고 있다. 그는 디오니소스의 형제로 받아들여져야 하는데, 그것을 "나는 별이 빛나는 하늘의 자식", 즉 내 안에 하늘의 빛이 들어 있다는 말로 바꾸어 표현하고 있다. 심리학적으로 표현하자면 그것은 "나는 초개인적 의식의 소지자이므로 신성한 홀 안으로 받아들여져야 한다"는 의미로 해석될 수 있다.

약간의 간격을 둔 다음에 영혼은 "나는 올바르지 못한 행동들 때문에 대가를 치렀다"고 고해야 한다. 여기서 보는 것들은 여러 교본이 합성되어 나온 결과이다. 이것은 "나는 순수하다"는 주장보다 한층 진보된 진술이다. 여기서의 영혼은 순수하다고 주장하는 것이 아니라 올바르지 못했던 행위에 대한 대가를 치렀다고 주장하는데, 이는 심리학적으로 영혼이 자신의 그림자적 측면을 인정하는 것을 의미하므로 부정적 고백보다도 한층 의식화된 진술이다. "나는 비로소 그 애처롭고 지긋지긋한 수레바퀴에서 떨어져 나와 비상하였노라."

수레바퀴 그림은 하데스를 소재로 한 그리스의 화병그림에도 많이 나오는데, 그것이 무엇을 의미하는지에 관한 일치된 의견은 거의 없고, 다만 일부 학자들이 그것을 익시온*의 수레바퀴를 지칭한다고 믿고 있을 따름이다. 이 수레바퀴는 현세적 욕망의 힘을 대변하는 돼지나 수탉, 뱀 등으로 번갈아 태어나는 불교에서의 생명의 수레바퀴와 그 의미가 흡사하다. "애처롭고 지긋지긋한 수레바퀴"는 온전

---

* 익시온(Ixion): 헤라를 유혹한 벌로서 제우스에 의해 천공을 영원히 돌아야하는 불 마차에 묶이게 되었다.

한 무의식의 바퀴이다. 다른 말로 하자면 그 수레바퀴는 전체성을 상징하는 한편으로 익시온의 수레바퀴처럼 무의식에 근원을 둔 고통의 바퀴이다. 애처롭고 지긋지긋한 그 수레바퀴에서 빠져나와 비상한다는 것은, 무의식적 전체성 상태와의 일체화 상태를 벗어나 "나는 열정적인 발걸음으로 갈망하는 원(圓)을 향해 달려갔다"는 그 다음 구절에 암시돼 있듯이 하나의 수레바퀴에서 빠져나와 다른 존재와의 관계 속으로 나아간다는 의미이다. 이는 자기에 대한 변화된 관계를 언급하는 것일 수 있다. 자기와 무의식의 관계가 애처롭고 지긋지긋한 수레바퀴라면 '갈망하는 원'은 한결 의식적인 바퀴일 것이다. 의식의 발달과정을 심리학적으로 표현한다면, 초반에는 원초적 상태의 전체성에서 빠져나오는 단계이고 그 다음에는 의식적으로 전체성의 원을 향해 되돌아가는 과정이다.

사실 여기서 사용된 희랍어가 "원"으로 번역되기는 했지만 단어 그대로의 의미는 "관(冠)"이다. 그렇다면 "나는 열정적인 발걸음으로 갈망하는 관을 향해 달려갔다"로도 번역이 될 수 있고, 이는 또 다른 개념으로 이어진다. 어떤 비교제의에서는 "관을 씌우는 행사"를 제의의 일부로 행했다고 하는데, 여기서 관 씌우기 행사는 태양신 헬리오스와 일시적으로 동일시하는 행위로 간주되었다. 그것은 원을 만들어 총체성을 선언하는 것을 의미하는데, 바울이 임박한 자신의 죽음을 명상하면서 아래와 같이 말하면서 사용한 이미지도 그것이다

내가 선한 싸움을 싸우고 나의 달려갈 길을 마치고 믿음을 지켰으니

이후로는 나를 위하여 의의 면류관이 예비되었으므로 주, 곧 의로우신 재판장이 그 날에 내게 주실 것이니 내게만 아니라 주의 나타나심을 사모하는 모든 자에게 보상할 것이다.[11]

그 이미지가 동일한 것으로 보아 사실상 이것은 순수한 오르피즘에 다름 아니다.

다음에는 "나는 지하세계의 여왕인 데스포이나(*Despoina*)의 품속으로 들어왔노라"는 구절을 낭독하게 된다. "안주인"을 뜻하는 데스포이나는 지하세계의 안주인인 페르세포네를 가리키며, 그녀의 품속으로 들어간다는 이미지는 재생의 어머니에게로의 귀환 즉 무의식으로의 하강을 나타낸다. 결과적으로 그 영혼은 무의식으로 하강한 것이었고 그래서 다음에 오게 돼 있는 것 즉 대가를 받을 자격을 갖추게 되었음을 뜻한다.

이것으로 입문자는 낭독을 모두 마치게 된다. 이제는 "고통을 겪어온 그대여, 만세"라는 대답이 나올 차례이다. 여기서 차용된 고통이라는 단어는 앞서 우리가 비극적 제의과정에서 살펴보았던 파토스와 그 의미가 동일하다. 이 진술로 비극적 영웅과 하나가 된 입문자는 실제로 지금까지 그대는 그대 나름의 비극적 삶을 살아 왔기 때문에 그 점이 인정되어 입문이 허락되었다는 말을 듣게 된다. 중심적 가치로서의 고통은 기독교적 상징에서도 예시된다. "너희의 십자가를 짊어지고 나를 따르라"는 진술에서 짐작할 수 있듯이 기독교적 상징 또한 고통을 겪는 과정의 중요성을 강조하고 있기 때문이다.

그노시스 이미지와 연결시킨 고통 받는 예수(*Jesus patibilis*)는 온 우주에 만연된 고통 받는 예수, 나무마다 걸려 있는 예수의 이미지를 통해 전달되는 고통의 테마이다.[12] 그것은 우주적 현상으로서의 삶의 고통스러운 측면을 대변하는 이미지로서, 자기 실현의 과정에서 겪지 않으면 아니 되는 진보의 고통이다. 요컨대 그것은 의식을 가져다주는 고통인 것이다. 따라서 오르피즘 교본에서 입문자는 맨 처음 그것을 만세 부르고, 그것도 특별한 위업으로 선창하는 것으로 보아 그러한 고

---

11) 2 Tim. 4: 7-8 Standard Edition.
12) Jonas, *The Gnostic Religion*, pp. 228f.

통은 최상의 가치로 간주되고 있음을 짐작할 수 있다.

　어원상으로 '고통을 겪다'(*suffer*)는 단어는 "짊어지다"(to carry under)를 의미하는 라틴어에서 나온 말이며, 두 번째 음절의 뿌리는 라틴어 "to carry"에 있고 첫 번째 음절은 "under"를 뜻하는 단어에서 나온 것이다. 여기서 그 단어가 나타내는 개념은 아래로 내려가서 거기서부터 잡아 올리는, 즉 밑에서부터 짊어지고 올라오는 것이다. 요컨대 고통을 겪는다는 것은 짊어지는 것이며, 따라서 그것은 단순히 고통의 측면만이 아니라 임무를 행하는, 일을 수행하는 측면에서 파악되어야 한다. 오르페우스 신자가 듣는 말은 곧 지금까지 너희가 무거운 짐을 짊어지고 왔으므로 들어올 자격이 있다는 의미이다.

　그 다음에는 최종적으로 그를 신격화하는 대목이 나온다. 입문자가 자신의 진술을 모두 마치면 비로소 "행복하고 축복 받은 자, 그대는 인간이 아닌 신이 되리라"는 선언을 듣게 된다. 이를 심리학적 용어로 번역하면 그는 이제 자아가 아닌 자기가 될 것이라는 의미이다. 필멸성과 변화 혹은 소멸의 지배를 받지 않는 파괴되지 않고 영원한, 객관적인 리얼리티만 남기고 개인적이고 자아 중심적인 모든 것은 벗겨져 나가버릴 것이다. 융은 자신이 거의 죽을 뻔했던 상황에서 이와 흡사한 경험을 했었던 사례를 예시해 준 적이 있다. 융이 자신의 자서전에서 기술해 준 비전은 "행복하고 축복 받은 자, 그대는 인간이 아닌 신이 되리라"는 진술에 그대로 적용해 볼 만하다. 그 비전에서 융은 대지를 떠나 돌덩어리 하나로 지어진 아름다운 사원 안으로 들어가 보겠다는 일념으로 사원을 향해 다가가면서 대지 위 높은 곳에 서 있었다고 한다. 융이 기술한 바는 아래와 같다.

　　나는 모든 것의 허물이 벗겨져 나가고 있는 것 같은 느낌을 받았다. 내가
　　목표로 삼거나 갈망해 마지않는, 아니면 생각을 품고 있는 그 모든 것, 그

러니까 주마등처럼 변하는 세속적 존재의 환영이 내게서 떨어져 나가거나 벗겨져 나가는 느낌, 그 지독히도 고통스러운 과정. 그럼에도 불구하고 무엇인가가 남아 있었다. 그것은 마치 지금까지 경험한 적이 있는 혹은 행한 적이 있는 모든 것, 내 주변에서 발생했던 모든 것을 나 자신이 이끌어 가고 있는 듯한 느낌이었다. 그것을 이렇게 말할 수도 있겠다. 그것이 나와 더불어 있었고 내가 곧 그것이었노라고. 말하자면 그 모든 것으로 이루어진 존재가 바로 나였던 것이다. 나는 내 스스로의 역사로 이루어져 있으며, 따라서 그 역사가 현재의 나라는 사실을 비로소 나는 아주 확신을 가지고 느꼈던 것이다. "지금까지 지속되어 왔던 것들, 그리고 지금까지 달성해왔던 그 모든 것들의 묶음이 바로 나인 것이다." 이런 경험은 나에게 지독한 빈곤의 느낌을 주었지만, 동시에 대단한 충족감을 주기도 하였다. 나는 더 이상 원하는 것도 갈망하는 것도 없었다. 나는 그저 하나의 객관적인 형태로 존재할 뿐이며 지금까지 존재했던 나, 살아왔었던 그대로가 바로 나였다. 처음에는 껍질이 벗겨져 나가거나 약탈을 당하는 전멸의 느낌이 엄습했으나, 그것은 새삼 아무런 문제가 되지도 않았다. 모든 것이 과거의 일처럼 여겨졌고, 남은 것은 거꾸로 되돌아가 지금까지 있어 왔던 것들을 고려하지 않는 공허감(*fait accompli*) 뿐이었다. 더 이상 무엇인가가 떨어져나가고 있다는 혹은 빼앗기고 있다는 회한 따위는 없었다. 오히려 그 반대였다. 즉 현재의 나는 과거의 나라는 존재가 가지고 있던 모든 것을 지니고 있었고, 그리고 그것이 곧 모든 것이기도 하였다.[13]

이것으로 오르페우스 교본이 끝날 것이라고 짐작하겠지만, 아직 마지막 한 줄이 더 남아 있다. 이제 그 입문자가 말한다. 그는 이제 더 이상 웅장한 틀 속이 아닌 곧장 그 반대의 상황, 즉 "아이인 나는 젖 속으로 빠져든다"로 들어간다. 완전한 역전이다. 지금까지 내내 될 것이라고 공언해 왔었던 불멸의 신이 되는 대신에 과

---

13) Jung, MDR, pp. 290f.

도한 모성애의 양분 속에 빠져 익사할 위험에 처한 작고 나약한 젖먹이 어린아이로서의 경험을 하게 되는 것이다. 이것은 자신이 나왔던 우주 속으로 도로 침몰해 들어가는 자아를 표현한 것으로, "너희가 돌이켜 어린아이들과 같이 되지 아니하면, 결단코 천국에 들어가지 못하리라"[14]는 성경 구절처럼 순수 그 자체를 나타내는 궁극적 이미지이다. 교본은 웅장하기보다는 상식적이고 평범하며 인간적인 기록으로 끝을 맺고 있는데, 어쩐지 그것이 주는 느낌이 더 좋다.

이와 병행되는 좋은 예가 플라톤의 『공화국』에 나오는 「에르의 비전」이다. 「에르의 비전」은 오르페우스 원전으로 생각될 정도로 오르페우스 교본과 유사점이 많다. 플라톤은 철저한 오르페우스자, 소피스트 오르피즘자로서 그의 모든 후기 철학이나 교리, 적어도 신 플라톤 철학에 등장하는 사후세계에 관한 이미지는 이 「에르의 비전」에서 나온 것으로 볼 수 있다. 다음은 그 일부이다.

> 내가 너에게 에르메니오스의 아들로 팜필리아*종족인 에르에 대한 이야기를 해 주겠다. 그가 언젠가 전쟁터에서 죽었는데 열흘이 지나 이미 썩어가고 있던 시체들을 거두게 되었을 때, 그는 아직 멀쩡한 상태였다네. 그래서 매장을 하려고 집으로 옮겨 열 이틀째 날에 장례를 치를 참이었는데, 화장용 장작더미 위에서 그가 되살아나게 되었네. 그렇게 되살아난 그는 자기가 저승에서 보게 된 것들을 이야기해 주었네. 그는 이런 이야기를 했네. 그의 영혼이 육신을 벗어난 뒤에 많은 혼들과 함께 여행을 하였다네. 그들은 한 신비한 곳에 이르게 되었고, 그곳에는 땅 쪽으로 두 개의

---

14) Matt. 18: 3 (RSV).

* 팜필리아(Pamphylia): 키프로스 섬의 서북 방향에 있었으며, 플라톤 당시에는 페르시아의 지배를 받고 있던 지역이다. 에르(Er)라는 이름은 창세기 38.3-8 및 누가복음 3.28에도 나오는 이름인데다 아버지 이름을 아메니오스(Armenios)라고 한 것으로 보아 이 이야기는 다분히 이국적이면서도 그 연원을 추적할 수 없도록 복합적으로 꾸민 신화로 보아야 할 것이다.

넓은 구멍이 나란히 나 있었으며, 이것들의 맞은편에는 또 하늘 쪽으로
다른 두 개의 넓은 구멍이 나 있었다네. 그리고 이것들 사이에는 심판자
들이 앉아 있다가 심판을 하였다네. 올바른 자들에겐 심판 받은 내용의
표지들을 앞에 두르게 하여 오른쪽의 하늘로 난 구멍을 통해 윗길을 가도
록 지시를 하는 반면에, 올바르지 못한 자들에게는 그들이 행한 모든 행
적의 표지들을 등에 달고서 왼쪽의 아랫길을 가도록 지시했다네.

그들은 하늘과 대지의 심층부를 이어주는 두 개의 길이 존재하는 지역에 도달한
다. 이것은 자아/자기의 축으로 칭할 수도 있으나 동시에 그것은 심리의 다른 측면
들 사이를 이어주는 연결부를 나타내기도 하는 이중적 이미지이다. 부정하다는 판
결을 받은 자들은 열려진 문 아래로 보내졌고 덕망 있다는 판결을 받은 사람들은
열려진 다른 쪽 문 위로 실려 올라갔는데, 이는 오르페우스교의 교본들에서도 발
견되는 심판의 이미지이다.

그[에르]가 가까이 나아갔을 때, 그들은 그가 그곳 일들을 사람들에게 알
려주는 사자(使者)가 되어야만 한다고 하면서, 그곳의 일들을 전부 듣고 보
도록 그에게 지시했다는 군. 그리하여 그는 거기에서 혼들이 심판을 받은
뒤에 하늘과 땅의 각 구멍을 따라 떠나가는 걸 보게 되었지. 다른 두 구멍
을 따라서는 한쪽으로는 땅 쪽에서 오물과 먼지를 뒤집어 쓴 혼들이 도착
하는가 하면 다른 쪽으로는 하늘 쪽에서 순수한 혼들이 내려오더라고 했
네. 그리고 언제든 도착하는 혼들은 오랜 여행을 하고 온 것으로 보였으
며, 그래서 그들은 축제에 참가하듯 반갑게 초원으로 가서 야영을 하게
된다고 했네. 서로 아는 사이인 혼들끼리 서로를 반기는 인사를 하였고,
땅 쪽에서 온 혼들은 다른 쪽에서 온 혼들한테 그곳 일들을 물었고, 하늘
쪽에서 온 혼들은 다른 쪽에 그곳 일들을 묻더라네. 그래서 그들은 서로
이야기를 들려주었는데, 한쪽은 지하의 여행에서-이 여행은 천 년이 걸

리는데—자신들이 얼마나 많은 일을 그리고 어떤 일들을 겪고 보았던가를 상기하고서는 비탄과 통탄을 하면서 이야기했고, 하늘 쪽에서 온 혼들은 즐거웠던 일들과 아름답기 그지없던 기막힌 구경거리들을 이야기했다더군. 그 이야기는... 너무나 길어서 다 말을 할 수 없을 것이다. 그러나 그 요점은 이와 같다. .... 사람들이 누군가에게 행했던 모든 잘못에 대해 죄다 벌을 받게 되는데 그 각각에 대해 열 배로 벌을 받는다는 군. .... 이를테면 어떤 이들이 많은 사람의 죽음에 대해 책임이 있다면, 가령 나라나 군대에 반역을 일으켜 사람들을 노예 신세로 만들었다거나, 또는 다른 어떤 학대의 공범자들이었다면 이 모든 것의 각각에 대해 열 배 이상의 고통을 받을 것이며, 만일에 어떤 선행들을 해서 올바르고 경건한 자들이 되었다면, 같은 식으로 그 대가를 받게 될 것이라는 게지.

염두에 두어야 할 점은 여기서 묘사되고 있는 것이 미지의 사후세계가 아니라는 점이다. 위의 설명은 심리의 두 개 층에 대한 묘사로 이해될 수 있다. 왜냐하면 하늘과 대지가 있고, 그 대지에는 처벌의 영역이 포함된 심층부가 있어서 그 사이는 길로 연결되어 있다고 설명되어 있기 때문이다. 게다가 심리적 내용물인 영혼들은 간헐적으로 그들이 있던 하늘을 떠나 아래로 내려와 다시 심판을 받아야 하고, 하데스에 있던 영혼들은 위로 올라가 다시 심판을 받는다고 되어 있다. 하늘에 있던 영혼들은 편안함에 익숙해져서 또 다른 존재를 택해야 할 순간이 오면 조심성 없는 선택을 하게 되고, 그래서 대부분은 하데스로 갈 수밖에 없는 운명을 선택하고 만다. 반면에 하데스에 있었던 영혼들은 경계심이 있다. 그들은 많은 시련을 겪어왔기 때문에 일반적으로 충분한 시간을 가지고 선택을 하며, 그 결과 언젠가는 그들을 하늘로 데려다 줄 그러한 선택을 하게 된다. 여러 장소를 맞바꾸며 이루어지는 순환을 그물망 효과라고 부르는데, 심리적 움직임을 표현한 그림으로 간주해

볼 때 그것은 아주 도발적인 이미지가 아닐 수 없다.

이 단계에서 낯익은 존재가 등장하는데 오디세우스 이야기의 후일담이 그것이다. 모든 영혼이 자신의 운명을 선택하고 난 다음 플라톤이 말한다.

> 아직 선택을 하지 못한 오디세우스 혼이 왔고, 모두 중에서 그의 혼이 맨 나중으로 차례를 뽑아 선택을 하러 나아갔다. 그렇지만 이전의 고난에 대한 기억 덕에 그는 명예욕에서 해방되어 오랫동안 돌아다니며 편안한 사인(私人)의 삶을 찾게 된다. 그리하여 거들떠보지도 않은 채로 어딘가에 그냥 있던 걸 가까스로 찾아내고선 그걸 보는 순간 말하기를, 설령 자신이 첫 번째 제비를 뽑게 되었더라도 똑같은 행동을 했을 것이라면서 기꺼이 그걸 선택하더라는 걸세.15)

여기서의 우아한 이미지들은 심리구조에 대한 표현으로 이해될 수 있는 바, 이를 통해 플라톤이 말하려는 주요 요점은 스스로의 행동에 대한 인식의 중요성, 달성할 수 있는 만큼의 의식을 갖는 것은 정당한 일이라는 점이다. 아래는 그가 어떻게 그 비전을 결론짓고 있으며 『공화국』을 어떻게 끝맺고 있는가에 관한 부분이다.

> 만일 우리의 영혼은 불멸의 것이고 모든 나쁜 것과 좋은 것을 견디어 낼 수 있다는 믿음을 가지고 내 주장을 받아들인다면, 우리는 항상 신성한 길을 가게 될 것이며 갖은 수단을 다하여 분별심을 갖추고 정의를 수행할 것이니, 이는 우리들 자신과 그리고 신들과 친구가 되기 위해서라네. 우리가 이승에 머무는 동안에, 혹은 경기의 우승자들이 성금을 거두어들이듯 정의의 상을 받는 그런 때 말일세. 그렇게만 하면 이승에서, 그리고 앞서 우리가 말한 그 천 년 동안의 여정에서도 우리는 잘 지내게 될 걸세.16)

---

15) Plato, *The Republic*, X, 614B-620D.

여기서 플라톤이 사용한 "경기의 우승자들처럼"이라는 이미지를 놓고 볼 때, 바울의 경기라는 상징적 어법은 물론이고 의로운 자의 왕관이라는 이미지까지도 여기서 취한 것이 아닐까 하는 생각이 든다.

16) Ibid., 621B.

제12장
엘레우시스 비교들

고대세계의 가장 놀라운 현상의 하나는 데메테르와 그녀의 딸 페르세포네 신화에 토대를 둔 엘레우시스 비교제의이다. 이야기는 데메테르와 함께 초원을 거닐고 있던 페르세포네가 지하세계로 가는 입구로 추정되는 지점에서 수선화를 따던 일화에서 시작된다. 페르세포네가 꽃에 정신이 팔려 있는 사이에 대지가 열리더니 하데스가 나타나 페르세포네를 자신의 세계로 끌고 가 버린다. 절망에 빠진 데메테르는 딸을 찾아서 대지 곳곳을 헤매고 다닌다. 데메테르가 방랑하는 사이에 대지에는 아무것도 자라지 않는다. 곡식은 싹을 틔우지 않았고 잎사귀도 돋아나지 않았으며 과실도 열리지 않았다. 모든 것이 피폐해질 대로 피폐해져서 만일 페르세포네가 돌아오지 않으면 필시 인류는 전멸되어버릴 것이 분

[사진 26] 지하에서 페르세포네가 돌아오면서 대지에 생명력을 불어넣는 모습을 묘사하고 있다. 디오니소스와 판, 그리고 춤추는 사튀로스들이 그녀의 귀환을 환영하고 있다. 에로스는 피리를 연주하고 있고 식물과 꽃들이 피어나고 있다.
―기원전 4세기의 아티카 작품. 휠락의 모사품

명했다. 결국 제우스가 페르세포네를 돌려보내라는 명령을 내렸다. 그런데 복잡한 일이 벌어졌다. 하데스의 왕국에 있는 동안 페르세포네가 이미 일곱 개의 석류 알맹이를 먹어버렸고, 그 일로 인해 페르세포네는 지하세계에 머물 수밖에 없게 되었다. 결국 그녀는 지하세계의 포로가 되었고 지하세계 또한 그녀의 포로가 되었다. 가까스로 하나의 타협안이 마련되었다. 제우스가 보낸 헤르메스가 하데스와 일 년 중의 육 개월은 페르세포네를 지상으로 보내 어머니와 함께 보내도록 하고 나머지 육 개월은 지하에서 하데스의 왕비로 지내게 하는 것으로 타협을 한 것이다. 한편 데메테르가 방황하고 다니는 동안에 아테네에서 남쪽으로 십이 마일 정도 떨어진 엘레우시스라는 작은 마을에 머문 적이 있었다. 그곳 사람들의 친절한 환대를 받은 데메테르는 그에 대한 보답으로 엘레우시스 사람들에게 비교제의를 가르쳤다. 이상이 데메테르와 페르세포네 신화의 골격이다.

이 신화는 명백한 심리학적 의미를 가진 신화로서, 그것은 여성성의 발달 요컨대 남성성과 처음으로 접촉하면서 출현하게 되는 여성적 심성을 묘사하고 있다. 데메테르의 딸인 동시에 친구라는 순진한 상태로부터 납치되어 대지 아래 어둠 속으로 내던져진 페르세포네는 안락했던 여성 일변도의 가모장 상태(노이만이 사용했던 용어와 동일한)[1]로부터 갑작스럽게 단절된 여성성을 대변한다. 하데스로 대변된 새로운 남성 원리의 등장으로 온전한 상태의 여성성이 균열 상태에 빠지게 된 것이다. 이와 비슷한 구체적인 이미지들이 젊은 여성들의 꿈에 드물지 않게 등장한다. 20대 초반의 어느 여성이 비슷한 꿈을 꾸었다.

햇빛이 비치는 어느 들판의 언덕 틈새에서 나는 머리에 쓸 화관을 만들 꽃들을 따고 있었다. 그 날이 바로 내 결혼식이었기 때문이다. 누구인지 확실히 알 수 없는 여자 친구 한 명이 나와 함께 있었다. 꽃들은 너무나 아름다웠는데 전에 내가 한 번도 본 적이 없는 갖가지 꽃들이었다. 난 정말 행복했다. 나와 함께 그 자리에 모여 있던 결혼 하객들은 낮 동안에는 흩어져 있다가 피로연을 위해 나중에 돌아올 것이다. 신랑도 사라졌다. 나는 신랑이 어떤 사람인지를 알지 못한다. 엄마가 내 머리에 꽃들을 꽂아 주시면서 머리를 매만져주셨지만 그게 전부 제대로 되지 않아서 화가 난 나는 꽃들을 다시 뽑아 머리 위의 화관에 꽂았다. 날이 이미 어두워졌는데도 결혼 하객들이 다른 곳에 그렇게 오래 머물러 있다는 것에 나는 화가 치밀었다. 우리는 결혼식이 거행될 장소로 모였다. 수심 가득한 빛이

---

1) Neumann, *The Origins and History of Consciousness*, pp. 41ff.

감도는 어둠에 에워싸인 그 장소에 이상스러울 정도로 비세속적인 빛이 비추고 있었다. 그런데 그 장면은 십자가에 못 박힌 예수 그리스도의 죽음이 임박하자 온 대지가 흔들리고 전율하던 순간을 그린 예수 그리스도의 그림과 비슷했다.

이 꿈에서의 무의식은 고대신화를 그대로 복제한 것이 아니라 기독교적 비틀기를 시도하고 있다는 점, 그렇지만 기독교적 심상을 부여하고 있으면서도 결혼식이 막 거행되려는 순간에 금방 몰아닥칠 대지진과 어둠이라는 신화 고유의 요소들을 첨가시키고 있음에 주목해야 한다. 결혼과 죽음을 동일선상에 놓는 이런 이미지는 흔한 이미지로, 예를 들면 아모르와 프쉬케 이야기에도 비슷한 이미지가 나온다. 젊은 여성의 자아가 스스로 문을 열고 남성 원리를 처음 받아들일 때는 마치 무의식 전체가 문을 여는 것처럼 보이기도 하는데, 여성의 이런 경험이 신화에서 여성적 자아의 죽음으로 표현되는 것이다. 그러한 경험은 일종의 변신의 한 과정에 다름 아니어서 기존 상태의 상실을 내포하기 때문이다. 이런 종류의 꿈들은 몽정과 같은 사건들을 순전히 성적인 의미로 혹은 대인관계의 문제로 풀이하는 것이 심리적 리얼리티에 적절치 않은 이유를 설명해 준다. 우리는 지금 완전히 다른 또 하나의 심리적 차원을 다루고 있는 바, 그것은 오로지 대지의 심층부로부터 출현한 하데스나 어둠 혹은 지진과 같은 원형적 이미지들을 통해서만 그 모습을 드러낸다. 우리가 방금 위에서 언급했던 현대 여성의 꿈에 나오는 그리스도의 십자가 처형도 그러한 종류의 이미지이다.

　　여기서 데메테르와 페르세포네 신화를 여성 심리학과 관련지어 보다 구체적으로 살펴보고자 한다. 데메테르와 페르세포네 신화는 일반적으로 남성과 여성 모두에게 적용 가능한 죽음과 부활의 미스터리로 읽힐 수 있다. 데메테르 신화가 엘레우시스 비교제의의 토대가 되어 1200년 동안이나 지속되어 왔다는 사실은 이 신화에 내포된 이러한 포괄적이고 보편적인 측면과 관계가 있다. 엘레우시스 비교제의는 가장 엄격한 비밀서약을 가지고 그것을 철저히 지켰던 종교이다. 많은 사람들이 그 비교제의에 입문했는데, 그들 중에는 아우구스투스와 마르코스 아우레리우스 같은 고대의 저명 인사들도 포함되어 있었다. 엘레우시스 비교제의는 소신비제와 대신비제로 불리는 두 개의 다른 제의로 나뉘어졌다. 전자는 아테네의 외곽에 있는 아그라에라는 고장에서 2월에 거행되었는데 이 시기는 대략 페르세포네가 봄의 초록빛 향연과 함께 대지로 돌아올 무렵이다. 한편 후자는 페르세포네가 지하세계로 하강하기 시작하는 9월에 엘레우시스에서 거행되었다.

흥미로운 사실은 새로운 출현 및 부활의식은 작은 제의에서 거행되고 큰 제의에서는 하강 의식을 거행했다는 점이다. 엘레우시스 비교제의의 이러한 이중적 측면을 지금까지 우리가 논의해온 관점에 따라 심리의 두 가지 측면, 즉 융이 개인 무의식과 집단무의식으로 분류했던 측면과 관계시켜 살펴볼 수 있다. 그 경우 엘레우시스 비교제의는 심리의 첫 번째 부분을 다루게 될 상황은 보다 작은 임무로, 두 번째 부분을 다루게 될 상황은 보다 더 큰 임무로 상정했었음을 알게 될 것이다. 아그라에의 소신비제는 주로 정화의식 및 여러 지시사항들로 이루어져 있는 반면에 대신비제는 먼저 소신비제의 의식들을 의무적으로 통과한 다음 9일 동안의 행사로 이어졌다. 대신비제에서 행해지는 정화의식과 희생제의는 에폽타이아 (*epopteia*)로 불리는 환시의 최종 체험으로 마무리된다.

엘레우시스 제의에 실제로 참가했었던 사람들의 설명이 한번도 밝혀진 적이 없었기 때문에 그 제의에서 무슨 일이 행해졌는가를 밝혀내기 위해 지금까지 많은 학문적 노력이 경주되어 왔다. 그렇지만 어떤 형태로든 신성한 결혼을 상징하는 의식이 거행되었을 것이라고 믿는데는 그만한 근거가 있을 것이다. 페르세포네를 찾아다녔던 데메테르의 방랑, 페르세포네 찾기와 그녀와의 재회를 재연하는 행사도 거행되었을 것이다. 어떤 형태의 이미지리를 통해 신성한 아이도 재연되었을 것인 바, 어쩌면 그 비교제의에 사용된 밀 한 다발의 상징적 의미가 그것이 아닌가 한다. 지금까지 알려진 바에 따르면, 대신비제를 시작하는 단계에서 제의의 입문자들에게는 그리스어로 말해야 하고 깨끗한 손과 심장을 가져야 한다는 엄격한 경고가 내린다. 이는 오르피즘 종교에서 요구되는 순수성과 동일한 요건으로 실제로 엘레우시스 비교제의는 그 내용상 오르피즘 종교의 영향을 상당부분 받았을 가능성이 높다. 비교제의에 입문해서 얻는 효과는 심리학적 재생과 새로운 인생의 경험, 의미와 희망의 발견들이었던 것 같다. 이는 케레니(Kerenyi)가 지적한 것처럼, 2) 신비제의의 가설에 명시적으로 드러나 있는 그 궁극적 목적은 지복직관*의 비전을 전달해 주는 것이었다. 그러한 특징들로 인해서 오르페우스 제의와 같은 비교제의들은 그리스 철학과 연결되어졌는데, 그리스 철학 역시 지복직관의 비전 제시를 그 궁극적 목적으로 간주했기 때문이다.

『파이드로스』에서 플라톤은 전생의 기억에 관해 말하는 대목에서 "이러한 기억들을 올바로 차용할 수 있는 자는 완벽한 비교제의의 입문자가 되어 진실로 완벽해진다"고 말한 바 있다. 완벽함을 뜻하는 그리스어 "텔레이오스"(teleios)는 "입문하다"는 의미이기도 한데, 그래서 플라톤의 위 말은 "진짜 입문자, 진실로 완벽한 자가 되다"라는 의미로도 번역될 수 있다.

그런데 그런 사람은 세속적인 흥밋거리들을 잊어버리고 신적인 일에 넋을 빼앗기기 때문에 많은 사람들로부터 미치광이라는 비난을 받게 마련이라

---

2) Carl Kerenyi, *Eleusis* (Princeton, N. J.: Princeton Univ. Press, 1988), pp. 95-102.
* 지복직관(beatific vision): 천사나 성인이 천국에서 신을 직접 보는 광경

네. 그가 신의 영감을 받았다는 것을 사람들이 모르는 거지. . . . 전에도 말한 바와 같이, 인간의 영혼은 그 성향에 따라 참된 리얼리티(實在)를 보게 되지. 영혼이 인간의 몸체 속으로 들어오는 조건은 바로 이것이라네. 그러나 모든 영혼은 쉽사리 타계(他界)의 사물을 상기하지 못한다네. 그들이 그 사물을 본 시간이 너무 짧기 때문이거나, 아니면 지상의 운명에 불행이 개재되어 어떤 불순 세력으로 인해 마음이 부정을 향해 움직여 한번 본 신성한 사물의 기억을 상실하기 때문일 걸세. 오직 소수의 사람들만이 자신들이 보았던 사물에 대한 기억을 상당부분 간직하고 있다가 천계(天界)의 사물의 모상(模像)을 만날 경우 감탄하여 황홀경에 빠지게 되네. 그러나 그 황홀경이 무엇을 의미하는지 그들은 알지 못하지. 이는 그들이 그것을 분명히 의식하지 못하기 때문이네. 우리의 영혼이 소중히 생각하는 정의, 절제 혹은 그 밖의 영혼의 고귀한 빛은 지상의 모상 속에는 결여되어 있기 때문에, 다만 극소수의 사람들만이 모사된 원형을 어슴푸레 유리를 통해 간신히 볼 수 있을 뿐이네. 그들은 일찍이 빛나는 아름다움을 볼 수 있었다네. 행복한 다른 사람들과 더불어 그들이 밝게 빛나는 아름다움을 볼 수 있었던 그러한 순간이 있었지, 우리 철학자들이 제우스의 대열을 따라가는데 비해 다른 사람들은 다른 신을 따라가면서 말이야. 그 순간 우리는 지복직관의 비전을 목격하고 비교제의로 입문하게 되는데, 그 비교제의야말로 진정으로 순진무구한 상태의 우리가 축복 받은, 가장 기려야 할 것으로 일컬을 수 있는 제의라네. 왜냐하면 그 때는 우리가 여러 악들을 경험하기 전으로, 순진하고 단순하며 평온하고 행복한 환영들을 만나, 순수한 빛을 내며 빛나는 그것들을 목격하게 되니. . . .3)

이렇듯 플라톤은 철학자들과 비교제의의 입문자들을 확실하게 동일시하고 있다. 위의 구절들은 엘레우시스 비교제의에서 귀신의 형상들을 만들어 진열했었다는

---

3) Plato, *Phaedrus*, in *The Dialogues of Plato*, 249C-250C.

사실을 구체적으로 암시하는 출처로 풀이되어 왔다. 플라톤 자신이 그 비교제의에 대해 잘 알고 있었고 그래서 거기서 행해졌었던 일들을 베일로 가리는 방식으로 넌지시 암시한 것이라고 추측한 것이다. 이것의 사실여부는 증명된 것도 증명이 안 된 것도 아니지만, 그럼에도 불구하고 이 구절은 비교제의와 철학이라는 두 개의 다른 문화 형태를 이어주는 고리를 만들어내었다. 그 고리는 서구문화사에서 조금씩 다른 형태로 그 모습을 드러내 온 근본 원형들의 이미지를 추적하는데 유용하다. 즉 그것을 통해 우리는 초기의 신화들로부터 오르피즘과 같은 종교적이고 제의적인 표현들로, 철학적 표현방식들로, 그리고 연금술이나 기독교 신학 및 현대의 심층심리학과 같은 다양한 분야 속으로 그 가지를 뻗어온 근본 원형들의 이미지라는 실타래를 추적해 볼 수가 있는 것이다.

비교제의가 추구하는 근본적 효과는 참가자들로 하여금 삶과 화해할 수 있게 해 주는 일이다. 그러한 의미에서 비교제의는 구원의 종교이다. 예컨대 호메로스의 「데메테르 송가」에서 우리는 아래와 같은 구절들을 발견하게 된다.

> 대지 위의 인간들 중에서 이 비교제의를 만났던 자는 행복하리라. 그렇지
> 만 입문하지 않거나 그 비교제의에 참가하지 못한 자는 죽어서 어둠과 그
> 늘 아래로 내려갔을 때 결코 더할 수 없이 좋은 운명은 갖지 못하리라.[4]

구원을 사후세계에 투사하고 있긴 하지만 그것은 사실적 경험의 본질이다. 비교제의의 입문의식은 삶의 본질에 대한 새로운 깨달음을 전달해 주는 것, 요컨대 초월적 존재에 대한 통찰력을 제공해 줌으로써 확신을 갖게 하고 희망을 갖도록 하는 것이 그 일차적 목적인 듯하다. 희망이 반복적으로 언급되는데, 입문의식의 효과

---

4) Hesiod, *The Homeric Hymns and Homerica*, lines 480-482.

들 중의 하나로서의 희망은 바로 지복직관의 비전이 입문자들에게 가져다 줄 여러 효과들 중의 하나이다.

이러한 주제는 몇 달 후면 죽게 되어 있었던 어떤 남자가 꾸었던 일련의 꿈 속에서도 발견할 수 있다.

> 나는 몇몇 동료들과 함께 살바토르 달리 풍의 풍광 속에 있었는데, 그곳 에서는 여러 사물들이 갇혀 있는 것도 같고 통제를 벗어난 것처럼 보이기 도 하였다. 지면에서 사방으로 불길이 쏟아져 나오고 있었는데 금방이라 도 그 불길에 빨려들어 갈 것만 같았다. 무리를 지어 애를 쓴 덕택으로 우 리는 가까스로 그 불길을 잡아 알맞은 장소에 가두어 놓을 수가 있었다. 같은 풍광 속에 바위에 등을 대고 누워 있는 한 여자를 발견하였다. 그런 데 그 여자의 몸 앞 쪽 부분은 사람의 살로 되어 있었지만, 그녀의 머리와 몸 뒤쪽은 그녀가 등을 대고 누워 있는 살아 있는 바위의 일부로 보였다. 그녀는 눈부신 미소, 거의 염화시중의 미소를 짓고 있었다. 그녀는 마치 자신의 고통을 받아들이고 있는 것처럼 보였다. 그 불길을 제압하자 어떤 변화가 생겼는데 그 여자 등뒤의 바위를 느슨하게 만들기 시작했고, 그리 하여 마침내 그녀를 떼어서 들어 올릴 수가 있었던 것 같다. 아직도 그녀 는 부분적으로는 바위였지만 그럼에도 불구하고 그녀는 그리 무거워 보이 지도 않았고 변화는 계속되었다. 우리는 그녀가 다시 온전해질 것임을 알 고 있었다.

위의 꿈을 앞의 문맥들과 연결시켜 주는 것은 배경이다. 특히 불길은 하데스가 페 르세포네를 납치하려고 대지 위로 올라 올 때 하데스를 따라다녔던 불길을 연상시 킨다. 이 꿈을 꾸었던 사람은 엘레우시스를 방문한 적이 있는데, 그 때 그 사람은 하데스가 출현했던 장소로 여겨지는 지역으로 안내를 받은 적이 있다고 한다. 그 기억이 이 꿈에 대해 그 사람이 연상하는 최초의 것이었다. 케레니의 설명에 따르면, 5) 엘레우시스 비교제의의 여러 특징들 중의 하나는 성스러운 불이며 그러므로 꿈 속 여자의 염화시중의 미소는 물론 지복직관의 비전에 대한 은유이다. 그 꿈은 그것과 함께 확신을 가져다 준다.

비교제의에 상대되는 현대의 몇 가지 실례들을 살펴보는 것이 어쩌면 이런 비교제의들에 가장 가까이 다가갈 수 있는 방법인지 모르겠다. 오늘날 엘레우시스 비교제의들에 꼭 맞는 집단 의식이나 제의 행사를 찾아내기는 어렵겠지만, 엘레우시스에서 행해졌을 것으로 짐작되는 유사한 사례들을 심리치료나 문학 및 자서전 등에서 발견할 수는 있다. 아래에 지복직관의 비전에 견줄만한 현대적인 꿈 하나가 제시되어 있다. 프레슬리(J. B. Priestley)의 꿈으로 『신의 언덕 위에 내린 비』(*Rain Upon Godshill*)라는 책에 인용되었고 아들러(Gerhard Adler)의 『분석 심리학 연구』(*Studies in Analytical Psychology*)에도 재인용된 바 있던 꿈이다.

나는 아주 높은 탑 위에 홀로 서서, 모두 한 방향으로 날고 있는 새 떼들을 내려다보고 있는 꿈을 꾸었다. 온갖 종류의 새들, 세상의 새들이란 새들은 모두 그곳에 있었다. 진귀한 광경이었다. 이렇듯 드넓은 하늘의 새 떼들의 강이라니. 그런데 기어가 금방 신기한 모양으로 바뀌더니 시간이 속도를 올렸고, 그리하여 나는 새 떼들의 생성과정을 보게 되었는데, 새들이 껍질을 깨뜨리는 것, 날개를 퍼덕이며 생명체가 되어 가는 것, 짝 짓기를 하는 것, 그러다 약해지고 풀이 죽더니 마침내 죽어 가는 모습들을 지켜보았다. 날개들이 돋아났지만 금방 부스러져버렸으며, 몸체들도 광택이 나더니 순식간에 피를 흘리며 오그라져 버렸다. 그리고 매 순간 죽음이 사방으로 몰아쳤다. 삶을 향한 지금까지의 맹목적인 몸부림이 무슨 소용

5) Kerenyi, *Eleusis*, pp. 92f.

이 있었다는 말인가? 그토록 열성을 다한 날개 짓, 서둘러온 짝짓기, 하늘로의 비상과 하강, 이 모든 거대한 의미 없는 생물학적 시도들이 다 무슨 소용이 있었단 말인가? 아래를 내려다보는 동안에 거의 한 눈에 모든 생명체의 하찮은 작은 역사가 보이는 듯해서, 나는 가슴이 아파 오는 것을 느꼈다. 그들 중의 하나가, 우리 모두 중의 하나는 차라리 태어나지 않았던 편이, 그 몸부림이 영원히 멈추어버리는 편이 더 좋았을 것이다. 나는 탑 위에 여전히 혼자 서 있었다. 절망적일 만큼 불행한 채로. 그러다 기어가 다시 바뀌었고 시간은 여전히 더 빨리 흘러갔는데, 아무런 움직임도 알아챌 수 없을 정도로 새들은 급박하게 달려갔다. 마치 깃털로 짠 거대한 평원 같았다. 그 평원을 따라서 그들의 몸체를 통과해 깜박거리는 하얀 불길들이 몸을 떨면서 춤을 추며, 계속해서 서둘러 지나갔다. 나는 그 하얀 불길을 보자마자 그것이 생명 그 자체, 바로 존재의 에센스임을 알아차렸다. 그 느낌은 나에게 로케트가 터지는 황홀함으로 다가왔고, 그것 외에는 아무 것도 문제가 되지 않았다. 이 흔들리며 서둘러 대는 존재의 부드러운 빛 외에는 그 어느 것도 진짜가 아니었으므로 정말 그 외의 다른 것은 중요할 것이 없었다. 아직 모양도 색깔도 정해지지 않은 새들도, 인간들도, 혹은 그 밖의 생물체들도 이 생명의 불길이 그들을 통과해 지나갈 때까지는 그것 이외의 아무 것도 중요할 것이 없었다. 그 뒤에는 애도할 만한 것이 아무 것도 남아있지 않았다. 나는 내내 비극이란 그저 공허함이나 그림자의 쇼에 지나지 않는다는 생각을 하고 있었다. 지금으로서는 모든 느낌이 확실해져서 정화되고 그 하얀 생명의 불길과 함께 황홀하게 춤을 추고 있었기 때문이었다.[6]

또 다른 사례들은 융의 비전과 그 비전들의 흔적들에서 찾아낼 수 있는데,

---

6) J. B. Priestley, *Rain Upon Godshill*, quoted in Gerhard Adler, *Studies in Analytical Psychology* (London: Routledge and Kegan Paul, 1948), p. 143.

그것들은 고대의 물질 그 자체와 동일한 수준의 경험에 관한 비전으로 여겨진다. 융의 담당의사의 모습을 하고 나타난 코스의 '바실레우스'가 융을 살려낸 후 몇 주간의 회복기 동안에 융은 엘레우시스 비교에서의 지복직관의 비전과 비슷한 경험을 갖게 되었던 것이다.

그 몇 주 동안 나는 이상한 리듬 속에 살고 있었다. 대낮까지는 대체로 우울한 기분이었다. 나는 나약하고 버림받았다고 느껴졌으며 감히 움직이려는 생각조차 하지 않았다. 절망에 빠져서 나는 생각했다. "이제 이 지겨운 세상으로 다시 돌아가야만 해." 초저녁이 될 무렵이면 나는 잠에 빠져들 것이고, 그 잠은 한 밤중까지 계속될 것이다. 그런 다음 나는 나 자신에게로 갈 것이고 약 한 시간 정도는 깨어 있겠지만, 그러나 전혀 다르게 변형된 상태일 것이다. 나는 황홀경 상태에 빠져 있는 것만 같았다. 마치 우주 속을 떠다니고 있는 것처럼 느껴졌으며 마치 우주라는 자궁, 그러니까 어마어마한 허공이지만 가능한 최상의 행복감으로 꽉 들어찬 자궁 속에 안전하게 있는 것만 같았다. 나는 "이것이야말로 영원한 지복이야"라고 생각했다. "이것은 설명이 불가능해. 너무나 기막힌 것이라서!". . . . [나는 파르데 림모님(Pardes Rimmonim)에 있는 것 같았는데], 그곳은 석류의 정원으로[텍스트 안의 한 메모가 우리에게 말해주는 바는 이것은 어느 오래된 카발리스틱* 소책자의 제목이며, 그것은 그 신의 두 가지 모습인 멜슈스(Malchuth)와 티페레스(Tiferetht)의 결혼식이 거행되었던 바로 그 장소이다.] 나는 라비 사이몬 벤 요카이(Rabbi Simon ven Jochai)라는 사람이었고, 그의 결혼식이 그의 사후에 집행되고 있었다. 그것은 카발리스틱 전통에 묘사된 그대로의 신비로운 결혼식이었다. 그것이 얼마나 훌륭했었는지를 정확하게 여러분에게 말해 줄 수가 없다. 오로지 끊임없이 생각할 수 있을 뿐이다. "이것은 석류 정원이야! 지금 이것은 멜슈스와 티페레스

---

* 카발리스틱(Cabbalistic): 히브리 종족의 신비 철학

의 결혼이라구!". . . 그리고 나의 천상의 행복도 축복 받은 결혼의 행복이
었지. 석류 정원이 점차적으로 사라지면서 변해갔다. 예루살렘의 어느 축
제로 꾸며진 "양의 결혼"이 뒤따라 이어졌다. 그것이 어떻게 생겼는지를
나는 자세히 묘사할 수 없다. 그것은 말로 표현할 수 없는 기쁨의 상태였
다. 천사들이 배석하였고 빛이 비치고 있었다. 나 자신이 바로 "양의 결
혼"의 주인공이었다. 그것 역시 사라졌고 새로운 이미지, 마지막 비전이
다가왔다. 넓은 계곡을 따라 나는 끝까지 걸어올라 갔고, 그 끝에서 부드
러운 언덕들의 고리가 시작되고 있었다. 계곡은 고전양식의 한 원형극장
에서 끝났다. 그 원형극장은 초록빛 풍광 속에 장엄하게 자리 잡고 있었
다. 그리고 그곳, 그 극장 안에서 [성혼](*hierosgamos*)이 거행되는 중이었다.
남자와 여자 무용수들이 무대에 등장하였고, 꽃으로 장식된 소파 위에는
『일리어드』에 묘사돼 있듯이 모든 이의 아버지 제우스와 헤라가 그 신비
의 결혼을 완성시키고 있었다. 이 모든 경험은 장엄하였다. 밤이면 밤마다
나는 가장 순수한 환희의 상태로 둥둥 떠다녔다. "모든 창조물의 이미지
들과 더불어 떼를 지어 이동하면서. . ." 둥둥 떠 다녔다. 이런 비전들 사
이로 정서적인 강렬함과 아름다움을 전달한다는 것은 불가능한 일이다.
그것들은 내가 이제까지 경험해 왔던 가장 굉장한 것들이었다.[7]

끝으로 『신곡』을 마무리짓고 있는 단테의 비전을 들 수 있다. 그것은 융의
비전과 일치하며 엘레우시스 비교제의에서 적어도 소수의 몇몇 사람들이 경험했
다고 하는 지복직관의 비전과도 일치한다.

아아, 지고하신 빛이여, 인간의 생각을 초월하여
높이 솟아오르는 빛이여, 내가 우러러 봐 온 당신의 모습을
조금만이라도 내 기억 속에 남겨주지 않으시려는지.

---

7) Jung, MDR, pp. 293ff.

당신의 영광된 빛줄기 하나만이라도
미래의 백성에게 전할 수 있는 힘을
내 혀끝에 부여해 주셨으면.

내 기억에 그 모습이 조금이라도 되살아난다면,
이 시구에 조금이라도 울리게 된다면
당신의 영광은 더욱 널리 세상에 퍼지오리다.

만약 내가 그 싱싱한 빛의 날카로움을
두려워하여 눈을 돌렸더라면
나는 어리둥절하여 바른 길을 잃고 말았으리라.

지금 생각해볼 때, 그렇기 때문에 나는
감히 그 빛을 바라보았던 것이다. 그리하여 마침내
내 시선을 무한한 하느님의 힘과 만나게 만든 것이다.

아아, 넘칠 듯 풍성한 주의 은총이여, 나는
두려움 없이 영원하신 빛을 똑바로 바라보았고
그렇게 함으로써 내 시력을 충만케 했느니라.

그 빛의 깊디깊은 곳에는
우주에 종이 조각처럼 흩어져 있는 모든 것들이
사랑에 의해 한 권의 책으로 엮어져 있는 것이 보였다.

실존과 우연의 모습이
서로 오묘하게 섞여 있었으므로
내 말 따위는 아련히 하늘거리는 빛에 불과하다.

그러나 이렇듯 결합된 우주의 모습을
나는 분명히 본 것이다. 지금 이렇게 말하면서도
환희가 더해져 옴을 느낀다....

높고 높은 빛의 깊고 밝은 실체 속에
세 가지 빛깔로 된, 같은 너비의
세 개의 원이 나타났다.

두 개의 무지개처럼 첫째 원은 둘째 원에
반사되어 보이고, 셋째 원은 그 둘에서
균등하게 비추는 불처럼 보였다.

아아, 내 말을 생각에 비해 얼마나 약하고
모자라는가. 그리고 이 생각 또한 내가 본 것에 비하면
'조금'이라는 말조차도 못할 만큼 부족하기만 하니!

아아, 영원한 빛이시여, 당신은 당신 안에만 계시고
당신만이 당신을 아시고, 당신에게만 알려지고
당신을 알면서 사랑하고 웃으시는 도다!

그 둘째 원은, 말하자면 반사된 빛으로서
당신 안에서 생기는 것같이 보였으나
그 원을 찬찬히 바라보고 있노라니

그 안에 그것과 같은 빛깔을 한 우리들 인간의 모습이
그려져 있는 것 같았다.
내 시선은 온통 그 모습으로 쏠렸으나

원의 둘레를 재려고 열중했던 기하학자가
아무리 궁리를 해도
자신에게 필요한 원리를 못 찾아내듯이

그 기묘한 모습을 본 나는 어찌하여 그 상이
원에 합치하며, 어찌하여 그 상이 거기 있는지
아무리 생각해도 알 수가 없었다.

이를 위해서는 내 날개만으로는 부족했던 것이다.
그러나 돌연 내 머릿속에 번개같이 섬광이 스치더니
내가 알고자 한 것이 빛을 발하여 다가왔다.

내 공상의 힘도 이 높이에까지는 이르지 못했다.
그러나 사랑은 벌써 내 소망과 내 마음을
한결같이 도는 수레바퀴처럼 움직이고 있었다.

그것은 태양과 뭇 별들을 움직이는 사랑이었다.[8]

---

8) Dante Alighieri, *The Divine Comedy*, *Paradiso*, 33, lines 67-145.

용어사전

감각(sensation)　　융이 구분한 네 가지 심리 기능 가운데 하나. 감각들을 통해서 외부의 리얼리티를 인지하여 채택하는 기능

감정(feeling)　　융이 구분한 네 가지 심리 기능 가운데 하나. 가치 평가를 내리고 개인적인 관계를 증진시킬 수 있는 합리적 (이를테면 평가와 같은) 기능

개체화(individuation)　　자신만의 고유한 존재성을 의식으로 끌어올려 완성시키는 심리발달 과정. 전형적인 원형 이미지들로 연결되는 개체화는 자아를 인성의 중심부에 있는 자기의 경험으로 이끌어간다. 개체화는 자아 중심적 사고에 도전하는 하나 혹은 그 이상의 중요한 경험을 계기로 시작되는 바, 이것을 통해 우리는 자아란 한결 포괄적인 심리적 총체에 종속된 심리의 일부분에 지나지 않는다는 깨달음을 얻는다.

객관심리(objective psyche)　　집단무의식 참조

그림자(shadow)　　자긍심 때문에 자신의 일부로 인정하기를 거부하는 무의식적 측면으로, 일반적으로 인격의 열등한 특성들이나 나약함이 포함돼 있다. 심리분석 과정에서 대면해야 하는 무의식의 첫 번째 층이다. 꿈에서는 종종 꿈꾸는 사람과 동일한 성(性)을 가진 어둡고 모호한 존재로 의인화되어 등장한다.

내향성(introversion)　　주도적 관심과 가치 및 의미를 내적인 삶에서 찾으려는 심

리적 태도. 가치판단이 주로 내면의 주관적 반응들에 의해 이루어진다. 외향성의 반대

네키아(*nekyia*)   호메로스의 『오디세이』에서 차용한 용어로 지하세계로의 하강을 뜻한다. 심리학적 관점에서는 집단무의식과의 대면을 가리킨다.

능동적 상상(active imagination)   자아와 무의식 사이의 의식적 대화를 이끌어내는 심리적 기술로 이를 통해 무의식의 내용물들이 통합된다.

동시성(synchronicity)   의미가 연결된 우연히 발생한 사건들의 연관성을 지칭하는 용어. 예를 들면 내면에서 우연히 발생한 심리적 사건(꿈이나 환시, 전조 등)이 원인이 되어, 그러한 심리적 사건과 연결될 수 없음에도 불구하고 외부의 어떤 물리적 사건이 이어서 발생하는 경우, 그러한 상황을 설명하기 위해 추측으로 끌어낸 인과적 연관관계를 지칭하기 위해 융이 만들어낸 용어. 대부분의 초감각적인 직감의 경우들을 이 동시성의 예로 간주될 수 있다.

동일시(identification)   자신을 다른 사람 혹은 어떤 원형적 총체와 동일한 존재로 믿는 심리적 태도. 동일시의 과정은 무의식적으로 발생한다. 따라서 동일시는 모방과는 다른 심리적 태도로서 진정한 개성의 자각을 방해한다. 원형적 이미지와의 동일시 상태에 빠지면 팽창(inflation)이 초래된다.

리비도(libido)   심리를 작동시켜나가는 심리적 에너지. 관심이나 주의, 충동은 모두 리비도의 구체적 표현들이다. 주어진 어떤 아이템에 부과된 리비도는 긍정적이든 부정적이든 그것에 대한 '가치 부여'의 정도에 의해 결정된다.

만다라(mandala)   "기적의 원"을 의미하는 산스크리트 어. 분석심리학에서는 자기를 대변하는 원형적 이미지로 간주된다. 만다라의 기본 형상은 사각의 혹은 네 겹의 구조와 연결된 원의 형태이다. 만다라 형상은 모든 종족의 문화권에서 발견되는 것으로 보아, 그것은 심리의 밑바탕에 자리잡은 중심적인 통합원리를 대변하는 것 같다.

무의식(the unconscious)　　의식적으로 자각될 수 있는 한계 너머에 존재하는 심리의 측면. 무의식은 꿈, 환상, 강박적인 선입견, 흘리는 말, 각종 우연한 사건들 속에 그 모습을 드러낸다. 융은 무의식을 두 개의 층으로 구분한다. 즉 개인의 사적 경험으로부터 나오는 개인 무의식과 모든 인류가 공통적으로 가지고 있는 원형으로 불리는 보편적인 심리적 패턴 혹은 이미지들을 포함한 집단무의식이 그것이다.

사고(thinking)　　융이 제시한 네 가지 심리 기능 가운데 하나. 개념의 범주화와 일반화라는 방식을 통해 구체적인 데이터들을 조직화하고 종합해내는 합리적 능력

사위일체(quaternity)　　전체성을 상징하는 네 겹의 원형. 자기의 구현과 밀접하게 연결돼 있는 원형

신성한/신령의(*numinosum/numinous*)　　경외로우면서 두려운, 그래서 "전적인 타자"로서의 신성성의 경험을 묘사하기 위해 루돌프 오토(Rudolf Otto)가 처음 사용한 용어. 분석심리학에서는 원형 특히 자기 원형에 대한 자아의 경험을 묘사하기 위해 사용된다.

심리적 기능(psychological function)　　융에 의하면 심리적 차용 방식에는 사고와 감정, 감각과 직관의 네 가지 방식이 존재한다.

아니마(anima)　　여성적 "혼"을 뜻하는 라틴어. 남성의 인성에 포함된 무의식의 여성적 측면을 가리킨다. 아니마는 꿈에서 주로 창녀나 유혹녀, 여신에 이르기까지 다양한 여성적 이미지로 의인화되어 등장한다.

아니무스(animus)　　남성적 "혼"을 뜻하는 라틴어. 여성의 인성에 포함된 무의식의 남성적 측면으로, 흔히 여성 심리의 로고스 원리를 대변한다. 어떤 여성이 자신의 아니무스와 동일시 상태에 빠지면 대개는 논쟁적이고 완고할 정도로 자기의견이 분명한 여성이 된다. 아니무스의 투사에 의해 여성은 사랑에 빠진다.

연상(association)　　하나의 구체적인 아이디어로 이어지는 서로 연결된 생각이나 이미지들의 자발적 흐름. 연상은 무의식적이고 의미를 가진 연결성에 의해 결정되는 것이지 결코 우발적이지 않다.

열등기능(inferior function)　　개인의 심리에서 가장 적게 발달된 심리기능. 열등기능은 대체로 원초적이면서 오래된 정서 지향의 방식으로 드러난다. 열등기능은 집단무의식에 이르는 관문이다.

우로보로스(uroboros)　　자아 의식이 생겨나기 이전의 유아초기에 만날 수 있는 심리 본래의 전체성의 상태. 흔히 우로보로스는 서로 꼬리를 물고 원의 형태를 이루고 있는 뱀의 이미지로 상징된다.

우월기능(superior function)　　개인의 심리에서 가장 발달하여 차별화된 심리기능.

융합(*coniunctio*)　　대립물들의 결혼 혹은 결합을 대변하는 원형적 이미지를 칭하는 연금술의 용어. 개체화의 목표 즉 자기의 의식적 실현을 의미한다.

원형(archetype)/원형적 이미지(archetypal image)　　인간종족의 전형적인 경험을 대변하는 보편적이고 반복적인 이미지나 패턴 혹은 모티브. 원형적 이미지는 집단무의식에서 나오며 종교와 신화, 전설 및 동화를 이루는 기본 내용들이다. 집단무의식에서 나오는 원형적 이미지들은 꿈이나 환상을 통해 그 모습을 드러낸다. 원형적 이미지와의 대면은 자아를 초월한 신성한 혹은 초개인적 힘의 존재를 느끼게 하므로 강렬한 정서적 반응을 유발시킨다.

원형적 그림자(archetypal shadow)　　종족이 공통적으로 가지고 있는 비개인적인 보편적 약점이나 결함 혹은 악을 가리킨다. 이것은 흔히 악마적 존재로 표현되거나 비참한 죄인으로서의 인간에 대한 개념을 통해 그 모습을 드러낸다.

외향성(extraversion)　　주도적 관심이나 가치, 의미를 외부의 사물에 우선적으로 두는 심리적 태도. 내면의 주관적 문제들에는 거의 가치를 부여하지 않는다. 내향성의 반대

응고(*coagulatio*)　　개인의 원형적 이미지의 실현과 관련된 연금술의 용어. 집단무의식의 어떤 측면이 의식적 자아와 연결되어 그/그녀의 세속적 삶에 그 모습을 구체적으로 드러나는 상태를 암시한다.

자기(self)　　역동적인 심리의 중심부 주변을 차지하는 심리적 측면. 심리적 전체성을 나타내는 종합 원형. 이 원형은 일반적으로 만다라 심상이나 대립물들의 역설적인 결합을 통해 상징적으로 표현된다. 자기는 자아를 뛰어넘어 객관적이고 초개인적인 정체성의 중심으로 경험된다. 경험적으로 자기는 신의 이미지와 구별할 수가 없다.

자아(ego)　　의식의 중심. 우리가 자신만의 주관적 정체성을 경험할 수 있도록 해주는 심리 요소.

전체성(wholeness)　　의식과 무의식이 전부 포함된 다양한－그리고 흔히 대립적인－인성의 부분들이 생명력 있는 통일체를 이루고 있는 상태. 융은 전체성과 완벽함 사이의 차별성을 강조한다.

원질료(*prima materia*)　　"원료"를 뜻하는 연금술의 용어. 우리가 개체화를 처음 시작할 때 가지고 있는, 즉 우리의 미숙하고 팽창된 심리적 재료로써 개체화를 실현할 수 있게 해 줄 기본 재료를 포함하고 있다.

직관(intuition)　　융이 구분한 네 가지 심리 기능 가운데 하나. 무의식을 통한 인식 능력을 가리킨다. 예를 들면 출처가 불분명한 내용이나 결론들을 인식해낼 수 있는 자질과 같은 능력이다.

집단무의식(collective unconscious)　　보통으로는 인지해낼 수 없는 무의식의 가

장 깊은 층. 집단무의식의 본질은 초개인적이고 보편적이며 비개인적이다. 집단무의식은 자아와는 무관한 신비로운 혹은 신성한 모습으로 구현된다. 집단무의식의 내용물은 원형 및 그것의 구체적인 상징적 표현들인 원형적 이미지들로 이루어져 있다.

콤플렉스(complex)　　정서적으로 과부화된 무의식의 총체. 원형적 이미지들이 들어 있는 심리의 한 가운데에 잠재되어 있는 일련의 생각들의 집단. 어떤 정서로 인해서 심리적 균형이 무너지면서 자아의 관습적 기능이 방해를 받는 순간 우리는 콤플렉스가 활동을 개시하였음을 인지하게 된다.

투사(projection)　　스스로 자신의 무의식적 특질이나 내용을 인지하여 그것을 외부의 사물에 반응시키는 과정

튀르서스(*thyrsus*)　　디오니소스 제의에서 지팡이로 사용되는 아이비 넝쿨이 감겨져 있는 회향나무 줄기

팽창(inflation)　　자신의 존재의미를 과장적이고 비현실적으로 느끼는 심리상태. 이러한 심리상태는 자아가 원형적 이미지와 동일시하는 과정에서 발생된다.

인
용
문
헌

Adler, Gerhard. *Studies in Analytical Psychology*. London: Routledge and Kegan Paul, 1948.

Aeschylus. *Agamemnon*, trans. E. D. A. Morshead, in *The Complete Greek Drama I*, ed. W. J. Oates and Eugene O'Neill. New York: Random House, 1950.

____. *Prometheus Bound*, trans. Paul Elmer More, in *The Complete Greek Drama I*, ed. W. J. Oates and Eugene O'Neill. New York: Random House, 1950.

Aristotle, *Poetics*, trans. W. Hamilton Fyfe. Cambridge: Harvard Univ. Press; London: William Heinemann, 1965.

Bainton, Roland. *Here I Stand*. New York: Abingdon-Cokesbury, 1950.

Bradley, A. C. *Shakespearen Tragedy*. Greenwich, Conn.: Fawcett Publications, Premier Books, 1965.

Budge, E. A. Wallis. *The Book of the Dead*, vol. 2. London: Routledge and Kegan Paul, 1949.

Bunyan, John. *Grace Abounding to the Chief of Sinners*. Oxford: Clarendon Press, 1962.

Clement of Alexandria, quoted in Jane Harrison, *Prolegomena to the Study of Greek Religion*. New York: Meridian Books, 1957.

Dante Alighieri. *The Divine Comedy*, trans. Lawrence Grant White. New York: Pantheon, 1948.

Edinger, Edward F. *Ego and Archetype*. New York: G. P. Putnam's Sons, 1972

Euripides. *The Bacchae*, in *The Bacchae and Other Plays*, trans. Philip Vellacott. New York: Penguin Books, 1973.

____. *The Bacchae*, in *The Complete Greek Tragedies, Euripides*, vol. 4, ed. David Grene and Richmond Lattimore. Chicago: Univ. of Chicago Press, 1960.

____. *Hippolytus*, in *The Complete Greek Drama I*, ed. W. J. Oates and Eugene O'Neill. New York: Random House, 1950.

____. *Orestes*, quoted by Jane Harrison in *Prolegomena to the Study of Greek Religion*. New York: Meridian Books, 1957.

Fitzgerald, Edward, trans., *The Rubaiyat of Omar Khayyam*. Mount Vernon: Peter Pauper Press, 1937.

Freeman, Kathleen. *Ancilla to the Pre-Socratic Philosophers*. Cambridge: Harvard Univ. Press, 1962.

Ginsberg, Louis. *Legends of the Bible*. Philadelphia: Jewish Publication Society of America, 1975.

Goethe, Johann Wolfgang von. *Faust*, trans. Louis MacNeice. New York: Galaxy Book/Oxford Univ. Press, 1960.

Graves, Robert. *The Greek Myths*. Penguin Books, 1955.

Harrison, Jane. *Prolegomena to the Study of Greek Religion*. New York: Meridian Books, 1957.

Heraclitus. *Homeric Problems*, quoted in Hugo Rahner, *Greek Myths and Christian Mystery*. New York: Biblo and Tannen, 1971.

Hesiod. "Homeric Hymn to Demeter," trans. Hugh Evelyn-White, in *The Homeric Hymns and Homerica*. Loeb Classical Library. Cambridge, Mass.: Harvard Univ. Press, 1959.

____. "Hymn to Ares," trans. Charles Boer, in *The Homeric Hymns*. Irving, Tex.: Spring Publications, 1979.

____. *Works and Days*, trans. Hugh Evelyn-White, in *The Homeric Hymns and Homerica*. Loeb Classical Library. Cambridge: Harvard Univ. Press, 1959.

Hölderlin, Friedrich. "Patmos," in *Poems and Fragments*, trans. Michael Hamburger. Ann Arbor, Mich.: Univ. of Michigan Press, 1967.

Homer, *The Odyssey*, trans. A. T. Murray. Loeb Classical Library. Cambridge: Harvard Univ. Press, 1984.

____. *The Iliad of Homer*, trans. Alexander Pope. New York: Macmillan Co., 1965.

Jonas, Hans. *The Gnostic Religion*. Boston: Beacon Press, 1963.

Jones, Ernest. *The Life and Work of Sigmund Freud*, vol. I. New York: Basic Books, 1953.

Jung, C. G. *Collected Works*. 20 vols. Princeton, N.J.: Princeton Univ. Press.

____. *Memories, Dreams, Relections*, ed. Aniela Jaffé. New York: Random House, 1963.

____. *Nietzsche's Zarathustra*, ed. J. L. Jarrett. Princeton: Princeton Univ. Press, 1988.

Kerényi, Carl. *Eleusis*. Princeton: Princeton Univ. Press, 1967.

Lucretius. *Of the Nature of Things*, trans. W. E. Leonard. Everyman's Library. New York: E. P. Dutton and Sons, 1943.

Marlowe, Christopher. *The Tragedy of Doctor Faustus*, ed. Louis B. Wright. New York: Washington Square Press, 1959.

Meier, C. A. *Ancient Incubation and Modern Psychotherapy*. Evanston: Northwestern Univ. Press, 1967.

Melville, Herman. *Moby-Dick*. New York: Modern Library, 1926.

Murray, Gilbert. "Excursus in the Ritual Forms Preserved in Greek Tragedy," in Jane Harrison, *Themis*. London: Cambridge Univ. Press, 1927.

____. *The Rise of the Greek Epic*. London: Oxford Univ. Press, 1907.

Neumann, Erich. *The Origins and History of Consciousness*. New York: Bollingen Foundation, 1954.

Nietzsche, Friedrich. *The Birth of Tragedy* and *Mixed Opinions and Maxims*, in *Basic Writings of Nietzsche*, trans. and ed. Walter Kaufman. New York: Modern Library, Random House, 1967.

____. "Homer's Contest," in *The Portable Nietzsche*, ed. Walter Kaufman. New York: Viking Press, 1974.

Ovid. *Metamorphoses*, trans. Rolfe Humphries. Bloomington: Indiana Univ. Press, 1955.

Plato. *Laws* and *The Republic*, in *Collected Dialogues of Plato*, ed. Edith Hamilton and Huntington Cairns. New York: Pantheon, 1961.

____. *Phaedo*, in *Plato*, trans. H. N. Fowler. Loeb Classical Library. Cambridge: Harvard Univ. Press, 1962.

____. *The Republic* and *Phaedrus,* in *The Dialogues of Plato*, trans. B. Jowett. New York: Random House, 1937.

Plutarch. *Moralia* VII, trans. P. H. De Lacy and B. Einarson. Loeb Classical Library, Cambridge: Harvard Univ. Press, 1968.

Porphyry. *On the Cave of the Nymphs*, trans. Robert Lamberton. Barrytown, NY: Station Hill, 1983.

Proclus. *Timaeus* 3, quoted by G. R. S. Mead in *Orpheus*. London: John Watkins, 1965.

Rahner, Hugo. *Greek Myths and Christian Mystery*. New York: Biblo and Tannen, 1971.

Rank, Otto. *The Myth of the Birth of the Hero*. New York: Vintage Books, 1959.

Schopenhauer, Arthur. *The World as Will and Representation*, vol. I. trans. E. F. J. Payne. Indian Hills, Colorado: Falcon's Wing Press, 1958.

Sophocles. *Antigone* and *Oedipus at Colonus*, trans. R. C. Jebbs in *The Complete Greek Drama I*, ed. W. J. Oates and Eugene O'Neill. New York: Random House, 1950.

____. *Oedipus the King, Oedipus at Colonus*, and *Antigone* in *The Oedipus Plays of Sophocles*, trans. Paul Roche, New York: Penguin Books USA, 1991.

Virgil. *The Aeneid of Virgil*, trans. Rolfe Humphries. New York: Charles Scribner's Sons, 1953.

Watts, Alan. *Myth and Ritual in Christianity*. Boston: Beacon Press, 1968.

Wilhelm, Richard, trans. *The I Ching or Book of Changes*, trans. from the German by Cary F. Baynes. New York: Pantheon, 1950.

■본문에서 인용된 시들

「데메테르 송가」("Hymn to Demeter") … 266

「리시다스」("Licydas") … 18

「사물의 본질에 관하여」(*Of the Nature of Things*) … 73, 74

「실낙원」("Paradise Lost") … 58

「아도니스」("Adonis") … 220

「아레스 송가」("Hymn to Ares") … 55, 56

「아폴로 송가」("Hymn of Apollo") … 49, 50

「앤디미온」("Endymion") … 19, 20

「연꽃을 먹는 사람들」("The Lotos-Eaters") … 157

「천국과 지옥의 결혼」("The Marriage of Heaven and Hell") … 226

「코머스」("Comus") … 225

「파우스트」("Faust") … 141, 142

「프로메테우스」("Prometheus") … 28～30

「호메로스의 항쟁」("Homer's Contest") … 89, 90

■본문에서 인용된 저서, 민담, 설화 및 기타

「거울 속으로」(*Through the Looking Glass*) … 131

『고대의 인큐베이션과 현대의 심리치료』(*Ancient Incubation and Modern Psychotherapy*) …
203

『공화국』(*The Republic*) … 43, 257

『공화국』: 「에르의 비전」("Vision of Er" in *The Republic*) … 174, 243, 254

『그리스 서사시의 부흥』(*The Rise of the Greek Epic*) … 138, 139

『그리스 신화들』(*The Greek Myths*) … 9

『그리스 종교 연구에 대한 서언』(*Prolegomena to the Study of Greek Religion*) … 217, 238

『기억, 꿈, 투사들』(*Momories, Dreams, Reflections*) … 176

『루바이야트』(*Rubaiyat*) … 224

『모비 딕』(*Moby Dick*) … 8, 102, 167

『멕베스』(*Macbeth*) … 241

『바쿠스의 여인들』(*The Bacchae*) … 214, 232

『분석 심리학 연구』(*Studies in Analytical Psychology*) … 268

『비극의 탄생』(*The Birth of Tragedy*) … 38, 230

『사슬에 묶인 프로메테우스』(*Prometheus Bound*) … 31, 32

『사자의 서』(*Book of the Dead*) … 236, 238, 239, 246

『성서』

「고린도 전서」(First Corinthians) … 232

「욥기」(the Book of Job) … 41

「외경」("the Apocalypse") … 84

「이사야」(Isaiah) … 33, 34

「잠언」("Book of Proverbs") … 78, 79

『성서의 전설들』(*Legends of the Bible*) … 84

『신곡』(*The Divine Comedy*) … 52, 165, 271

『신의 언덕 위에 내린 비』(*Rain Upon Godshill*) … 268

『신화와 기독교 제의』(*Myth and the Ritual in Christianity*) … 220

『실낙원』(*Paradise Lost*) … 58

『심리학과 연금술』(*Psychology and Alchemy*) … 137, 228

『아가멤논』 … 145

『아이네이드』(*The Aeneid*) … 170~173

『안티고네』(*Antigone*) … 124, 200

『영웅의 탄생신화』(*The Myth of the Birth of the Hero*) … 84

『오디세이』(*The Odyssey*) … 37, 135, 155, 165, 167, 170

『오이디푸스 왕』(Oedipus the King) … 189, 190, 192, 193, 197

『융합의 신비제의』(Mysterium Coniunctionis) … 75, 210

『이삭 루리아의 카발라』(Cabbalah of Issac Luria) … 211, 212

『일리어드』(The Illiad) … 17, 36, 48, 90, 135, 138, 141, 142, 146, 148~150, 271

『의지와 재현의 세계』(The World as Will and Representation) … 132

『주역』(The I Ching) … 41, 44, 45, 202

『짜라투스트라는 이렇게 말했다』(Thus Spake Zarathustra) … 221, 222

『콜로노스의 오이디푸스』(Oedipus at Colonus) … 108, 189, 197, 200

『티베트의 사자의 서』(The Tibetan Book of the Dead) … 172

『파이돈』(Phaedo) … 236

『파이드로스』(Phaedrus) … 242, 264

『파우스트』(Faust) … 141, 166

『파우스트 박사의 비극』(The Tragedy of Doctor Faustus) … 139, 140

『포물선』: 「비극적 영웅: 개체화의 심상」(Parabola in "The Tragic Hero: An Image of
    Individuation") … 9

『힙폴리튜스』(Hippolytus) … 75~76

찾아보기

ㄱ

가모장(matriarchy) ⋯ 261

가이아(Gaia) ⋯ 23, 24

갈등(*agon*) ⋯ 186

감정의 실타래(thread of feeling) ⋯ 117

개인무의식(personal unconscious) ⋯ 263

개체화(individuation) ⋯ 81, 82, 85~87,
97, 99, 106, 118, 124, 125, 132, 143,
161, 182, 186, 197, 198, 236~238, 247,
275, 278, 279

거신족들(Titans) ⋯ 26, 28, 214, 218, 219,
248, 249

거울 방패(mirror shield) ⋯ 16, 78, 127, 128

거울(mirror) ⋯ 126, 128~133, 186, 219

격정(passion) ⋯ 145, 151, 187, 211

고대 신들의 멸망(*Gotterdammerung*) ⋯26

고립주의(Alienation) ⋯ 67

고정관념(ought) ⋯ 112

고통(suffering) ⋯ 28~31, 33, 34, 84, 87,
133, 138, 142, 166, 171, 175, 179, 187,
188, 193, 197, 199, 200, 202, 206, 211,
217, 220, 234, 239, 241, 242, 250~253,
256, 267

고통받는 예수(*Jesus patililis*) ⋯ 251

관계성(relatedness) ⋯ 117, 118, 127, 132

괴물들(monsters) ⋯ 97, 127, 173

괴테(Johann Wolfgang von Goethe) ⋯ 8,
28, 141, 169

게뤼온(Geryon) ⋯ 94, 172

구체(sphere) ··· 118

그노시스교(Gnosticism) ··· 139

그레첸(Gretchen) ··· 141

그리스도(Christ) ··· 14, 17, 28, 33, 34, 36,
41, 51, 84, 98, 123, 163, 177, 187, 220
~223, 231, 262

그림자(shadow) ··· 119, 133, 171, 172, 193,
194, 196, 220, 230, 247, 249, 269, 275

그물망 효과(net effect) ··· 256

금욕주의(stoicism) ··· 163, 236, 242

금욕주의(asceticism) ··· 107, 163, 236

기독교(Christianity) ··· 17, 34, 37, 41, 115,
163, 196, 218, 223, 225, 232, 233, 248,
251, 262, 266

긴스버그(Louis Ginsberg) ··· 84

나르키소스(Narcissus) ··· 103, 130

낙소스(Naxos) ··· 118

낙원(Paradise) ··· 30, 95, 96, 159, 160

날고기(raw flesh) ··· 217, 218, 220, 223

남성성(masculinity) ··· 98, 107, 110, 121, 261

남성원리(masculine principle) ··· 63~65,
107, 113, 120, 144

네미아의 사자(Nemean lion) ··· 88~90

네소스(Nessus) ··· 98, 99

네키아(nekyia) ··· 47, 166, 167, 169, 235,
276

노이만(Erich Neumann) ··· 110, 160, 261

능동적 상상(active imagination) ··· 276

니오베(Niobe) ··· 48

니체(F. Nietzsche) ··· 38, 89, 90, 126, 169,
176, 221~223, 230

님프의 동굴(Cave of the Nymphs) ··· 183

다나에(Danae) ··· 123~125

다이아네이라(Deianeira) ··· 97~99, 106

다프네(Daphne) ··· 49

단테(Dante) ··· 52, 165, 271

대립물들(opposites) ··· 24, 104, 152, 160,
164, 177, 179, 183, 230, 278, 279

데스포이나(Despoina) ··· 239, 251

델피의 신탁(Delphic Oracle) ··· 190, 202

드라이저(Theodore Dreiser) ··· 20

디아나(Diana) ··· 69

디오니소스(Dionysus) ··· 29, 36, 38, 47, 50,
119, 140, 185, 186, 213~225, 228~235,
242, 248, 249, 280

디오메데스(Diomedes) ··· 94

라비린토스(Labyrinth) … 16, 114, 116~
  118
라이오스(Laius) … 190, 193
라에스트리고네스(Laestrygones) … 161
랭크(Otto Rank) … 84
레르나(Lerna) … 91, 92, 172
레테(Lethe) … 174, 240~244
레토(Leto) … 47, 48
렘노스(Lemnos) … 102
루크레티우스(Lucreitus) … 73, 74
리누스(Linus) … 85
리비도(*libido*) … 15, 105, 127, 168, 276

마구스(Simon Magus) … 139
마르쉬아스(Marsyas) … 48
마리아(Mary) … 41, 79, 84, 123
마이어(C. A. Meier) … 203
만다라(*mandala*) … 36, 160, 276, 279
말로우(Christopher Marlowe) … 139
망각의 강(waters of forgetfulness) … 242
머레이(Gilbert Murray) … 138, 146, 186
메넬라오스(Menelaus) … 137, 138, 140, 142
메두사(Medusa) … 14, 16, 125~129, 133,
  203
메디아(Medea) … 99, 104~108, 112, 116,
  119
메르쿠리우스(*Mercurius*) … 177, 212,
  231
메이나드(Maenads) … 214, 234
메티스(Metis) … 77
메피스토펠레스(Mephistopheles) … 139, 166
멕니스(Louis MacNeice) … 141
멜빌(Herman Melville) … 8
모호성(ambiguity) … 123, 202
몰리(moly) … 162~164
무의식(Unconscious) … 14, 15, 21, 24, 30,
  42, 47, 48, 51, 52, 82, 87, 91, 94, 96,
  102, 103, 105, 110, 112, 116, 117, 119,
  125, 128, 131~133, 137, 153~155, 157,
  158, 160, 161, 163, 164, 166, 168, 169,
  172, 175~177, 179, 181, 193, 201~203
뮤즈들(Muses) … 127
므네모시네(Mnemosyne) … 240, 242, 244,
  245
미노스(Minos) … 113~116
미노타우로스(Minotaur) … 14, 113, 114,
  116~118, 121, 122
미트라스교(Mithraism) … 93, 115
밀튼(Milton) … 18, 58, 225, 226, 228

ㅂ

바실레우스(*basileus*) ⋯ 205, 206, 269, 270

바우키스(Baucis) ⋯ 21, 146

바울(Paul) ⋯ 229, 231, 232, 250, 258

바쿠스(Bacchus) ⋯ 216, 232

반사동작(reflective movement) ⋯ 128

반사체들(reflections) ⋯ 128, 132

발효 혼(*spiritus frumenti*) ⋯ 224

뱀(serpents) ⋯ 29, 83, 125, 171, 177, 203, 214, 218, 234, 249, 278

번연(John Bunyan) ⋯ 196

베르길리우스(Virgil) ⋯ 52, 170

베스타(Vesta) ⋯ 65, 66

보유 지분(*status quo*) ⋯ 113

복수의 정령들(Furies) ⋯ 20, 25, 241

부정적 고백(negative confession) ⋯ 246, 247, 249

부활(rebirth) ⋯ 14, 47, 186, 187, 262

비-자아(non-ego) ⋯ 28

비가(*threnos*) ⋯ 187

비탄(lamentation) ⋯ 187, 189, 256

ㅅ

사지절단(dismemberment) ⋯ 105, 106, 218 ~221, 223, 234, 235, 248

사탄(Satan) ⋯ 41, 84

사후세계(afterworld) ⋯ 208, 236, 237, 244, 254, 256, 266

산타야나(Santayana) ⋯ 131

생명 수(*aqua vitae*) ⋯ 240

생명의 영약(*elixir vitae*) ⋯ 225

성령(Holy Ghost) ⋯ 41, 75, 84, 123

성배(Grail) ⋯ 192

성서(Bible) ⋯ 14, 33, 34, 51, 72, 78, 79, 84, 87, 100, 112

성육신(incarnation) ⋯ 58

성자 크리스토퍼(Saint Christopher) ⋯ 95, 102

성전(들)(Shrines) ⋯ 34, 100, 205

성혼(*hierosgamos*) ⋯ 271

성찬식(Eucharist) ⋯ 218

셰익스피어(William Shakespeare) ⋯ 128, 187, 188

셸리(Percy Bysshe Shelley) ⋯ 28, 49, 50, 220

소우주(microcosm) ⋯ 131

소포클레스(Sophocles) ⋯ 107, 124, 189, 200

소피아(Sophia) ⋯ 79, 80, 139, 211

쇼펜하우어(Schopenhaur) ⋯ 132, 133, 169

수레바퀴(wheels) ⋯ 173, 239, 249, 250, 274

스퀼라(Scylla) ⋯ 172, 177, 179

스키론(Sciron) ⋯ 111

스틱스(Styx) … 147, 209

스팀팔리온의 새떼들(Stymphalian birds) …
93

스핑크스(Sphinx) … 190~192, 200

시나이 산(Mount Sinai) … 37

시니스(Sinis) … 110, 111

시빌(Sibyl) … 171

시험(contest) … 186, 189

신의 현신(*theophany*) … 187, 189, 197~200

신탁(들)(oracles) … 87, 101, 102, 123, 143,
190, 193, 198, 201, 202, 207, 208

신플라톤주의(Neoplatonism) … 163

신화론(mythology) … 11, 20

심리적 총체(psychic entities) … 35, 63, 241,
275

심플리가데스(Symplegades) … 104

십자가 처형(crucifixion) … 98, 220, 223, 262

싸이렌(Sirens) … 174, 175, 177, 178

아가멤논(Agamemnon) … 142~146, 148,
149

아그라에(Agrae) … 263

아니마(anima) … 71, 79, 80, 97, 105~107,
116, 119, 127, 138, 141 -143, 149, 171,
210, 230, 235, 277

아도니스(Adonis) … 71, 72, 92

아들러(Gerhard Adler) … 268

아레스(Ares) … 38, 53~61, 72, 94

아르고선(Argonauts) … 100~104, 106

아르테미스(Artemis) … 48, 49, 69~72, 76,
92, 120, 143

아리스타에우스(Aristaeus) … 234

아리스토텔레스(Aristotle) … 186

아리스토파네스(Aristophanes) … 51

아리아드네(Ariadne) … 107, 109, 116~119

아마존족(Amazons) … 94

아모르(Amor) … 262

아미커스(Amycus) … 103

아버지 괴물(Father monster) … 109

아브라함(Abraham) … 17, 100

아이올로스(Aeolus) … 161

아에테스(Aeetes) … 104, 105

아에트라(Aethra) … 109

아우게우스의 마구간(Augean stable) … 92,
93

아우구스투스(Augustus) … 263

아이게우스(Aegeus) … 109, 112, 113, 115,
116, 119, 120, 198, 199

아이네이아스(Aeneas) … 64, 170~174

알시오네우스(Alcyoneus) … 96

아케로스(Achelous) … 97, 98

아킬레우스(Achilles) … 146, 147, 149, 151

아테나(Athena) … 16, 38, 58, 72, 77~80, 126~129, 136, 137, 202, 203

아테네(Athens) … 77, 109, 110, 112, 114, 115, 118, 119, 121, 198, 260, 263

아틀라스(Atlas) … 26, 31, 95

아티스(Attis) … 92

아폴로(Apollo) … 38, 47~51, 60, 61, 69, 70, 86, 202, 216, 234

아프로디테(Aphrodite) … 25, 38, 53, 57, 59, 71~77, 120, 136, 137

안드로메다(Andromeda) … 127

안키세스(Anchises) … 173, 174

안티고네(Antigone) … 124

알크메네(Alcmene) … 83

암피트리온(Amphitryon) … 83, 84

압시르토스(Apsyrtus) … 105

야훼(Yahweh) … 37, 41, 42, 78, 83, 84, 87

억압(repression) … 24, 25, 92, 99, 131, 188, 228, 230

에로스(Eros) … 71, 76, 117, 230, 260

에리뉘에스(Erinyes) … 25

에리만테스의 멧돼지(Erymanthian boar) … 92

에리스(Eris) … 53, 135, 136

에스킬러스(Aeschylus) … 31, 145

에우뤼스테우스(Eurystheus) … 13, 87, 91

에우리디케(Eurydice) … 50, 234

에우리피데스(Euripides) … 75, 215, 217, 232, 241

에우헤메로스(Euhemerus) … 16

에폽타이아(epopteia) … 263

에피메데우스(Epimetheus) … 30

엘레우시스 비교(Eleusinian mysteries) … 67, 259, 263, 271

엘레우시스(Eleusis) … 261, 263, 264, 267, 268

여성 괴물(feminine monster) … 116

여성성(feminity) … 65, 97, 107, 116, 117, 141, 144, 261

여성원리(feminine principle) … 63, 64, 107, 210

연금술(Alchemy) … 8, 88, 164, 177, 199, 209, 231, 240, 246, 266, 277, 279, 280

열등기능(inferior function) … 187, 278

영성체(communion) … 220, 223, 229

영웅(들)(heroes) … 16, 31, 47, 51, 64, 78, 81~87, 91~95, 97~99, 102, 105, 109, 110, 112, 119, 123~125, 128, 143, 147, 151, 153, 186~188, 238, 251

영원 수(Aqua permanens) … 225, 240

예수(Jesus) … 14, 33, 84, 95, 98, 112, 240, 246, 251, 262

오디세우스(Odysseus) … 143, 153~165, 167~170, 174, 175, 177~183, 244, 257

오르페우스(Orpheus) ··· 50, 233~238, 240 ~242, 245, 246, 252~255

오르피즘 ··· 233~235, 237, 245, 247, 248, 251, 254, 264, 266

오르페우스교(Orphism) ··· 242

오르페우스 교본(Orphic tablets) ··· 240, 253, 254

오리온(Orion) ··· 69, 70

오모파기아(omophagia) ··· 217, 218

오비디우스(Ovid) ··· 21

오시리스(Osiris) ··· 187, 239

오이디푸스(Oedipus) ··· 102, 185, 189~ 200, 247

올림포스(Olympus) ··· 35~39, 55, 59, 60, 63

옴파로스(Omphalos) ··· 201

옴팔레(Omphale) ··· 13, 97

왓츠(Alan Watts) ··· 220

요셉(Joseph) ··· 72, 84

욥(Job) ··· 83

우라노스(Uranus) ··· 23~26

우로보로스(Uroboros) ··· 160, 278

우아의 여신들(Graces) ··· 71

우월기능(superior function) ··· 187, 278

우주 부모(world parents) ··· 23

우주론(cosmogony) ··· 23

응고(coagulatio) ··· 177, 279

원질료(prima materia) ··· 199, 237, 279

원초적 자기(primordial Self) ··· 25

원형(들)(archetypes) ··· 12, 17, 20, 26, 28, 35, 37, 38, 40~42, 59, 67, 76, 79, 85, 104, 114, 139, 140, 142, 185, 189, 209, 220, 221, 240, 265, 266, 275, 277~279

유니콘(Unicorn) ··· 117

유로파(Europa) ··· 93

유일신(Monotheism) ··· 73

융(C. G. Jung) ··· 7~10, 12, 15, 38, 75, 79, 82, 86, 101, 129, 137, 142, 155, 157, 158, 168, 169, 176, 177, 186, 187, 191, 205, 207~210, 222, 228, 252, 263, 269, 271, 275~277, 279

융합(coniunctio) ··· 152, 183, 210, 278

의식(consciousness) ··· 13, 15, 24, 27, 28, 31, 33, 34, 36, 40, 47, 48, 50, 52, 54, 81~83, 92, 96, 105, 110, 112, 114, 115, 117, 119, 121, 124, 128, 133, 146, 155, 163, 168, 177, 179, 200, 210, 212, 218, 220, 232, 234, 244, 249, 250, 251, 265, 277, 279

의식적 정신(conscious mind) ··· 13

이노(Ino) ··· 180, 181

이사야(Isaiah) ··· 34

이삭(Issac) ··· 68, 100

이아손(Jason) ··· 99~102, 104~108, 119

이오카스테(Jocasta) ··· 190, 194

이올라우스(Iolaus) ··· 91

이올레(Iole) ··· 98

이중부모(double parentage) ··· 84, 85, 109, 123

이집트 종교(Egyptian religion) ··· 247

이타카(Ithaca) ··· 153, 160, 168, 182, 183, 244

이피게니아(Iphigeneia) ··· 143, 144

이피클레스(Iphicles) ··· 83

이피투스(Iphitus) ··· 97

인성(personality) ··· 23, 38, 39, 46~48, 50, 52, 71, 81, 82, 179, 187, 193, 219, 224, 231, 247, 275, 277, 279

일체성(oneness) ··· 24

자그레우스(Zagreus) ··· 214, 217, 222, 248

자기(self) ··· 25, 36, 37, 39, 40, 63, 73, 81, 96, 97, 100, 123, 124, 156, 161, 164, 183, 186, 187, 198, 200, 202, 209, 240, 244, 247, 250, 252, 255, 275~277, 279

자기실현(self-revelation) ··· 12, 154

자기인식(self-knowledge) ··· 128

자기절제(self-discipline) ··· 111, 236

자아(ego) ··· 13, 15, 17, 18, 21, 23, 25~ 28, 30, 34~38, 40, 41, 43, 48, 65, 69, 73, 81~83, 85, 88, 89, 91, 96, 97, 101, 104, 106, 110~115, 119, 124, 126, 136,

143, 144, 146, 153, 154

자아팽창(ego-inflation) ··· 222, 232

작품(*opus*) ··· 19

장식 띠(frieze) ··· 125

저승사자(*psychopomp*) ··· 50, 52, 170

전신(prefiguration) ··· 23, 25

전환(transition) ··· 101, 226

전체성(wholeness) ··· 25, 36, 39, 95, 118, 160, 164, 209, 250, 277~279

정서의 적용(application of affect) ··· 92

정체성(identity) ··· 160, 182, 194, 195, 198, 279

제우스(Zeus) ··· 17, 21, 26~28, 38~45, 46, 60, 63~65, 77, 78, 83, 84, 87, 93, 103, 123, 124, 140, 142, 146, 154, 159, 180, 205, 213, 214, 218, 249, 260, 265, 271

제의(rituals) ··· 65, 66, 115, 186, 204, 217, 218, 220, 223, 233, 250, 263~266

종복 영웅(servant hero) ··· 87

지복직관(beatific vision) ··· 264, 265, 267, 270, 271

지브랄타 산맥(Rock of Gibraltar) ··· 94

지신(year-spirit) ··· 186, 187, 189

지하세계(Underworld) ··· 47, 50, 52, 165, 167, 168~170, 174, 177, 217, 234, 235, 239, 240, 251, 259, 260, 263, 276

지혜(wisdom) ··· 78, 79, 109, 127, 136, 137, 139, 162, 174, 178, 179, 191, 193, 200, 202, 217, 236

집단무의식(collective Unconscious) ··· 16, 35, 38, 242, 263, 275~280

집단의식(collective consciousness) ··· 82

참살이(well-being) ··· 26

창조신화(creation myth) ··· 23, 24

창조적 영(*spiritus phantasticus*) ··· 223

천국(Heaven) ··· 19, 37, 79, 140, 141, 166, 170, 197, 220, 244, 254

천신(sky god) ··· 43

천체의 음악(Music of Spheres) ··· 209

치명적 결함(fatal flaw) ··· 187

카두케우스(*caduceus*) ··· 50, 203

카리브디스(Charybdis) ··· 177, 179, 180

카비리(Cabiri) ··· 59

카얌(Omar Khayyam) ··· 224

카오스(Chaos) ··· 23, 24, 171

카타르시스(catharsis) ··· 186

칼립소(Calypso) ··· 180

케레니(Carl Kerenyi) ··· 264, 268

케르베로스(Cerberus) ··· 96, 234

케르키온(Cercyon) ··· 112

케리니언의 암사슴(Ceryneian hind) ··· 92

케리케이온(*kerykeion*) ··· 50

케이론(Cheiron) ··· 101, 202

켄타우로스 네소스(Centaur Nessus) ··· 98

켄타우로스 케이론(Centaur Cheiron) ··· 101, 202

코나-에다(Conna-Eda) ··· 118

코카서스 산정(Mount Caucasus) ··· 27

콜키스(Colchis) ··· 100, 104, 105

퀴벨레(Cybele) ··· 92

퀴클롭스(Cyclops) ··· 25, 158, 159

크로에서스(Croesus) ··· 202

크레테의 황소(Cretan bull) ··· 93

크리사오르(Chrysaor) ··· 127

크리안테스(Cleanthes) ··· 163

크로에서스(Croesus) ··· 202

클레멘트(Clement of Alexandria) ··· 163, 217

클리템네스트라(Clytemnestra) ··· 142, 145

키르케(Circe) ··· 162, 164, 165, 167, 170, 225

키츠(Keats) ··· 19, 20

키코네스(Cicones) ··· 154, 157

테베(Thebes) ⋯ 106, 190, 197~199, 215, 216, 232

테세우스(Theseus) ⋯ 14, 16, 72, 93, 107, 109, 110~122

테이레시아스(Teiresias) ⋯ 130, 165, 168, 170, 174, 180, 193~195, 216

테티스(Thetis) ⋯ 60, 147

텔레이오스(teleios) ⋯ 264

투사(projection) ⋯ 38, 47, 106, 107, 172, 183, 194, 202, 224, 236, 238, 244, 247, 266, 277, 280

튀르서스(thyrsus) ⋯ 214, 237, 280

트로이 전쟁(Trojan War) ⋯ 16, 53, 72, 135 ~137, 153

트로이젠(Troezen) ⋯ 109

트로포니오스(Trophonius) ⋯ 207

티마르코스(Timarchus) ⋯ 207~211

틴다레우스(Tyndareus) ⋯ 142

파리스(Paris) ⋯ 140

파시파에(Pasiphae) ⋯ 113

파우스트(Faust) ⋯ 139~141, 166

파이아키아인들(Phaeacians) ⋯ 181

파토스(pathos) ⋯ 187, 200, 251

파트로클로스(Patroclus) ⋯ 149, 150, 151

판도라(Pandora) ⋯ 30

판테온(Pantheon) ⋯ 35, 39, 60, 126

패리스(Paris) ⋯ 135~138, 140

팽창(inflation) ⋯ 90, 145, 166, 228, 276, 279, 280

펜테우스(Pentheus) ⋯ 215, 216

페가소스(Pegasus) ⋯ 127

페넬로페(Penelope) ⋯ 183

페드라(Phaedra) ⋯ 72, 120, 121

페르세우스(Perseus) ⋯ 14~16, 78, 109, 116, 123~127, 129

페르세포네(Persephone) ⋯ 46, 47, 214, 217, 246, 251, 259~264, 267

페리페테스(Periphetes) ⋯ 110

페이레네(Peirene) ⋯ 127

펠리아스(Pelias) ⋯ 101, 102, 105, 106

포도주(wine) ⋯ 170, 214, 224, 225, 227~ 231, 242

포르퓌뤼(Porphyry) ⋯ 183

포세이돈(Poseidon) ⋯ 39, 43~46, 72, 109, 113, 115, 120, 161

포티파르(Potiphar) ⋯ 72

폴뤼페무스(Polyphemus) ⋯ 158~161

폴리데우케스(Polydeuces) ⋯ 103

폴리덱테스(Polydectes) ⋯ 125

퓌톤(Python) ⋯ 48

프레슬리(Priestley) ⋯ 268

프로메테우스(Prometheus) ⋯ 26~28, 30~
34, 64

프로이트(Sigmund Freud) ⋯ 25, 147,
148, 189

프로클러스(Proclus) ⋯ 219

프로크루스테스(Procurstes) ⋯ 112

프로테우스(Proteus) ⋯ 86, 97

프리아모스(Priam) ⋯ 136, 149, 150, 151,
152

프릭서스(Phrixus) ⋯ 100, 102

프쉬케(Psyche) ⋯ 262

플라톤(Plato) ⋯ 43, 169, 174, 175, 178,
233, 236, 242, 243, 254, 257, 258, 264,
265, 266

플루타르크(Plutarch) ⋯ 207

퓨어리들(Furies) ⋯ 20, 25

피그말리온(Pygmalion) ⋯ 73

피네우스(Phineus) ⋯ 103, 104

필레몬(Philemon) ⋯ 21, 146

하데스(Hades) ⋯ 39, 46, 47, 50, 192, 209,
234, 238, 242, 249, 256, 259~262, 267

하르피(Harpies) ⋯ 103, 104, 172

해리슨(Jane Harrison) ⋯ 217, 238, 241

해석학(Hermeneutics) ⋯ 51

헤라(Hera) ⋯ 40, 41, 47, 58, 63~65, 72,
83, 84, 86, 102, 136, 137, 213, 214, 271

헤라클레스(Heracles) ⋯ 13, 14, 28, 36,
64, 81, 83~99, 106, 202

헤라클리토스(Heraclitus) ⋯ 54, 136, 163

헤르메스(Hermes) ⋯ 21, 29, 47, 50~53,
59~61, 126, 136, 150, 162, 163, 180,
203, 260

헤스티아(Hestia) ⋯ 65~67

헤스페리데스(Hesperides) ⋯ 95~97

헤파이스토스(Hephaestus) ⋯ 53, 58~61,
77, 221

헥토르(Hector) ⋯ 17, 150, 152

헬레(Hele) ⋯ 100, 106

헬레네(Helen) ⋯ 17, 137~143, 148

헬레스폰트(Hellespont) ⋯ 100

헬리오스(Helios) ⋯ 179, 250

현신(theophany) ⋯ 139

현자의 돌(philosopher's stone) ⋯ 164, 246

호메로스(Homer) ⋯ 37, 55, 135, 138, 156,
159, 170, 175, 182, 183, 266, 276

홀더린(Holerlin) ⋯ 180

황금시대(Golden Age) ⋯ 159

황금 양피(Golden Fleece) ⋯ 99, 100, 104,
105

황도대(*zodiac*) … 36

황소(bull) … 16, 72, 93, 94, 97, 104, 113~
115, 120, 121, 143, 214, 216, 218

흑해(Black Sea) … 100

히브리 신화(Hebrew mythology) … 37,
101

히브리스(*hybris*) … 73, 145, 146, 180, 228

힐라스(Hylas) … 102, 103

힙폴리테(Hyppolyte) … 94

힙폴리튜스(Hippolytus) … 72, 120, 121,
205

이 책은 Edward F. Edinger의 *The Eternal Drama: The Inner Meaning of Greek Mythology*를 번역한 것이다. 저명한 정신의학자이자 융(C. G Jung) 심리학 이론의 대가인 에딘거 박사는 그리스 신화를 자아 발달의 은유적 표현으로 간주하고 신화 속의 사건이나 인물 및 상황들을 인성의 발달과 관련지어 분석하고 있다. 제 1장은 신화의 본질을 간단명료하게 설명하였으며, 제 2장은 우주만물의 창조신화를 자아의식의 출현과 연계하여 논하였다. 제 3장과 4장은 올림포스의 남신과 여신들을 집단무의식의 원형적 존재로 규정하고 그들을 인성의 각기 다른 측면의 구현체로 분류한다. 제 5장, 6장, 7장은 헤라클레스, 페르세우스, 테세우스, 이아손, 오디세우스 등 영웅들의 탄생과 모험을 다루는데, 여기서 저자는 신화적 영웅들을 자아의 대변으로 간주하고 그들의 시련과 고난을 자아가 극복해야 할 심리적 곤경이나 혼란으로 풀이한다. 제 8장의 오이디푸스 신화는 개체화 과정의 필수 단계로서의 부친살해의 상징적 의미를 논한다. 제 9장과 10장은 아폴로 신과 디오니소스 신의 대립적 특성을 심리의 이원성으로 설명하고 있으며, 제 11장과 12장에서는 그리스의 민중종교였던 오르페우스 종교와 엘레우시스 비교에서 행해진 죽음과 부활 의식을 자기실현의 단계와 연관시켜 설명한다.

　　정신의학자로서의 임상실험과 더불어서 부단히 신화의 심리학적 의미를 탐구해 온 에딘거 박사가 이 책에서 강조한 것은 신화에 대한 학문적 연구보다는 경험론적 가치이다. 즉 신화를 우리의 심리적 경험과 연결시켜 이해하라는 것이다. 신화학자 조셉 캠벨(Joseph Campbell)에 따르면 영웅이란 자기실현에 도달하기 위한 노력과 삶에 대한 치열한 열정을 가진 사람에 다름 아니다. 신화를 우리의 심리적 경험과 어떻게 연결시켜야 하는지를 논한 이 책이 학업과 취업의 부담을 안고 헉헉거리는 우리의 젊은이들에게 자기 통찰의 기회가 되었으면 한다. 현실적 고통이나 시련들을 삶의 통과의례로 받아들이는 순간 현실의 무거운 짐들은 두려움의 대상이 아닌 극복 가능한 것이 될 수도 있으리라. 삶의 무게에 억눌리지 않고 스스로 영웅이 되고자 꿈꾸는 모든 이들에게 이 책을 바친다. 어려운 여건에도 불구하고 기꺼이 책을 출판해 주신 이성모 사장님과 초고에서부터 마무리까지 수고를 아끼지 않으신 편집장 송순희 씨께 진심으로 감사의 마음을 전하는 바이다.

옮긴이 이영순

전북대학교 인문대학 영어영문학과 및 동 대학원 졸업(문학박사, 1989)

기독교 방송국 익산지국 방송부 앵커(1979. 7～1981. 8)

일본 오사카 시립대학원 영어영문과 연구과정 수료(1989)

미국 인디애나 주립대학 비교문학과 방문 교수(2000～2002)

1990～ 현재, 배재대학교 영어영문학과 교수

논문: 「가족 영웅의 모태, 오디세우스 신화」를 비롯하여 다수의 논문

역서: 『그리스・로마 비극과 셰익스피어 비극』(동인 1998)

『신화의 미로 찾기 1』(동인 2000)

『신화의 미로 찾기 2』(동인 2002)

『융과 셰익스피어』(동인 2006)

그리스 신화, 그 영원한 드라마

발행일 • 2008년 10월 25일

지은이 • Edward F. Edinger/옮긴이 • 이영순/발행인 • 이성모/발행처 • 도서출판 동인/등록 • 제1-1599호

주소 • 서울시 종로구 명륜동2가 아남주상복합ⓐ118호

TEL • (02) 765-7145, 55/FAX • (02) 765-7165/E-mail • dongin60@chol.com

Homepage • donginbook.co.kr

ISBN 978-89-5506-371-4

정가 12,000원